인생은 단 한 번뿐인
긴 여행이다

김소구

J·M미디어

인생은 단 한 번뿐인 긴 여행이다
Life is a Long Journey that Must Be Traveled Only Once

金昭九
So Gu Kim

프롤로그

아무리 길이 험악하고 잠자리가 누추해도 계속 가야하는 여행이 인생이다. 누구에게나 세상을 살다보면 행복할 때와 어려운시련이 있을 수 있지만 아무리 어려워도 도중에 인생을 절대로 포기하지 말고 끝까지 완주하면 삶의 목표를 성취했다는 행복이 있다는 것을 과학자로 살면서 발견한 이야기들을 들려주기 위해서 이 글을 쓴다. "인생은 단 한 번뿐인 긴 여행이다"를 쓰면서 나는 많은 어려움에 도전하고 성취하는 행복을 이야기 할려고 한다. 만약 내가 꽃길만 걸었다면 그러한 행복을 맛볼 수 있었을까? 인생은 여러 종류의 길이 있다. 중요한 것은 어떤 목표를 가지고 어떤 길을 택하여 살아가느냐에 달렸다. 물론 재물과 귀족출생에서 출발한 행운아도 있지만 그렇지 않은 사람을 위해서 이야기한다. 자신이 자기를 솔직하게 전부 보여주는 것은 다음 세대들한테 조금이라도 도움을 주기 위한 것이다. 물론 자신을 자랑하는 것도 있지만 결점과 부족한 면도 있다. 때로는 불편했던 누군가와의 관계를 표출 할 수도 있다. 그러나 여기서 가장 중요한 것은 후배들에게 삶의 지혜를 조금이나마 배우게 하는데 있다. 누군가는 결코 자신과 같은 길을 가지 말라는 뜻이다. 나는 이 책을 집필한 이유 중 또 하나는 결국 인생은 각자가 좋아하는 일을 찾아 집념하면 성취를 할 수 있고 행복과 보람을 가질 수 있다는 것을 과학자로 살면서 발견한 것을 다음 세대들에게 알리기 위해서이다. 더욱이 온갖 산전수전을 경험하면서 배운 지혜와 치열한 경쟁속에서 터득한 지식을 바탕으로 거짓과 진실을 밝히는 것이 한 인간의 보람과 책임이라고 생각한다. 그 대표적 예가 신의 존재와 천안함 침몰의 미스테리를 밝히는 것이라고 생각한다.

개천에서 용이 났다는 말과같이 나는 어려운 시기와 환경에서 유년기를 보냈지만 나에게는 항상 푸른 꿈이 있었기 때문에 행복했었다. 나는 파란만장한 영화 같은 삶을 살았지만 늘 긍정적이었고 행복한 미래를 상상하며 살았다. 북한에서 태어나 초등학교 3년 때 6.25 한국전쟁이 일어나 매일 퍼붓는 미군 폭격과 전염병으로 거의 죽었다가 살아났다. 북쪽으로 떠나는 피난길 도중에 운 좋게도 남쪽을 택해서 도랑 따라 도망해 온 곳이 남한이었다. 피난민 수용소와 낯선 남한 땅에서 타향살이 설음과 가난의 어려운 생활을 보내야 했다. 전쟁 때문에 오랫동안 학교를 떠난 나로서는 자유롭게 학교에 다니는 남한의 학생들이 부러웠다. 운좋게도 피난민 학교의 시작에서 남한의 정규국민학교로 전학해서 새로운 학교생활을 시작했다. 어려운 피난민 학교에서 학생회장을 거치면서 많은 학생들과 선생님으로부터 사랑받는 리더로 성장했다.

가난했지만 재미있고 행복했었다. 어려운 생활환경에서도 치열한 경쟁률을 뚫고 서울고에 합격해서 첫번째 자신감과 자부심을 경험했다. 당시 나는 서울중학교가 아닌 타교에서 서울고로 진학한 이른바 '타교생'이었다. 그래서 더 당당해지려 애썼던 것 같다.

대학은 자유와 방종을 만끽하는 일반 대학보다 실력과 정의를 생명으로 하는 해군사관학교와 육군사관학교를 다녀보았다. 여기서 '다녀보았다'고 말하는 이유는 그곳이 내가 평생을 바칠 나의 길이 아니고 또 나를 필요로 하는 곳도 아니라는 생각으로 인생진로를 바꾸었기 때문이다.

나는 무한대의 내 꿈을 펼쳐볼 그림을 그려보았다. 항상 높은 이상과 무한한 꿈이 있었으며 내가 이룰 수 있는 미래를 상상하면서 세상에 꼭 필요한 일을 할 수 있는 길을 찾았다. 주변에서는 출세와 권력의 지름길을 찾을 수 있다는 법대를 종용했지만 이 또한 나의 길은 아니라고 판단했다. 결국의 선택은 신앙적 진리와 지식을 추구하고 학사규정이 엄격한 서강대학 물리학과였다. 한술 더 떠 세계 최고가 모여 경쟁하는 미국으로 유학해 자연과학(물리)분야을 전공하고 싶었다. 그래서 서강대학 2년을 마치고 미국유학을 시도했으나 경제사정이 허락지 않아 2년을 더 버텨야 했다. 결국 졸업을 하고서야 유학의 길을 떠났다. 당시 대재벌 그룹의 유명기업에 입사할 기회도 있었지만 재물이 나의 꿈은 아니었다.

서강대학 물리학과를 졸업하면서 내가 이 분야에서 더 이상 새로운 것을 발견할 것이 없다는 생각이 들었다. 물리학을 이용한 응용물리학을 더 공부하고 싶었던 것이다. 오리건주립대학 (OSU) 물리학과 대학원에 입학했지만 해양학과전과하여 지구물리학 분야에 전념할 수 있었던 것은 나의 행운이었다. 남다른 관심과 집념 탓에 치열한 경쟁에서 이겨 박사학위를 따냈다. 뿌듯한 성취감에서 나는 자신감의 행복을 경험했다.

미국유학시절 5년 동안 계속 기숙사 생활을 하면서 미국문화와 미국인들의 특성을 잘 알게 되었다. 또한 며칠씩 밤을 새며 공부하면서 무서우리만치 노력하는 나의 룸메이트 일본 학생 때문에 스트레스를 받기도 했지만 배운 것도 많았다. 미국에 도착한 뒤 첫 여름방학 때는 오리건(Oregon)주 코발리스(Corvallis) 시골 농장 콩밭에서 아르바이트를 했다. 석사과정을 마친 후엔 비록 짧은 시간이었지만 공장노동, 어부, 부동산중개업, 식당, 보석상, 택시운전사 등 여러 가지 일을 하면서 다양한 경험을 통해 미국을 더 깊이 알게 되었다. 내가 비영주권자이지만 박사학위를 받기 한 달 전쯤에 오클라마주 툴사(Tulsa)의 한 석유회사로부터 스카웃 제의가 있었다. 이를 받아들여 선임지진파 분석가(Sr. Seismic Analyst)로 취직하니 마침내 미국에 정착해서 안정된 생활을 할 수 있는 기초가 마련되었다. 그러나 이 또한 길지는 않았다. 조국의 부름 때문이었다. 미국생활을 접고 초빙유치 과학자로 귀국의 길을 택한 것이다.

내가 학위를 마치고 입사한 석유회사는 재미도 있었지만 내가 평생을 몸둘 곳이 아니라는 것은 일찍부터 생각하고 있었다. 나의 프로젝트가 80% 밖에 완성되지 않았지만 회사는 내 작품을 상품화하고 내게 새로운 프로젝트를 맡겼다. 회사는 정확하고 완벽한 것 보다 이윤을 먼저 생각했다. 이것은 지식을 재물과 권력보다 우선에 두는 나의 철학과 맞지 않는 것이었다. 이럴 때 마침 나를 필요로 한다는 한국정부 박정희 대통령의 뜻이 전달됐다. '외국 고급과학기술인 유치 프로그램'에 의해서 지진학 박사 1호로 초빙되어 금의환향한 것이다. 귀국 후 계약기간이 만료되기 전에 또 한번의 기회가 찾아왔다. 운 좋게도 한국의 한 대학에서 물리학 부교수로 초빙해 교수생활을 시작하게 된 것이다.

우리 대학에서는 우리나라 지진연구의 선구자로서 국내지진연구에 관한 수많은 과제를 수행했다. 해외의 많은 석학과 공동연구는 물론 우수한 해외 연구원과 학생들을 가르치면서 지구물리학과 지진연구에 전념할 수 있었다. 그 뿐만 아니라 수많은 국제학회에 참가하고 해외초빙교수로 세계 여러 나라 연구기관에서 학술활동을 하면서 많은 것을 배울 기회를 가졌다. 세계 여러 나라를 방문하거나 또한 장기간 거주하면서 현지인들과 접촉하고 국제공동연구를 하는 동안 외국문화를 많이 경험하고 배운 것 또한 내겐 소중한 자산이 되었다.

그러나 이렇게 장미빛 인생만이 계속되는 것은 아니었다. 한참 잘 나갈 때 몽고국립대학 유학생에서 일이 터졌다. 지구물리학 박사학위 3년차 대학원생이 실험실 화재로 사망하는 사고가 발생한 것이다. 피해가족과 학교 측 쌍방이 내게 원망의 시선을 보냈다. 고통과 불이익에 대한 호소를 감내해야 하는 어려운 시간이 있었다. 그러나 내가 도의적 죄책감 외에는 책임질 일은 아니어서 끝까지 편하게 교수생활을 마치고 은퇴하게 되었다.

내가 하와이 호놀룰루에서 여름방학동안 잠시 택시운전수를 할 때 난감한 일이 생겨 하느님을 찾아야 했다. 벽을 쳐다보고 기도를 했던가 싶은데 난생 처음으로 하느님의 목소리를 들은 것이다. 환청이었을 것이다. "걱정하지마라, 모든 것은 잘 될 것이다". 매우 희망적인 메세지를 환각처럼 들은 후 신기하게도 모든 것이 잘 해결된 것이다. 지진학분야에서 유명한 예수회 계통의 세인트루이스대학에서 연구조교 장학금통지서를 보내왔고 이어 가을학기부터 박사과정을 시작하게 됐다. 그런데 거기서 뜻밖에도 내 평생 잊을 수 없는 한 성직자를 만나게 되고 이 때문에 카톨릭교 신자가 되었다. 그 후 나는 매일 하느님과 함께 생활하며 찬양하는 열렬한 신자가 됐다. 한국정부의 초청을 받았을 때 다시 한국에 돌아가지 않겠다던 나의 초심을 바꾸게 만든 것도 기도에서 나온 하느님의 응답이었다. 오클라호마 털사에서 퇴근할 때마다 공원에 들러 기도할 때 갑자기 "그들은 당신이 필요하다(They need you)"는 환청이 들렸다. 이로부터 유치과학자초청을 승락하고 귀국을 결심하게 되었다. 이렇게 나의 인생은 모든 것이 하느님과 함께 50대 후반까지 진행 되었다. 그후 나는 하느님에 대해서 더 깊이 들어가기 위해서 성경을 비롯해 많은 고대문헌과 종교 및 철학서적에 골몰하면서 더 깊이 과학철학을 연구할 수 있는 기회를 얻었다. 나는 한동안 아주 진실한 가톨릭신자였지만 지식이 늘어갈수록 새로운 것들을 발견하기 시작한 것이었다.

특히 나의 분야 물리학, 지구물리, 해양학, 지진학 등의 자연법칙에 집념하면서 전문지식이 축적된 것이다. 국제학회 또는 공동연구로 여러 나라에 체재하면서 해외의 많은 석학들과 의견을 교환하며 세상을 더 넓게 알게 되었다. 그밖에도 국제학술지에 논문과 저술을 발표하면서 한 과학자의 집념과 발견이 무엇인지를 확실히 알게 되었다. 그래서 지금까지 인문학적 또는 종교적 철학관에서 새로운 과학적 철학을 발견했다 할 것이다.

이를 기초로 기존의 철학과 종교적 관점에서 신이란 어떤 존재 인가를 자연법칙 관점에서 연구하기 시작했다. 내가 과학자의 길을 가면서 발견한 것은 신이란 절대적 필연적 존재가 아니라 우리의 의식 속에 존재한다는 것이다. 결국 신이란 인간이 과학적 집념에서 찾을 수 없다는 것이 결론이다. 그러므로 인간은 자연의 법칙을 믿고 자연원리에 순응해서 살아가는 자연주의론자(Naturalist)가 될 것을 제안한다. 나는 주관적인 신앙보다 객관적인 자연법칙에만 절대적 진리가 있다는 것을 발견했다. 물론 이것은 고전물리학은 물론 현대물리학에서 통계적인 양자 역학과 곡면 좌표의 상대성 이론을 포함한다.

나는 과학과 철학, 과학과 종교, 그리고 인생과 자연을 배우면서 살아온 경험을 세상에 이야기하려고 한다. 왜냐하면 과학과 철학, 종교와 우주(자연)는 모두 하나의 진리로 통하기 때문이다. 우주는 물질(matter)과 에너지(energy)의 합성으로 되어있다. 물질은 물체(substance)이고 에너지는 물체를 움직이는자(mover)이다. 물체는 우리가 보고, 냄새맡고 만질 수 있는 재료 또는 자료(stuff)이다. 그것은 질량과 공간을 차지한다. 반면에 에너지는 추상(abstract)으로 볼수없고 냄새도 맡을 수 없고 만질 수도 없는 형태이다. 물질은 에너지로 항상 변환할 수 있고 아이슈타인의 에너지-질량등가 법칙($E = mc^2$)에서 물질과 에너지는 같다. 또한 에너지가 있다는 것은 물리학적으로 힘과 거리(시간)가 작용했기 때문에 일(work)을 할 수 있다는 뜻이다(force x distance = work). 즉 에너지는 일을 할 수 있게 하는 시스템의 자산이다. 마찬가지로 우리 인간의 영혼과 육체는 물질과 에너지의 관계처럼 떨어져 있는 것이 아니고 '하나'인 것으로 볼 수 있다.

　따라서 육체와 영혼을 분리해서 이원론을 주장하는 신앙 보다 하나로 보는 일원론에서 무게를 싣고 싶다. 눈에 안 보이는 영혼은 따로 노는 것이 아니고 육체와 항상 함께 존재한다. 그러므로 육체를 떠나서 돌아다니며 눈에 안 보이는 귀신(ghost)이나 신(God)은 이원론적 사고방식에서 나왔고 다만 의식(마음)속에만 존재할 뿐이다. 많은 기독교인들은 불확실한 세계 속에 두려움과 공포 속에서 천국을 동경하며 눈에 보이는 것보다 안 보이는 신에 의존하며 살고 있다. 아무리 우리가 보잘 것 없고 절망적인 존재가 될 지라도, 하느님은 우리가 무엇을 할 수 있는지를 알고 있고 또한 그렇게 해주기를 기도한다고 기독교인은 믿는다. 기적과 신비는 세상에 존재하지 않는다.

　영혼과 육체 관계는 물질과 에너지와 같다. 생물과 무생물의 차이를 생각해 보라. 모든 생물은 물질과 에너지(동작)로 되어있지만 무생물에는 물질만 있다. 고전물리학에서 열역학의 제1법칙에 의하면 에너지는 생성도 파괴도 되지 않는다. 즉 어떤 시스템에서 얻거나 잃은 에너지양은 전달된 에너지양과 같다는 고정관념에서 열에너지는 얼마든지 인위적으로 찬 물체에서 뜨거운 물체로 바꿀 수 있게 되었다. 즉 찬 물체에서 더운 물체로 열은 흐르지 않는다는 열역학의 제2법칙을 위반할 수 있다. 그러나 에너지를 마구 쓰면 고질에너지에서 저질에너지로 변환하면서 질서가 무질서로 변환한다. 이 무질서의 양의 엔트로피(entropy)는 일상생활에서 계속 증가하고 있다. 인간의 원래 모습으로 돌아가 자연의 법칙대로 살면 엔트로피가 거의 일정하기 때문에 자연의 질서는 붕괴되지 않는다. 따라서 코로나바이러스 같은 감염병은 물론 이상기후와 세계 곳곳에 일어나는 전쟁과 불행한 사건도 일어나지 않을 것이다. 인간은 영리하면서 어리석음 두 가지를 동시에 갖고 있다. 불편했지만 건강했던 옛날의 자연환경을 동경한다. 나는 불편했지만 건강했던 자연의 법칙을 따라 살아가는 자연주의론(Naturalism)을 재차 강조한다.

불교철학은 일종의 자연주의론에 가깝다. 불교는 동기(Motive)를 대상으로 하지만 기독교는 오로지 결과(Result)를 대상으로 한다. 즉 오늘날 서양문화와 자본주의 기본을 이끌고 있는 기독교문화는 귀납적 방법에 역점을 두지만 전통적으로 동양문화의 불교는 명상과 자비를 가지고 온갖 만물을 깨닫고 화합하는 연역적방법에 기초한 연기의 법칙이기 때문에 과학적이라고 볼 수 있다. 나도 젊었을 때 서너달 사찰에 머물면서 스님들과 깊은 논쟁을 한적 있다. 그러나 불교는 오랜 세월 동안 변화와 진화가 거의 없고 체계적인 지식발전이 정체해 있을 뿐만 아니라 환생과 극락세계는 현대 과학자로서는 동의하기 매우 어렵다. 미래의 제3세대 종교로 자연의 법칙(Law of Nature)을 이해하고 따라가는 미래 자연종교, 즉 자연주의론(Naturalism)을 제안한다. 모든 사람들이 자연법칙대로 살아가면 자연의 질서를 지켜 엔트로피의 증가를 최소화할 수 있다. 과거에는 지진. 태풍, 허리케인 및 홍수 같은 자연재앙으로 인간들이 생명과 재산을 잃었지만 이제는 예고없이 찾아오는 코로나바이러스 같은 희귀한 팬데믹 감염병이나 우크라이나-러시아 전쟁이나 이스라엘-하마스 전쟁처럼 세계각지에서 발생하는 민족전쟁, 각종범죄와 사고로 발생하는 인간재앙으로 지구가 종말로 가고 있다. 이것은 물질문명에서 온 우리의 탐욕 때문이다. 아주 오랜 옛날 우리 조상들은 태양과 하늘의 별들을 관찰하는 것은 물론 지진같은 자연의 재앙을 겪어가면서 인간의 운명과 미래를 겸손히 받아들이고 예언도 했었다. 따라서 우리는 자연의 질서와 자연의 법칙을 준수하면서 살아가는 자연주의론자가 될 때 코로나바이러스 같은 대유행병도 없는 세상의 평화를 얻게 될 것이다. 몇해전만 해도 등산하면서 야생화와 벌과 나비를 만나고 산딸기와 버찌를 따먹었지만 지금은 전혀 볼 수 없다. 우리가 섭취하는 모든 과일과 채소도 대부분 비닐하우스 안에서 인공적으로 재배된다. 우리가 억지로 만든 식품을 매일 먹고 있다면 우리의 면역체계는 어떻게 될까?

내가 인생에서 가장 보람을 느낀 것은 나의 적성에 맞고 내가 좋아하는 과학자로 평생 살 수 있다는 것이다. 그중의 또하나는 과학자의 집념으로 종교처럼 보이는 것보다 안 보이는 것을 믿고 떠돌아다는 천안함 침몰원인의 물증을 정확하게 발견해서 국제학회는 물론 국제학술지와 저술로 발표해서 역사에 길이 남게 했다는 것이다.

나는 왜 과학자가 되었나. 나는 어렸을 때부터 상상해 보는 것을 즐겼다. 나는 새로운 것에 호기심이 많았다. 나는 한 가지 문제를 잡으면 해결할 때까지 절대 포기한 적이 없다. 나는 한 문제를 풀려고 하면 그것에 집념해서 인내심을 가지고 해결하므로 진리를 발견한 성취감에 크게 만족한다. 무엇보다도 더 중요한 것은 재물과 권력 보다 지식에 인생목표를 두고 살아왔다. 나는 왜 과학자가 되었나 다시 물어도 나는 진실을 찾기 위해서 과학자가 되었다고 답한다. 그리고 성취는 집념에서 온다는 것을 발견했다. 그래서 나는 천안함 침몰의 진실을 밝히는데 책임과 보람이 있다고 생각한다.

내가 여기까지 오게 된 것은 운좋게도 많은 은인들을 만나는 행운이 따랐기 때문이다. 나는 살아가는 동안 많은 사람들한테 빚을 졌다. 나의 아들까지도 나에게 많은 관련자료와 서적을 보내줄 뿐만 아니라 냉정한 비평과 논쟁을 통해서 많은 지식을 쌓게 했다.지금까지 살아오면서 나를 도와주었던 많은 은인들과 지인들에게 감사의 표시로 이 글을 보내고 싶다.

2024년 4월 15일
김 소 구 (金 昭 九)

표지설명 : 미국오리건에서 캘리포니아로 넘어가면서 (US 101)

목 차

목 차

| 성장기 편 |

제1장 전쟁의 고통과 죽음

　나는 월남 (탈북이 아님)후 서너번 고향땅을 찾아 강원도 김화 생창리 비무장지대(DMZ) 부근을 방문했다. 반세기 이상이 흘러간 고향산천에서는 지난 시절의 아름다운 향기는 찾을 수 없고 다만 잊을 수 없는 어릴적 추억만이 떠올랐다. 나는 기구한 운명으로 태어나 산전수전을 다 겪으며 살아온 것처럼 자연의 옛 모습도 옛모습은 전혀 아니었다. 비록 옛 모습이 사라진 고향땅을 찾았지만 어릴 때 뛰어놀던 개울과 간고개는 말없이 초라하게 그대로 있었다. 사실 옛날 모습이 아니어서 내가 찾은 것이 정확히 맞는지 모르겠다. 그러나 그동안 내가 살아온 길은 너무나 변화무상하였다는 생각이 떠올랐다.

a)

b)

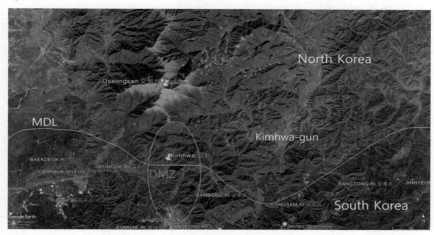

c)

a) 한반도 지도와 김화(Kimhwa)의 위치 (별표) b) 오성산 (1062 m) 정상의 화강암 암석이 6.25전쟁 때 폭격을 너무 맞아서 산정상은 모두 파괴되어 회색으로 보인다. MDL (Military Demarcation Line) 은 군사분계선을 표시한다. 김화는 군사분계선에서 2km내의 비무장지대 (DMZ)에 녹색타원형안에 내가살았던 고향이 있는것 같다. .그러나 전쟁때 초토화되었고 너무 오랜세월이 흘러 확증할 수 없다. c) 고향집에서 매일 쳐다본 오성산은 성산으로 생각했지만 6.25전쟁시 인민군과 중공군이 최후의 요충지로 끝까지 사수했다.

내가 태어난 북한땅 김화는 사방이 높은 산으로 둘러싸여 있고, 읍내 주변에는 오성산에서 내려오는 맑은 개울이 동네 중앙을 통해서 흘러갔다. 우리 집 앞에서 정면으로 우뚝 높이 솟아있는 오성산 (1062m)은 지금은 북한의 매우 주요한 군사시설이 되었지만 내가 어렸을 때는 항상 신이 살고 있고 우리가 도저히 갈 수 없지만 우리에게 삶의 기(에너지)를 주고 우리를 항상 보호해주는 신비스러운 성산으로 생각했다. 그리고 나의 집에서 얼마 떨어지지 않은 곳에는 어린이들의 유일한 놀이터로 큰 역할을 하는 맑은 개울 (남대천, 화강)이 흘러갔다. 김화는 또한 내금강까지 관통해서 금강산으로 들어가는 금강산 전기철도의 출발점이 되기도 한다. 이렇게 아름다운 자연환경에서 태어난 것은 한국 지리를 잘 알고계신 한 아버님 덕택이었다. 원래 아버님은 평북 영변 모향산 부근에서 출생하였지만 일찌기 18세쯤에 집에서 나와 독립하여 경성왔다가 수원농업전문학교 (현서울대학 농과대학) 에서 수학하고 일제시대 측량기사 공무원이 되어서 일제강점기에 전국에 토지측량을 하며 활동해서 한국 지리에 박식했다. 그래서 화천에서 어머님을 만나게되었고 한반도의 중심이고 가장 살기 좋은 한반도 중앙 김화에서 보금자리를 정하고 정착하게 되었다. 아버님은 옛날사람이지만 측량학과 기하학에 조예가 깊었고 영어도 할 줄 알아서 6.25때 미군들의 부녀자 만행을 만류하다가 큰 낭패를 당했다는 말을 들었다. 아버님은 김화와 화천주변에 많은 토지를 소유하고 경작시켜서 가을이면 수확물을 거두어들였으나 공산정권이 들어서자 지주로 몰려 모두 압수당하고 주로 집앞에 텃밭농사와 과수원 과일나무를 가꾸며 살아왔다. 따라서 내가 기억나는 것은 매일 농부로 열심히 일하는 모습이었다. 남한에 피난 나와서는 잠깐 친구도움으로 측량관계 일을 대전에서 일한 것을 기억했지만 모든 가사는 어머님이 보따리장사를 하며 끌고 갔다. 그러나 아버님은 항상 말없이 아침 6시에 나를 깨워서 영어방송을 놓치지 않고 듣도록 도와주었고 간이책상도 손수 만들어 주었으며 어머님으로 하여금 나에 대한 지원을 항상 잊지않도록 밀어주었다고 생각한다.

내가 세상에서 가장 존경하는 사람은 나를 세상에 내보낸 부모님이다.

옛날에는 큰 개울(남대천, 화강) 생각했지만 오랫동안 버려지고 퇴적이 많이 되었는지 조그만 실개천같이 보였다. 꽃의 강 화강(花江)의 발원지는 오성산계곡과북한 김화군 금성면 어천리 수리봉 (642m)에서 시작한 금성천이 합류해서 김화를 지나 한탄강 줄기와 만나게 된다. 6.25전쟁이 발생할때 소년 이었던 나는 여름이면 거의 매일 이청정 개울에서 미역을 감았다. 때로는 피라미 떼 중에서 제일 크고 붉고 푸른색을 띠고 우아하고 활발한 모습의 불거지(피라미 수컷) 를 발견했을 때 미친듯이 쫓아다니며 궁지에 몰며 즐겼다. 그밖에 보호색으로 때로는 구별할 수 없었던 모래무지, 그리고 돌 속에 숨어있는 가재, 등을 잡으며 신나게 놀았다. 이중에서도 불거지는 아름다운 색깔을 가지고 힘이 있어 한 30분정도 손벽을 치면서 따라 다니면 마침내 에너지가 소진되고나서야 지쳐서 풀 속으로 숨는다. 그때 나는 맨손으로 그 물고기를 쉽게 잡았다. 나는 민물고기를 안 먹지만 우리집 식구는 좋아하고 아버지도 종종 그물을 챙기고 민물고기를 잡으려고 나를 데리고 다녔다.

이곳은 내가 어렸을 때 살던 북한땅 고향이다. 이 개울(화강)에서 수영하고 맨손으로 물고기 잡고 놀던 어린시절이 그립다. 저 멀리 보이는 산이 유명한 오성산(1062m)이다. 내가 어렸을 때는 매일 쳐다보며 오를 수 없는 성산이며 우리를 지켜준다고 생각했다.

6.25전쟁 때는 중공군과 인민군의 땅굴기지로 난공불락기지로 유명했다.

내가 어렸을 때 살았던 고향집. 초가집이지만 울타리는 온갖 유실수로 둘러 싸여있고 주변에는 넓은 대지의 밭이 있다. 그리고 맑은 시냇물이 항상 흘러 아름다운 환경이었다.

봄에는 사방에 진달래꽃, 복숭아꽃, 배꽃, 살구, 앵두꽃이 만발하는 아름다운 강산이었다. 동네 친구들과 뒷산에서 진달래꽃을 따먹고, 싱아를 꺾어 먹으며 즐겁게 놀았다. 김화는 한반도 중앙에 위치하고 북한지역이었으나 6.25전쟁후 2/3는 북한땅이고 나머지 (1/3)는 남한에 속하게 되었다. 내가 살던곳은 디엠지(DMZ)에 속하나 전쟁때 폭격을 너무 많이 당해 초토화되어서 정확한 곳을 찾을 수 없다. 현재는 북한에만 김화군청이 존재한다. 남한에는 김화읍이 철원군 일부에 속한다.

나의 아버지는 평북 묘향산 부근 영변에서 출생하여 일제시대 때 국가 일급 측량기사 공무원으로 방방곡곡을 돌아다니며 일했었다. 그래서 아버님은 토지와 산을 잘 알고 있었으며 땅과 밭을 많이 갖고 있었다. 공산화가 된 후 지주로 몰려 많은 논과 밭을 많이 몰수당했다. 나의 어머님을 만난 것도 강원도 화천에서 만났다고 했다. 그러나 밭과 산은 여전히 넉넉히 있었고, 특히 유실수를 많이 재배하여 울타리는 온통 자두나무 (북한에서 봉두나무라고 했음), 복숭아나무, 배나무, 앵두나무, 사과나무와 포도나무 등으로 둘러싸여 있었다. 그래서 나는 매년 신선한 과일을 풍족하게 따 먹었던 기억이 난다.

우리 어머님은 무식한 시골여인이었지만 아버님이 공무원생활에서 은퇴한후부터 가정경제를 맡아 운영하였다. 북한에 있을 때는 원산에서 해산물을 구매해 와서 동네에서 판매하였다. 남한에 피난온 후에도 비슷한 보따리장사를 열심히 하며 가족의 생계를 운영하였다. 우리 어머님의 경제기술은 말을 잘해서 친구들이 많았고 주변사람들과 친목이 두텁고 신용관계가 좋아서 주변사람들이 잘 도와주었던 것으로 기억한다. 심지어 내가 서울에서 갑자기 갈 곳이 없을 때는 어머니 친구집에서 학교다닌 적도 있었다. 또 하나 어머니의 재주는 암산머리가 빨랐다. 학교도 안다녔지만 암산머리는 나보다 빨랐다. 어머니는 엄격했지만 형제중에서 나를 가장 사랑했고 맛있는 것도 나한테 챙겨서 주었다. 무식했지만 아버지의 안내를 받았는지 모르지만 경제적 어려운환경에서도 최선을 다해서 나를 지원해 주었다고 기억한다. 지금 생각해 보면 모든 인간의 성공은 어머니의 능력에 달려있다고 본다. 따라서 진짜 자식을 성공시킬려면 남자는 반려자를 잘 만나야 된다고 생각한다. 나는 평생 어머님과 아버님사이에서 다투는 모습을 본적이 없었다. 부모님은 항상 자식들 앞에서 말다툼을 해서는 안된다고 생각한다. 내가 세상에서 가장 존경하는 사람은 나의 부모님이다. 그것은 부모님의 학식과 재산과는 전혀 무관하다. 오늘에 오기까지 어려운 생활하면서 묵묵히 나를 지원해 주었기 때문이다. 가난때문에 나의 진로를 바꾸어야할 형편에도 부모님은 나의 길을 밀어주었다. 그래서 나는 나의 길을 홀로 가면서 다양한 경험을 통해서 값비싼 지식을 배웠다.

내가 살던 고향 김화는 육이오전쟁 때 폭격으로 지금은 지도에서 이미 사라졌다. 그리고 디엠지(DMZ) 지역에 들어가 내가 살던 집터는 찾을 수 없지만 어렸을 때 소꿉놀이를 하며 즐겁게 놀았던 옆집 인숙이가 떠올랐다. 처음으로 이성에게 사랑을 느낀 것은 아마 인민학교에 입학하기 전부터 시작한 것 같다. 어린시절 옆집 인숙이와 함께 아빠, 엄마 소꿉놀이를 하며 놀던 나의 첫사랑 인숙이를 잊을 수가 없다.

인숙이는 한국전쟁이 터지기 전에 우리 옆집에 살았다. 그때 우리는 소꿉놀이에서 아빠와 엄마역할을 하며 항상 재미있게 놀았다. 당시 인숙이는 이미 여성으로 행동을 할 줄 알아 항상 나를 리드했다. 내 인생에서 처음으로 이성을 가르쳐 준 첫번째 여자 친구였다. 전쟁후 남한에 내려와서도 한때는 자주 만나게 되었다. 왜냐하면 인숙이의 아버지는 외숙모의 오빠가 되기 때문에 외삼촌 집에 놀러가게 되면 자주 만나게 되었다. 그리고 인숙이는 나를 좋아했고 나도 그녀를 좋아했다. 고등학교 때부터는 방학 때마다 춘천에 내려가면 나는 인숙이를 만날 수 있었다.

우리는 춘천 외곽 주변 강촌 참외 원두막을 돌아다니며 외부의 시선을 받았지만 시골 강촌에서 매우 즐거운 여름방학을 함께 보냈었다. 인숙이는 비록 시골 고등학교를 다녔지만 그곳에서 학생회장과 학생대표 웅변대회도 나갔었다. 인숙이는 굉장히 머리가 좋고 활동적이고 적극적인 여학생이었다. 어떤 때는 밤 늦게 춘천 야산에서 데이트하다가 방범 경찰한테 걸려 청소년 품행주의를 받은 적도 있었다. 내가 지금도 기억나는 것은 당시부터 가끔 산속에서 데이트할 때 인숙이가 나의 미래를 물어었을 때 나는 해군사관학교 들어가서 졸업후 언젠가 외교관이 되고 싶다고 나의 꿈을 말한 것이 기억난다. 그러나 한편 인숙이는 친척관계인 우리 사이의 미래를 은근히 걱정도 했었다. 그렇지만 그당시 인숙이는 외로운 나의 미래를 함께 꿈구며 격려해 준 나의 첫사랑으로 잊을 수 없는 여자친구였다. 지금쯤은 아마 할머니가 되어 있을 지도 모른다. 그러나 매우 그립고 만나고 싶다.

6.25 전쟁 (The Korean Peninsula War)

6.25 전쟁 또는 6.25 사변을 한국전쟁 (Korean War)이라고 하는데 나는 한국전쟁 보다 한반도전쟁 (Korean Peninsula War)이라고 말하는것이 오히려 맞다고생각한다. 왜냐하면 그당시 북한군과 중공군에 대항해서 남한과 유엔군이 참가한 국제전쟁이었기때문이다. 1950년 6월 25일, 내가 인민학교 3학년이었던 초여름 어느 날, 인민군들은 새벽에 우리 집 앞, 한길을 통

해서 남으로 진격하는 구두발자국 소리가 요란했다. 그리고 다음 날부터 벽보에는 한반도 지도 위에 붉은 화살 표시로 인민군의 남진을 크게 공고했다. 그 벽보를 보고 전쟁이 일어났다는것을 알게 되었다.

　어느 날(아마 6.25전쟁이 일어난지 얼마후) 나는 동네 아이들과 함께 그 맑고 넓은 개울에서 미역을 감고 있었다. 그때 갑자기 미국 정찰기 2대가 나타나 낮게 뜨며 곳곳을 공중 촬영하였다. 그래서 미역을 감다가 생전 처음 보는 비행기에 놀란 나는 동네 아이들과 함께 평소 학교에서 가르쳐 준 방법을 생각하며 방축을 넘어 도망을 쳤다. 그러나 그 비행기들은 금방 다시 돌아오기 때문에 어느 공동 방공호에 들어가야만 했었다. 거기에는 이미 동네 사람들이 들어와 있었으며, 그중 고급중학교를 다녔던 옆집 누나가 아메리카가 이제 전쟁에 참가하게 되었고, 아메리카는 세계에서 제일 강한 나라(미국) 라고 말하는 것을 듣고, 처음으로 아메리카라는 이름을 알게 되었다. 그러나 그날에는 두 대의 비행기는 아무런 폭격을 가하지 않았고, 주변 시설물의 사진만 찍고 조용히 돌아갔다. 얼마후 4대의 무스탕이 날아와 맹렬하게 폭격을 가하기 시작했다. 우선 이들은 주요한 시설, 역전, 군부대, 전력시설들을 집중 폭격했다. 그리고 폭격은 매일 계속 일어나서 화염은 주야를 가리지 않고 타올라 불바다가 되기 시작했다. 그리고 다시 F - 86 전투기 4대가 주기적으로 나타나 신속하고 정확하게 지상의 모든 물체를 파괴시켰다.

　북한에서는 이 F - 86 전투기를 "쌕쌕이"라고 부르는데, 그 이유는 이들의 속도가 너무 빨라 (시속 1000 km 이상) 지나간 후에야 쌕쌕하는 소리를 듣고 하늘을 쳐다 보면 이미 이들은 머리 위에서 사라져가고 있기 때문이었다. 당시 F-86 전투기는 가장 무서운 공포의 대상으로 나의 여동생은 이들을 "무서운 큰새"라고 불렀다. 이들이 나타난 후부터 지상의 거의 모든 집들은 이들이 쏘는 융단폭격과 휘발유 낙하로 모두 초토화되어 사라졌다. 어느 날 이들 편대중 하나가 폭격하고 상승하다가 산봉오리 바위 위에 부딪쳤는지 혹은 계속 총질하는 인민군 기관총에 저격됐는지 모르지만 추락했다. 그래서 많은 동네 사람들이 구경하러 올라갔다. 나도 따라 올라갔다. 조종사는 아주 키가 작은 백인이였는데 이미 사망했고 많은 사람들이 원수라고 소리치며 돌을 던져서 얼굴에서 피가 흘렀다. 매일 이 무서운 폭격때문에 이 마을 모든 사람들은 땅속 방공호 속에서 살게 되었고, 학교공부도 산속의 암반 동굴에서 할 수밖에 없었다. 가족 방공호는 지하주택으로 3~4개의 모래 가마니로 덮고 (3~4m), 굵은 통나무 기둥으로 튼튼하게 지어졌으며, 화장실만 빼놓고 숙식은 물론 모든 생활이 지하 방공호 속에서 이루어졌다. 이것 말고도 또 무서운 대상이 있었는데, 그것은 B - 29폭격기로 아주 높게 떠서 1톤 이상의 폭탄을 떨어뜨리면, 곳곳에 물이 고여 조그만 연못이 생길 정도로 그 파괴력이 대단했다. 당시 전쟁으로 사상자가 많이 나온 이유중에 전쟁폭격과 전염병(염병) 그리고 적군 또는 아군에 의한 개별적 적개심에서 일어난 일종의 민간학살 등이 있었으나 이 중에서도, 전쟁폭격이 제일 심했다. 나도 언젠가 햇볕을 쬐기위하여 방공호 앞에 가마니를 깔고 앉아 있었을 때, 갑자기 날카로운 바람소리가 나는가 하더니, 폭탄 파편이 가마니 위에 떨어져 가마니가 탔다. 어디선가 큰 폭탄이 떨어져 파편이 날라온 모양이었다. 어떤 사람은 화장실에 갔다가 방공호로 들어오던 중에 비행기에서 쏟아 붓는 기관단총에 궁둥이를 맞아 즉사를 하기도 했다.

인민군이 낙동강에서 후퇴할 때쯤 되어서 담임선생님은 학생들에게 내일부터 학교에 오지 말고, 집에서 공부하라고 했다. 나는 이 마지막 선생님의 말을 듣고 어린 마음에 매우 슬퍼 눈물이 났다. 당시 교실은 산 밑을 뚫어서 만든 지하 동굴교실이었고 담임선생님은 권총을 차고 있었던 것으로 기억한다. 이제 전쟁은 점점 더 막바지에 도달하는 듯 심했다. 당시 전쟁으로 논과 밭은 모두 황폐화되었고 식량은 중공군이 배급해 주는 고량과 미숫가루가 전부였다. 먹을 것이 너무 없어서 특히 단백질 섭취가 필요한 식량을 구하기 위해서 헤매던중이었다. 나는 개울에 물고기가 매우 많다는 것은 알고 있지만 잡을 수 있는 방법이 없어 하나의 아이디어를 생각해 냈다. 중공군이 사용하는 수류탄을 개울에 터뜨리면 물고기를 잡을 수 있다고 생각했다. 하루는 잘아는 중공군 장교한테 부탁해서 수류탄을 개울에 몇 개 터뜨리게 했다. 그리고 떠오르는 물고기를 건져서 마구 주머니 속에 넣고 있었다. 그런데 갑자기 F - 86 전투기 4대가 정면으로 나를 향해서 날아왔다. 나는 물고기를 주워서 주머니 속에 넣은 채 물속에 머리를 넣었다. 비행기가 지나간 후 꽁무니를 보고 질주해서 도망쳤으나 워낙 비행기 속도가 빨라서 채 제방을 넘기 전에 다시 돌아서 왔다. 그리고 당시는 보호색으로 국방색 옷을 입고 있기 때문에 움직이는 사람을 비행기에서는 군인으로 오해를 해서 더욱 맹렬하게 기관총을 내려갈겼다. 내가 엎드린 곳 앞으로 총알이 떨어지며 흙이 튀었다. 아차 하는 순간에 총알을 맞을 것 같았다. 그러나 다행히도 총알은 용케 나를 피해서 나갔다. 그리고 바로 앞에서 흙과 먼지가 튀었을 때는 등골이 오싹했다. 그리고 겨우 제방을 넘어서 어느 허름한 방공호에 들어갔을 때, 시체 썩는 냄새가 코를 찔렀다. 죽은 지가 오래된 시체가 부패한 냄새였다.

당시 높은 열과 머리를 빠지게 하는 전염병이 유행했는데 사람들은 이 병을 염병이라고 불렀으며, 사망률이 매우 높은 병이었다. 나도 이 염병에 걸려 거의 사경을 헤매다가 살아났다. 내가 이 병에서 살아남게 된 것은 중공군이 공급한 진통의 아픔을 멈추는 약 (아편 일종 같음) 때문이었다고 생각한다. 그 병에 걸려 당시 거의 사경을 헤매고 있을 때 꿈속에 어느 여인과 딸이 찾아왔던 것은 나에게 아직도 풀리지 않은 미스터리한 수수께끼이다. 그들은 매우 평화스럽고 인자한 모습으로 아직 갈 때가 아니라고 말하고 돌아간 것이 기억난다.

지금 생각해 보면 당시 열이 거의 40도 이상 올라 거의 죽음문턱에 왔을 때 나타난 근사체험 (Experience near Death)이라고 생각한다. 그 여인과 딸이 왔다간 후 나는 다시 생명의 활기를 찾게 되었다. 지금 생각해 보면 나한테 찾아온 그 여인과 딸은 수호천사(Guardian Angel)라고 믿어졌다. 이후에 그 여인은 나의 생애에서 내가 남한에 내려와 초등학교 5학년 때 다시 한번 꿈속에 나타났다. 그들은 고건축물 (신풍국민학교)인 나의 교실에서 피난하라고 주의를 주고 떠났다. 그날 밤 자다가 무서워서 한밤중에 갑자기 울음을 터트렸다. 어머님은 놀라서 나를 달랬다. 며칠후 그 고건축물은 해체작업에 들어갔고 우리들은 신건물에서 공부를 시작하였다. 건물 파괴할 때 인부중 한명이 낙하해서 사망했다는 이야기가 돌았다. 그후에는 그여인과 딸은 영원히 나한테 나타나지 않았다. 아마 내가 이세상을 떠날 때 데리고 가겠다고 다시 올지도 모르겠다.

전쟁이 악화되면서 아주 심해진 폭격으로 더 이상 방공호 생활을 할 수 없었다. 공산당원의 지시도 그랬다. 우리 가족은 더 깊은 북쪽 시골로 피난을 가야 했다. 읍내에서 멀리 떨어져 깊은 산속에 있는 친척집에서 당분간 기거하게 되었다. 그 무렵 어느 날 밤늦게 인민군 장교가 나타나 하룻밤 숙박을 요청하자 어머니는 나한테 그 장교 와 함께 자라고 했다. 그 장교는 나와 하 룻밤을 한방에서 지낸 아침에 주머니를 뒤적이더니 무엇을 잃어버렸다면서 찾고 있었다. 어머니는 혹시 내가 무엇을 잘못 챙겼을 수도 있으니 주머니에 있는 것을 꺼내보라고 했다.

그때 내 주머니에서 나온 것이 태극기 손수건이었다. 이 손수건은 오래전 에 내 누나가 만들어준 것이었다. 언젠가라도 남한의 국군을 만나게 되면 이 태극기를 흔들어 보이라고 내게 준 것이었다. 그러나 불행하게도 그 손수건 은 패잔병이 되어 북으로 가는 인민군 장교 앞에 노출된 것이었다. 그 장교 는 내게 "만약 네가 어른이었다면 이 자리에서 당장 총살을 했을 거야"라며 매서운 눈초리로 나와 나의 어머니한테 호통을 쳤다. 그때는 정말 물고기를 잡다가 비행기 총알세례를 받던 사건 다음으로 나의 생애에서 생사의 갈림 길에 섰던 아찔한 순간이었다. 지금도 그순간을 생각하면 소름이 돋는다.

그후 우리 가족은 친척과 함께 북쪽을 향하여 다시 피난길을 떠나야 했다. 당시 남자들은 모두 징집되어 인민군한테 끌려갔기 때문에 두 가정에는 오 로지 여자와 어린애들 뿐이었다. 오래 걷는 피난길은 굶주림과 피로에 지쳐 멈춰서야 했다. 산속 계곡에서 물로 배를 채우고. 반공호를 찾아 속에서 쉬곤 했다. 그런데 어느 아침에 갑자기 중공군 장교가 쌍권총을 들고 들이닥쳤다. 그리고 왜 북쪽으로 안가고 여기에 숨어있느냐며 다그쳤다. 그들은 우리 가 족을 간첩으로 생각했을지도 모른다. 우리 가족 모두를 총살시키겠다며 겁 을 주었다. 그가 더욱이 삽한자루를 주며 각자 자기가 들어갈 무덤을 파라고 했다. 정말로 아찔했던 인생의 세 번째 위기였다. 그때 나는 미국 비행기에서

뿌린 삐라가 좋아서 줍는대로 주머니 속에 넣고 있었다. 그래서 나는 더 겁이 나서 그것들을 몰래 땅속에 묻기까지 했었다. 당시에 중국어를 할 줄 아는 사람은 나 밖에 없었다. 이전에 중공군부대가 북한에 왔을 때 우리 집에 자주 들렀던 중국 장교가 나를 귀엽다고 자주 데리고 다녔기 때문에 그에게서 중국말을 배울 수 있었다. 나는 그때 습득한 중국말 실력을 모두 동원해 중공군 장교로부터 여러 가지 배급을 타먹었던 증명서 (인민군에 입대한 형님 증명서)를 보여주며, 나의 가족은 절대로 남조선 간첩이 아니며 다만 식량이 떨어지고, 몸이 불편하여 쉬고 있을 따름이라고 설명했다. 그 중공군 장교는 나의 설명을 듣고는 우리에게 즉시 북쪽으로 떠나라고 말하고 가버렸다. 그래서 우리 가족은 곧 북쪽으로 향했으나 두 갈래 길을 만나게 되었다. 이 길이 결국 내 오늘의 운명을 결정할 줄 누가 알았으랴.

가족 모두가 북으로 가자고 하였으나 나만이 남쪽 길을 고집하여 결국 남쪽으로 오게 되었다. 북쪽에는 중공군과 인민군이 집결해 있었고 남쪽에는 유엔군과 국군이 배치돼 있었다. 나는 어머니 누나 동생들과 함께 길옆에 움푹 들어간 도랑을 따라 기면서 국경을 겨우 넘었다. 조금만 고개를 들면 어디에선지 총알이 빗발치듯 쏟아져서 거의 목숨을 걸고 남진을 계속했다. 그 총알은 우리를 맞힐 듯하며 스쳐갔고 어머니 치맛자락을 뚫기도 했다. 그렇게 무시무시한 전쟁터를 통과하고 나서 고개를 드니 갑자기 태극기를 꽂고 총을 든 군인이 나타나 손을 들라고 했다. 이제 남한 땅에 들어온 것을 나는 알게 되었다. 내가 남한땅을 밟게된 것은 1952년, 매우 무더운 여름 7월이었던 것으로 기억된다. 그리고 국군은 나의 가족을 곧바로 미군 쪽으로 데리고 가서 지붕없는 트럭(GMC)에 실어 바로 의정부로 수송했다. 의정부에 모인 피난민들은 한여름 무더위 속에서 덮개 없는 석탄 곡간 기차에 실려 다시 평택으로 옮겨졌다. 당시 여동생은 온종일 뜨거운 햇볕을 쬐인 탓에 일사병에 걸려 결국 기차 위에서 세상을 떠났고 평택에 이르러 이름 모르는 땅에 묻혔다. 나는 지금도 여동생 무덤을 찾으려 하지만 그곳을 알 수가 없다.

6.25전쟁 지도와 김화의 위치, 중앙의 붉은 별표는 김화를 표시한다. 김화는 6.25전쟁 전에는 북한땅이었으나 전쟁후 그 3분의1이 남한 DMZ에 들어가있다. 현재 김화군청소재지는 북한에 있고 남한의 김화는 철원군에 들어가 있다. 유엔군, 중공군 그리고 인민군 최전방과 전쟁일지를 보여주고있다.

제2장 피난민 생활과 남한에서의 새로운 삶

의정부에서 석탄화물열차에 실린 피난민들은 평택에 내려졌다. 우리 가족은 처음으로 남한 평택에서 몇 달간 어느 민간인이 빌려준 개인주택 셋방에서 살았다. 그때 일찍이 북쪽에서 헤어졌던 아버지가 우리 피난민 주소를 알아내 2년 만에 상봉하게 됐다. 당시 아버지는 군복을 입고 와서 모두들 깜짝 놀랐다.

우리는 평택에서 얼마간 살아가 다시 외삼촌이 살고 있는 충청북도 진천의 한 동네로 이사를 했다. 남한 실정을 전혀 알지 못한 채 월남한 우리 가족은 오래전 해방 후 곧 월남한 외삼촌이 있었기에 큰 도움을 받을 수 있었다. 우리는 외삼촌의 집 부근에 살며 조금씩 안정을 찾게 됐다. 그러나 북쪽에서 온 삼팔따라지가 충청도 양반 속에서 사는 일은 쉬운 일이 아니었다. 밤에는 찹쌀떡과 메밀묵 장사를 하고 낮에는 산에 가서 나무를 해왔다.

나는 당시 학교에 다니는 동네 아이들이 몹시 부러웠다. 나는 동네 친구를 사귀려고 노력했으나 북한에서 온 아이라고 모두들 나를 피하려고 했다. 나는 북한에서 3학년에 다니다가 남으로 내려왔는데 2년 동안 전쟁 피난민으로 학교 근처에도 가보지 못했기 때문에 학교를 무척 그리워했다. 내가 기억하는 북한의 학교생활은 매일 동네에서 행렬을 만들어 오고 가고 했으며 방과후 저녁에는 친구집에 함께 모여 예습, 복습을 했고 그 결과를 책임자가 담임선생님한테 매일 보고하는 방식이었다. 그때 단체공부에 불성실해서 벌점을 많이 받은 학생은 일주일에 한 번씩 반에서 자아비판을 받았으며 끝내 눈물을 흘리며 잘못을 반성하는 학생들도 있었다. 그러나 남한에서의 학교생활은 과연 어떠할지가 매우 궁금했다. 당시 형편으로는 학교에 갈 수 없었기 때문에 누나가 집에서 가정교사 노릇을 해주었다. 누나는 결혼후 뇌염으로 세상을 떠났지만 어렸을 때 나를 가장 사랑했고 학교에 못 갔을 때 나를 교육시켜준 진정한 선생님이었다. 누나는 북한에서 고급중학교를 졸업했고 나한테 국어와 수학을 잘 가르쳐준 훌륭한 은사였다.

정부는 1953년 여름에 북한 피난민의 종합수용소를 만들어 수원 북쪽의 어떤 공장건물 같은 곳에서 공동으로 모여 살게 했다. 바닥은 시멘트에 가마니를 펴서 깔고 옆집하고는 이불꾸러미 하나로 경계를 하고 살았다. 화장실은 공동화장실이었고 피난민에게 배급 주는 보리쌀만 매일 먹고 살아야 하는 것이 고통스러웠다. 그전까지 북한에서 보리밥을 먹어본 적이 없었기 때문에 더욱 그랬다.

요즘은 꽁보리밥이 건강식품이지만 당시엔 최악이었다. 꽁보리밥을 먹은 후엔 대변에 껍질이 그대로 나오기 때문에 그것이 너무나 싫었다. 우리들은 이듬해 각각 빈터를 찾아 가족끼리 살게 되었다. 수원시 매향동 야산바위 언덕에 구덩이를 파내어서 원시인처럼 동굴집에 살게 되었다. 그러나 여름에는 시원하고 겨울은 따뜻해서 좋았다. 동굴집에서 살면서도 나는 그렇게 갈망하던 학교에 다닐 수 있게 돼 행복했었다. 마침내 피난민 종합학교는 북한에서 온 피난민 학생들을 위해서 세운 학교로 수원 장안구 영화동에 설립되었는데 각 학급마다 학생들의 나이 차가 많았다.

남녀공학이었지만 나이 많은 형과 누나들이 많이 있었고, 그중에서도 고향친구 김정남(현재 브라질에 살고 있음)과 나는 어린애 편에 속해 매일 형들한테 얻어맞고 심부름을 했었다. 당시 짓궂은 형들이 모든 남학생들의 가방을 여학생들의 자리에 장난으로 갖다 놓았다. 그러면 여학생들은 모든 남학생들의 가방을 쳐다보지도 않고 내동댕이쳤으나 내 가방만은 고스란히 제자리에 가져다 놓았다. 나는 그 당시 여학생들한테 인기가 아주 좋았다. 그덕으로 나는 이 피난민 종합국민학교 학생회장으로 선출되었으며 조회 때마다 우리의 맹세를 낭독하는 등 전교생을 지도했다. 그러나 앞으로 성공하기 위해서는 이 고장에 오랜 역사를 갖고 있는 본교로 옮기라는 담임선생님의 권고에 따라 수원 신풍국민학교로 전학하여 5학년과 6학년을 그곳에서 보내게 되었다.

당시 나의 가정 형편은 매우 어려웠지만 나의 학교생활은 오랫동안 단절되었다가 다시 시작되었기 때문에 매일 매일이 아주 즐거운 날이었다. 나는 당시 반장으로 담임선생님의 총애를 가장 많이 받았으며 담임선생님의 심부름-연애편지 전달을 혼자 맡아서 했다. 그때 담임선생님은 옆반 5반의 여선생님과 깊은 연애에 빠져 있었고 나는 이들을 연결해 주는 메신저였다. 나는 방과 후 자습시간을 지도했고 특히 6학년 때는 저녁식사 후, 선생님 대신 방과 후 과외공부를 내가 진행했던 것을 기억한다. 그리고 어떤 여학생 부반장(차씨로 기억함)이 자기 집에서 오징어와 과자 같은 간식을 갖고 와서 함께 먹던 기억이 난다. 아름다웠던 추억이다.

내가 다니던 5학년 4반 교실은 아주 오래된 고건축물이었으며, 언젠가는 철거시켜야 되는 건물이었다. 그런데 이상한 일이 일어났다. 나는 어느 날 꿈을 꾸었는데, 북한에 있을 때 염병으로 거의 목숨을 잃을 뻔했을 때 꿈속에 나타났던 그 여인과 딸(수호천사)이 다시 꿈속에 나타나서 그 건물 속에 들어가지 말라고 알려주는 것이었다. 그날 밤 나는 놀라 깨어났고 그 생생한 꿈이 무서워 울어버렸다. 엄마는 자던 아이가 갑자기 일어나 우는 모습을 보고 당황했었다. 나는 그다음 날부터는 그 건물에 들어가는 것이 매우 두려웠다. 그후 두주가 안 되어서 그 건물은 곧 철거 작업을 시작했고, 철거 도중 지붕에서 인부가 추락해 사망했다는 소식을 들었다. 그리고 나의 반은 다른 새 건물로 옮겨져서 수업을 받게 되었다. 당시 나타난 여인은 정말로 나의 수호천사가 아니었을까? 아직까지 그 여인에 대한 신비스러운 의문은 풀리지 않았다. 이것은 첫 번째와 같이 모두 꿈속에서만 일어난 사건들이었다. 그리고 평생 풀리지 않는 수수께끼로 남아있다. 그리고 그 후로는 아직까지 그 수호천사는 안 나타났다. 그래서 나는 그때부터 미지의 세계관, 과학과 철학, 과학과 신에 대해서 깊은 관심을 갖게 되었다.

눈 깜짝할 사이에 중학교 시험이 닥쳐왔다. 담임선생님은 경기중학교보다 서울중학교가 북한에서 온 학생이 많이 가는 학교라고 추천했다. 당시 나는 반에서 줄곧 일등을 했지만 뜻하지 않게 실패했다. 나는 아직도 그 원인을 알 수 없다. 그 당시 피난민 생활을 하는 우리 집안 형편은 등잔불을 마음대로 쓸 수 없을 정도로 어려웠다. 거기다 더 나를 불안하게 하는 것은 뇌염으로 누워 있는 누나가 병원치료를 제대로 못 받아서 생명이 매우 위험한 것이었다. 나는 매일 집에 올 때면 혹시 누나가 죽지나 않을까 하고 하루도 근심이 없는 날이 없었다. 이러한 환경이 서울중학교 시험에 정신적 영향을 미쳤다고 생각한다.

나의 인생에서 처음이고 마지막으로 시험에 떨어지는 실패를 맛보게 된 것이었다. 그후 누나는 회복되어서 운좋게 동향의 지성인(중학교 영어선생님)을 만나서 결혼까지 했지만 결혼후 4년 만에 과거 뇌염 후유증이 재발해서 세상을 떠나고 말았다. 매형이 사는 부산 어느 곳에 안치된 것으로 아나 못가봐서 마음이 아프다. 누나가 그렇게 무서운 병을 앓게 된 것도 아마 어려운 생활에서 부모님과 동생들 돌봐주고 환경위생이 너무 빈약했던 탓으로 생각된다.

우리는 그 지긋지긋한 반판자 동굴 집에서 얼마간 살다가 남한정부에서 수원 연무동에 마련한 북한 피난민 정착촌부락에 입주했다. 처음으로 남한정부가 제공한 공동주택에서 인간다운 생활을 하게 되었다. 이 마을은 6.25 전쟁전 북한지역 특히 북한군과 국군, 중공군과 미군 사이에 격전이 가장 치열했던 중부지역의 김화, 평강, 철원, 이천, 연천 같은 곳에 살았던 북한 피난민한테 무료로 국가가 제공해준 현대식 공동주택이었다.

이곳은 수원 화성 동문쪽에 위치하고 있었고 나는 종종 주변 성곽주위를 올라가서 놀며 미래에 대한 큰 꿈을 그려보았다. 그리고 주말에는 동네 형들과 함께 광교산에 가서 연료로 사용할 나무를 해왔다. 당시 나는 비록 무거운 나뭇짐을 끈으로 묶어 메고 오는 것이 힘들었지만 그래도 재미가 있었다. 왜냐하면, 모두 나보다 나이가 몇 살 많아 나를 도와주었고 나는 형들한테서 미래의 꿈에 관한 이야기를 듣는 것이 재미있었다.

그중 한 남씨 성의 미남형이 나와 가까웠다. 남형은 일 년 후 독일광부로 갔다. 비록 그후 소식은 없었지만 성공한 것으로 안다. 나는 가난 때문에 매일 매일 고달픈 인생이었지만 형들과 보낸 시간들은 항상 즐거웠다.

나는 수원북중학교에 다니다 지난 서울중학 실패를 만회하기 위해 다시 서울고등학교에 도전하기로 결심했다. 내가 사는 동네는 수원 북동쪽 화성을 끼고 있는 북한 피난민촌이지만 한적하고 웅장한 옛 성터의 주변 환경은 나의 어린 꿈을 싹트게 만들기에 충분했다. 나는 시간이 있을 때마다 푸른 잔디 위에 앉거나 우뚝 솟아있는 옛 조선의 성곽 위에 올라가 영어단어를 외우면서 앞으로 올 웅대한 미래를 상상해 보곤 했다. 그때 그곳에 관광차 찾아왔던 미군을 만나 엉터리 영어 회화를 하면서 미국이란 나라를 동경하게 됐다.

나는 그 무렵 시골중학교 교육에 불만을 느끼고 있었다. 북중학교 2학년 때는 나의 가장 친한 친구 김낙찬과 함께 배를 타고 미국에 밀항할 생각을 하고 부산으로 떠날 계획을 세웠다. 사실은 국민학교 5학년 때 내가 입었던 구호물자 주머니 속에서 나온 메모쪽지도 사연이 있다 하겠다. 미국 테네시 시골에 사는 어떤 미국 초등 여학생이 간단하게 자기소개를 한 메모조각이었다. 더욱 미국이 마음속으로 다가오는 듯했다.

사실 낙찬이도 서울 경복중으로 진학하려다 실패했다. 그래서 낙찬이와 나는 밀항을 해서 미국에 가고 싶다며 밤열차를 타고 무조건 부산으로 떠났다. 하지만 당시 겨울 바다는 매우 추웠고 돈이 떨어져 찾아간 부산 매형한테서 꽉 잡혀 상황이 달라졌다. 매형은 우리들을 설득시키려 애썼다. 앞으로 공부만 열심히 잘하면 미국에 얼마든지 갈 수 있다고 했다. 우리들은 다시 회망을 품고 집으로 돌아와 고등학교 입시공부에 전념했다.

수원 동북쪽에 위치한 화성의 동북공심론은 조선 정조대왕이 외부침입을 막기 위해서 세운 일종의 초소였다. 나는 소년시절 이곳에 자주 올라가 옛날 우리 선조들의 지혜를 생각하면서 나의 미래를 상상해 보았다.

나는 중, 고, 대학시절을 보내면서 많은 친구를 사귀지 않았다. 2~3명의 소수정예 친구를 택해 깊게 사귀고 지냈다. 그리고 이들은 인물로 보나 실력으로 보나 매우 우수했고 동고동락할 수 있는 친한 사이였다. 낙찬이는 수원 토박이로 집이 크고 부유한 대가족의 막내아들로 태어나 형제와 자매들로부터 사랑을 많이 받았던 명랑한 미남소년이었다. 그의 부모님과 누나들도 항상 나를 따뜻하게 대해 주었다. 그는 항상 나와 함께 붙어다니던 죽마고우로 가끔 그의 집에 초대되어 맛있는 음식을 실컷 먹었던 기억이 난다. 그는 대학

졸업후 화교아가씨와 결혼하고 대만과 한국을 왕래하면서 서울 근교에 살고 있었는데 그후 소식이 단절됐다. 꼭 만나보고 싶은 사람이다.

서울고등학교 2학년 때와 피난시절에 살았던 수원성(화성)을 방문했다. 나는 항상 영어책을 들고 다녔다.

나의 꿈과 도전

나는 중학교를 졸업하고, 그렇게 꿈꾸었던 서울고등학교에 입학했다. 그야말로 치열한 경쟁 끝에 당당하게 합격한 것이다. 내가 중학교에서 공부를 열심히 하게 된 이유가 있는데 그때 익힌 영어실력이 고교진학에도 큰 도움이 됐다. 당시 영어선생님이 여자분이었는데 내가 만점을 받으니까 "공부 잘하는 사람은 업어주고 싶다"라고 했다. 나는 그 말에 고무돼 더욱더 영어공부를 열심히 한 것이었다.

그때 사연이 또 있는데 서울고등학교의 입학시험을 보기 전에 나는 이미 특차로 한국 국립철도고등학교에 합격했었다. 그리고 집에서도 고등학교

학비를 감당하기 어려운 사정이었기에 부모님은 비용이 전혀 안들고 졸업 후 취직이 보장되는 이 국립철도고등학교로 내가 진학하기를 희망했다. 그러나 내 생각은 달랐다. 나는 나 자신이 일찍이 키워온 꿈을 마음껏 펼치지 못하고 접는 것이 안타까웠다. 또한, 나는 무엇이든지 결코 남보다 뒤 떨어지지 않고 할 수 있다는 나의 자신감을 믿었다. 나는 돈 때문에 학교를 바꿀 수 없고 꿈을 접을 수도 없다고 생각했다. 내가 고등학교 졸업후 곧 취직하면 당시 형편으로 부모님이나 동생한테는 도움이 되겠지만 그보다 나의 원대한 꿈을 실현하는 것이 인생에 있어서 더 보람이 있을 것이라고 믿었다. 내가 서울고등학교 교복을 입고 다닌다면 세상에 어떤 것도 부러울 것이 없으리라 생각했다.

사실 오늘날 여기까지 오게 된 것은 비록 가난한 고학생이었지만 서울고 등학교에 다니면서 훌륭한 은사님들 밑에서 그리고 꿈 많은 친구들과 더불어 항상 푸른 꿈을 간직하며 살아왔기 때문이라고 생각한다. 특히 조병화 선생님 (후에 경희대교수 및 인화대 부총장역임)의 달콤한 사랑과 연애이야기, 고1학년 시작할 때 담임선생님이었던 음악가 서수준 선생님 (후에 경희대 교수)는 항상 침묵속에 큰 그림을 보여주었다. 특히 고 3때 담임선생님이었던 육인수(전 박근혜 대통령의 외삼촌)선생님의 어렵고 딱딱한 수학 기하의 그림 설명은 어려운 문제를 두려워하지 않고 도전할수 있는 힘을 주었다. 그리고 이향규 영어선생님의 남자 정력과 솔잎관계 같은 건강 이야기들은 내가 살아가는데 생명력과 에너지를 불어넣었다.

그 당시 우리 또래 학생들은 명작을 읽는 것을 즐겼다. 나도 도스토예프스키의 '죄와 벌'을 비롯해서 토마스 하디의 '테스', 톨스토이의 '전쟁과 평화', 헤르만 헤세의 시는 물론 알렉산더 대왕 (Alexander the Great), 징기

즈칸 (Genghis Khan), 나폴레옹 (Bonaparte Napoleon), 카르 마르크스 (Karl Marx), 레닌 (Vladirmir Lenin), 스탈린 (Joseph Stalin)등 영웅과 위인전도 닥치는 대로 읽었다. 이 중에서도 가장 머릿속에 오래 남아있던 것은 '죄와 벌'(Crime and Punishment)이다. 세상의 인간종류는 범인(凡人) 혹은 상인 (ordinary person)과 강자(强者) 혹은 비상인(extra - ordinary person)으로 구성되어 있으며 상인(常人)들은 비상인(非常人)을 위해서 존재하며 이들은 비상인들의 지배를 받고 있다고 생각한다.

동서고금을 막론하고 많은 전쟁 영웅들은 물론 정치 (특히 독재자), 세계적 석학, 예술가, 발명가와 사업가들이 이들 비상인의 한 부류에 속한다고 말할 수 있다. 예컨대 빌 게이츠(Bill Gates)같이 PC의 운영체계(Windows)와 워드 프로세싱 소프트웨어 기술 하나로 전 세계 컴퓨터시장을 지배하고 있는 사람이나 과학자, 예술인, 체육인 중에도 위대한 비상인들이 많다. 특수 정치제도에서 인구 14억 이상이나 되는 중국대륙을 다스리는 것도 능력있는 비상인 집단이 수많은 보통사람 백성을 끌고 가고 있는 것이다.

중국 국가지진국 지구물리연구소에서 강의를 했을 때 젊은 연구원들로부터 너무나 수준이 떨어지는 질문을 받고 이 연구소 소장과 비교했을 때 너무나 큰 차이가 있음을 알 수 있었다. 이 거대한 연구소 운영도 똑똑한 몇몇 비상인, 강자 그룹이 끌고 가는데 아무런 문제가 없을 거라는 생각이 들었다. 그러나 비상인이 많은 자유민주주의 체제의 자본주의 국가에서는 올바른 양심과 법체계가 서지 않으면 비상인이 나서는 데 문제가 많이 일어날 수 있다. 우리는 남을 존경하고 사랑하는 크리스천(Christian)적인 사고방식과 지도자의 정의와 정직을 명예로 하는 사회의식 구조가 필요하다. 그러나 나는 사춘기 때 인간의 본질을 너무나 확실하게 묘사해 주는 그 소설을 읽고 크게 감명을 받았다.

지배계급과 피지배계급, 선과 악, 유신론과 무신론, 그리고 결국 불완전한 인간과 완전한 신의 존재로 연상할 수 있었지만, 당시 나는 오로지 보통사람 범인, 상인과 특수한 사람 비상인, 강자만 머릿속에 깊이 새겼다. 나는 또한 이 소설을 읽고 도스토예프스키가 왜 세계적인 문호가 되었는지를 알 수 있게 되었다. 나는 이 소설을 읽으면서 제정러시아시대의 백인 노예제도나 현재 우크라이나를 침공한 러시아를 생각해 본다. 또한 이러한 문화가 번창하는 나라가 자유주의 대표 미국이라는 것도 그후 알게 되었다. 내가 보는 미국 사회는 소수의 상류층(5-6%)이 국민의 대부분을 차지하는(80%이상) 중, 하류층을 지배하고 있다고 생각한다. 다시 말해서 국민의 대부분은 피나는 노력을 하며 소수의 상류층을 위해서 일하고 있는 셈이다. 미국에 살려면 무슨 분야든 최고가 되거나 아니면 하류층에서 피나는 노력을 하며 매일 살아야 한다. 이것이 미국을 초강대국으로 만드는 원동력이며 기본철학이다. 즉 미국에서는 꼭 있어야 할 사람(대부분)과 소수의 꼭 있어야 하거나 없어야 할 사람으로 구성되어 있다고 볼 수 있다. 우리나라에서도 대다수가 보통사람 범인간으로 사는 사람들과 극소수의 인위적 재벌과 꼭 없어야 될 인간들이 증가하고 있다. 그리고 수없이 많은 종교단체, 인권단체, 부동산과 사학단체들이 과잉해서 나라가 매일 시끄럽다.

　동네마다 걸려있는 십자가, 매일 언론과 방송에 나오는 각종 인권과 엔지오단체, 골목마다 걸려있는 부동산과 학원 간판들은 사회질서를 무질서로 무너뜨린다. 아무리 자유민주주의 국가라도 국가는 이들을 조정할 책임이 있다. 미국 사회를 지배하는 부자 비상인들은 매우 극소수를 차지한다(한 자리 숫자 퍼센트). 평시에는 상인들은 비상인들에 끼어 기생충 모양 편리하게 살 수 있지만, 코로나 바이러스처럼 예방과 방역시스템이 무너질 때 가장 피해를 받는 계급은 저소득층 상인들이다. 그래서 미국은 치열한 경쟁을 하며 수입을 크게 올릴 수 있는 성공한 비상인 사람이거나 돈 많은 부자가 아니면 비상인들을 위해서 열심히 살아야 하는 비대칭 사회이다.

그래서 시간이 갈수록 부익부 빈익빈이 심하게 늘어나서 코로나병 유행처럼 대재앙이 닥치면 하류층 상인들은 엄청난 피해를 입는다. 최근에는 우크라이나-러시아전쟁 혹은 이스라엘-하마스전쟁 등으로 수백만 명의 피난민과 사상자가 나오고 있다. 이처럼 과거에는 지진과 태풍 같은 자연재앙으로 인류가 소멸하였지만 현대에 와서는 질병, 전쟁 및 각종 범죄 등 우리 스스로 만든 인재로 지구의 종말을 자초하고 있다.

| 나의 꿈과 도전 편 |

제3장 야망과 실망

나는 그렇게 갈망하던 서울고등학교에 합격하였으나, 경제적인 문제 때문에 학교생활의 길이 그리 평탄하지 않았다. 비록 명문고라는 자부심은 뿌듯했으나, 당장 해결해야 할 문제가 숙식을 비롯하여 한두 가지가 아니었다. 그래서 잘 알고 있는 스승님을 통해서 입주 가정교사집을 구했다. 내가 처음 가정교사로 입주하여 맡게 된 학생은 학교 근처 덕수국민학교 6학년 학생이었다. 그 학생의 과제물을 다마치면 항상 자정이 넘었고, 이때부터가 내가 가질 수 있는 유일한 자유시간이었다. 다행히 내가 가르치고 있는 학생의 집이 학교에서 매우 가까웠기 때문에 아침에 일찍 등교해서 아카시아 향기가 짙게 풍기는 인왕산 중턱에 올라가서 예습을 할 수 있었다. 그후 나는 다시 공부를 괜찮게 하고 좀 부유한 중학생 집의 새로운 가정교사로 옮기게 되었다. 그 집은 신당동 부유촌에 있고 방이 여러개 있고 내방도 따로 있었다.

원래 함흥에서 해방전에 월남했기때문에 생활이 안전하고 아버지는 일본에서 공부(경제학) 하고 한전에 임원으로 일하고 있었다. 학생어머니는 비록 고등학교 출신이었지만 매우 교양이 있고, 항상 나에게 자기 자식과 똑같이 (예, 도시락과 식사) 대우했었다. 어느 여름 날 나는 점심을 아주 맛있게 먹고나서 그 고기가 무엇인지를 물었을 때 개고기 보신탕이라고 해서 깜작 놀랐다. 만약 개고기라고 미리 말하면 내가 안먹을 것 같아서 나를 속였다고 했다. 그래서 나는 태어나서 처음으로 개고기를 먹어보았다. 그리고 배우는 학생도 우수한 학생이었기 때문에, 사실 가정교사라기보다는 형제같이 함께 잘해나갔고 어려운 문제만을 질문했기 때문에 아주 편하게 1년 살았다. 나는 그 학생한테 스스로 문제해결 하는 방법과 책임을 많이 강조한 것으로 기억한다. 그리고 이 학생은 그런 방향으로 자존심 가지고 잘 지냈다. 나는 이 때부터 이 학생이 장차 커서 큰 인물이 될 것을 알았다. 그리고 1년 후에는 더 이상 함께 있을 필요성이 없어져서 다른 곳으로 옮기게 되었다. 나는 이 학생이 비록 중학교 1학년였지만 모든 숙제를 묵묵히 스스로 잘 하며 어른 같은 행동을 보면서 큰 인물이 될거라고 생각한 것이 맞았다. 그후 이 학생 (김중수 박사) 은 미국유학을 마치고 돌아와 한국 경제개발연구원장, 대학총장 및 한국은행 총재 등 국가의 주요한 임무에서 활동한 것으로 알고 있다. 내가 기억하기로는 이 학생의 어머님은 대학출신은 아니였지만 종종 나한테 친절하게 대화하고 아주 편하게 대하였다. 언젠가 나의 미래 직업를 물었을 때 나는 돈에 별로 관심없는 것처럼 말했고 그때 내가 아직 젊어서 그렇다면서 인생의 현실적인 면을 들려주었다. 내가 기억하기로는 가정교사한테 가족과 함께 식사하고 도시락도 항상 학생과 똑같은 반찬을 넣어주었던 집은 매우 드문 경우였다. 그의 어머님은 벌써 자기가 원하는 것만큼 상대방에게 해주어야 상대방도 그렇게 해줄 것이라는 아주 간단한 진리를 알만큼 현명한 어머니였다. 그래서 자기 아들 학생으로 하여금 선생님을 존경하도록 하는 차원에서도 어머님은 나를 존경하는 지혜가 있었고 역시 훌륭한 어머니가 성공하는 아들을 길러낸다는 것을 알게 되었다. 이와 대조적으로 훗날 어느 재벌 부잣집에서는 도시락 반찬부터 학생과 차이가 있었던 것을 기억한다. 언제가 도시락의 반찬이 너무 좋아서 알아본즉 식모가 학생 도시락과 내 것을 바꿔 넣었던 것을 알고나서 섭섭한 마음을 느꼈지만 조금도 좌절감 같은 마음은 전혀 없었고 오히려 더욱 분발하여야 하는 의지와 용기를 갖게 해 주었다. 나는 다음에는 흑석동에서 역시 서울 중학생의 새로운 집으로 이사했다. 학교에서 멀기 때문에 통학이 좀 어려웠지만 이 집에는 딸 5명이 있고 외아들인 중학생 때문인지 나에 대한 배려가 특별했다.

어느날 겨울, 갑자기 형사 두 사람이 나를 찾아왔다. 나는 영문도 모른채 경찰서로 가자고 해서 신발을 신고 있었는데, 학생 어머니가 조간신문을 내 앞에 갖다 놓았다. 거기에는 신당동 강도사건이란 타이틀이 크게 써 있었다. 그 당시 나는 Stalin 전기와 Marx - Lenin 전기를 읽고 있었기 때문에 혹시 공산주의 서적을 읽었기 때문인가 생각했으나, 결국 형사가 나에게 온 이유를 분명히 알게 되었다. 즉 내가 새로운 가정교사집 상도동집에 이사온후 어느 날 밤에 내가 먼저 있었던 신당동 집에 강도가 들어왔다는 것이었다. 나는 형사에게 불려가서 다음 날 아침까지 조사를 받았다. 다행히도 나는 강도가 침입한 그날 저녁에 나의 여자친구 섭자와 밤늦게까지 데이트 한 것이 알리바이(Alibi) 입증이 되어서 모든 누명이 쉽게 해결되어 다음 날 새벽이 되어서 나오게 되었다. 당시 섭자는 나의 학교와 매우 가까운 명문 경기여고에 다녔으며 당시 서울에서 외로운 나의 유일한 여자 친구였다. 나는 지금도 나의 그여자친구 섭자를 그리워하고 있다.

사실 이번 일 이외에도 섭자와 관련된 큰 사건이 있었다. 그것은 섭자가 학교 정문 수위실에 와서 나를 찾는다고 방문했을 때 거기에 같은 반에서 좀 힘이 센 주먹을 가진 학우가 있었다. 그는 수위실에서 우연히 나를 찾아온 나의 여자 친구를 만나게 되었다. 그후 그는 나한테 그 여학생이 누구냐고 묻기에 친척이라고 거짓말을 했었다. 섭자는 눈이 큰 서구적(서반아) 여인상으로 부드러운 미소와 너그러운 마음씨를 지녔다. 무엇보다 일류학교를 다니고 있었지만 매우 겸손한 마음씨를 갖추고 있었고 나보다 한학년 선배였기 때문에 나에게 항상 많은 조언을 해주는 누나 역활도 되었다. 그런데 나중에 그녀가 내 여자 친구라는 것을 알게되어 주먹 학우들은 계속해서 놀려대는 바람에 결국 나는 나의 짝(충석) 한테 이 사정을 이야기했을 때 그는 이런 문제는 남자답게 한번 결투해서 해결하는 길밖에 없다고 해서 결국 충석이와 나는 그 깡패 학우들과 어느 날 방과후 뒷산에 올라가서 한판 붙게 되었다. 다행히도 그날 한창 싸움이 진행되었을 때, 서울대학 입시전형을 설명하기 위해서 학교를 방문한 선배들의 등장으로 싸움은 도중에 끝나고 말았다. 그후 내가 두들겨 맞은 얼굴을 본 섭자는 분개하면서 그들이 퇴학당하게 학교 당국에 말하겠다는 것을 나는 적극 반대했다. 나는 이 문제는 남자들의 결투인데 네가 낄 필요 없다고 말렸다. 내가 어느덧 고3이 되어서 사관학교 입시 준비를 막 시작할 때 섭자는 E대 배지를 달고 내 앞에 나타났다. 나는 위대한 꿈인 사관학교에 들어가기 위해서 앞으로 일년 동안 만날 수 없다고 하고 헤어졌다. 사실 나는 대학생 섭자와 자주 데이트 하다가 내가 사관학교 진학에 실패하는 것이 두려워서 단호하게 끊어버리기로 결심했다. 당시 나는 그동안 가정교사로 내공부에 시간이 많이 부족한 것을 알았기 때문에 당분간 사관학교 입시에만 열중하여야 하기때문에 시간 여유가 없어 결코 안 만나기로 결심했다. 그후 섭자와 나는 연락이 끊어져 무소식이나 지구에서 없어지기 전에 한번 보고싶다.

서울고 3학년 3반 옆자리 친구들. 내 짝꿍 이충석은 육사 졸업후 소장으로 전역하였다. 나머지 학우들은 소식모른다.

내 짝꿍 이충석은 육사 졸업후 소장으로 전역하였다. 나머지 학우들은 소식모른다. 서울고등학교는 4월이 되면 경희궁 뒷산에 온통 아카시아 꽃이 만발하여 그 향기가 너무나 깊게 온통 캠퍼스에 풍겨나왔다. 나와 충석이는 여름방학동안 아카시아 나무 밑에 책상을 놓고 사관학교 입시준비를 열심히 했다. 당시 사관학교는 일반대학 보다 3달 앞서 입학시험을 치렀고, 또한 그동안 가정교사일 때문에 소홀히 했던 공부를 짧은 시간에 완성하려고 하니 여간 바쁜게 아니었다. 그리고 당시 사관학교를 지망한 것은 경제적인 문제보다, 나의 꿈을 성취할려면 사관학교만이 나의 이상을 열어주는 길이라고 생각했기 때문이었다. 결국 충석이는 장군의 야망을 품고 육사에 합격했고, 나는 외교관의 꿈을 갖고 해군 사관학교에 들어갔다. 내 수험표 번호는 700번이었는데 합격자 발표가 나던 전날 밤 꿈속에서 나는 해변가에서 700번 번호를 보고 구령을 하다가 꿈에서 깼어났다. 나는 100% 합격되었다는 예감이 들었었다. 이후부터 700이라는 숫자는 내가 제일 선호하는 행운의 숫자가 되었다. 이것은 꿈에서 알아 맞춘 첫 번째 안풀린 수수께기 같은 이야기다. 나에게는 그당시에 프로이드가 말했듯이 꿈이란 "무의식 속에서 성취"라는 꿈의 해석을 믿었다. 두 번째는 꿈에서 알아 맞춘 것은 나의 해사시험 볼 때 알게 된 친구 (성악가)가 잠깐 소개한 그의 귀여운 사촌 여동생을 소개 받고나서 얼마 지난후였다. 우연히 명동에서 그 여학생을 만나게 되어서 전화번호를 물었을 때 그전날 밤 내가 꿈에서 그녀를 만나 들은 전화번호를 깨어나서 바로 적었던 번호와 같았다는 신비스러운 일이 있었다. 사실 그의 집에서 잠깐 소개받았지만 너무 아름다운 인상에 끌려 꼭 한번 더 만나 보고 싶었다. 그후 결국 무의식속의 성취는 꿈 속에서 이루어졌다.

　나는 꿈에서도 해사에 틀림없이 합격했다는 예감이 맞았다. 더욱이 나는 해사에 우수한 성적으로 합격이 되어서 누구보다도 해사담당 중대장으로부터 크게 환영을 받았다. 왜냐하면 당시 해사는 영어성적이 200점 만점이여서 영어에서 거의 만점을 받게되었기에 나는 매우 우수한 성적을 받을 수 있었다. 해사 기초훈련은 해사출신의 해병대 대위가 중대장이고 고참 해병하사들이 조교로 훈련을 시켰다. 당시 2월의 추운 진해 바다 속에서 훈련하는 해병대 군사훈련은 만만치 않았다. 특히 비상훈련 때마다 한밤중에 2층 침대에서 콘크리트 바닥으로 뛰어내리는 것이 약한 내 무릎을 매우 아프게 만들었다. 무엇보다도 때때로 반복해서 비합리적인 사고와 행동에 회의를 갖게 되었다. 특히 직각보행, 직각식사, 그리고 너무나 틈새 없이 매일 반복하는 침구와 사물 정리 정돈과 소총분해와 청소 등은 그동안 자유인으로 누구의 간섭도 안받고 홀로 살아온 나를 너무나 답답하고 힘들게 만들었다. 더욱이 나의 무한한 상상의 꿈은 도저히 만들 틈이 없었다. 매일 기계적으로 행동해야 했다. 그러나 사관생도의 신조인 "쉬운 불의의 길(easy and wrong way)보다 어려운 정의의 길(difficult and right way)을 선택하라"는 명예심은 뭉쿨하게 내 머릿속에 깊이 새겨서 영원히 기억하며 살고 싶었던 생활신조였다. 또한 구내 무인판매 시스템은 정직이 얼마나 중요한 명예인지를 영원히 간직하고 평생 살게 만들었다. 하지만 나의 무한한 자유의지와 창의력을 제한하는 사관생활에 철학은 오로지 국가를 위해서 일편단심 충성으로 움직이는 군중도덕으로 매일 남과 똑같이 같은 행동을 반복하고 진화하지 않는 생활은 새로운 것을 찾는데 성취감을 추구하는 나의 철학한테 그렇게 행복하지 않았다. 그렇게 크게 기대했던 곳이 고작 이것 밖에 안되었나 하면서 기대가 크면 실망도 매우 크게 된다는것을 알았다. 내가 해사에서 생각한 것은 여태까지 허상만 보았고 실상은 못 보았다는 것이다. 사전에 좀 더 정보와 나자신의 인생관을 알고 들어와야 했었다. 나는 평생 이런 명령 하달의 군대조직에서 살 수 있는지 심사숙고 하고 나서 중대장하고 나의 미래에 관해서 깊이 의논을 여러번 하고 나서 해군의 직업군인 생활을 접기로 결심했다. 당시 중대장은 해사출신 해병대 대위로서 나한테는 학문의 길이 맞다고 충고까지 했다. 결국 나는 중대장의 따뜻한 보살핌에도 불구하고 고된 군사훈련을 다마치고 새 정복을 받자마자 자퇴 신청을 결심하게 되었다. 나는 매일 반복하는 어리석은 움직임과 나의 자유의지가 묵살되는 삶은 지금까지 꿈꾸어 왔던 나의 미래는 아니였다고 생각했다. 그 당시 군인의 길이 되는 정확한 정보도 없이 빠른 생각으로 주변의 사관생도 만을 보고 너무나 기대에 부풀어서 왔던 해사에 매우 실망한 것이다. 동기생 대부분은 시골 고등학교 출신이었고 서울 출신, 특히 일류고 출신은 나 하나밖에 없었다. 더욱이 어느 날 서울에서 버스를 탔는데 어떤 거지 할아버지가 앉아있는 자리주변에 구토해서 옆에 사람들은 모두 그 옆자리를 피했지만 그때 해군사관생도가 남이 피하는 자리에 앉는 모습을 보고 크게 감명을 받았던 기억이 지원을 부여한 동기였는지도 모른다. 그리고 고3 때 서울에서 멋있는 유니폼을 입고 지나가던 해사생도 선배님을 우연히 만나게 되어 잠깐 이야기를 나누고 나서 지원할 결심을 한 것을 후회했다. 나는 어렸을 때부터 모든 것은 내가 혼자 결정하고 책임지고 내 의지대로 살았다. 어려운 환경에서 서울고등학교 입학한 것, 해사지원한 것, 그리고 앞으로 일어날 모든 일은 내 스스로 결정해야 했다. 비록 짧은 해사생활이었지만 귀중한것을 배웠다. 즉 무인판매와 같은 명예와 신뢰, 강한정신과 체력을 단련하는 지혜와 인내, 호된 훈련이였지만 따듯한 선배들의 격려와 칭찬등 특히 해병대 출신 중대장님은 나의 장래는 학자의 길을 암시해 주어서 정말로 고마웠다. 특히 어느 선배가 밤늦게 취침에 있는 나에게 가져다 준 앙꼬빵을 먹기 위해서 화장실 간 것을 기억하면 그 선배한테 매우 죄책감을 느꼈다. 그러나 나는 스스로 실패했다고 생각하며 다시 도전하기로 했다.

무더운 여름 주말 오후 연병장 앞에서.

인생에서 처음으로 스스로 자유를 얻기 위해서 그리고 이왕 군인생활을 할려면 직업군인의 길인 육사에 가는 것이 옳은 길이라고 생각하고 다시 육사에 도전하게 되어 다음 해에 육사에 입교하게 되었다. 육사는 해사보다는 전통적인 정예 군인지도자를 양성하는 기관으로 생각하고 큰 뜻을 품고 오는 젊은이가 많이 있었다. 특히 일류고 특히 서울고출신이 많이 지원했다는 것이 해사와 틀렸다. 그러나 훈련 과정에서 육사는 해사와 달리 조교가 단련된 4학년 선배생도들이었고, 다만 중대장만 현역 육군대위로 되어 있었다. 여기서 특히 4학년 선배들의 비합리적인 명령과 사고방식을 반복해서 수용하기 너무 힘들었다. 더욱이 내가 과연 장차 평생직업으로 군대생활을 할 수 있는지를 점점 의심하기 시작했다. 당시 중대장 정동철 대위도 나한테 군인의 길보다 학자의 길이 더 맞는 길이라고 해사 입교시 중대장과 똑같은 말을 해주었다. 역시 십대 시절을 혼자의 힘으로 살아온 나는 너무나 많은 불합리한 간섭을 받으며 자유를 박탈당하는데 나자신의 생활을 이해할 수가 없었다. 더욱이 평생을 기계같은 시스템에서 인간에서 가장 기본권인 자유가 없는 조직생활의 삶을 갖고 살아야 한다는 것은 나의 무한한 잠재력과 내가 좋아서 평생을 바칠 수 있는 길이라고 생각할 수 없었다. 그리고 나의 무한한 길을 막고 이미 제한하고 살아간다는 것을 도저히 상상할 수 없었다. 결국 나는 또다시 6개월간의 육사생활을 청산하고 자퇴하기로 결심했다. 나는 노예도덕에 살면서 남과 똑같이 행동하며 명령하나에 따라야 하는 노예생활을 더이상, 아니 나의 자유의지를 막는 것을 참을 수가 없었다. 당시에는 박정희 대통령의 특명으로 사관학교 자퇴 혹은 퇴교 학생들에게 특명제대가 주어졌다. 나는 어릴 때부터 꿈꾸었던 미국 유학의 길을 위해서 대학에 들어가기로 결심했다. 내가 좋아하는 공부를 위해서 평생 학문의 길을 하기로 결심했다.

육사에서 나온 후 당시 나는 머리가 복잡해서 정신적 수양을 위해서 전국 방방곡곡의 사찰을 찾아다니며 한적하고 아담한 절을 탐방했다. 공주의 마곡사와 합천의 해인사 등 큰 사찰은 신도들이 너무 많아 좀 시끄러운 편이었다. 마침내 수원에서 용인방향으로 걸어 세 시간 정도에 있는 봉원사에 머물기로 했다. 이곳의 주지 스님은 젊고 아주 미남으로 나와 대화를 자주 했으며 때로는 불교문제를 가지고 논쟁도 벌였다.

이곳에는 가끔 불공을 드리기 위해서 오는 신도 중에서 명문 경기여고를 졸업한 아주 학식이 많은 여신도 한 분이 있었다. 그녀는 순한자로 되어 있는 많은 불교경전을 읽고 있었으며 때때로 나에게 불교를 포교했다. 그러나 이곳 주지스님이 가끔 수원시내에서 외국영화를 즐겨보고 여신도들과도 친하게 지내는 모습을 보고 수도자처럼 안보여서 불교에 대해서 호감이 없었다. 특히 주지스님 하고는 때때로 불교에 관해서 많은 질문과 논쟁을 했었지만 그는 명확한 답변을 주지 못했었다. 어느 날 나는 서울에 갔다가 막차를 타고 밤 11시가 훨씬 넘어서 수원에 도착했다. 거기서부터 절까지 밤늦게 혼자서 깊은 산골짜기를 걸어 갈 생각을 하니 은근히 걱정이 되었다. 왜냐하면 나는 이 절간에서 스님이 설명해 주는 호랑이 발자국을 본 적이 있었기 때문이었다. 그날은 부슬비가 내려 달도 없는 아주 캄캄한 밤이었다. 산비탈을 걸어갈 때 난생 처음으로 머리칼이 꼿꼿이 솟았으며 특히 뒤에서 무슨 소리가 나면 자주 뒤를 돌아보았다. 나의 발걸음은 점점 빨라지다가 달리기 시작했다. 드디어 언덕 위에 올라왔을 때 멀리 떨어진 뒷간에서 훤한 불빛이 보였다. 처음에는 누군가 변소에 있는 것으로 착각했으나 아무리 불러도 대답이 없는 것을 보고 사람이 아니고 호랑이라는 생각이 떠올랐다. 나는 있는 힘을 다 내서 내방 쪽으로 질주했다. 그러나 나는 아직도 그 불빛이 무엇인지는 증명못하고 다만 당시 아무도 50 미터나 떨어져 있는 화장실에 안 갔다는 사실만 알게 되었다. 즉 그 불빛은 분명 호랑이 눈빛이라고 들었다. 그 후 그곳에서 약 3달간 머물었는데 어느 날 밤, 도둑이 들어와 내 방은 물론 다른 방도 침입하여 보이는 물건을 몽땅 가지고 갔다. 그러고 내가 지내는 그 절에 더 이상 머물고 싶은 마음이 없었다.

그리고 석달 후에 나는 다시 대학진학에 도전하기로 결심하게 되었다. 대학을 선택하는데 보통사람들은 명문대 간판을 선호하나, 나는 오로지 누구한테 보이기 위한 간판보다 나자신이 만족하고 진리를 탐구할 수 있는 분위기가 있고 학사관리가 사관학교처럼 엄격하다는 미국 카톨릭 예수회 재단으로 설립한 서강대학을 지원하게 되었다. 훗날 주변 사람들은 가끔 서강대학교에 간 것은 서울대학교에 갈 실력이 안되어서 선택한 것으로 생각했을 때는 기분이 안좋았다. 나는 종교적이고 영어교육이 우수한 미국재단이 운영하는 교육 시스템이 좋아서 서강대학교를 선택한 것이었다. 더욱이 당시 일류대학생의 나태한 생활모습은 학칙이 엄한 서강대학교를 선택하게 만들었다. 특히 아내는 가끔 논쟁이 있을 때마다, 서강대학교에 간 것은 서울대학교에 갈 실력이 안되어서 간 것으로 악용하였을 때마다 가슴이 아팠다. 또한 이와 같은 생각은 주위에서 그렇게 많이 생각하기 때문에 본인의 생각과 관계없이 오해를 받을 수밖에 없는 한국적 실정이었다. 그후 실제로 한국 같은 사회에서 학벌 때문에 때때로 불이익을 당했지만, 서강대학교를 졸업 한것을 한번도 후회한 적은 없었다. 왜냐하면 나는 서강대학교의 예수회 교육에서 진리(정의)와 책임을 배웠고 오늘날 여기에 오기까지 도전하는데 지식과 지혜를 주는 교육을 배웠기 때문이다.

진해 해사 기초교육시절   태능 육사 시절   육사 화랑대 앞에서

영어 선생님 번브럭(Bernbrock) 신부님과 캘빈(Calvin) 신학생과 함께 청평호수 수영하러 갔다.

서강대학에서는 전신입생 일학년 때 필수과목 영어시험(문법, 회화 그리고 작문)을 시행해서 전학생들을 A, B, C, D, E, 와 F반으로 나누어서 영어 수업을 진행했다. 내가 속하는 최우수반 A-1반(A-2반도 있음)에는 20명이 었지만 그 다음반의 인원수는 정확히 기억 안난다. 그리고 이 분류는 거의 매2주마다 시험을 수행하여 재분류해서 벽보에 붙였다. 다행히 나는 항상 A반에 속했다. A반에는 주로 서울, 경기, 보성고 남학생 극소수와 성심여고, 경기여고 및 이화여고 출신 여학생이 많았다고 생각한다.

제4장 청운의 꿈을 위하여

　나는 고학하면서 파란만장한 4년을 보냈지만 1967년 2월 24일 서강대학교 물리학과를 우수하게 마치게 되었다. 입학할 때는 20명 정원이었으나 엄격하고 어려운 학점과정 때문에 도중에 그만두거나 전과한 학생들이 많아 겨우 8명(복학생 포함) 이 물리학과에서 졸업했다.

졸업날 교무처장 트레이시 (Fr. Nobert Tracy, S. J.) 신부님과 필자.

졸업식날 가족에서는 아무도 찾아오지 않고 오로지 친구들만 찾아온 외로운 나를 본 트레이시 신부님은 나의 졸업을 축하하며 기념사진을 촬영했다. 트레이시 신부님은 서강대학설립을 주도하고 학사제도의 정립에 헌신했다. 엄격한 학점제도 시행하여 F학점 취득자는 더 이상 학업을 계속못하게 했다. 물리학에서도 20명 입학했지만 졸업 때는 6명과 복학생 2명 합쳐 8명밖에 안 된 곳에서 수석졸업생은 의미가 없었다. 나는 평소 트레이시 신부님과 가까이 할 기회가 없었지만 부딪칠 때마다 그의 눈빛은 차겁게 보였지만 그의 진실한 미소를 볼 때마다 존경심이 들었다. 훗날 세인트 루이스대학 박사과정에 세인트 루이스 대학교 지구기상학과(지진학) 학과장님 스타우더(Fr. William Stauder, S. J.) 교수님한테 들었는데 트레이스 신부님이 나를 적극 추천했다고 들었다. 역시 나의 재능을 인정할 줄 알았다.

나는 1967년 2월 24일, 서강대학교를 졸업하고 곧바로 미국유학을 떠나고 싶었지만 당시 경제사정으로는 거의 불가능했다. 그래서 졸업하자마자 재일교포계의 대한광학회사 입사시험을 쳤다. 당시 대한광학회사는 일본의 Nikon 광학회사와 제휴를 맺어 설립한, 한국에서는 최초로 발족한 광학회사로서 국내의 명문대의 물리학과, 기계공학, 재료공학, 전자공학 그리고 경제, 경영학과등 출신의 많은 엘리트가 응모했다. 당시 합격한 30명의 이공계출신의 엘리트와 일본인 간부 및 기술자 15여 명이 함께 일하게 되었으며 나는 3달간의 강도 높은 연수후 검사계장을 맡게 되었다. 그리고 회사일이 끝난 후에는 하숙집 부근 서대문에서 고3학생을 지도하여 미국 갈 비행기표 값을 준비했다. 당시 사장은 재일교포로서 광학계에 오랜 경험을 갖고 있었으며, 나한테는 큰 기대를 갖고 장래가 유망한 회사일꾼으로 생각하여 장차 일본 연수계획도 제안 했었다. 그러나 나의 마음속으로는 다음해 미국에 유학 간다는 집념으로 목표를 세워놓고, 주야로 열심히 일했다. 그동안 뒤에서 묵묵히 나의 모습을 지켜보고 있던 아버지는 내가 유학 떠나기 한해 전인 1967년 11월 11일에 세상을 떠났다. 내가 미국으로 유학가는 것을 못 보고 세상을 떠난 아버지를 생각하며 나는 가장 슬프게 울었다. 나의 아버지는 남한에 와서 늦게까지 일할 수 없었기 때문에 경제적으로 나한테 큰 도움은 줄 수 없었지만, 암묵적으로 항상 말없이 은근히 지켜보며 자식이 가는 길을 정신적으로 도울 수 있도록 노력해 왔다. 아버님은 항상 무식한 어머님이 나한테 경제적 지원을 더 지원하도록 이끌었다. 그래서 어머님도 집안 안에서 항상 나를 제일 사랑했다고 생각한다. 더욱이 나는 일찍이 부모님과 떨어져 서울에서 살았기 때문에 부모님한테 효자모습을 별로 보여주지 않았다. 그러나 다만 내가 미국 유학가는 모습을 보여줄려고 했는데 못보고 돌아가신 아버님이 매우 원망스러웠다. 어머님은 내가 귀국해서 교수생활까지 보시고 시골동네에서 아들자랑하다가 돌아가셨다. 효도노릇을 제대로 못한 자식이었지만 어머님은 성당에서도 교수어머님을 자랑해서 신부와 수녀들한테 인기가 많았다는 소문을 들었다.

광학회사의 검사계장으로 근무할 때, 하루는 쌍안경의 렌즈 발췌검사에서 렌즈기즈는 물론 부품의 수치에서도 불량품이 많이 나와 전 부품을 불합격시켜 회사가 완전히 마비 상태에 들어갔다. 그때 일본인 기술고문 시계루상이 격노하며 운영상 그렇게 할 수 없다고 주장하며 나의 결정을 반대했다. 그러나 나는 단순히 제작하는 것보다 어떻게 잘 만드냐는 기본 작업정신과 책임이 중요하다고 생각하며 최고 품질 관리에 촛점을 맞추어 검사계장으로서의 책임을 관철시킬려고 노력했다. 나는 원래 이 광학회사에는 유학을 가기

전에 임시로 1년간 근무할 생각으로 들어왔고 평생직장으로 생각은 안했었다. 더욱이 이미 거의 1년이 다되어서 회사에 아무런 미련없이 떠날려고 결심했었다. 그러나 회사는 나의 의견을 받아들여서 절충 방식으로 해결해서 결국 퇴사는 안했다. 나는 바다를 건너 어딘가에서 나 자신이 새로운 인생에 도전하여야 나의 꿈이 이루어질 것으로 믿었다. 참고로 이곳에서 절친한 동료중 고정명세 박사는 서울대 물리학과를 졸업하고 입사동기로 조립계장 직책을 맡았었다. 그는 그후 미국유학을 마치고 돌아온 후 한국표준연구원장과 초대 한국과학기술연합대학원 대학교 총장을 지냈다. 나보다 늦게 미국 유학을 마치고 돌아왔지만 그는 특유한 유모감각과 경영기술로 큰기관의 수장을 지냈으나 일찌기 고인이 된 것을 매우 안타깝게 생각한다. 나는 입사동료중에서 가장 먼저 만 일년이 되는 날에 회사를 따나게 되었다. 나에게 큰 기대를 가지고 항상 잘 지원해 주었던 사장님의 만류에도 불구하고 만일년이 되는 해에 회사에 사표를 제출했다.

꿈에 그리던 미국땅에 유학

나는 1968년 6월 25일, 미국의 오리건주립대학(Oregon State University, OSU)의 물리학 대학원에 입학하기 위해서 한국을 떠났다. 그리고 비행기를 타면서 그동안 한반도에 살면서 너무나 힘들고 고된 일이 많았던 고국을 떠나면 다시 돌아오지 않을 것을 결심하면서 비행장 땅바닥에 침까지 뱉았다. 북한에서 10여년 남한에서 10여년을 살아왔지만, 이 땅에서는 행복했던 날보다 어렵고 힘들었던 날이 더 많았다. 서북항공(NWA)에 탑승해서 장거리 여행은 시작되었지만 비행기가 점점 미국에 가까워지면서 은근히 걱정이 되기 시작했다. 왜냐하면 나의 주머니 속에는 단돈 50불밖에 없었기 때문에 비록 가을학기에 학교에서 장학금이 나오더라도 도착후 당장 어떻게 살아야 할지 생각하면서 막막하여 고민이 시작되었다. 그때 주위 몇몇 사람들로부터 여름방학 동안에는 접시 닦기, 청소부, 공장노동 등 잡일을 하면 괜찮게 수입을 올린다는 말을 듣고 귀가 솔깃해졌다. 비행기는 마침내 미국땅 서북부 워싱톤주의 시애틀(Seattle)에 오후에 도착했으며 마중 나온다는 친구(염영일 박사)는 유타주에서 거리가 멀어서인지 나타나지 않았다. Seattle에서 Corvallis 가기 위해서 나는 Seattle Bus Terminal에서 밤 10시경에 떠나는 Greyhound Bus를 기다릴 수밖에 없었다. 그래서 주변 간이식당에 들어가서 간단한 음식을 먹고 있을 때 옆에 있는 미국인이 처음으로 말을 건네며, 어디서 왔느냐고 물었다. 일본인, 중국인, 멕시코인, 인도인, 그리고 불란서인 등으로 자문자답 했으나 한국인은 나오지 않았다. 역시 당시만 해도 한국은 거의 알려져 있지 않는 조그만 나라 라는 것을 인식하게 되었다. 그는 나에게 친밀하게 접근하며 6.25전쟁에 참전 용사라는것을 말했다. 자기집 초대를 물리치고 시간에 맞추어 버스정거장으로 떠났다. 나중에 알았지만 벌써 당시에도 이런 게이(gay)가 있었다는것을 알게 되었다. 마침내 Bus는 Oregon 의 Corvallis 로 심야 여행을 시작하였는데 계속해서 스쳐가는 하늘 높이 치솟은 울창한 나무들이 가장 인상적이었다. 역시 미국은 사람들이 크니깐 나무들도 저렇게 키가 큰 모양이라고 생각했다. 사실 그 후 Oregon 주가 삼림이 가장 울창 하고 OSU의 삼림학과(Forestry)가 유명하다는 것을 알게 되었다.

버스는 그다음 날 아침 8시경에 Corvallis터미널 역에 도착하였고, 외국인 담당교수와 한인회장 등이 마중나와 있었다. 그래서 우선 방학 동안 일하러간 유학생 방에서 여장을 풀고 깊은 잠속에 들어가 그 다음 날 동네 아이들이 떠들며 노는 소리에 깨어났다. 유난히 밝고 맑은 오리건의 태양이 나를 반가히 인사하는듯 했다.

미국 코발리스(Corvallis) 도착하자마자 여름방학동안에 머물었던 오리건 주립대학 옆의 한가옥.
50년이 지난 지금(2019)도 옛 모습과 똑같이 보존되어 있다. 똑같은 집인데 새로 페인트칠해서
새집처럼 보인다. 필자는 기숙사 들어가기전까지 이집 지하에서 살았다.

여름학기 영어교육을 등록했으나, 사실 여름방학 동안 돈 좀 벌려는 계획은
수포로 돌아갈 것 같아서 마음이 불안했었다. 그때 마침 나의 윗층에 살고 있
는 Hongkong에서 온 중국학생이 매일 이른 새벽마다 어딘가 갔다가 저녁
에 돌아왔다. 그래서 어디를 다니냐고 물었을 때 농장에 콩 따러 다닌다고 했
다. 그 학생에게 부탁을 해서 그다음 날부터 그 홍콩 학생과 함께 새벽 6시부
터 오후 3시까지 Corvallis에서 50마일 떨어진 농장에서 일하게 되었다. 그
농장은 끝이 안보이는 광활한 콩밭(green bean)으로 주로 어린 학생, 노인,

부녀자들이 일하고 있었다. 모든 농장일은 기계화되었지만 푸른콩(green bean) 상처입지 않게 하기 위해서 손으로 직접 따는 것이었다. 각자 따는 양을 달아서 임금을 지불했다. 사실 거기서 중국학생과 내가 제일 많은 양을 따기 때문에 주변 사람들은 눈이 휘둥그레졌다. 그리고 자루에 꽉 채울 때까지 계속 밑에만 보고 따다보니 일어날 때 허리가 펴지지 않을 때도 있었다.

그후 2주일이 지난 어느 날 집에 돌아오니깐 문앞에 외국학생 Adviser의 노란 메모가 붙어있었다. 내일까지 학교에 오지 않으면 이민국에 신고하겠다는 Message였다. 학교에 가보니 여름학기 등록을 해놓고 외부에서 일하게 되면 한국으로 출국시킨다고 말하였다. 나는 다시 영어수업에 참석하여 시험을 쳤으며, 다행히 좋은 성적을 받아서 더 이상 등록할 필요가 없었다. 그리고 당시 OSU에 유학온 친구와 함께 남은 한 달을 San Francisco에 가서 일자리를 구하기 위해서 Corvallis를 떠났다. San Francisco에 왔지만, 거기서 만난 몇몇 한국 유학생들은 공부는 이미 포기했고, 거친 생활을 하는 백수건달 같이 보였다. 그리고 사실 적당한 임시직업을 구하는 것이 그렇게 쉽지 않았다. 그곳에서 헤매다가 이곳 샌프란시스코 대학(USF)에 와 있는 나의 모교대학 데일리 신부님을 만났을 때 신부님이 이미 OSU에 있는 Carlson 영문과 교수한테 들었는지 그냥 OSU로 바로 돌아가기를 충고해 주었다. Carlson 교수는 내가 서강대학교에서 영어공부를 할 때 영어교수님의 친구로 OSU에 가면 꼭 만나보라고 소개해 준 분이었다. OSU에 다시 돌아와서 우선 Carlson 교수를 통해서 Credit Union에서 필요한 학자금을 융자받고, 가을학기부터 갚기로 했다.

나는 물리학과를 졸업할 때 미국 유학가면 무엇을 전공할 것인가를 고민하였다. 왜냐하면 물리학분야는 모든 법칙과 원리가 이미 천재들에 의해서 발견되었기때문에 내가 더이상 새로 찾을 것이 없는 것같이 보였다. 그래서 만약 미국에 가서 공부할 경우에는 응용물리학을 전공할 생각을 갖고 있었다. 즉 현재 알고 있는 물리학을 어떻게 활용할 수 있나를 생각했다. 그러던중 오레건주립대학(OSU) 물리학과 대학원입학후 우연히 해양학과 교수를 만나서 해양학분야 미래전망과 현재 연구분야에 깊은 흥미를 가지고 전과하기로 결심했다. 원래 해양과학 분야는 미국에서 대학원부터 시작하고 학부 다양한 분야(물리, 수학, 화학, 생물, 지질,기타등)전공자중 입학 조건 맞는자에게 입학을 허가한다. 미국서부에서 해양과학(Oceanography)을 운영하는 학교는 샌디애고(San Diego) 캘리포니아대학(C, San Diego), 오레건주립대학(OSU), 그리고 시애틀(Seattle) 워싱톤대학(University of Washington) 세 곳이다. 오레건주립대학은 태평양해안에서 자동차로 약1시간이내 떨어져 있는 조그만 대학촌에 설립한 신흥학과로 가장 잘 나갔고 해양대학 (College of Oceanography)으로 확장할 정도로 번창했다. 물론 조교 연구비도 과학재단 이외에 미국 해군본부(Office of Naval Research)에서 수령한 연구프로젝트 등에서 지급되어 풍족했다. 나는 꿈꾼대로 새로운 응용물리학 분야인 지구물리학을 해양학과에서 지구물리학 프로그램에서 도전하기로 결심했다.

처음부터 전공(해양학 분야) 2과목과 수학 1과목(복소수 함수론) 9학점을 신청했다. 수학은 언어문제가 없어 어렵지 않았지만 전혀 들어 본 적 없었던 해양학 과목(해양물리, 해양학)은 강의시간에 교수의 설명을 잘 이해 못해서 함께 듣고있었던 미국인 물리학과 대학원생의 노트를 매일 빌려보았다. 그는 이태리계 미국인으로서 나한테 매우 친절했고 강의 노트를 빌려주었고 설명도 잘 해주었다. 당시 그가 순수 미국인(앵글로-색슨 미국인) 보다 동양적 인정이 많다는 것을 깨달았다. 그는 박사학위후 하와이 대학에서 조교수자리를 얻어 떠났다.

필자가 생활하던 아담하고 조용한 OSU 기숙사. 나는 바로보이는 건물 2층 (커튼 내려진 방)에서 토쿠오 야마모도 (Tokuo Yamamoto)와 2년동안 살았다.

나를 미치게 만든 나의 룸메이트

나의 룸메이트는 일본의 와세다 대학원에서 석사를 마치고 OSU 공대에서 유체역학을 전공하는 건장한 토쿠오 야마모토(Tokuo Yamamoto) 였다. 한국에서 광학회사에 근무할 때 일본인과 함께 일했던 나는 또 일본인

학생과 2년 이상 룸메이트하면서 좀더 깊이 일본인을 알게 되었다. 적어도 내 룸메이트는 광학회사에서 알았던 사람들 이상으로 정직하고 신뢰할 만한 좋은 친구였다. 그렇게 외로운 타국 땅에서 처음부터 아주 훌륭한 룸메이트를 만나게 된 것은 행운이었다고 생각했다. 내가 처음으로 자동차 운전을 배우게된 것은 Yamamoto가 잠잘 때 자기 차 열쇠를 완전히 맡기며 운전을 하라고 허가했기 때문이었다. Yamamoto는 일주일에 2-3일 동안은 꼬박 밤새고 또 2~3일은 계속해서 잠을 자는 아주 특이한 습관을 가지고 있었다. 보통 밤 11시까지는 기타치고 노래부르며 놀다가 11시 이후부터 새벽 6시까지 지하 공부방에서 꼬박 밤새며 공부하곤 했다. 내가 도서관에서 11시쯤 기숙사로 돌아오면 나는 토쿠오 야마모토와 함께 라면을 끓여먹었다. 특히 그는 김치를 좋아했다. 때로는 내가 냉장고에 사다넣은 김치를 내 허가 없이도 자주 먹었다. 그러나 나는 별로 개의치 않았다. 왜냐하면 때때로 그는 일본에서 붙여온 각종 김과자 종류와 건조생선을 항상 나와 나누어 먹었다. 나는 11시까지 학교 연구실에 있다가 기숙사에 돌아와서 1~2시까지 공부하다가 잠자리에 들어야 되며 그 이상 공부하는 것은 몸이 따라 주지 않아 버틸 수가 없었다.

더욱이 같은 방 룸메이트가 거의 매일밤 밤샘을 하며 공부하는 것을 확인했을 때 솔직히 말해서 은근히 스트레스를 더많이 받았다. 어떤 날은 시험 때문에 깨워달라고 부탁하여 내가 열심히 깨웠으나 이틀 동안 밤샘을 했기 때문에 못 일어나고 시험에 참가 하지 않아 F학점을 받은 적도 있었다. 그러나 이 친구는 강의에 관계없이 교재 원서를 독학으로 2주일 이내에 독파했기 때문에 결과적으로 그 실력을 인정받게 되었다. 그후 야마모토는 마이아미 대학(University of Miami)에서 유체역학 교수로서 이 분야의 세계적

권위자로 알려져 있다. 내가 알기로는 국내 대학과 연구기관에서 몇몇 분이 Yamamoto 교수 밑에서 1~2년 동안 Postdoc과 교환 교수자격으로 연수한 것을 알고 있다. 언젠가 이 친구와 Tennis Game을 했는데 오후부터 시작하여 저녁이 되어 비가 오는 중에도 계속했다. 어느 누구도 포기하지 않고 게임에만 열중했었다. 심지어 지나가는 많은 미국 학생들이 미친놈들이라고 야유하며 소리를 질렀다. 그러나 서로 자존심을 지키려고 그만두자는 말을 안하다가, 결국 공이 완전히 물에 젖어서 날아가지 못하게 되어서야 동시에 멈추고 말았다.

이와 반대로 이곳에서 나와 같이 시작한 전기공학 전공을 하는 P라는 한국유학생은 처음부터 이곳 삼림계통의 회사에서 파트타임으로 취직되어 왔다. 그는 생활이 나보다 경제사정이 좋았고 스트레스를 적게 받고 여유있는 것처럼 보였다. 우리는 주말에 가끔 함께 쇼핑을 하며 만나곤 했었다. 그러나 어느 날 갑자기 없어져서 외국인 지도교수부터 찾아보라고 연락이 왔다. 나는 사방에 알아보았지만 시내공원에 홀로 서있는 그의 자전거 이외는 그의 행방을 전혀 알 수 없었다. 그후 한 달쯤 되어서 P가 한국에서 나한테 편지를 보냈다. 다시 미국으로 돌아오고 싶다는 것이었다. 아마 공부 스트레스를 견디지 못해 한국으로 돌아갔다가 후회하는 듯 보였다. 나는 학교측에 이 사실을 알려 재입국을 시도해보았으나 완강히 거절되었다. 나는 그후 이사람이 어떻게 되었는지 모른다.

두 번째 학기(3학기로 되어있음)가 끝나고 나서 내가 처음 학과에 왔을 때 나의 책상자리 배치를 안내해 주었던 수조교 미국인 대학원생(Macknight)이 밤에 갑자기 연구실에 들어와서 자기 책과 모든 물건을 챙겨 짐을 들고 나가는 것을 보고 놀랐다. 그후 강의 시간에 다시는 전혀 나타나지 않았다. 그는 나와 함께 같은 지도교수 과목 지자기학 (Magnetics)을 수강했으나 중간 시험에서 씨(C) 학점을 받았다. 그후 강의 시간에 영원히 나타나지 않았다. 궁금한 나머지 동료 학생한테 물어본즉 그는 학교를 그만두었다고 했다. 여기서 나는 두 가지 깊은 감명을 받았다. 첫째는 맥나이트는 이미 박사학위 4년차이고 수조교였다. 얼마있으면 곧 박사학위를 끝날 사람이었다. 그럼에도 불구하고 인정사정 없이 냉정한 미국 학점 점수제도와 그리고 그것을 깨끗이 인정하고 자기능력에 따라가는 자존심과 상황판단을 인정하고 학교를 포기하고 다른 방향에서 인생의 행복을 추구하는 미국인의 책임과 명예에 대한 이성적 판단에 경각심과 존경심을 배웠다. 이렇게 학점에서 냉정하고 공정하게 처리하는 과정을 보고 깊이 감탄했다. 나는 또한 이것을 인정하는 이 미국 대학원생의 정직한 자존심과 자기능력에 맞게 살아가려는 철학에 깊은 감명을 받았다. 그러나 한편 나는 이 소리를 듣고 그날 이후로 긴장이 되어 하루도 마음 편하게 지내지 못했다. 또한 이런 정신이 오늘날 미국을 세계초강대국을 만들었다고 생각한다. 이것은 어디에서 왔을가? 말할 것없이 초등교육에서부터 자신과 남에게 정직하고 상대를 인정하고 존경하는 기초교육에서 왔다고 본다. 우리처럼 공교육을 무시하고 오로지 입시와 출세만 지향하는 사교육만능시대에서는 도저히 배울 수 없다고 본다.

　대조적으로 한국에서 나는 학생들을 가르치면서 학생들 중에서 성적이 안 나오면 성적을 올려 달라든가 심지어는 장학금을 받기 위해서 점수를 올려 달라는 학생을 볼 때마다 난처할 때가 많았다. 내가 필수과목인 일반물리를 가르칠 때 이미 직장생활을 하고 있는 어떤 학생은 전혀 시험도 안 보고 나한테 점수를 받아야 졸업한다면서 내 앞에 엎드려 엉엉 울고 돌아가지 않아 당황한 일도 있었다. 사실 그는 당시 백만원권 수표몇장을 나한테 줄려고 해서 황당해서 더 화를 내고 경비를 불러 쫓아냈다. 그는 자원공학과 4학년 학생으로 이미 강원도 광산에 취직이 되어서 일하고 있었으며 다만 필수과목인 일반물리 4학점을 이수 못해서 졸업을 못했었다. 그는 아마 내가 가장 관대한 교수로 소문났기 때문에 일반물리를 강의하는 10명의 교수 중에서 내 강의를 선택했던 것으로 안다. 그래서 처음 강의때 부터 그 학생한테 몇 가지를 약속했다. 즉 적어도 한달에 2번이상 강의에 참석하고 중간고사와 기말고사를 반드시 참석해야 한다고 했으나 그는 이들을 모두 무시하고 말았다. 나는 이 사실을 그학생 소속 교수, 조교는 물론 교무처에 상의했으나 최종판단은 나한테 달려있다고 했다. 나는 할 수 없이 고민끝에 내 과목 하나로 인생을 불행해지는 것보다 한사람 살리고 대신 앞으로 이와같은 일이 두번 일어나지 않고 성실하게 살라고 말하는 것이 낫다고 생각해서 학점을 주기로 결심했다. 그러나 다시는 내 앞에 나타나지 말라고 학과 조교를 통해서 전달했다. 그후 오랜세월이 지난후 그학생은 부인과 함께 강원도 광산에서 채취한 온갖 종류의 각종 광석돌을 담은 포대를 갖고 나를 찾아왔었다.

인생에서 가장 정직한 경쟁은 학교교육에서 이루어진다. 우리와 반대로 엄격한 성적 산출 시스템과 그것에 자존심을 가지고 승복하는 미국교육 문화를 높이 평가하고 싶다. 이것이 바로 올바른 교육이며 이로 인해 훌륭한 인재를 배출할 수 있는 것은 물론 우리 사회를 이끄는 책임자와 구성원을 만들 수 있다. 미국교육은 사회질서를 엄수하는 시민을 양성하기 때문에 미국은 세계 초강대국가가 되었다고 생각한다. 인생에서 교육처럼 공정한 경쟁기회는 없다고 생각한다. 누구나 똑같이 주어진 기회에 노력한 만큼 평가를 받고 그것이 인정되고 존경받는 사회야말로 진정한 자유민주주의 국가라고 생각한다.

미국에서 처음 해보는 기숙사 생활을 통해 아침, 점심, 저녁을 수많은 여학생과 남학생이 함께 식사를 하면서 매일 대화를 하게 되니 서로서로를 더 알게 되었다. 한국말을 전혀 사용하지 않고 영어만 쓰다 보니 1년이 지나고 나서는 회화에서 항상 한국어보다 영어가 먼저 튀어나왔다. 그리고 세계 여러 나라 사람을 사귀니까 다양한 인간의 마음과 얼굴을 매일 보는 것도 정말로 재미있었다. 논문이 끝날 때쯤 캠퍼스 외부 대학기숙사에 이사해서 잠시 거주할 때 황당한 경험을 했다. 나의 룸메이트는 얌전한 4학년 백인학생이었다. 그는 미국인 학생치고 언행이 굉장히 예의바르고 마음이 착한 학생였다. 그러나 주말마다 애인 (약혼한 상태)하고 동침할 때는 나는 거의 숨막힐정도로 스트레스 받았다. 더 이상한 것은 아무리 밤이라도 룸메이트가 있는 같은방에서 아무런 수치심없이 사랑행동을 벌이는 것이었다. 한방에 자기 룸메이트가 함께 잠자고 있다는 것 (물론 방이 넓어서 거리를 두고 있지만)을 인식하는지 무시하는지를 도저히 이해할 수 없었다. 그래서 그날 밤은 담요를 들고 나와 티브이 라운지에서 잠을 이룰 수 있었다. 그후부터 나는 항상 독방 기숙사를 원했다. 그리고 나자신도 나한테 관심있는 여학생과 친구가 되어서 결코 외롭지 않았다. 다만 어려웠던 것은 미국문화와 내가 자란 한국문화의 차이에서 오는 괴리감이었다. 역시 인간 외교에서 문화가 매우 중요하다는 것을 깨달았다. 그러나 당시 기숙사에 있던 미국 여대생들은 대부분 합리적이고 정직한 사고방식을 갖고 있었으며, 그중에는 일생에 다시 만날 수 없는 매우 인상적인 여학생도 있었다. 나는 일년이 지난 후에는 이곳의 금발의 여자친구와 주말에 데이트하고 춤도 추면서 매우 행복한 시간을 보내기도 했다. 특히 나에게 적극적으로 솔직하고 친절한 한 여학생에 이국적 사랑을 느끼게 되었다. 그러나 늦게 유학을 간 나는 문화적 차이를 극복하는데 좀 어려웠다. 정말로 나의 여자 친구 자넬(Janet)에게는 평생 잊지못할 아름다운 추억이 있었다. 나의 유학생활 중에서 그렇게 행복했던 시간은 다시 없었던 것으로 영원히 기억한다. 우리는 주말마다 만나서 공원과 바다로 드라이브하며 데이트하며 인생의 아름다운 행복을 즐겼다. 나의 고독한 유학생활에서 인생의 자신감과 행복을 몸소 느낄 수 있었던 아름다웠던 추억이였다고 생각한다.

주말에는 토쿠오와 나는 맥주를 마시면서 여유있게 기숙사 친구들 하고 이야기하며 즐겼다.

나의 룸메이트 토쿠오 야마모토(Tokuo Yamamoto)에게 일본에서 온 여학생 애인이 생겼다. 그런데 어느날 밤에 술을 잔뜩 먹고 와서 나한테 하소연을 하였다. 그는 동경대를 졸업하고 새로온 핸섬한 학생한테 자기 애인 마사코가 더 끌려가고 있다는 것이었다. 나는 어떻게 하든지 Yamamoto가 성공하도록 방법을 생각해 보겠다고 하며 반드시 이길 수 있으니 걱정하지 말라고 했다. 그후 Yamamoto는 그녀와 결혼해서 잘 살았지만 Miami에서 결국 이혼했다는 소식을 듣고 매우 안타까웠다. 그후 2003년 여름 Puerto Rico 미국 지진학회에 참가한 후 돌아오는 도중에 Miami에 전화를 했으나, 치매 현상이 있는지 과거를 전혀 기억 못하며 나를 모른다고 하면서 만나기를 거부했다. 치매가 아니면 자존심 때문이라고 생각했다. 오래전에 그한테 포스닥 하고 돌아온 국내 모박사 소문에 의하면 Yamamoto는 서인도제도에서 온 거무스레한 여자와 살며 심한 알코올 중독상태라고 하였다.

미국북서부해안: 워싱톤, 오리건과 북부 캘리포니아주 해안, 에서 많이 잡히고 있는 던제네스게 (dun geness crabs)는 저렴하고 맛도 좋다. 지금도 10-20불정도면한끼 식사가 충분히 된다. 나는 이후 부터 미국 서부를 방문할 때마다 이 던제네스게를 즐겨 찾아 다녔다.

나는 미국에 온 지 1년 만에 Credit Union에서 900불을 빌려서 중고차

Falcon을 구입했다. 그리고 외로울 때면 Corvallis에서 45분 거리에 있는 태평양을 보기 위해서 Oregon 해안으로 드라이브를 갔다. Oregon은 참으로 볼만한 곳이 많이 있는 아름다운 주라고 생각했다. 오리건 해안에서 해안도로를 타고 내려가면 오른쪽은 푸른 태평양 바다, 왼쪽은 숲이 우거져 하늘이 안 보이 는 울창한 산으로 둘러싸여 있다. 특히 하이웨이 101을 타고 북부 캘리포니아 레드우드 나무 숲을 지나면 수백년 된 레드우드 나무밀림이 울창하게 덮인 공원을 만난다.

오리건주로 들어가는 북부 캘리포니아 하이웨이 101끝자락에 들어선 레드우드 밀림과 필자.

그리고 특히 오리건 뉴포트(Newport) 해안가에 위치한 어부집에 들어가면 싱싱한 던제네스게(dungeness)를 먹을 수가 있었다. 던제네스게는 미국 북서부해안에서 많이 잡히고 살이 많아 하나 정도만 먹어도 배가 부르는 맛있는 점심식사가 되었다. 또한 뉴포트 해안 나이해변가(Nye Beach)는 모래

사장을 걸으면서 거대한 태평양 바다의 파도를 바라보고 고운모래를 오래 밟으면 그 상쾌한 기분 어디에 비할데 없다.

오리건 뉴포트의 나이비치 (Nye Beach) 해안에서 발견한 퇴적암 층서.

코발리스(Corvallis)에서 45분 서쪽으로 드라이브하면 한적한 어촌 뉴포트(New Port)가 있다. 가끔 공부하다 스트레스 받고 어려울 때는 이곳을 방문하면서 스트레스를 풀었다.

　　오리건 남쪽으로 내려가면 캘리포니아주와 경계 부근에 유명한 크레이터 호수의 국립공원이 있다. 이 호수는 백두산 천지와 같은 화산 운동으로 분화구에서 만들어진 맑고 깨끗한 천연호수(Crater Lake)이다. 그러나 크레이터 호수는 백두산 천지와 같이 높은 고지 위에 있지 않다. 그래서 산위로 올라갈 필요도 없고, 광활한 삼림과 평지로 이어지는 오리건 화산활동의 산물인 Caldera형 절벽으로 된 깊은 호수이다(수심 약 580m). 일부지역에는 가파른 절벽으로 되어 있어 접근금지 팻말이 씌어 있다. 이 호수 이야기는 뒤 여행기 편에 상세하게 설명하고 있다. 오리건주와 북부 캘리포니아 경계 그랜츠패스 (Grants Pass) 에서 캘리포니아 레딩 (Redding)으로 들어갈 때 고산지대에는 한여름이지만 멀리보이는 산봉우리마다 흰눈이 덮혀있는 것은 매우 인상적이었다.

미국 오리건주 남쪽끝 그랜츠 패스 (Grants Pass)에서 캘리포니아 레딩 (Redding)으로 들어가는 하이웨이는 고산지대지만 너무한적해서 운전하는데 지루하였다.그러나 멀리 산봉우리의 쌓인 흰눈을 보면 매우 낭만적이었다.

| 여행기 편 |

제5장 남태평양 해양 탐사선에서

니는 오리건주립대학(OSU)에서 석사학위를 받고나서 조용한 시골 대학촌 Corvallis를 떠나 다른 넓은 세상에서 박사과정을 하고 싶었다. 그러던 중 지도교수의 추천으로 Hawaii대학의 지구물리연구소에서 박사학위 과정 겸 연구원 자리를 추천받아 1971년 여름부터 하와이대학에서 진행하는 이곳 지구물리연구소 프로젝트에 참가할 기회를 얻었다. 당시 Hawaii에 있는 많은 한인들이 남들은 돈주고도 가기 힘든 남태평양 지역을 가게 되었다면서 행운이라고 부러워했다. 나는 마침내 그해 7월 Fiji의 수도 Suva로 날아가 거기서부터 Hawaii대학 연구선 카나케오키 (Kanakeoki)에 합류하여, 약 6개월간 남태평양, 솔로몬군도, 피지, 뉴헤브리데스 및 타이티 및 페루 앞바다 등지에서 해양탐사 활동을 하게 되었다. 탐사선에는 과학자 15명과 승무원(항해사, 기관사, 요리사, 선장등) 15명으로 약 30명이 탑승하고 있었고 과학자는 교수 2명, 박사 3명, 그리고 나머지 대학원생과 장비 기술자 2명과 보조원 2명으로 구성되어 있었다. 전부 미국인이었고 Hawaii태생의 중국인 2명과 혼혈(일본인과 중국인)인 1명 정도가 동양인이었다. 우리가 주로 수행하는 일은 탄성파 탐사(반사, 굴절)에 의한 해저 지층 구조, 지자기 및 중력탐사 및 지열탐사 자료관측과 수집 그리고 망간노듈 및 코아 샘플 채취 등이었다. 나중에 내가 한국에 귀국했을 때 파악한 것이지만 그 무렵 한국은 태평양상에서 망간노듈을 탐사하며 미래 해양자원 확보란 명목 아래 막대한 국가예산을 낭비하고 있었다.

당시 미국을 비롯해서 많은 선진국들 독일, 프랑스 등은 이미 수심 5천 미터에서 망간노듈을 채취하는 것은 경제성이 없다는 것을 타당성 조사에서 이미 파악하고 더 이상 개발을 멈췄었다. 그럼에도 한국은 뒤늦게 새로운 국가프로젝트라며 국비를 낭비하는 것을 보고 황당했다. 미국은 이미 30년 전에 전 태평양에 걸쳐 이 망간노듈을 탐사하여 왔지만 개발하는데 비용이 엄청나게 들기 때문에 이를 상업화하지 않고 있음을 한국정부가 알아야 했다.

피지(Fiji) 섬에서 난생 처음 수상스키를 탔다.

피지(Fiji)와 솔로몬제도(Solomon Islands)

우리 일행은 Fiji에서 드라이독(Dry Dock)때문에 약 2주 정도 배를 점검하는 동안 남태평양의 멜라네시아 대표섬 피지섬 둘레를 돌면서 시골풍경을 즐겼다. 특히 이곳에서 난생 처음으로 나는 영화에서나 보던 수상스키를 즐겼고 이곳의 해산 특산물인 자연산 생굴을 2타스(24개)를 먹어 "Two Dozen"이란 별명이 붙었다. 이곳 자연산 생굴은 아직까지 세계 어디에서도 맛보지 못한 신선한 것이었다. 우리 조사팀은 각각 2명씩 한조가 되어 하루 8시간씩 3교대로 일했다. 나의 파트너는 중국과 일본계 3세로 비교적 우호적인 유일한 동양계 친구였다. 우리 조의 임무는 주파수대로 장단주기 탄성파 기록계 각각 3대에 의한 탄성파 탐사, 중·자력 등의 자료 체크 및 수집, 그리고 지열, Core Sampling 등을 하는 것인데 선박 아래층 자료관측실과 윗층 갑판의 작업 잡음 때문에 문제가 있었다. Walkie-Talkie로 영어통신을 하는데 외부소리 때문에 소통하기 어려웠다.

일반인은 잘 모르겠지만 배에서 가장 많이 들리는 소리가 f(fuck).발음이다. 말 한마디마다 이 쌍말을 넣어 말한다. 박사들조차 f 발음을 주저없이 내뱉았다. 모두 배위에서는 뱃놈이 되어버린다. 거친 파도와 매일 싸우면서 생활하다 보면 사람들도 같이 변하는 것 같다. 그러나 배에서 하선해서 돌아오면 평상시 예절로 곧 되돌아 간다. 무선통신 자체의 전자적인 문제도 있지만 주변잡음과 엄청나게 빠른 속도로 지껄이는 영어 지시사항 전부를 알아듣고 따라 하는 것이 쉽지 않았다. 그 당시 중국 - 일본 동양계인 내 파트너의 도움이 매우 컸다는 생각이 난다.

약 2달간 해양탐사를 마치고 선박수리를 위해서 피지 수바(Suva) 항에 2

주간 정박했다. Fiji는 100년 이상을 영국식민지로 있다가 1970년에 와서 독립한 국가로 원주민인 멜라네시안(Melanesian) 50%와 인도인 및 다른 소수 민족 45% 등으로 구성되어 있다. 인도인들은 영국에 의해서 사탕수수 재배를 위해 이민된 후손들이다.

남태평양에는 크게 3종류의 인종이 있다, 검은 피부와 우락부락한 체격에 곱슬머리를 한 멜라네시안(Melanesian)은 파푸아 뉴기니, 솔로몬 제도 및 피지에 분포되었고, 체격이 작고 검은 피부를 한 마이크로네시안(Micronesian)은 마리아나, 캐롤라인, 마셜제도 쪽이다. 그리고 태양에 그을린 미끈한 피부와 잘빠진 체격(다리)과 곧바르고 긴 머리칼을 가진 폴리네시안(Polynesian)은 하와이, 타이티, 통가 및 뉴질랜드 등 가장 큰 분포를 이룬 문화권에 속해 있다. 멜라네시아인들은 매우 낙천적이며 술과 춤을 즐기고 별로 욕심이 없는 순수한 민족이다. 이곳 Suva는 주말만 되면 실내, 또는 실외의 지방 어디서든지 춤 파티가 벌어진다. 특히 이곳에서는 성문화가 너무 개방되어서 아무데서나 자연스럽게 행위가 벌어진다고 소문나 있다. 탐사팀은 피지 분지와 New Hebrides 섬 주변에서 활동을 했으며, 암석을 채취하기 위해서 솔로몬(Solomon)제도에 속하는 티코피아(Tikopia) 섬 부근 조그만 아누다(Anuda) 섬으로 들어가기로 했다. 그러나 항구접안 시설이 전혀 없는 섬에 탐사선이 접근할 수 없기 때문에 10mile 정도 떨어진 곳에서 고무 모터보트로 옮겨 섬에 상륙하였다.

그 뒤 천안함 침몰에 관한 이야기지만 천안함이 항구시설이 없는 백령도 연화리 해안에 접근했다는 것은 위험을 자초했다는 이유 중의 하나다. 당시 나는 호주출신 연구원과 함께 제일 먼저 도착했기 때문에 이 섬의 추장을 만나게 되었다. 그 추장은 그들의 인사로 볼에 입을 맞추고 자기 오두막 풀집으로 안내했다. 하인이 이미 구운 생선 두마리를 나뭇잎에 담아 내놓았으나 파리 떼가 너무 많이 앉아서 생선모양을 가릴 수 없을 정도였다. 그래도 예의로 생각하고 같이 간 동료 호주인이 생선을 뜯어먹는 것을 보고 나도 할 수 없이 파리가 앉지 않은 속살을 골라 먹었다. 원래는 4시간만 작업하고 떠나려 했으나 물살이 너무 세서 못 떠나고 하룻밤을 이 섬에서 지내게 되었다. 이 Anuda 섬에는 부녀자, 어린애와 노인만 남아 있었고 젊은 사람들은 솔로몬 제도의 수도인 호니아라(Honiara)에 일하러 갔다고 했다. 우리 팀 대원들이 그날 밤 숙박을 위한 방배치에 신경을 좀 쓸 이유가 있었던 것이다.

아누다(Anuda)섬 아이들은 내가 공책과 연필을 선물한 대가로 나무에 올라가 코코넛을 직접 따서 선물했고, 해변가에 모두 나와서 환송했다.

남태평양 항해 중 저녁식사 후 탐사선 Kanakeoki 선상에서 동료들과 후식을 먹고 있다. (오른쪽 두 번째 서있는 필자와 Steve Hammond 박사).

이섬 여자들은 거의 나체이며 나무잎으로 중요한 부분만 약간 가렸다. 특히 이곳 여자들은 유방이 유난히 크고 축 늘어져 자연스럽게 추모양으로 움직인다. 몇몇 미국인 친구들은 심한 농담을 하며 저녁에 어디서 자게 될 것인가 라며 호기심을 발동하기도 했다. 그날 추장은 동네 원로들과 회의를 한 후, 한 가정에 한 사람씩 각 노인들이 맡아 함께 숙박하기로 결정했다고 했다. 나도 한 노인과 그의 손자와 함께 하룻밤을 자게 되었다. 그런데 이곳의 모기떼가 새로운 피 맛을 보았는지 긴 침으로 계속 담요를 뚫고 달려들었다. 내가 좀 편히 잠들게 하기 위해서 그 노인은 모기를 쫓으며 밤을 꼬박 샜다. 아침에 그곳의 자연폭포에 가서 샤워를 하고 돌아왔을 때 그 할아버지는 어

젯밤 내가 덮고 잔 담요를 몹시 부러워했다. 나는 선장한테 물어본 후 그 담
요와 수건을 그에게 기증했다. 그 섬은 매우 작았지만 바나나와 코코넛 나무
가 꽉 들어차 있었다. 그래서 섬과 바다에 먹을 것들이 풍부했다.

아침 일찍 섬의 봉우리에 올라갔을 때 해변에 앉아서 큰일을 보는 사람
들이 보였는데 이 때문에 그 아름다운 섬의 추억이 흐려지는 듯해 아쉽다.

러시아 (구소련) 탐사선과 호위 잠수함 및 유조선.

탐사선이 다시 Suva항으로 들어왔을 때 우리 팀은 갑자기 이곳에 입항한
러시아 탐사선, 잠수함, 그리고 유조선을 만나게 되었다. 내가 러시아 사람
을 만나게 된 것은 북한에서 본후 두 번째다. 러시아 연구선은 Kanakeoki
보다 훨씬 컸으며, 물론 승선인원도 우리 연구선보다 훨씬 많고 연구선 이외

보급선, 유조선 및 잠수함이 호위하면서 따라다녔다. 러시아 Mulmansk에서 출발하여 약1년간 해양탐사를 하며 남극으로 가는 도중에 기관에 이상이 생겨 잠깐 정박했다고 했다. 배에 한국인같이 보이는 사람이 두 명이 있어서 북한사람인 줄 알고 한국말을 걸어 보았지만 응답이 없어 불어로 하니 북한 출신이 아니고 러시아 서남부의 Cossack출신이라고 했다.

타이티(Tahiti)와 페루(Peru)

남태평양 Tahiti 섬 고갱(Paul Gauguin)의 유물을 전시한 박물관.

내가 오리건대학 해양학과에서 석사를 마치고 하와이 대학 탐사선 Kanakeoki에 승선하여 남태평양을 탐사하던 중 제일 잊을 수 없었던 섬은 타이티(Tahiti)였다. 유난히 꽃을 좋아해 붉은 꽃을 머리에 꽂고 있는 여인들의 긴 검은머리와 거무스레한 건강한 피부, 늘씬한 몸매는 세계 어느 여인들보다 아름답다는 생각이었다. 타히티는 1767년 영국 해군대령이 발견했지만 1880년부터 프랑스 식민지가 되었다. 한때 파리 여성들은 남자들이 이곳에 가는 것을 반대하는 데모를 벌이기도 했었다. 파페에테(Papeete)는 불령 폴리네시아의 수도로 타히티섬 북서해안에 위치한 남태평양 중심항구이며 프랑스 해군의 태평양 기지로도 사용된다.

타이티에 상륙한 불란서 항공모함과 해군.

내가 파페에테에 도착했을 때 프랑스 항공모함이 도착해서 온 도시가 프랑스 해군으로 꽉차 온통 흰색의 불란서 해군이었다. 남태평양의 외딴섬 프랑스령 폴리네시아 여인들 특히 원주민과 프랑스인들의 혼혈 여인들은 이 섬의 아름다운 꽃처럼 미인들이었다. 그러나 불어가 능숙치 못한 나는 언어소

통에 불편할 수밖에 없었다. 타히티는 아름다운 자연경치뿐만 아니라 여러 색깔의 진주생산지로도 유명하다. 그중에서도 이곳에서 나는 흑진주는 세계적 명성을 가지고 있다. 나는 언젠가 다시 한 번 이 섬을 방문하겠다고 마음으로 다짐했지만 그 꿈은 아직 이루지 못했다.

이 시원한 초가집에 머물면서 여기에 정착할 생각이 들었었다. 너무나 평화스럽고 시간이 안 가는 것 같은 곳이었다.

Kanakeoki는 서쪽으로 항해를 계속하여 Polynesia의 중심지인 Tahiti 섬에 도착하게 되었다. Tahiti 바다는 검푸른 색깔을 띠는 것이 특색이었으며, 섬 중앙에는 높은 산에서 흘러내리는 폭포가 보였다. Tahiti는 French Polynesia의 중심 섬으로 대부분이 남태평양의 3종류 문화인종 중의 Polynesian으로 구성되어 있다. 수도 파페에테(Papeete)에는 대부분 불란서 백인이 살고 있다. 우리 탐사 팀들이 파페에테에 내려 레스토랑에 가거나 Shopping할 때 영어로 말하면 의사소통이 잘되지 않아 나는 그동안 배 안에서 열심히 닦은 불어회화 실력을 보이려고 애썼다.

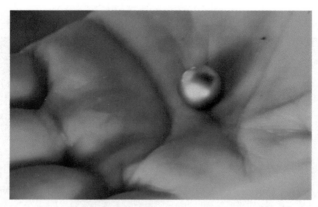

세계에서 이곳에서만 생산되는 흑진주. 흑진주는 이곳의 특수조개에서만 생긴다.

Tahiti섬은 대체로 원형으로 된 큰 섬과 옆에 붙은 작은 섬으로 되어 있으나, 그 크기가 작아서 Papeete에서 아침 10시에 출발하면 저녁 5시까지는 충분히 일주하고 돌아올 수 있었다. 섬을 돌다가 보면 중간에 Paul Gaugain 박물관이 있다. 프랑스 해군장교 출신으로 화가였던 Gaugain이 말년에 이곳에 와서 화가생활을 하며 그렸던 그림과 유물이 그대로 보존되어 있었다. 특히 고갱박물관 입구에는 여러 가지 남태평양의 꽃들이 아름답게 피어 있어서 매우 매력적이었다. 특히 폴리네시아인들은 꽃을 좋아하는 민족으로 어디가나 꽃이 만발했고 귀에다 향기가 진한 붉은 꽃(Tiare)을 꽂는 여자들이 많았다. 나는 너무나 아름다운 이 섬을 떠나기 싫어서 이곳에 정착하여 살까 했었다. 그리고 타이티 바닷물속 형형색색의 물고기를 잡아 Hawaii에 수출하는 사업도 생각해 보았다. 그러나 너무나 조용하고 아름다운 환경 속에서 사는 것도 좋지만 아무 도전이 없는 권태가 오히려 두려울 것같아 나는 생각을 접었다. 나는 일주일이 지난 후 다시 대학으로 돌아가기로 결심했다. Kanakeoki는 다시 Tahiti를 출발하여 남아메리카의 Peru로 향하여 탐사 활동을 계속하였다. 그러나 이때 내 생애에서 가장 무서웠던 폭풍우를 만났다. 갑자기 비바람과 함께 몰아치는 폭풍이 왔을 때 내가 탄 배는 마치 높은 산봉우리 위에 올라갔다 떨어지는 듯한 앞뒤 운동(Pitching)과 좌우 운동(Rolling)을 계속 반복했다. 모든 탐사대원들은 갑판에서 억수같이 쏟아지는 빗물을 퍼내는 데 정신이 없었다. 이러다 배가 뒤집혀 태평양에서 상어 밥이 될 것을 생각하니 정말 두려웠다. 너무나 답답해서 나는 선장한테 이렇게 가다가 혹시 배가 전복되면 어떻게 되느냐고 물었다. 선장은 배는 항해 기술만 좋으면 절대로 뒤집어지지 않는다는 말을 했고 그제서야 겨우 안도의 숨을 쉴 수 있었다. 나는 여기서 2010년 3월 26일 백령도부근에서 해군 46명이 회생된 천안함 침몰과 2014년 4월 16일 전남 진도군 조도면 맹골수도 부근에서 침몰해 304명의 희생자를 낸 세월호 해양사고가 떠올랐다. 이 참사의 원인규명을 위해 오랫동안 논쟁을 벌여왔지만 그 무엇보다 아쉬운 것은 선장의 항해기술 부족과 책임감의 결여라고 생각한다.

이렇게 폭풍우와의 싸움으로 장장 8시간 동안을 표류하다가 밤이 가고 날이 밝고 태양이 떠오르니 언제 그랬느냐는 듯이 바다는 다시 평온해졌다. 이번 경험으로 나는 뱃사람들의 생활이 얼마나 거칠고 어려운지 확실히 알게 되었다. 그리고 옛날 해사에서 기초훈련을 받을 때 왜 그렇게 강도 높은 훈련을 시켰는지를 다시 알게 되었다.

우리 배가 적도부근에서 탐사할 때는 폭풍우를 한 번도 경험한 적이 없었고 평화로운 바다였다. 바닷물은 매우 평온한 호수물 같았고 종종 날아가는 비어(flying fish)와 바다 밑으로 지나가는 대형거북들만이 보였다. 그리고 밤에 야간작업(지열탐사)을 할 때는 대형오징어 떼가 하얗게 몰려들어서 낚싯바늘을 던져 걸리는 대로 올리면 될 것 같았다.

처음에는 잠자리채 같은 것으로 담아 올리려고 했으나, 수면에 이르면 빠져 나가버리기 때문에 결국에는 대형낚시바늘을 던져 왕오징어를 걸어낚았다. 저녁에 반찬으로 삶아서 포도주와 함께 먹으려고 시도했다. 그러나 적도지방의 매우 크고 싱싱한 이 왕오징어는 이곳이 염도(salinity)가 떨어지는 지역이라서인지 너무 싱거워서 맛이 없었다.

탐사선은 마침내 페루 Lima의 외항 카이야오 (Callao)에 도착하게 되었다. 당시 페루는 군사정권하에 있는 사회주의 체제로 군대가 통치하고 있었으며 특히 외국인 출입을 엄중하게 다스렸다. 항구에 내리자마자 암달러 장사꾼들이 미국 돈달러를 비싸게 사겠다고 모여들었다. 주민들 대부분은 스페인과 인디언의 혼혈 계통이었고, 일부 백인과 오래전에 이민해 온 일본인 2, 3세들이 있었다. 출국 당시 나와 미국동료 중의 한 사람이 입국할 때 금액과 출국할 때 사용한 금액의 영수증과 남은 돈이 일치하지 않아 출국이 금지되었다. 나는 다시호텔로 돌아와서 같은 처지의 미국인 연구원과 함께 며칠 후에 영수증 및 관련서류를 구비하여 출국하였다. 리마부터 개인별로 Hawaii에 들어가기로 했기 때문에 나는 중앙아메리카의 Panama와 Nicaragua를 방문하기로 했다. 니카라과의 수도 마나과에 있는 중앙아메리카대학을 방문했을 때 나는 갈증이 나서 학생들이 마시는 Campus 수돗물을 마셨다. 그날 저녁 집에 돌아왔을 때 배가 뒤틀리면서 아파 바닥에 뒹굴기 시작했다. 그러나 Hotel 지배인이 영어를 전혀 할 수 없어서 혼자서 약국을 찾아 길거리를 헤맸다. 불행중 다행으로 마침 영어회화 책을 들고 지나가는 여학생을 만나 약국의 약을 살 수 있었다. 당시 남미에 가면 일류 Hotel을 제외하고는 절대로 음료수를 마시지 말라는 선장님의 주의를 잊었던 것이었다. 여행할 때 가장 중요한 것, 음식 특히 음료수는 각별히 신경을 써야 한다는 것을 그때 배웠다.

이들 라틴아메리카 나라를 방문했을 때 가장 어려운 것은 언어문제였다. 당시 이들 나라는 반미주의 성향이 심해 영어를 멸시했다. 심지어 대학의 물리학 교재도 순수 스페인어로 쓰인 것을 보고 놀랐다. 그러나 최근에 칠레 산티아고와 발파라이소를 방문했을 때는 영어를 하는 사람들이 많아 편리했다. 산티아고(Santiago)에서 자동차로 4시간쯤 서쪽으로 달리면 이 나라의 명소이며 문호인 발파라이소(Valpariso)가 나온다. 산티아고에는 눈으로 덮인 안데스 산맥의 높은 산으로 둘러싸여 있지만 바다쪽으로 가면서 푸른 나무와 오렌지와 아보카도 나무들이 보였다. 여행 도중에 신선한 이 지방 과일을 맛있게 사먹을 수 있었다. 특히 내가 포도주양조장에 들러서 구입한 칠레 포도주의 맛은 일품이었다. 발파라이소는 남미 최대 항구도시로 도시의 대부분이 산꼭대기 위에 이루어졌다. 사람들은 "에센소르(ascensores)"라고 불리우는 밧줄 케이블카 (Funicular)를 이용해야 아슬아슬한 절벽 위에 있는 자기 집을 올라갈 수 있다. 그것이 매우 이색적으로 보였다. 그렇지 않으면 아주 먼 거리를 돌아야만 자기들 집에 갈 수 있었다. 나는 이곳에서 유명한 해산물 레스토랑에서 태평양에서 잡았다는 신선한 해산물 요리를 즐겼다. 그러나 맛은 기대한 만큼 만족하지 않았다.

나는 약 6개월의 처녀 해양탐사를 마치고 열대의 나라 파나마와 광장의 도시 멕시코시를 잠깐 들려 구경을 하고 긴장이 시작되는 미국 땅을 다시 밟게 되었다. 이제부터 치열한 경쟁사회 미국 땅에 오르니 한편 걱정도 되지만 경쟁과 도전이 있다는 생각에 의욕이 북돋는 듯 했다. 긴장과 함께 삶의 의미를 되새겨보는 시점이었다.

발파로이소 (Chille Valparoiso)에서 물품을 운반하는 밧줄 경사케이블카(Funicular).해변가 고지대 언덕위에 주택들에서는 먼길을 돌아갈 필요없이 아래 해안도로에서 이 경사 엘리베이터를 이용해서 짐을 운반하는 것이 인상적이었다.

제6장 잊을 수 없는 여행과 추억

해외유학생활

내가 처음 밟은 미국 땅은 오리건(Oregon)주였다. 공산주의 국가 북한에서 태어나 살다가 6.25전쟁 때문에 자유민주주의 국가 남한으로 내려왔다. 그리고 대학을 졸업하고 부자나라 미국의 아름다운 오리건 주에 살며 주변 아름다운 경치를 만끽할 수 있게 된 것이다. 공부하다가 머리가 무겁고 답답할 때 자동차로 45분 정도만 서쪽으로 달리면 넓게 펼쳐진 광활한 태평양이 나타난다. 오리건 해변이다.

해안으로 가는 도중 울창하게 들어선 숲과 거대한 나무들을 쳐다보면 한반도의 삼천리 금수강산이 초라하게 느껴질 정도다. 해안선을 따라 태평양을 서쪽에 끼고 달리면 바다와 산을 동시에 볼 수 있다. 그리고 중간 중간에 있는 레스토랑에서 신선한 던저네스(dungeness)게를 먹을 수 있었던 것은 정말 행운이었다.

오리건에서 좀 더 동쪽으로 가면 점점 숲과 나무가 사라지며 메마른 사막으로 바뀐다. 그리고 우리나라 강원도와 흡사한 오지, '감자의 주'로 불리는 아이다오(Idaho)주가 나온다. 시골 냄새가 풍기지만 감자가 많이 나고 인심이 좋은 곳으로 알려져 있다.

산꼭대기의 백두산 천지와 평원의 미국 오리건주 크레이터(Createrr). 칼데라(Caldera)호수(우)는 모두 화산에 의해서 생겼다. 청명한 백두산 천지와 야생화 같은 Oregon 남부 Crater Lake.

　남쪽으로 가면 캘리포니아와 오리건 경계에 백두산 천지와 같은 아름다운 크레이터 호수(Crater Lake)가 있다. 그러나 이 크레이터 호수는 백두산 천지와 같이 높은 고지에 있지 않다. 그러나 울창한 삼림으로 덮인 평지 위에 있기에 올라갈 필요도 없고, 이 화산 호수는 오리건 화산활동의 산물인 Caldera형으로 평지 위에서 가파른 절벽으로 이루어진 깊은 호수이다(수심약 580m, 백두산 천지 최대깊이 384m 보다 더 깊다).

　나는 오리건에 살면서 인접해 있는 북쪽의 워싱턴 주와 남쪽의 캘리포니아주로 여행을 자주 했다. 한번은 기숙사 친구와 함께 봄방학을 이용해서 북부 캘리포니아의 몬트레이 (Monterey)해변으로 갔다. 어두컴컴한 저녁 무렵 해변에서 라면을 끓이는데 바람에 날린 모래가 냄비를 덮쳤다. 모래가 씹히는 라면을 먹을 수 없으니 저녁을 굶어야 했다. 경비를 절약하기 위해서 주로 캠핑공원(숙박이 가능한 공원)에서 잠을 잤으나 그날은 마땅한 곳을 찾지 못해 들판에서 자다가 경찰한테 경고를 받기도 했다.

　또 한 번은 요세미테 공원에 갔을 때인데 샌프란시스코의 챠이나 타운 중국상점에서 사온 마른 굴비를 굽다가 소동이 벌어졌다. 그 냄새가 요란해서 주변 사람들이 모여든 것이다. 그 사람들은 내게 고양이를 굽는 것이 아니냐며 의혹의 시선을 던졌다. 여행 중 프레스노에 있는 기숙사 친구집에 들렀는데 나무에 주렁 주렁 달려 있는 오렌지가 탐스러웠다. 그중 하나를 따 먹어봤는데 풍부한 주스와 자연의 맛이 시장의 것과 달랐다. 훗날 아내와 이탈리아의 작은 섬 카프리(Capri)에 갔었는데 그곳에서 먹은 지중해의 신선한 오렌지가 같은 맛이어서 옛 기억이 떠올랐다.

나의 유학생활은 새로운 환경에서 적응하는데 좀 고생은 했지만 그런대로 낭만도 많이 있었다. 나는 처음부터 오리건 주립대학(OSU) 기숙사 생활을 했다. 캠퍼스 기숙사에서 2년 그리고 캠퍼스 밖의 기숙사에서 6개월가량을 지냈다. 적어도 1년 동안 전혀 한국 사람을 못 본 적도 있었다. 그래서인지 사람을 만나면 한국말보다 영어가 먼저 튀어나왔다. 내가 생각하기로는 영어를 빨리 배우고 싶으면 몇 년간 한국 사람을 만나지 말고 미국인하고만 지내면 된다고 생각한다. 처음에는 언어가 잘 안통하고 문화적 차이 때문에 주눅이 들 수 있었지만 대부분의 학생들이 매우 솔직하고 친절하며 책임감 있게 행동하는 모습을 보면서 좋은 점을 많이 배우게 되었다. 미국 학생들은 일반적으로 친절하고 정직하며 또한 예의 바르며 남을 존경할 줄 안다. 그러나 또한 우리와 특히 다른 점은 이성과 감정을 잘 다스릴 줄 아는 절제된 생활을 하는 것이다. 특히 이곳 Corvallis는 인구 3만명이 넘지만 대부분이 학생인 대학촌이다. 오리건주에서 제일 큰 명문(과학과 가술)대학을 품고 있기 때문에 대부분 보수적 경향이 짙은 가정 출신 학생이 많다.

아침, 점심 그리고 저녁을 매일 같은 식당에서 식사를 하며 이야기를 나누다 보니 저절로 많은 사람을 알게 되었다. 물론 주말마다 벌어지는 춤 파티에 참석하게 되었고 데이트도 종종 하게 되었다. 나는 정말 마음이 끌리는 여학생이 있었으나 시간적 여유가 없어 가능한 교제에 깊이 빠지는 것을 피하려고 노력했다. 그러나 만날 때마다 미소지으며 반갑게 대해주는 금발미인에게 절로 끌리는 인간의 마음을 막기가 힘들었다. 당시 나는 전과해서 생소한 해양학 계통 2과목에 복소수론을 포함, 3과목을 수강했다. 공부에 쫓겨 시간적 여유가 없었다. 그럼에도 그 친절한 기숙사 여학생들과 짧은 대화를 하는 것은 즐거웠다.

2011년 다시 찾았던 코발리스(Corvallis)의 잊을 수 없는 추억의 공원(Avery Park). 당시 내가 이 공원에서 데이트 할 때는 이런 자극적 예술조각이 없었다.

나는 석사 과정 논문이 거의 끝나갈 무렵 우연히 미국 여학생 Janet를 알게 되었다. 그녀의 친절하고 솔직한 표현과 항상 능동적인 행동에 유혹되지 않을 수 없었다. 우리는 거의 매일 만나 밤늦게 까지 영화도 보면서 데이트를 했다. 그녀는 갈색 머리와 갈색 눈을 가졌고 건장한 체격이었지만 매우 수줍음을 타는 스타일이었다. 그녀는 독일계통과 인디안 피가 약간 섞인 여자였다. 그러나 무엇보다 마음에 끌리는 것은 서양여자로 매우 동양적인 매력을 갖고 나를 리드하면서도 고독한 나를 따뜻하게 해 준 것이다. 사실 나는 그녀에 미쳐 매일 밤 시간가는 줄 모르고 데이트를 했다. 그녀는 당시 외로운 나를 기쁘게 해주는 유일한 여자친구였다. 우리들은 오리건 시골 마을, 자연 숲, 공원과 실내수영장, 야외 영화관 등을 함께 다니면서 밤늦게까지 데이트를 했고 내 기숙사방(당시 나는 독방을 사용했다)도 방문해서 시간을 보내기도 했다. 그녀는 자기부모가 살고 있는 시골 해리스버그(Harrisburg)에까지 가서 자기엄마에게 나를 소개했다. 지금도 내 인생에서 그렇게 행복했던 시간을 보낸 적이 없었던 것으로 기억한다. 그러나 우리의 만남은 운명같이 오래갈 수 없었다. 나는 그곳을 떠나 하와이로 가야했기 때문이다. 죽기 전에 한번 그녀를 만나보고 싶다.

많은 추억이 있었던 OSU의 캠퍼스 밖 대학원 독방 기숙사(Azalea House).

나는 캠퍼스기숙사 밖의 이 독방 진달래 기숙사에서 마지막 해를 보냈다. 내가 오래전에 방문했을 때도 옛 모습 그대로 있었다. 짧은 시간였지만 깊은 추억이 담긴 곳이다. 나는 1971년 4월 15일 "지구중력 포텐셜 이론"이란 논문으로 석사학위를 마치고 박사과정은 다른 대학원에서 하기로 결심했다. 당시 OSU 해양학과는 하와이 대학 해양지구물리연구소와 공동연구를 많이 수행하기 때문에 지도교수의 추천으로 7월부터 하와이 대학 탐사선(Kanakeoki)에서 연구원을 겸하면서 박사학위 과정을 밟게 되었다.

졸업은 4월에 했기 때문에 7월까지는 3개월간의 시간이 남아있어서 대도시 구경도 할 겸 임시 일자리를 구하기로 했다.

나는 나의 고물차를 몰고 코발리스에서 출발, 동부를 횡단해서 뉴욕까지 가기로 했다. 그러나 미쉬간 디트로이트(Detroit)까지 와서 자동차가 고장이 나는 바람에 더 이상 계속해서 갈 수가 없었다. 할 수 없이 시카고(Chicago)로 돌아와 우선 이곳에 먼저와 자리 잡은 김무정 동기생 아파트에서 함께 머물기로 했다. 비용을 서로 분담하기로 하고 시카고 교외에서 임시 일을 구해보기로 했다. 시카고는 미국중부에서 제일 큰 산업의 중심지로 교외에는 수없이 많은 공장과 산업시설이 있어 임시 직업을 구하는데 별 어려움이 없을 것으로 생각했다. 다행히 나는 어떤 부동산 회사와 연결돼 부동산 판매원으로 일하게 됐다. 하루는 어느 부자동네에서 노크를 하다가 경찰까지 출동하는 소동이 있었다. 내가 외국인으로서 부동산 중개 판매원으로 일하는 것은 언어와 문화 차이 때문에 매우 어렵다는 것을 깨달았다. 그래서 다시 방향을 바꿔 50군데 이상의 다른 공장 문을 두드렸지만 유학생 비자를 갖고 있는 나를 아무도 고용하려 하지 않았다.

그러던 어느 날 한 큰 공장을 찾아가 무조건 제일 높은 사람을 좀 만나자고 했다. 운이 좋았는지 인상이 좋은 이곳의 공장 매니저가 나타나 나를 고용하 겠다고 했다. 내가 하는 일은 알미늄 호일 단열복을 입고 용광로에서 쇳물을 퍼다 붓는 주물작업이었다. 이곳에서 일하는 노동자 대부분이 흑인이고 길 어야 1년을 못 버틴다고 했다. 그러나 짧은 기간 두 달만 참으면 될 것이라 고 생각했으나 뜨거운 여름철 은박의 단열 옷을 입고 용광로에서 쇳물을 떠 나르는 것은 역시 고통스럽지 않을 수 없었다. 잘못해서 쇳물이라도 한 방울 떨어지면 구두가 타는 것을 견뎌야 했다. 당시 동료흑인은 시간당 7달러(당 시 고임금에 속함) 이지만 나는 1.75를 받았다. 나는 매니저를 찾아가 내가 곧 박사 학위과정에 들어가서 계속 공부할 유학생이기 때문에 도저히 이일 을 계속 하지 못하겠다고 말했다. 그때 그는 고맙게도 내가 다른 선택을 한 다면 도와주겠다고 했다. 나는 볼트 깎는 작업이 있다는 것을 알고 그곳에서 일하고 싶다고 하자 그는 쾌히 나를 새 부서로 옮겨주었다. 그러자 용광로에 서 함께 일하던 친구들이 찾아와 "무슨 빽을 써서 좋은 작업장으로 옮겼느냐 며 부러워했다." 이곳에서 두달 동안 일한 후 나는 내 차를 위신칸신대학에 유학중인 염영일(후에 포항공대 교수)한테 팔아달라고 맡기고 계획된 하와 이 대학으로 날아갔다. 그리고 곧 피지 수바(Fiji, Suva)로 가서 하와이 대학 카나케오키 탐사선에 승선했다. 나는 하와이 대학 연구선에서 해양 탐사작 업을 할 때 통가 트렌치 지역에서 지진파(탄성파) 기록지에서 갑자기 수심이 떨어지는 지역을 보고 이지역의 수직단층대를 발견하면서 지진파에 더 깊은 관심을 갖게 되었다. 그래서 이 분야를 좀 더 깊이 연구할 결심을 하고 지진 학 분야에서 유명한 본토 대학 엠아티(MIT)와 가톨릭 예수회의 세인트루이 스(Saint Louis University) 대학에 박사학위 과정을 지원 신청했다. 그리고 좋은 조건으로 세인트루이스 대학에서 입학 통지서가 와 본토 센트루이스

대학으로 가게 된 것이다. 대학원 개학전 불과 3달, 매우 짧은 시간안에 지원했음에도 불구하고 입학과 장학금 수여를 할 수 있었던 이유는 후에 이곳 학과장이며 세계적 지진학 석학 스타우더 (Fr. William Stauder, S. J.) 신부님한테 들었는데 서강대학 교무처장 트레이시 (Fr. Nobert Tracy, S. J.) 신부님으로부터 강력한 추천이 있었다고 했다.

1972년도 가을 학기부터 나는 두 명의 쟁쟁한 경쟁자와 함께 세인트루이스 대학 박사 프로그램에 들어갔다. 한 명은 이집트 카이로 대학을 졸업하고 미국 콜로라도 광산 대학(Colorado School of Mines) 석사학위를 마치고 USGS(미국 지질조사소)에서 5년간 근무하다 입학한 나지 야콥(Nazieh Yacob)인데 그는 나보다 7년 정도 나이가 많고 미국 여성과 살아서 영어도 능통했으며 매우 공격적 경쟁자였다.

그리고 또 한 사람, 대만 해군사관학교와 대학원에서 석사학위를 한 미남 쳉 시양호(Cheng Shiang-ho)는 대만 해군 소령으로 매우 신사적이었지만 항상 말이 없어 은근히 나를 긴장시키는 타입이었다. 특히 Cheng 소령은 나와 함께 물리학과에서 고급 역학 (Advanced Mechanics)을 수강했는데 매장마다 나오는 어려운 문제를 하나도 빼놓지 않고 풀어서 제출했으며 시험 볼 때도 항상 자신감이 있어 보였다. 나는 조금 의아스럽게 생각했다. 하루는 저녁 먹으러 집에 갔을 때 그의 책상 위에서 아주 낡고 때 묻은 공책 하나를 보았다. 그것은 고급역학 매장 끝에 나온 문제 풀이 해답이었고 또한 학기시험문제와 답도 있었다. 나는 비로소 Cheng이 왜 그 과목에 자신이 있어 보였는지를 알게 되었다. 나는 다시 한 번 이 중국학생이 철저한 유학 준비를 하고 와서 수강하는 것을 보고 놀라지 않을 수 없었다. 그는 이미 이 과목을 이수한 대만학생한테 모든 자료를 넘겨받았다는 것이었다. 사실 나는 유학만 생각했지 유학하기 전 무엇을 전공할 것인지 조차 생각해 본 일이 없었다. 사실 세인트루이스 대학 지구물리학과에는 미국학생 외에 타이완(4), 인도(3), 파키스탄(2), 이라크(4), 이란(2), 터키(3), 독일(1), 스페인(1), 페루(1), 볼리비아(1), 그리고 멕시코(1) 등 전 세계에서 모인 인재들이 망라돼 있었으며 이들은 모두 지진학을 전공했다. 이들 학생들은 모두 실력파학생들로 보여 나는 항상 긴장을 풀 수 없었다. 그런데 나에게 자신감을 가져다준 것이 편미방(Partial Differential Equation) 시험이었다. 내가 언젠가 편미방 시험 때 제일 먼저 문제를 풀고 나가니까 교수님이 의아하게 생각하며 내 답안지를 유심히 보았다. 나는 편미방 시험에 만점을 받고 나서 부터 어느 정도 자신감이 생겼고 주변 사람들의 시선도 끌기 시작했다. 이 대학은 200년 이상의 오랜 역사(1818~현재)를 자랑하는 명문 예수회 계통 카톨릭대학이어서 신부를 많이 만나게 되었다. 특히 루가(박홍) 신부님을 알게 되어 천주교에 심취하게 되었다. 이것은 하느님이 루가 신부님을 통해서 나를 하느님의 자식으로 인도해 준 것으로 생각한다.

　미국 중부의 보수도시며 미국 가톨릭, 특히 예수회의 중심 도시인 세인트루이스(Saint Louis)는 내 인생의 새로운 전환점을 가져오게 했다. 세인트루이스는 여름에는 무지하게 덥고 겨울은 매우 추운 대륙성 기후이기 때문에 도시는 별로 매력이 없었으나 교외로 나가면 아름다운 중부지역의 농촌 평원을 볼 수 있었다. 세인트루이스에서 미시시피 강을 따라 북쪽으로 자동차로 4시간 정도 올라가면 유서 깊은 도시 한니발(Hannibal)에 도달한다. 여기는 미국의 유명한 작가 마크 트웨인(Mark Twain)의 소설 "톰 소여의 모험(The Adventures of Tom Sawyer)"에 나오는 마크 트웨인 동굴이 있다. 어느 겨울철 박홍 신부가 이곳 총각들을 그곳 한니발 병원에 근무하는 한국인 처녀 간호사들에게 소개시켜 주려 고물차를 몰고 가다가 자동차가 들판의 밭고랑으로 전복해 죽는 줄 알았다는 일화도 있다. 한니발에 있는 마크 트웨인 동굴을 보니 영화에서 본 톰의 얼굴이 떠올랐다.

세인트루이스 대학에는 학생기숙사가 캠퍼스 내 여러 곳에 있지만 내가 들어있는 기숙사(Lewis Hall)는 캠퍼스 밖에 있는 독립건물로 대학원생과 일부 성직자가 거주한다. 각자 독방을 사용하며 내방은 6층에 있고 박홍 신부는 12층인데 내방보다 큰방을 사용하고 있다. 식사는 일층 식당에서 하지만 신부들은 한 블럭 떨어져 있는 별체 사제관 건물을 쓴다.

이곳 기숙사에서 나는 미국 대학원생 테레사(Theresa) 간호사를 만났다. 그녀는 그렇게 미인은 아니었지만 호리호리한 몸과 갈색머리를 가지고 있고 지성적이었다. 그녀는 매우 조용하고 고독하게 보였지만 같이 식사를 하면서 서로에 대해서 더욱 관심을 갖게 되었다. 나는 결국 그녀의 솔직하고 친절한 매력에 유혹되지 않을 수 없었다. 우리는 여러 번 함께 식사를 하고 대화하면서 서로 일치점을 많이 발견한 것 같았다. 그녀는 서양 여자이지만 아주 조용하고 부드럽고 동양적 미를 가지고 항상 친절했고 나의 외로움을 달래며 좋은 여자 친구가 되어주었다. 나보다 두 살 위여서 인지 모르지만 나를 항상 리드했다. 그리고 주말마다 함께 세이트루이스 외곽을 드라이브하며 데이트를 즐겼다. 그러면서 그녀가 감정과 이성을 분명하게 구별하여 절제하는 것에 매력을 느꼈다. 예컨대 어떤 때는 그녀가 학부생 시험채점을 다 마칠 때까지 기다려야 했었다. 그러나 항상 외로운 나를 잘 이해하고 매우 편하고 행복하게 해주었다. 외로운 나에게 천사같은 여자였다.

이곳에서 나는 또 한번 미국여학생과 사랑에 빠지게 되는 사건이 생겼다. 이곳 같은 기숙사에 있던 박홍 신부를 종종 만나게 됐는데 그의 방을 방문했을 때마다 나한테 무척 관심을 두며 신앙을 심기 시작했다. 그는 장가를 빨리 가야한다고 하며 자기 여동생도 소개해 줄 수 있다고 했다. 그러다가 어느 날 대구에서 온 역시 신부인 자기 동생을 통해서 두 여인을 나에게 소개해 주는 계기가 생겼다. 한 분은 효성여대에서 미술을 전공한 사람이고 또한 사람은 연대에서 음대 톱으로 입학해 피아니스트로 유명해진 사람이었다. 이 피아니스트가 훗날 나의 아내가 될 줄이야.

나는 St. Louis에서 처음 2년은 대학원생 기숙사 생활을 했고 결혼 후부터 대학 부부아파트에서 살게 되었다. 사실 세인트루이스는 미국 중부에서 시카고 다음으로 큰 도시이기 때문에 치안이 별로 좋지 않았다. 기숙사 뒷길조차 어둡기만 하면 걸어 다니기가 위험했다. 어느 날은 주말에 친구 집에 저녁 초대를 받고 갔다 돌아오는 도중에 흑인한테 걸릴 번했다. 어두워서 사람들 신원구별이 어려웠는데 맞은편에서 궁둥이춤을 추며 걸어오던 키큰 흑인이 "Hey Man"하면서 나를 불렀다. 나를 보고 동양인이라고 인식한 후 였을 것이다, 나는 재빨리 도망을쳐 기숙사로 달려왔고 곧 경비원한테 구조를 요청했다. 내 기숙사 뒤 아파트에서 자취를 했던 한인 유학생이 밤늦게 일을 마치고 돌아오다가 집앞에서 흑인한테 권총습격을 받은 적도 있었다. 그 때 그는 무조건 자기한테 있는 것을 다가지고 가라고 하며 손을 들었다. 다행이 약간의 돈을 빼앗기고 풀려나긴 했는데 놀라고 다급해서 자기 집의 반대방향으로 도망을 쳤다고 했다. 다음 날 보니 대변은 까맣게 탔고 그후 얼마동안은 흑인남자(깜씨)만 봐도 다리가 떨린다고 했다.

대학캠퍼스가 도시 우범지역의 주변에 있기 때문에 밤에 늦게 연구실에서 돌아올 때는 항상 마음이 불안했다. 연구실에서 기숙사까지 길 두개만 건너가면 되는 불과 10분 정도 거리이지만 밤에는 항상 위험했다. 초창기에는 밤

11시가 넘었을 때는 이곳에 나보다 먼저 온 태권도 선배 유학생한테 전화를 걸어 안내를 부탁하곤 했었다.

헤르만(Herrmann)교수 초청으로 세인트루이스대학 지구물리학과 특강을 준비중.

2011년 세인트루이스 방문 시 외곽 시골 박물관 앞에서. 필자와 동문 Herrmann 교수부부.

나는 박사학위를 받기 바로 전 오클라호마주의 세계석유도시 털사(Tulsa)에 있는 석유탐사회사 Seismograph Service Corporation에 선임지진파분석가(Sr. Seismic Analyst)로 취직했다. 그때 나는 영주권이 없었다. 그러니 영주권이 없으면 취직하는데 어려움이 있다는 것을 모르고 살았다. 당시 주변의 여러 조교들은 이미 영주권을 소유하고 있었다. 나는 우연한 기회에 입사광고를 보고 지원해 본것이 성공으로 이어진 것이었다. 회사에서 전화가 왔고 입사할 생각있으면 비행기표를 보내줄터니 와서 인터뷰를 하자고 제안했다. 나는 인터뷰에 임하면서 미리 영주권이 없다고 했으나 그 문제는 자기들이 알아서 해결해주겠다고 했다. Tulsa에 있는 이 석유탐사회사(SSC)에 들어가 처음 1개월간은 미국 오지 와이오밍주의 산골마을 케머러(Kemmerer)에서 석유탐사 연수를 하게 되었다. 콜라로도의 로키산맥을 넘어서 와이오밍 산골 고산지대 (해발 2,000m) 오지에 박혀있는 Kemmerer는 인구 100명 정도의 아주 작은 시골마을이었다. 민박 스타일의 집에 머무르면서 매일 아침 5시부터 오후 3시까지 근처 야산에서 석유물리탐사 작업에 참가하였다. 이곳 동네아이들은 내가 나타날 때마다 졸졸 따라다니며 처음 보는 동양인에게 호기심을 보여 불편한 심정이었다. 미국에도 이러한 시골이 있다는 것을 발견하고 놀랐다. 이곳은 신생대 (Quaternary) 제3기 (Tertiary) 에오세 (Eocene)때 (약 5,400 만년전) 대형민물호수에 잠겼던 지역으로 옛날 물고기와 식물종류의 화석언덕(fossil butte)이 많이 발견되었다. 그리고 특히 인접에 있는 공룡(Dinosaur)이라는 마을은 산 전체가 공룡 뼈로 덮여 있어 아주 훌륭한 관광지로 한몫을 하는곳 이었다. 우리 탐사팀은 길도 없는 산언덕을 Pickup트럭으로 오르고 내리는데, 때로는 뒤집힐 것같아 가슴이 조마조마했다. 탐사대는 정말로 거칠게 차를 몰았다.

와이오밍주 케머러 (Kemmerer, Woming)에 있는국립화석언덕기념비 Fossil Butte National Monument).

화석언덕에서 발견된 중생대 물고기를 보면 이곳이 호수였다는 것을 알 수있다.

와이오밍주 공룡센터 (Dinosour Center)소재. 케머러 부근 화석언덕에서 발견된 신생대 조개, 달팽이 종류화석.

내가 콜로라도 주에서 또하나 감명깊은 것은 동양적인 미국인을 알게 되었다는 것이다. 내가 갑자기 귀국했을 때 미국선배로부터 박사후 연구원(Postdoc) 제안을 받았다. 그당시 힘든 것은 내가 할수 있는 자료와 실험이 전무한 상태라는 것이다. 잠시 고민 끝에 노아에 근무하는 친구한테 포닥에 관해 문의한 즉 긍정적 답변이 왔다. 그래서 나는 콜로라도대학(University of Colorado)과 노아 (NOAA)로 부터 포닥을 수행하기 위해서 잠시 콜로라도 보울더(Boulder)에 머물게 되었다. 이곳에서 미국연안경비대(US Coast Guard) 사령관직으로 파견근무를 하던 밥 갱스(Bob Gangse)박사와 빌 라인하트(Wilbur Reinehart) 같은 친절한 미국인 친구를 알게되었다. 갱스박사는 세인트루이스 대학 선배로서 처음 보울더에 도착했을 때 나를 당분간 자기집에 머물게 해주었다. 미국인 치고 굉장히 동양적인 친절을 배푼다고 느꼈다. 또한 노아에 근무하는 연구원 빌 라인하트는 나와 전혀 아무런 관계가 없는데도 내가 노아에 근무하는 동안 가전도구를 사는데 돈을 쓰지 말고 자기집 것을 쓰라고 빌려주었다. 그는 해군에 오래근무한 경력이 있고 천주교신자여서 그런지 이방인에 대해서 매우 친절했고 종종 초대를 하기도 했다.

보울더 (Boulder)의 겨울은 혹독했다. 눈이 너무 많이 와서 교통이 마비되고 출근도 종종 하지 못할 때가 있었다. 가슴에 닿을 정도로 눈이 쌓이곤 했다. 그렇지만 보울더는 럭키산맥 속에 있기 때문에 경치와 공기가 좋아 많은 관광객들이 찾아오는 동네다. 그러던중 한국에서 1978년 10월 7일 홍성지진이 발생하자 정부의 귀국요청에 대학으로 초빙되었다. 사실 나는 나의 전공연구환경이 불모지 같았던 한국보다 미국에 주저않고 싶었으나 나를 필요로 한다는 한국정부의 긴급 요청으로 다시 돌아왔다. 그렇지만 이번에는 후진 연구소보다 자유로운 분위기에서 연구와 강의를 할 수 있는 대학을 요구했다. 일사천리 일주일 후 대학에서 강의를 하고 홍성 지진연구과제를 수행했다.

내가 미국에서 가장 좋아하던 도시는 샌프랜시스코(San Francisco)였다. 그러나 이 도시는 지진으로부터 안전하지 않다고 알려져 있다. 샌프랜시스코는 1906년 대지진(규모 7.9)으로 700-3000명이 사망한 지진대이지만 시내월가 Bay Bridge에는 326미터 61층의 Salesforce Tower를 비롯해서 초고층건물들이 밀집해 있다. 이 주변에는 태평양판과 북미대륙이 충돌해서 이동하게하는 유명한 샌안드레아스 단층이 지나고 있다. 그럼에도 불구하고 초고층건물을 세운 것을 보고 놀라지 않을 수 없었다.

건물모양은 원형, 사다리꼴, 혹은 직사각형 혹은 비대칭 모양이지만 위로 올라갈수록 면적을 줄이고 질양중심을 밑에 두어 안정을 꾀했다. 그리고 각 면과 공간을 많이 만들어 지진력을 분산시키고 댐핑을 늘여 지진동을 최소화 했다. 그뿐만 아니라 건물외벽에 강한 조인트(joint)를 설치해서 부분적 파손도 막으려고 했다. 바로 밑 5층에는 세일즈포스 공원을 만들어 아주 쾌적한 휴식공간을 제공했다.

샌 안드레아스 단층대 부근에 밀집해 있는 초고층 금융가 빌딩들.

세일즈포스 타워 (Sales Force Tower) 빌딩으로 지진대에 내진설계가 잘 되어있다.

유럽과 이스라엘

나는 유럽학회에 참가할 때마다 기차여행을 즐겼다. 특히 오스트리아 비엔나 포괄적핵실험 금지조약학회에 참가할 때(SnT2015, SnT2017, SnT2019)에는 시간여유가 많아서 아내와 구라파 중부, 북부, 동부 및 남부를 여행했다. 나는 라틴계 문화, 불란서, 스페인문화 보다 북부 독일계통문화와 북부유럽과 러시아를 선호하고 있다. 아마 젊은 시절부터 그들 나라를 방문할 기회가 많았기 때문이었다. 유럽 기차여행은 좀 비싸지만 안전하고 주변 농촌풍경을 볼 수 있기 때문에 아주 인상적이라 추천하고 싶다. 그러나 항상 기차로만 갈 수 없고 때로는 버스와 연결되어 있다는 것을 알아야 한다. 독일은 함부르그 대학 지구물리연구소와 포츠담 지구물리연구소 초청으로 방문했었다. 스웨덴은 유명한 아벰(ABEM)지진파 탐사기를 구매할 때, 그리고 노르웨이는 유명한 지진 관측망(NORSAR) 연구를 위해서 서너번 방문했다. 러시아는 공산권 붕괴부터 국제공동 연구를 위해서 서너번 방문했다. 그래서 이들 문화, 특히 숙소와 음식문화를 잘 알고 시간적 여유가 있었기 때문에 이번 여행은 매우 편리했다. 이들 나라에서 가장 인상깊은 음식은 돼지갈비, 소시지와 요구르트였다. 돼지갈비와 감자요리는 내가 가장 즐겨먹는 음식이다. 그리고 소시지와 요구르트 종류는 여러 종류가 있기 때문에 취향에 맞게 선택할 수 있다. 대체로 이곳의 음식문화는 건강을 최우선으로 고려한 것으로 생각한다. 아시아인 눈빛을 갖고 있는 민족의 핀란드는 오랫동안 러시아 지배를 받았고 고립된 지역이기 때문에 외국인에 대해서 좀 배타적인 인상이 있다. 핀란드 민족 (Finns)은 몽고인의 피가 흐르는데도 백인행세를한다. 이들의 눈빛을 보면 우리와 같은 사람임을 느낀다. 그러나 금발머리가 많아서인지 헬싱키 백화점 같은데서는 검은머리 동양인에 대해서 불친절하고 경계하는것처럼 보였다.

핀란드 소녀

    그러나 호수와 자작나무가 많아서 자연환경이 아름답다. 특히 에스푸(Espoo)같은 지역에는 야생 블루베리가 지천에 깔려있다. 헬싱키에서 선박을 이용해서 하룻밤을 보내면 새벽에 스웨덴의 스톡홀름에 도착한다.

    스웨덴은 스칸디나비아 나라 중에서 가장 크고 난민들이 많이 사는 것같이 보였다. 여기서 외국인 택시 운전수한테 바가지 요금을 당하고 나서 인상이 안좋았다. 이곳에는 암석해변이유명하다. 스칸디나비아는 원래 지질학적으로 아주 오래된 안정 순상지암석(Stable Shield)으로 되어있기 때문에 일반 모래해변이 없고 암반해변에서 많은 시민들이 선탠을 즐기고 있다. 그리고 주변에 엄청나게 무르익은 야생딸기는 정말로 자연의 일품이었다. 이 딸기는 우리 동네 야산딸기와는 비교가 안 될 정도로 사람의 손이 안미친 자연

그대로의 유기농 딸기였다.

북쪽 노르웨이도 구경할 것이 많았다. 필란드를 농업과 임업, 스웨덴을 상업과 공업국가라 하면 노르웨이는 문화와 예술의 나라 라고 생각한다. 오슬로에서 전차로 40분정도 떨어져 있는 비젤랜드 조각공원(Vigeland Sculpture Park)은 200점 이상의 인간의 회로애락을 표현하는 조각상들이 있다. 구스타프 비젤랜드(Gustav Viegeland 1869-1943)는 청동, 화강암, 주철로 인간모습과 행동을 묘사했다. 노르웨이 오슬로에서 동쪽으로 차로 40분 정도 떨어져 있는 비젤랜드 조각공원에는 비젤랜드가 화강암, 청동 및 아연캐스팅 등을 이용해서 제작한 남녀노소의 나체상 200여점이 전시돼 있다.

노르웨이 오슬로 비젤랜드(Vegeland) 공원에 있는 남녀 연인들.

또한 이곳에는 세계적 명성들의 강렬한 화가 에드바르트 뭉크(Edvard Munch)를 기리는 뭉크미술관이 있다. 뭉크는 어렸을 때 부모와 동생이 죽었기 때문에 죽음에 대한 공포와 불안속에 살면서 그의 작품속에 나타났다.

뭉크가 파리에서 빈세느 반 고흐와 어울렸던 시대에 제작된 것으로 인간의 비극적면에 관심을 가지고 절망에 빠진 인간모습을 강렬하게 표현하고 있다. 하늘, 땅, 다리가 절규의 메아리로 온통 감겨있다. 나는 아내와 함께 오슬로에서 걸어서 이곳 뭉크미술관 (Munch Museet)을 방문했다. 뭉크의 절규그림을 보면서 나자신도 젊었을 때 너무 힘들어 "절규"를 여러번 외친 기억이 있는 것 같았다. "사랑과 고통"은 여인이 목에 키스하는 장면이지만 뭉크는 여인한테 좋은 감정이 없었다.그래서 흡혈귀로 불렀는지도 모른다.

뭉크의 명작 "절규(Scream)" 와 "사랑과 고통(Love & Pain)" 혹은 흡혈귀(Vampire) 라고도 불리운다.

체코는 공산권이 붕괴된 후 체코슬로바키아에서 분리된 나라로 많은 자유진영 관광객이 방문하지만 개인적으로 외국인한테 좀 배타적인 피해의식이 있는 듯 해서 별로 마음에 안든다. 여기서 기차를 타고 취리히에서 리히텐슈타인(Liechtenstein) 소도시 국가로 가기위해 표를 끊었다. 그런데 깜박 기차표를 매표소에 놔두고 왔다. 어쩌나 하고 당황해 하는 순간 헐레벌떡

두 남녀가 나한테 달려왔다. 내가 두고온 그 차표를 들고 달려온 것이다. 역시 스위스는 문명국가라는 생각이 들었다. 취리히에서 밀라노행 기차를 타고 알프스 산을 넘으면서 펼쳐지는 경치는 말 그대로 아름다운 한 폭의 그림과 같다.

밀라노는 세계 명품의 중심인 것같다. 알마니(Armani), 페라가모(Ferragamo), 제니아(Zegna) 등 온갖 명품 옷이 곳곳에서 눈에 띄었다. 플로렌스(Florence)는 피렌체라고도 불리는데 이태리 중부에 위치한 예술의 도시로 미켈란젤로, 레오나르도 다빈치 등 유명한 화가 조각가의 예술품을 많이 볼 수 있는 곳이다.

미켈란젤로 (Michelangelo)는 유명하고 가장 많이 복사되고 있는 "천지창조(The Creation of Adam)"와 우리 삶의 종착역인 죽음에 이르러서 심판을 받는 그림 "최후의 심판(the Last Judgement)"은 너무나 유명한 그림이다. 미켈란젤로(1476~1564)는 80 평생 독신으로 살면서 오직 예술에만 정진했다. 시인이며 화가, 조각가, 그리고 건축가이기도 했다. 그리고 또한 해부 과학자이기도 했다. 그는 신앞에 서면 자신이 가장 초라한 존재임을 의식하고 자신을 추기경 손에 들게 한 최후의 심판 그림에서 초라한 사나이로 묘사했다.

레오나르도 다빈치(Leonardo Davinci)는 피렌체에서 태어난 이태리 르네상스의 화가, 기술자, 철학자(1452~1519)로 "수학과 과학이 적용되지 않는 곳 또는 수학과 결합되지 않는 곳에는 아무런 성과가 없다"라면서 수학적 관계는 모든 자연에서 볼 수 있다고 했다. 특히 그의 명작 "최후의 만찬(the Last Supper)"은 밀라노에서 완성한, 예수님과 12제자가 모인 마지막 만찬을 보여주는 명작이다. 피렌체는 유명한 메디치 가문의 예술의 도시로 세계의 명품 옷도 이곳에서는 많이 구경할 수 있었다.

미켈란젤로의 "천지창조"와 마사치오 (Masaccio)의 "에덴동산에서 추방".

여기서 기차를 타고 남쪽으로 내려가면 그 유명한 나폴리가 있고 거기서 배로 2시간 정도 지중해 속으로 들어가면 아름다운 에메랄드 바다 속에 있는 카프리(Capri) 섬이 있다. 이곳의 스파게티는 내가 지금까지 먹어본 것 중에서 가장 잊을 수 없는 별미였다. 이태리는 유럽 국가 중에서 가장 예술과 음식에 매력을 보여주는 나라였다.

그리스의 여름은 너무나 더워 밖에 나가는 것이 싫었다. 그러나 저녁에 고요한 지중해(에게해) 위에서 즐긴 선상만찬은 정말로 잊을 수 없다. 이태리는 세계를 정복했던 로마제국의 선조들로 부터 받은 유산(종교와 예술)을 잘 활용하는 것같이 보였지만, 그리스문화와 동양문화가 결합된 그리스의 헬레니즘 문화는 실용적으로 세계화되는 것에 실패한 것 같다. 다만 그리스는 고대부터 따뜻한 기후로 인해 과일 재배와 해상 무역이 한때 왕성했던 것으로 보인다.

그리스 지중해 크레타(Crete) 섬 선상에서 가방든 필자와 Chen Yun-Tai 박사(오른쪽).

독일 함부르그(Hamburg)의 여름 3달은 거의 매일 흐린 날씨였고 비가 자주 왔다. 석달 동안 햇빛을 본 날은 2주도 안된 것 같다. 왜 이곳 여성들이 일광욕을 즐기는 지를 알 수 있게 되었다. 이곳에서는 갓난아기 한테 비타민 D를 의무적으로 먹인다고 한다.

독일 음식 중에서 가장 인상적인 것은 소시지와 다양한 종류의 빵이었다. 당시 여행할 때 기차역에서 소시지와 빵 하나만 먹으면 매우 든든했다.

독일 킬(Kiel)의 Fahrentholz 사장님과 함께 발틱해에서.

함부르그에서 기차를 타고 2시간 정도 북쪽으로 가면 발틱해(Baltic Sea)를 끼고 있는 아름다운 항구 킬(Kiel)이 있다. 나는 독일을 방문할 때마다 이곳에 있는 친구 수중음향 사장 Fahrentholz씨를 방문했는데, 그는 항상 나를 해변가 레스토랑에 초대하여 이곳에서 많이 나는 왕가자미 프라이와 구운 감자를 대접했다. 청정 발틱해를 보면서 먹은 자연산 왕가자미와 구운 감자의 맛을 생각하면 지금도 군침이 나올 정도로 그립다.

코모(Como) 호수의 주변 요트와 주택들

　우리는 리히텐슈타인에서 기차와 버스를 이용해서 알프스산맥을 넘어 밀라노로 가기로 했다. 스위스국경을 넘자마자 이태리 맨 북쪽 끝에 빙하호수 코모 호수(Lake Como)가 있다. 알프스산 속에 위치한 내륙 호수로 경관이 아름답고 주변 산언덕에는 주택이 많이 자리잡고 있다. 여기서 밀라노까지는 기차로 1시간도 안 걸린다. 우리는 여기서 며칠간 머물면서 코모호수와 주변을 관광했다.

북부 이태리 코모(Como) 호수 앞에서.

코모역 앞에 세워진 손바닥조각, 정확한 의미는 모르지만 내생각에는 호수가 너무 아름다워서 가지말고 더 머물라는 뜻으로 해석하고 싶다.

독일 포츠담 세실리엔 호프(Cecilien Hof) 궁전의 건축양식(좌)과 아인슈타인공원내 Potsdam 지구물리연구소(GFZ)와 필자(우).

나는 독일 Kind 교수의 초청으로 Potsdam에 있는 지구물리연구소(GeoForschungs Zentrum Potsdam)에 교환교수로 단기간 머물게 되었다. 이 연구소는 Potsdam의 Dr. Albert Einstein Science Park 안에 있으며, 숙소 Guest House도 이 안에 있었다. 이곳은 매우 울창한 숲과 나무로 우거져 있고 각종 동물, 토끼, 여우, 그리고 수많은 새들로 마치 자연공원과도 같았다.

나는 이곳에 있는 동안 아침저녁으로 이곳 주변을 산책하는 것을 즐겼다. 이곳에서 세미나를 하게 되었을 때, 이곳에 근무하는 유일한 한국인 과학자 최승찬 박사가 찾아와서 매우 반가웠다.

최승찬 박사는 중자력포텐셜 자료처리연구를 하고 있으며, 유학시절에 여행 가이드 경험이 있어서 언젠가 나를 포츠담 주변 여러곳에 안내해 주겠다고 했다. 포츠담에서 기차로 1시간 정도 가면 독일 연방공화국 수도 베를린이 있다.

독일 동베를린과 서베를린을 나눈 베를린장벽 부근 초소 체크포인트 찰리(Check Point Charlie)에서 아내와 함께 방문했다.

독일 포츠담 쌍수시(Sansouci) 궁전에 있는 무화과나무(실내)와 포도나무(실외). 이것의 의미는?

Berlin의 Brandenburg Gate 앞에서.

포츠담 주변에는 관광요소가 많이 있다. 그중에서도 유명한 세실리엔호프(Cecilienhof) 궁전과 쌍수시 궁전(Sanssouci)은 꼭 가볼 만한 곳이었다. 포츠담회담 장소로 유네스코가 지정한 유적인 세실리엔호프 궁전은 독일제국의 마지막 황태자 빌헬름과 멕클렌브르크 슈베린의 공주인 세실리에가 머물던 사저로 1905년부터 1945년까지 사용되다가 1945년 4월에서 7

월 사이에 연합국의 회담장소로 사용되면서 부터 세계에 알려지기 시작했다. 건축양식이 특이한데 건물이 거의 흙과 나무로 지어졌다. 사용된 문양이 동양식, 굴뚝이 똑같은 것이 하나도 없다.여기서 비운의 황태자가 살았다는 이유가 있다.

미국대통령 트루만, 영국수상 처질과 소련의 스탈린이 2차 세계대전 전후의 세계질서를 위한 포츠담선언을 했다는 것 때문에도 세계적으로 유명해졌다. 특히 한국 사람들에게는 한반도 38선 분할 통치안이 통과되어 6.25 전쟁 및 현재의 분단 원인을 제공했다는 점에서 특별히 기억된다. 쌍수시 궁전(Sanssouci)은 1744년 프리드리히 2세를 위해 크노벨스도프에 의해 건축된 로코코식 성으로 세계적으로 보기 드문 계단식 정원을 갖고 있다. 그 후 독일 황실의 여름궁전으로 이용되었다. 관심을 끄는 것은 정원에 특이하게도 이 지역에서는 자라지 않는 무화과나무(옛날 이스라엘의 국화)를 온실 안에 재배하고 그 주위를 포도나무(독일 황실의 상징)가 둘러싸 묘한 대비를 이루고 있는 것이다.

니콜라이(Nikolei) 교회는 베를린의 발상지인 슈프레 강가에 세워진 베를린에서 가장 오래된 교회(1250년 건축)로 각 층마다 200년의 역사를 간직하고 있다. 그 시대의 건축 양식에 따라 각 층마다 건축 방법이 다르다. 특히 3층은 30년 전쟁 때 불에 타 창문도 없다. 하단부는 불에 그을린 자국이 남아 있어 베를린뿐 아니라 유럽의 역사를 눈으로 볼 수 있게 해준다.

1961년 5월부터 세워지기 시작한 베를린장벽은 약 50년 동안 동서 이데올로기의 상징으로 되어왔으며 총 길이 155km, 평균 높이 3.6m로 동서독 국민들의 영혼을 갈라놓았다, 1989년 동서 통일이 될 당시에는 동서냉전이 사라지는 역사적인 상징물로서 전세계 사람들에게 각인되었다. 지금은 거의 모든 장벽의 흔적이 사라져버렸고, 옛 찰리 검문소에서 시의회에 이르는 길에 약간의 잔재가 남아 있다.

나는 국제지구물리 및 지진학회에 참가하기 위해서 영국 버밍햄(Birmingham)에 10일 동안 머무른 적이 있었다. 그리고 주변 도시, 런던과 서쪽 웨일즈 해안 도시 카디프(Cardiff)를 방문했다. 자연 풍경은 구릉과 언덕이 많고 별로 특색이 없었다. 카디프는 아일랜드(Ireland) 공화국과 마주 보는 항구도시로 전통과 현대건축물이 상존하는 도시로 유적이 잘 보전되어 있었다. 이곳에서 내가 투숙한 하숙집은 아일랜드에서 오래전에 건너와 민박업을 하고 있는 매우 친절한 부부였다. 아일랜드사람들의 인간미를 느낄 수 있었다. 나는 런던의 대영제국 박물관에서 이집트의 미라를 비롯해서 세계 각국에서 약탈해온 유물을 보고 섬나라 영국이 한때 식민지 문화재 약탈국이었음을 실감했다.

나는 포괄적핵실험 금지조약기구(CTBTO)의 회의 SnT2019를 마친후 비엔나에서 출발, 1달간 아내와 함께 북부 유럽을 둘러보기로 했다. 우리는 기차로 폴란드를 거쳐 러시아의 쌍트페테르부르그에 들어왔다, 폴란드에 있를 때 아내가 피아노전공이기 때문에 쇼팽 생가를 방문하지 않을 수 없었다, 바르샤바에서 자동차로 2시간 서쪽에 위치한 조용한 시골 젤라조바볼라(Zelazowa Wola)까지 택시를 타고 갔다. 마침 휴관이라 생가 집안에는 못들어 갔지만 넓은 공간에서 수목이 우거진 공원을 걸으면서 군데 군데에서 흘러나오는 쇼팽의 피아노곡을 들을 수 있었다. 바르샤바에서 며칠 관광 후 폴란드-러시아 공영 밤버스를 타고 러시아 쌍트 페테르부르그(St. Petersburg)로 향했다. 쌍트 페테르부르그는 과거 러시아가 붕괴할 때 정부 과학정보 대표단과 함께 방문했고 그 후에도 학회와 러시아의 국제공동연구

문제로 2-3회 방문했기 때문에 새로운 지역은 아니였다. 그러나 국제버스를 타고 러시아국경을 넘어가는 것은 처음이었다, 국경을 넘을 때 여권심사는 물론 모든 짐을 전부 버스에서 내려서 철저하게 세관검사를 하는데 2시간정도 추운 러시아 국경에서 야밤을 보냈다. 러시아 쌍트 페테르부르그에서 가장 인상깊었던 곳은 유명한 헤르미다지 미술관(Hermitage Museum)이었다. 석기시대부터 20세기 문화, 예술품 3백만개 이상을 전시하고 있는 세계적 미술관이다.

거기서 며칠을 보낸후 기차로 이웃나라 핀란드로 갔다. 핀란드는 이번에 처음 방문하는 나라로 조금 호기심이 생겼다. 특히 헬싱키대학 지진연구소의 초청강연과 유명한 이곳 지진관측방문에 기대가 컸다. 아침에 연구소 소장이 택시를 타고 호텔에 왔기에 함께 연구소로 가서 북한 핵실험에 관한 강의를 했다. 마침 방학때라 학생보다 교수와 대학원생들이 대부분이었다. 학교식당에서 점심을 함께하고 4시간 떨어져 있는 지진관측소(FINESS)를 방문했다.

핀란드 지진관측소(FINES) 오두막 앞에서 :지진연구소장 티모티라(Timo Tiira)교수, 필자, 기술자, 자리 코트쉬트룀 교수(Jari Kortstroem).

이곳 관측소는 오래된 암석 안전한 페노스칸디아순상지(Stable Fennoscan-dian Shield) 위에 설치되어 있어 지각이 고속도층이기 때문에 지진파의 전파속도가 빠르다. 따라서 북한핵실험 탐지분석에서 스펙트럼 눌(spectrum null, spectrum hole) 빨리 도착한다. 또한 한 지하방공호 만들기에 가장 좋은조건을 갖고 있으며 실제로 러시아침공에 대비해서 대형 방공호가 많이 설치된 것으로 안다. 그렇지만 맑은 호수와 산림이 많고 야생 블루베리는 너무 매력적이었다. 에스푸에서 아내와 야생 블루베리를 실컷 따먹었다.

아침마다 산책하면서 두컵 이상의 블루베리를 채취했다.

핀란드 헬싱키에서 차로 2시간 떨어져 있는 에스푸(Espoo). 암석 바탕의 토양 주변에 지천에 깔려있는 야생 블루베리를 마음대로 맛볼 수 있다.

핀란드 관측소(FINES) 주변의 시생대-원생대 (Archean-Proterozoic) 암석과 그 위에서 공생하는 수목들.

사해 (34%)는 보통 바다보다 10배 정도 높은 염도로 둥둥떠서 수영할 수 있다.

아랍 국가들로 둘러싸여 있는 이스라엘은 강한 국민정신과 높은 과학기술로 자기 나라를 지키고 있다. 세계 다른 종교와 다른 민족이 공존하며 싸움이 멈추지 않는 나라이기도 하다. 고등학교를 졸업하면 의무적으로 군대에 입대하여 봉사해야 대학에 갈 수 있다고 한다.

사해에서 국제 핵실험세미나에 참가하고 이스라엘 지구물리연구소를 방문했다.

　텔아비브에서 자동차로 4~5시간을 동남쪽으로 가면 세계에서 가장 낮은 육지(417m below sea level)에 있는 사해(Dead Sea)가 나온다. 가는 도중에는 사막 한가운데 집단농장으로 경영하는 올리브밭과 오렌지밭이 나타났다. 사해에 가까이 도착했을 때 굉장히 큰 무지개가 마치 환영이나 하듯이 앞에 크게 나타났다. 내가 사해에 갔을 때는 1월이어서 사해에 들어가 누웠을 때 약간 서늘했지만(20℃) 염도가 매우 높기 때문에 높은 밀도에 의해서 몸 전체가 둥둥 떴다. 보통 바다물의 염도가 3.5%이지만 사해는 34%로 보통바다의 10배나 되는 높은 염도를 가지고 있다. 이것은 수백만 년 동안 매우 덥고 건조한 공기와 높은 증발률에 의해서 소금결정이 만들어졌기 때문이다.

유럽에서 많은 관광객들이 몰려와 이곳의 유명한 검은 진흙(black mud) 마사지를 즐겼다. 이 검은 진흙은 혈액순환과 피부미용에 아주 좋다고 한다. 또한 사해는 아주 높은 클로라이드, 소듐, 마그네슘, 칼슘, 브로마이드, 그리고 포타시움을 함유하고 있는 자연 온천(natural spa)으로서 피부영양, 류머티즘 그리고 신경안정에 효과적이다. 더욱이 높은 대기압은 평균 해수면에서보다 산소를 3.3~4.4% 더 만들기 때문에 휴양지로 크게 각광을 받고 있다.

대마도, 푸에르토리코, 괌, 사이판

일본 Kyushu에서 132km, 한반도에서는 불과 49.5km 거리에 있다. 인구는 약43,000명, 수도 Izuhara에는 약16,000명 정도가 살고 있다. 주로 천혜의 산림과 절벽으로 이루어진 산악과 협곡으로 구성되었는데 군사적으로 매우 중요한 지역이었다.

몽고군이 1274년과 1281년에 일본을 침입했을 때 치열한 전쟁터로서 몽고군이 전멸했다. 그리고 토요토미 히데요시 시대부터는 한반도로부터의 침범을 막기 위해서 성을 쌓았다. 토요토미 히데요시의 침입 이후 한반도와는 외교가 단절되었다가 도구가와 쇼간(Tokugawa Shogunate Era) 시대에 다시 외교와 통상이 재개되었다. 특히 1895년부터 1904년까지 일본해군은 아소만(Asou)과 미우라(Miura)만을 뚫어 운하를 건설했는데 러·일 전쟁(1904~1905) 때 무적 러시아 Baltic함대(Baltic Fleet)를 이곳에서 전멸시켰다. 현재 이곳에는 만제키 다리(Manzeki Bridge)가 세워져 두 섬을 연결시키면서 해상분만 아니라, 중요한 육상의 종단 교통수단이 되고 있다.

러·일 전쟁을 승리로 이끌게 한 대마도 아소만과 미우라만 지협 사이 운하를 만들어 군함들을 이 운하 뒤에 숨겼다가 러시아 발틱함대를 기습 전멸시켰다.

대마도 아유모도시 자연공원에 하나의 화강암 돌덩어리로 이루어진 계곡.

대마도의 기원은 빙하시대로부터 설명할 수 있다. 빙하시대는 지구 역사 상 두 번 있었는데, 처음 빙하시대에는 해수면이 내려가 대륙과 섬이 함께 붙어 있었으며, 빙하시대 중간에 온도가 올라가고 해수면이 올라가게 되어서 대륙과 섬이 분리되었다고 본다. 마지막 빙하시대 말, 약 15,000년 전에 대마도는 대륙에서 완전히 분리되었다고 믿는다. 그러나 지구물리학적으로는 대륙과 섬의 분리는 약 1,600~2,400만년 전(16~24Ma) 마이오신 중기(Middle Miocene)에 동해분열 운동(Spreading;Rifting)과 아무르판의 회전운동으로 오늘 날 아시아 대륙으로부터 일본 열도가 분리되었다고 본다. 특히 아유모도시(Aumodosi) 자연공원의 계곡은 하나의 큰 화강암 덩어리 위로 흐르는 자연계곡으로 이곳에 대규모 심성암이 도출한 것을 볼 수 있다.

푸에르토리코 섬은 스페인 식민지시대 군사적으로 매우 중요한 요새로 이용되었다. 1493년 Christopher Columbus가 그의 두 번째 여행으로 Puerto Rico에 도착하였을 때 스페인을 위해서 그 땅을 소유하기를 희망했다. 1508년 스페인 첫 주지사인 Juan de Leon이 왔다. 그리고 영국, 화란 해적을 물리치기 위해서 El Morro와 San Cristobal이란 요새(fort)를 만들었다.

Puerto Rico의 Old San Juan의 스페인 식민지 시대의 요새 El Morro.

Puerto Rico Old San Juan의 스페인 식민지 요새 San Cristobal.

한동안 이웃 나라에서 노예수입이 흥행했을 때도 Puerto Rico에서는 극소수의 노예만 존재했다. 예컨대, 1789년 Haiti에서는 90%, Jamica에서는 85%의 노예가 있었으나, 1834년 Puerto Rico에서는 인구의 오직 11% 못 미치는 노예가 존재했다. 1874년에는 노예제도가 완전히 폐지되었다. 잠시 스페인 자치령에 속해 있다가 1898년 스페인 - 미국 전쟁에서 미국이 스페인을 패배시킴으로써 자치령은 Puerto Rico한테 양도되었다. 1952년 미국은 Puerto Rico를 북마리아나 연방(The Commonwealth of the Northern Mariana Islands)처럼 미국 자치령의 연방(The Commonwealth of Puerto Rico)으로 만들었다. 이것은 괌(Guam)과 달리 준주(Territory)가 아니기 때문에 자치정부 권한을 가지고 있다.

Guam은 역시 1898 스페인 - 미국 전쟁으로 미국에 양도되었다. 실제로 1899년 미국이 공식적으로 서반아로부터 구매했다. 1941년까지 미국 해군 성하에 있다가 일본의 진주만 공격으로 잠시 일본에 넘어갔다가 1944년 미해군으로 귀속됐는데 1949년 미국 Harry Truman대통령이 제한된 자치정부권한을 인정하는 미국의 비합병 통치령 준주(Unincorporated Territory of the United States)로 선포했다. 괌은 푸에르토리코와 같이 미국의 군사적 요새일 뿐 아니라 열대섬의 천국이다. 특히 Tumon 만은 빛나는 흰 모래, 수정같이 맑고 평화스러운 바다가 관광객을 끌어들인다. 그러나 필리핀판과 태평양판의 경계에 위치하고 있어 크고 작은 지진이 종종 발생하는 지진위험 지역이다.

사이판에 많이 발견되는 대추야자열매(date).

사이판은 괌 윗쪽에 있는 섬이며 태평양의 보석이라고 불리는 섬으로 내가 지금까지 방문한 섬 중에서 가장 매력적인 곳이라고 생각한다. 사이판은 기원전 3000년부터 석기시대의 항해족인 바이킹족이 동남아시아(인도네시아)에서 항해술 미숙으로 건너와 살게 되었으며 이들은 스페인민족과 피가 섞여 오늘 날 차모로(Chamorro)로 알려진 인종으로 변천하였다. 처음으로

1521년 포르투갈 출신의 스페인 탐험가 Ferdinand Magelan이 이 섬을 발견한 후 스페인, 독일, 일본 그리고 최근에 와서는 미국의 지배를 받아올 만큼 열강들이 욕심내는 아름다운 섬이다. 스페인은 378년(1521~1899) 동안 이 섬을 다스리다가 독일에 팔았다. 그리고 독일은 제1차 세계 대전이 발발하여 일본군이 침략할 때까지 15년(1899~1914) 동안 이 섬을 지배했다. 제1차 세계 대전이 발발하자 일본은 연합군에 참가, 이 섬을 점령하여 30년(1914~1944) 동안 통치하였으나 제2차 세계대전에서 패망하여 유엔 신탁통치(U.N. Trust Territory Period, 1947~1978)에 이 섬을 넘기게 되었다. 그 후 이 섬은 미국 연방의 하나인 북마리아나 연방(Commonwealth of Northern Mariana Islands, 1978~)으로 귀속되었다. 사이판은 미국연방법을 따르지만 괌과는 달리 모든 행정은 자치령으로 운영되고 있다. 푸에르토리코와 비슷한 시스템으로 국내행정은 자치적으로 운영한다.

현재 사이판의 총인구는 약 65,000명으로 민족구성은 필리핀인이 40%, Chamorro인이 30%, 중국인과 한국인이 각각 10%, 나머지가 일본인, 방글라데시, 미국인으로 되어 있다. 이 나라의 큰 특색은 거의 400년 동안 스페인문화의 영향을 받았던 탓인지 국민전부가 가톨릭신자인 만큼 조그만 동네마다 성당이 있다. 사이판에는 이름에서 부터 성이 같은 사람들이 많은 것을 보고 놀랐다. 알고보니 섬내에서 근친결혼을 많이 했기 때문이었다. 간혹일본 이름을 갖고 있는 학생들도 발견되는데 이들은 과거 태평양전쟁시 참가했던 일본군인들의 3세들이었다. 유전학적으로 근친결혼이 지능을 떨어뜨리는 이유인지는 몰라도 학생들 수준은 매우 낮다.

북마리아대학(NMC) 자연과학을 수강하는 학생들과 사이판 지진관측소를 견학할 때

성적평가에서 절대적 평가를 하면 학생들 거의가 불합격되기 때문에 항상
상대적 평가를 해야 한다. 처음 절대적 평가에서 낮은 점수를 받게 된 학생
부모로부터 총장한테 항의가 왔다고 한다. 이 학생부모가 지방유지이기 때
문에 총장 하나쯤은 마음대로 조정할 수 있었던 것으로 안다. 모든 후진국
부패나라에서 유행하는 인맥(connection)이 이 지역에서는 매우 중요하다.
내가 알고 있는 미국인 수질전문가도 정부의 부패에 대하여 불만을 털어놓
았다. 미국 본토 면허증이 있어도 자동차면허시험을 다시 치러야 한다. 그러
나 변호사 인맥만 있으면 통과할 수 있다. 그래서 내가 처음 입국할 때 이민
국관리가 나한테 바보들을 똑똑한 사람으로 만들어 달라고 부탁했던 이유를
알게 되었다. 미국, 중국, 러시아 등 강대국들이 왜 복합민족으로 이루어져
있는지 그 이유를 짐작할 수 있다. 나는 이곳 북부 마리아나 대학(NMC)에서

얼마동안 물리학과 자연과학을 강의했는데 학생들의 팔로우업(follow-up) 하는 수준이 낮고 시험성적 평가 때마다 절대적평가로서는 도저히 합격시킬 수 없었기 때문에 상대적 성적평가를 만들어 주어야만 하는데 굉장히 고민해야 했고 또 실망스러웠다.

내 인생에서 가장 어려운 일은 수준 낮은 학생들을 가르치는 것이라는 것을 가정교사 때부터 경험했었다. 그래서 옛날 가정교사를 할 때도 같은 것을 반복해서 가르쳐도 이해 못할 때는 그것을 못참고 그 학생을 포기했었다. 그리고 인내심 강한 올바른 스승님이 얼마나 위대한 교육자라는 것을 깨달았었다. 잠시동안 휴양차 이곳에 머물면서 시간을 보내려고 했으나 수준 낮은 사람들을 가르친다는 것이 가장 어렵다는 것을 또 한번 경험하게 되었다.

나는 이곳에서 아침마다 해안 조깅을 하고 학교 운동장에서 골프연습을 했다. 특히 아침에 이곳 해변가는 무지개가 자주 나타났다. 다시 내일의 회망을 보여주는 듯 했다.

사이판 해변에 아침에 나타난 무지개.

한국에서는 무지개를 거의 보기 힘드느데 2003년 8월 28일 아침에 서쪽 하늘에 아름다운 무지게가 섰다. 분명히 햇빛은 있었지만, 조그만 구름 한 조각 위에 위로부터 빨강, 주황, 노랑, 초록, 파랑, 남, 보라색의 아름다운 무지개가 신비하게 떠 있었다. 원래 무지개는 햇빛이 불방울에서 0도와 42도 사이에 들어와 두번 굴절과 한번 반사해 나가면서 물방내 전반사(total internal reflection)가 일어나 각분산(angular dispersion)으로 가시광선이 색갈 (파장)에따라 파장이긴 빨강색이 가장적게 굴절하여 맨위에서 시작하여 7가지색을 띤다. 보통 햇빛 반대쪽의 물방울에서 전반사가 일어난다. 이날은 비도 오지 않았는데 무지개가 생겨서 무엇인가 기쁜 일이 일어날 것 같았다. 생각한 대로 반가운 소식이 기다렸다. 나는 이 섬의 최고봉인 Tapotchau 산(470m)에 올라갔다. 정상에는 예수의 석상이 있고 거기에 "예수는 돌아갔다. 예수는 일어났다. 그리고 예수는 다시 올 것이다."라고 씌어 있다. 미해병대와 일본군 간의 치열한 전투에서 발생한 인간의 비극을 상기시키면서 다시는 이러한 참혹한 전쟁이 없고 평화가 항상 함께 하기를 기원하면서 세워진 것으로 생각된다.

1944년 6월 일본군은 이곳을 미국에 뺏기면 곧 동경이 함락된다고 믿고 이 고지를 사수하다가 죽음을 당하고 또 자결로 끝을 냈다. 이곳에서는 사이판 섬 전체는 물론 멀리 티니안(Tinian)과 로타(Rota)섬들도 보였다. 북쪽으로 가면 미군과 치열한 전투를 벌였던 일본군 최후의 사령부가 석회암 동굴 속에 있고, 자살절벽과 만세절벽처럼 항복을 싫어해서 자결한 수많은 일본군의 흔적이 남아 있다. 사이판은 현재 지하수 사정이 별로 좋지 않지만 중부지역의 산타 루드 성소(Santa Lourdes Shrine)에 가면 마음과 몸에 아주 좋은 약수가 펑펑 쏟아진다.

타포차우 정상에 우뚝 서있는 예수상.

타포차우 정상에서 내려다 본 사이판 남부 전경 (티니안 섬이 보임).

태평양전쟁시 사이판에 주둔했던 일본군 최후사령부 동굴.

내가 사이판에 있을 때 주말장터에서 산 이 고장 특산물 자색고구마를 즐겨먹었다.

내가 살았을 때는 한번도 태풍피해를 당한적이 없었는데 2018년 10월 24-25일 사이판을 타격한 태풍 유투(Yutu)는 시속 130킬로미터(km/h) 이상의 강풍을 이끌고 섬 주민에 엄청난 피해를 주었다. 따라서 평화로운 이섬 (사실 여기도 인간사회이기 때문에) 내부 갈등으로 총장과 학교 운영임원진 사이에 심한 전쟁이 있었다. 나자신도 여기에 말려 들어 고생했다.

아래 그림은 북마리아나 대학(NMC)건물을 파괴한 현장과 그 원인분석을 보여준다. 태풍은 북반구에서 반시계방향으로 회전운동을 하기 때문에 지붕의 오른쪽이 날아간 모습을 보여주고 있다.

사이판 북마리아나 대학(NMC) 강의실 오른쪽 지붕이 날아간 모습은 태풍의 반시계방향 회전방향과 일치한다.

티니안섬 남북으로 길게 놓인 비포장도로는 세계2차 대전시에 활주로 로도 이용했다.

티니안(Tinian)섬은 사이판과 같이 미국연방(Commonwealth)에 속한다. 이 섬은 북마리아나제도에서 제일 큰 사이판에서 약 10km 떨어져 있다. 이 섬은 괌(Guam)처럼 미국영토는 아니지만 미국의 보호 관리를 받고 있다. 이 섬에는 다양한 식물군과 동물군이 서식하고 인구는 약 3천여명 되는 매우 한적한 섬이다. 이 섬은 16-19 세기에 걸쳐 약 3백년동안 스페인의 식민지였다. 19세기말 스페인-미국전쟁에서 승리한 미국이 점령하였고, 이어 독일제국한테 메각했었다. 그러나 세계1차대전 시 1914년 일본이 점령했으며 2차대전 시에는 일본군의 주요한 군사기지가 되었다. 특히 미해병대가 상륙했을 때 일본은 미국이 이곳 비행장을 B-29폭격기 기지로 활용할 것으로 알고 섬을 사수하기 위한 혈전을 벌였다.

미국은 이곳을 점령한 후 일본공군이 사용했던 비행장(Ushi Runways)을 확장해서 길이 2600 m, 폭60 m 달하는 4개의 활주로(North Field)를 건설했다. 그중 활주로 에이블 (Runway Able)은 히로시마와 나가사키에 투하한 그 원자폭탄 탑재기 이륙공항으로 사용했다.

티니안(Tinian)섬에서 역사상 최초로 1945년 8월 6일 15kt의 "Little Boy"라 불리우는 고농축우라늄핵폭탄을 B-29 에 탑재하고 일본 히로시마 상공 540m에서 투하해 주민 12만 5천여명이 희생됐다. 그후 8월 9일 다시 21kt의 "Fat Man"라고 하는 플루토늄핵폭탄을 B-29 폭격기에 탑재하고 2400km를 날아가 나가사키 상공 600 미터에서 투하했다. 여기서는 7만4천여 명의 희생자가 발생했다.

A Little Boy and a Fat Man. 티니안섬(Tinian)에서 이륙한 B-29 Enola Gay and B-29 Bockscar 는 a Little Boy (좌) 와 a Fat Man (우) 를 각각 싣고 날라가 일본 히로시마와 나가사키에 투하했다.

잊을 수 없는 섬 하와이

얼마 전 30년 만에 하와이를 들러 섬을 일주했을 때도 아름다운 큰 무지개가 내 앞에 환영이나 하듯 나타나 황홀했다. 옛날의 호놀룰루(Honolulu) 다운타운은 그대로 있었고 날씨도 예전 그대로 편안한 느낌을 주는 청명한 날이었다. 전에 여기서 택시를 운전하던 생각이 나서 이곳의 한국인 택시기사와 이야기를 해보았다.

옛날과 같이 회사차를 운전하며 하루에 일정 금액($70 정도)만 입금하면 된다고 했다. 아주 좋은 장사같이 보였다. 나는 50여년 전에 여기서 여름방학동안 잠깐 동안이지만 택시운전을 했을 때는 하루에 70달러만 주고 나머지는 전부 내 것이었다. 그래서 보통 점심식사 후부터 시작해서 새벽 3시까지 일하고 하루에 보통 4시간정도 잠을 잤다. 그야말로 두달 반 동안 돈 버는데 미쳐보았다. 그러던 중 어느 날 새벽 2시경 호노룰루 홍등가 부근에서 신호위반을 놓고 경찰과 언쟁을 벌이다 경찰서로 끌려갔다.

적신호에서 우회전(청신호에만 가능)을 했다고 경찰은 주장했지만 나는 적신호로 바뀌기 전에 우회전을 했다고 주장했다. 나와 경찰은 의견이 안 맞는 것인데 공무 방해죄로 나를 경찰서로 연행했다. 다음 날 새벽에야 택시사주한테 연락이 돼 일단 보석의 배려로 집에 왔다. 재판 날짜까지 약 1달 반가량 남았는데 택시운전은 할 수 없는 상황, 아무의 도움도 받지 못하는 이국땅에서 재판날을 기다리는데 정말로 지옥 같았다. 나는 기독교신자는 아니지만 내 인생에서 처음으로 벽을 보고 하느님을 불러보았다 (하느님과 나의 관계는 제15장에서 상세하게 다룬다). 나를 도와줄 수 있는 사람이 아무도 없는 상황에서 지푸라기라도 잡고 싶었다. 잘못하면 한국으로의 출국조치가 나올지도 모르는 상황이었다.

섬나라 필립핀 군도(Philippine Archipelago)

나는 결혼 30주년을 맞이하여 그동안 나를 위해 고생하며 살아온 아내에게 조금이라도 고마운 마음을 표시하고 싶어 4박5일 여정으로 Philippines 여행을 결정했다. 목적지는 Mindoro섬의 Puerto Galera 휴양지였다. 이곳 지진·화산 연구소 직원을 통해서 만든 관광안내 예약은 별로 마음에 들지 않았다. 우선 Manila 호텔방은 VIP방으로 예약했으나 어떻게 된 일인지 오토바이(motor - bike)소리가 심해서 밤새도록 잠을 잘 수 없었다. 아침 일찍 버스로 3시간 동안 이동한 후 도착한 곳은 Batangas 항구였다. 여기서 다시 배로 1시간 반 후에 도착한 곳은 Mindoro 섬의 큰 도시 Puerto Galera이었다. 이곳에는 멀리서 온 Yacht들이 많이 정박해 있었다. 여기서 카누 같은 조그만 Boat 아니면 양쪽에 날개모양으로 안전장치를 설치한 통통배를 타고 30분 정도 지나서 Puertofino Hotel에 도착했다. 그러나 이곳 역시 바다와 반대편에 있는 방이었다. 그 이유는 여행사에서 그렇게 Package를 만들었기 때문이라고 했다. 나는 하는 수 없이 45달러를 더 지불하고 바다를 향한 넓은 방을 얻었다. 역시 장사속셈은 어디서나 믿을 수 없는 것이었지만 그래도 이곳에서 즐거운 것도 많이 발견할 수 있었다. 신선한 mango, mini-banana 그리고 언제든지 수영을 마음껏 할 수 있는 그런 것들이었다. 여행을 끝내야 하기에 나는 아내를 먼저 보내고 일 때문에 마닐라에서 일주일을 더 있어야 했다. 이곳 지진·화산연구소에서 두 번의 강의를 해주고 현지 활성단층, 화산지역 및 지열부지 등을 탐사하기로 스캐줄되어 있기 때문이었다.

Philippine Archipelago는 1521년 3월 16일 Portugal의 탐험가 Ferdinand Magellan에 의해서 발견되었지만 그후 오랫동안 스페인의 식민지로 있다가 1935년 미국의 Commonwealth 나라로 들어갔다. 제2차전쟁시 잠깐 일본의 점령(1942~1946)하에 있다가 마침내 1946년 정식으로 독립을 하게 되었다.

필리핀 루존(Luzon)섬의 Taal 호수 - 해발 100m 위 화산에 의한 Crater Lake(상좌)
마지막화산(1911)에 생긴 Taal Caldera의 crater lake(30-90도)(상우)
필리핀 Bulalo 지열발전소의 생산정에서(하우)
지진에 의해서 좌수주향단층(LLSSF)이 나타난 필리핀의 논바닥(하좌)

    Philippine Sea Plate는 실제로 움직이는 것이 아니고 거대한 Pacific Plate가 동쪽에서Philippine Archipalego를 밀어 부딪칠 때 Subduction Zone을 만들면서 움직이게 된다. 동시에 서쪽에서도 Eurasian Plate가 Philippine Archipalego와 충돌하면서 Subduction Zone을 만든다. 그러나 동쪽이 서쪽보다 8cm/year 더 빨리 움직이기 때문에 Philippine Sea Plate는 북서방향으로 움직이게 되며, 이곳에서 발생한 지진은 대부분 좌수주향단층(LLSSF)을 일으키게 된다. 필리핀 판의 맨 북쪽 끝자락이 일본 동남부까지 경계를 이루고 있지만 한반도의 동남부 일대에 미치는 영향은 매우 미약하다고 말할 수 있다. 나는 필리핀을 방문할 때마다 온도가 비교적 낮고 고지대에 위치한 루존섬 맨 북쪽의 바기오(Baguio) 아니면 인구밀도가 비교적 낮고 시골풍경이 있는 서쪽의 민도로(Mindoro) 섬을 찾는다. 민도로 섬은 동부민도로(Oriental Mindoro)와 서부민도로(Occidental Mindoro)가 있다. 특히 서부민도로 섬은 미개발지역으로 원시림이 우거져 있고 주변 바다에는 수많은 어종이 서식한다.

민도로 섬 서부 푸에르토갈레라(Puerto Galera) 연안에서 보트를 타고 나가면 따라오는 물고기 떼의 장관을 즐길 수 있다.

이곳 루존섬에는 화산과 지열부지가 많이 분포되어 있다. Manila에서 남쪽으로 차로 3시간 가량 가면 Taal Caldera호수가 있고 이 한복판에 조그만 화산섬이 있다, 이 화산섬 가운데 Taal 화산에 의한 깊이 80m가 되는 화산호수 Crater Lake가 있다. 이 화산호수에 가려면 자동차, Boat와 노새

(mule) 등 여러 가지 교통수단을 이용해야 했다. 특히 Taal Lake의 Crater Lake는 낮은 지대(해발 100m)에 위치한 곳이지만 화산재(tuff)가 너무 많이 덮여 있어 먼지가 심하게 일어나기 때문에 부득이 노새를 타지 않을 수 없었다. 전체적인 물의 온도는 미지근하게 느껴졌으나, 한 모퉁이에서는 김이 솟아 올라왔고 이곳의 온도는 거의 100℃에 가까워 손을 댈 수가 없었다. 이곳에서 마지막 화산 폭발은 1911년에 있었다고 한다. 마닐라에서 2-3시간 북쪽으로 가면 앙헬레스 (Angeles)라는 과거 미군이 주둔하던 도시가 나온다. 여기서부터 4륜구동짚차를 타고 찻길 없는 광활한 사막 같은 지역을 3시간 달리고 나서야 하차, 다시 산길을 30분 정도 오르면 유명한 피나투보 (Pinatubo) 화산(1,745m, 폭발후 1,445m)에 도착하게 된다.

1991년 피나투보화산이 폭발해서 130명이 사망했고 칼데라가 푸른 호수를 만들었다. 무생물이고 뜨거운 물이 솟는 지역이 아직도 있다.

이곳에서 멀지 않은 곳에 Bulalo Geothermal Field라는 지열발전소가 있다. Bulalo 지열 부지에는 지하에 지열 Source Magma를 품고 있는 많은 Dome(anticline)형태의 봉우리를 발견할 수 있었다. Bulalo 지열발전소는 평균 지하 3,000m에서 원생수(connate water)를 투입하고 순환시켜서 평균 280도의 증기를 가지고 425.73MWe를 생산하여 Luzon지역의 전기 20%를 담당하고 있다. 현재 이곳에는 50개 이상의 생산정과 투입정을 갖고 있으며, 보통 생산정 하나를 뚫는 데 들어가는 비용이 100만 달러 이상 소요된다고 한다. 그러나 Philippine Archipelago에는 전 지역에 걸쳐 이러한 지열부지가 풍부하기 때문에 앞으로 지열발전은 무진장이라고 말할 수 있다. 그러나 매번 탐사를 하고 돌아올 때마다 Manila는 교통지옥이었다. Philippine 인구 8천만명중 반이 되는 4천만이 모여 사는데 도로문제는 엉망이다. 게다가 너무 희미한 상점불빛과 가로등은 내가 한국으로 돌아왔을 때인 70년대 말 한국을 연상케 했다.

나는 Philippine에서 가장 오래된 성당으로 1587년에 시작해 1607년에 완성한 San Agustin 교회를 찾았다. 인상적인 것은 예수님의 12제자 중성 마테오(St.Matthew)의 초상화와 거기에 새겨진 글이었다. 성 마테오는 로마제국의 세금관리(tax collector)였지만 예수님의 제자가 되었으며 초상화에서는 오른손에 목수의 직각자(square)를 들고 있는데 이것은 정직(honesty)을 의미한다고 한다. 즉 정직하게 세금을 거둔다는 것을 표현하는 것이다. 그리고 이곳 종교 강론에서 들은 것인데 인생에서 가장 중요한 것은 복종이라는 것이다. 이 세상에서 복종 혹은 순종한다는 말은 희생이나 인내심과 같이 살아가는 데 매우 중요한 것이다. 인간은 하느님한테 복종하고 고용자는 고용주의 경영에 따라야 하고 제자는 스승의 지도에 움직여야 하고, 자식은 부모님의 충고에 순종할 때 진실한 대화를 할 수 있고, Team Work을 잘해야 성공할 수 있다고 한다. 성경에서 말하는 "진리에 순종하라 (Obedire Veritati)"는 설교였다.

호주의 때묻지 않는 자연과 보물

호주 아미데일 뉴잉글랜드대학(University of New England, Armidale, Australia). 고층건물이 없고 대부분 개인주택건물처럼 저층으로 되어있다. 캠퍼스 건물은 마치 일반 주택단지 건물모양 다양한양식 건물로 분산되어 있다.

University of New England 캠퍼스에는 높은 건물이 없고 일층 주택건물모양으로 분산되어 있다.

나는 1987년 6월부터 9월까지 호주 외무성의 펠로우십 기금으로 호주 북동부 뉴잉글랜드대(University of New England) 지구물리연구소에 초빙교수로 잠시 머문 적이 있었다.

이 New England 대학은 호주 New Southwales주의 북쪽에 외따로 떨어진 오지의 작은 도시 Armidale에 있었기 때문에 복잡한 도시를 떠나 잠시 휴양한다는 기대가 매우 컸다.

더욱이 Armidale은 Sydney에서 기차로 꼬박 8시간 이상 걸리는 곳이지만 영화 Payton Place 에 나오는 아담하고 평화로운 한 시골 마을에 위치한 조용한 대학촌이었다.

이곳은 마치 내가 미국에 처음 도착한 곳, 아름답고 아담한 대학촌 오리건주의 Corvallis와 비슷했으나 보다 더 작은 시골 대학촌이었다. 3개월 동안 그곳에 있을 때는 마치 산골에 수양하러 온 것처럼 복잡한 도시를 떠나서 연구에만 집중하고 자신에 대해 조용히 생각할 수 있는 시간을 가질 수 있었다. 그리고 밤10시가 넘어 연구실에서 집까지 산길을 걸어갈 때 유난히 밝은 호주의 밤하늘과 별을 쳐다보면 그렇게 행복할 수가 없었다.

내가 근무하는 이 아미데일은 미세먼지와 스모크가 전혀 없어서 밤하늘 별들이 또렷하게 반짝거렸다. 호주는 낮에는 매우 따가운 햇살이 비치지만 밤이면 항상 초가을처럼 공기가 서늘하게 차가웠다. 이곳은 고지대 (해발 약 1000 m)에 위치한 오지이기 때문에 여름철에도 서늘하고 겨울은 춥다. 그렇지만 주변환경이 아름다워 국립공원이 많이 있다. 칸베라 외곽 한가한 곳에 살 때는 때때로 흰색 큰 앵무새(Large White Parrot)가 뒤통수를 갑자기 습격해서 마음놓고 걸을수 없었지만 이곳에는 더 시골농촌이지만 그런 공격자가 없어서 안심하고 다닐 수 있었다.

다윈(Darwin)에서 비행기를 타고 호주중앙에 위치한 앨리스 스프링즈(Alice Springs)로 간 뒤 자동차로 8시간 서남쪽으로 가면 퇴적암으로 형성된 348m 높이의 사암덩어리 울루루(Uluru) 바위가 있다.

광활한 대륙 호주의 교통수단으로 4인용 경비행기를 이용해서 서북부 호주의 아름다운 자연을 탐사했다.

시드니에서 기차를 타고 하루 종일 달리면 동북부의 대도시 브리스베인에 도착한다. 여기서 또 특별전차를 이용하면 유명한 골드코스트(Gold Coast)에 이른다. 나는 이곳을 두 번은 업무상 그리고 한 번은 가족과 함께 4회에 걸쳐 방문했다. 첫 번째는 뉴잉글랜드대학에 초빙교수로 재직했을 때 국제학회에 동료교수와 함께 참가했다. 그후 안식년으로 호주에 머물 때 가족과 함께 방문했고 그 후 비즈네스방문이 있었다. 이번이 마지막 방문이 된다. 초창기에는 일본 레스트랑 이외는 외국식당이 없었고 한가한 도시였으나 마지막 방문 때는 홍콩, 말레지아, 태국등 동남아시아 식당이 많이 들어섰고 건물도 혼잡해서 다시 방문할 생각이 나지 않았다.

내가 다윈 (Darwin)을 방문했을 때 놀란 것은 어느 조그만 골목에 한국어로 쓰인 순복음교회 현판과 십자가 때문이었다. 여기까지 기독교를 수출하는 한국의 종교단체가 있는 것이다. 나는 여기서 호주의 중심부에 물의 도시 앨리스 스프링즈 (Alice Springs)로 왔다. 내가 이곳을 방문하게 된 중요한 이유중 하나는 세계에서 우수한 지하핵실험탐지망을 운영하기 때문이다.

앨리스 스프링즈 일대 지하에는 엉청난 규모의 대수층이 존재하지만 무섭게 뜨거운 태양(섭씨 40도 이상)을 만난다. 지상에는 하천이 말라 전혀 물구경을 할수 없지만 지하수는 철철 넘쳐서 호텔에서의 샤워는 물론 수영풀에서 수영을 마음껏 즐길 수 있다. 여기서 자동차로 8시간 서남쪽으로 이동하면 기괴한 지형을 보여주는 울루루 퇴적암 돌산(Uluru/Ayers Rock)에 이른다. 이곳의 서북부 쿠누누라(Kununurra) 근처에는 유명한 아가일(Argyle) 다이아몬드 광산이 있다. 보통 다이아몬드는 킴벌라이트 암석과 함께 채굴

되는데 아가일 광산은 램프로아이트(lamproite)광석이다. 이 광산에서는 매일 6만캐럿(12kg)의 다이아몬드를 생산하고 있다.

다이몬드는 보통 200km의 지하에서 고온(최소 섭씨1500도)과 고압(50kb)에서 생긴 마그마탄소광물결정체가 상부맨틀의 단단한 암석권(Lithosphere)과 연약한 하부맨틀 연약권(Astenosphere)사이 변이구역(Transition Zone:보통 지하 410-660km)에서 10억년 이상 긴 세월동안 머물러 있다가 화산활동이나 지체 구조력에 의해서 지표로 밀려나온다.

나는 처음 (1988년) 동북부 소도시 아미데일 (Armidale)에 있는 뉴잉글랜드대학(University of New England)에 초빙교수로 왔을 때 좀 답답하고 한국음식이 그리울 때는 Sydney에 살고 있는 사촌형 집에 가서 김치와 함께 이곳에서 잡은 큰 갈치 같은 생선을 실컷 먹곤 했다. 그다음 해에 나는 호주 Canberra의 지진연구소 (Seismological Institute)에 객원 연구원으로 왔다. 나는 안식년을 가족과 함께 이곳에서 보내면서 호주동부지역의 여러곳을 여행했다. 켄베라는 내륙에 위치한 호주 수도로 인구 약 40만명이지만 세계에서 가장 공기가 깨끗한 청정도시로 알려져 있다. 당시 켄베라에는 막 봄이 시작되고 길거리에는 벚꽃이 만발했었다. 그당시에 우리 가족은 호주 동부 전지역을 방문했다. 시드니 (Sydney),멜버른 (Melbourne), 아델에이드 (Adelaide), 브리스베인(Brisbane)은 물론 골드 코스트 (Gold Coast) 등 그리고 자연산전복의 천국 에덴해안을 발견할기회가 있었다.

캔베라 외곽 인공호수에서 아내와 함께.

　나는 이곳에서 일본에서 이민한 재일교포 최동룡박사(지질학자)를 알게되었다. 그는 미국에서 공부마치고 이곳 광물국(BMR) 근무하다가 프리랜서로 일하고 있었다. 그는 호주지역을 다니며 그들이 놓친 특산물, 고사리나 자연산 전복등의 소재지를 잘 알고 있었다. Canberra에서 남쪽으로 10시간동안 차를 몰고 가면 해산물이 많이 나는 동네가 있었다. 나의 가족은 이곳의 명물을 잘 알고 있는 최동룡 박사 가족과 함께 바다 속에 깔려있는 전복을 잡기 위해서 이곳에서 남쪽으로 약10시간 걸려 Eden해변에 갔었다. 너무나 얕은 바다 속에 전복이 있기 때문에 누구든지 자연산 전복을 건져낼 수 있었고 마침 크리스마스 휴가때라 감시원이 없어서 현장에서 실컷 잡아 먹고 1 포대 이상을 각각 갖고 돌아왔다.

에덴 해안에서는 아주 얕은 바다밑에서 대형 자연산전복을 건져낼 수 있었다.

호주 서북부에 있는 아가일(Argyle) 다이아몬드 노천 광산.

호주는 자원이 풍부한 나라이지만 민족성은 그렇게 너그러운 민족이 아니라는 말을 많이 들었다. 호주의 모든 관공서의 주요한 자리는 영국인들이 맡고 있었고, 일반 호주인들은 경제(기업)에서 두각을 보이는 것 같았다. 호주 땅은 원래 영국의 죄수에 의해서 개척된 땅인 만큼, 어느 면에서 영국에 대한 열등의식을 가지고 있지만 백인우월주의를 지울 수 없어 과거부터 백호주의와 같이 타민족에 대해서는 배타적 감정을 많이 갖고 있는 사람들이 많았다. 원래 호주의 원주민은 약 5만년 전에 동남아시아에서 건너온 토착민(Aborgines)이다. 이들은 검은 피부를 갖고 있지만 멜라네시안과 달리 곱슬머리칼이 아니고 문화도 이웃에 살고 있는 멜라네시아인과는 다르다. 그후 17세기 중엽에 James Cook에 의해서 영국식민지로 개발되어 1901년 1월 1일 영연방으로 독립했다. 특히 19세기 중엽(1840~1860) 수많은 영국죄수를 이주시켜 개척된 나라이기 때문에 호주에는 원주민을 제외하고는 흑인이 전혀 없는 것도 이색적이었다.

호주 북서부지방에 있는 아가일(Argyle) 노천 다이아몬드 광산. 원석은 램프로아이트(lamproite) 암석이다. 매일 12 kg (60,000ct, 1ct=200mg)의 다이야몬드를 생산하고 있다. 이것은 약 1억2천만 달러(1ct=2000 USD)에 해당된다. 1kg 암속에서 3.5ct의 다이아몬드를 추출한다

제7장 광활한 대륙 중국, 러시아 및 몽고

중국인의 푸짐한 음식문화

나는 중국을 자주 방문할 기회가 있었고 중국과학자들과 공동연구를 많이 수행했기 때문에 넓은 중국 전체는 몰라도 그래도 중국의 문화와 자연은 누구보다 피부에 닿을 정도로 잘 알게 되었다. 중국은 북경을 지나서 지방에 가면 가장 힘든 것이 언어문제였다.

대부분 지방연구소에는 적어도 몇 명 정도는 영어를 할 줄 아는 젊은이가 있기 때문에 편리했다. 그러나 거기를 벗어나면 의사소통이 전혀 안되기 때문에 통역관을 데리고 다니는 것이 좋았다.

중국 문화에서 나에게 가장 인상 깊은 것은 음식문화였다. 천진(Tianjin) 지진연구소를 방문했을 때, 천진에서 만두 골목으로 유명한 시장에 가면 만두 종류만 수십 가지를 한자리에서 보고 먹을 수 있었다. 남경의 장수지진연구소 소장의 초청으로 장수지진연구소 방문객 숙소에 체류할 때 소장이 남경시의 유명 먹자골목으로 초청해 기본만 수십 코스로 된 음식을 맛보여 주었다. 언제 어디서 식사를 하거나 중국인들이 손님을 접대할 때는 매우 풍족하게 음식을 주문하기 때문에 식사 후에는 항상 음식이 남게 되었다. 중국 음식은 Peking Duck과 같이 육류나 기름진 음식이 많지만 뛰어난 요리기술에다 항상 야채와 Soup 그리고 차가 잘 배합되어 나오기 때문에 콜레스

테롤에 그렇게 신경을 쓸 필요가 없었다. 특히 남경에 있는 장수지진연구소장 리칭해(Li Qinghe) 교수의 초청으로 남경을 방문했을 때는 생전 처음 외국에서의 음식문제로 고생한 적이 있었다.

남경시내 최고급 요리점에서 너무 푸짐한 식사를 한 것이 문제를 발생시켰다. 이름을 모르는 음식종류가 거의 100가지나 되는 듯 했다. 그날 실컷 먹고 그 이튿날 배탈이 나서 설사를 하고 혼난 적이 있다.

남경의 여름은 무지하게 덥기 때문에 그 당시에도 아마 상한 음식을 먹은 듯했다. 심양이나 연길에 가면, 북한에서 직접 나와 운영하는 북한 음식점이 서너 군데 있다. 중국의 기름진 음식에서 벗어나 한국 음식이 그리울 때 그곳에서 입맛을 크게 돋우는 평양식 싱거운 김치, 깍두기 및 빈대떡 등 담백한 음식을 먹을 수 있고 평양에서 온 생수도 아주 이색적이었다. 특히 북한음식점에서는 예쁜 아가씨들이 접대하는데 이들이 북한 노래를 한곡씩 불러줄 때는 우리가 한민족이고 같은 동포라는 것을 절로 느낄 수 있었다. 나는 북한음식점에서 우리말 노래를 들을 때마다 옛날 고향생각이 떠올랐다.

북쪽 유목민의 침입을 막기위해서 동서 방향으로 중국의 최초 황제 진시황(Qin Shi Huang)이 기원전 220-206년에 처음 축성한 만리장성. 성벽의 폭이 넓어 당시 마차가 다닐수 있게 만든 것이 특색이다. 뒤에 있는 사람은 미국 멤피스대학 츄저밍 교수(Jerming- Chiu, University of Memphis, USA).

만리장성 입구에서. 동료 지진학자들(오른쪽이 지진학자 Max Wyss 박사)

중국은 땅덩어리가 크고, 긴 역사를 가지고 있는 나라이기 때문에 볼만한 곳이 많이 있다. 한마디로 중국의 역사 유물, 유적은 너무 크고 웅장하다. 특히 명과 청나라의 자금성(Forbidden City), 만리장성, 북경 주변의 명나라 왕릉 등은 모두들 우리 것에 비해서 너무나 웅대했다. 자금성은 덕수궁이나 경복궁에 비교도 안될 만큼 크기 때문에 관람을 잘하려면 하루로는 부족했다. 만리장성은 기원전 2세기 진시황제 때 시작해서 16세기에 걸쳐 축성이 된 거대한 성으로 압록강 연하구에서 시작하여 중앙아시아까지 동서로 6,400 km나 되고, 높이 9 m, 폭도 7~8 m가량의 웅장한 성이었다.

내가 어렸을 때 자주 올랐던 수원 화성과 비교할 때 그 크기에 놀라지 않을 수 없었다. 북경 부근에는 13명의 명나라 왕의 무덤이 있다. 그중에 유일하게 발굴된 왕릉은 명나라(Ming Dynasty) 13대 완리(Wanli, 1563~1620) 왕릉으로 깊이가 30m 되는 곳에 놓여 있는 거의 궁궐이었다. 겨우 4~5m

지하에 있는 백제 무열왕 왕릉과는 비교도 안 되었다. 중국은 역시 Scale이 큰 대국임을 다시 인식할 수 있었다.

중국 사람들은 역사를 존중하며, 그리고 존경하는 인물을 널리 국민에게 전시한다. 남경에는 중화민국 국부인 손일선(Sun Yat - sen) 선생의 무덤이 있다. 비록 그가 모택동 주석과는 반대되는 중화민국의 창시자였지만 그곳에 가면 그가 살아온 모든 유물과 서류를 관람할 수 있으며 매일 수많은 사람들이 관람하고 있다. 그가 그렇게 존경받는 이유 중 하나는 그의 천하위공(天下爲公)론 때문이다. 그는 이를 통해 온 세상은 사람들을 위해서 존재하듯이 우리도 세상을 위해서 살며, 사람들에게 봉사해야 한다는 동양적 휴머니즘을 강조한 지도자였다. 역시 중국은 존경하는 지도자가 많이 있다는 것을 보고 감명 받았다. 남경에는 또한 제2차 세계대전 때 일본군에 의해서 저질러진 남경대학살 자리가 있다. 1937년 일본군에 의해서 마구 학살된 중국인은 약 30만 명이나 되었으며 이중에는 어린이, 부녀자, 그리고 조선족도 많이 포함되어 있었다. 그리고 이 중에서 강간당한 부녀자만도 무려 2만 명이 넘는다고 했다.

당시 살해된 시체의 해골과 뼈들을 한데 모아 해골산을 만들었는데 이는 보는 사람으로 하여금 소름이 끼칠 정도로 일본의 잔학성을 실감케 했다. 이런 행태는 매일매일 구호로만 외치는 호소보다 몇 수십 배 자기나라에 대한 애국심을 부추기고 일본을 원수로 만들어 복수심을 심어주는 효과가 있다고 생각하였다. 우리가 위안부소녀상을 세계 곳곳에 세워 일본을 망신시키는 것보다 훨씬 더 강한 민족정신을 보여주는 것이라 생각했다.

역사박물관에 이런 사실적 자료들을 전시해서 국민들로 하여금 애국심을 불러 일으키고 남한테 안당하려면 우리가 더강해져야한다는 의식을 심는 역사교육이 더 중요하다. 정말로 초라한 우리의 위안부소녀상을 쳐다보면 자존심 상해서 해외에 다녀오지 못하겠다.

북경대학은 역사가 120년(1898년 설립) 이상이 되는 유서가 깊은 대학으로 옛날 청나라 시절 귀족들의 궁전으로 쓰였던 곳에 자리 잡아 건축양식이 대부분 옛날 궁궐식으로 되어 있다. 곳곳에 연못과 늪이 많은 것은 좋은데 오랫동안 고여 있는 물에서 퀴퀴한 냄새가 코를 찌르는 듯했다. 물은 흙탕물이지만 가끔씩 물고기 떼가 노는 것을 보니 수초들이 계속 산소와 영양을 공급하는 모양이다.

무지하게 더운 북경의 여름을 궁궐 안에서 견디려면 이렇게 많은 연못과 웅덩이를 만들어 온도를 떨어뜨리지 않으면 안 되었을 것이다. 정말로 북경의 여름 날씨는 내가 겪은 지역 중에서 가장 견디기 힘든 곳이었다. 더욱이 7월의 무더운 열기와 후덥지근한 습기는 캠퍼스를 걸어다니는데 조차 매우 힘들게 했다. 그러나 울창한 숲과 오랫동안 자란 고목이 우거져 아침저녁으로는 산책하기에 아주 좋은 환경이었다.

외국인 교수 숙소에서 식당까지는 걸어서 약 40분 정도 걸린다. 여기에 다녀오면 옷이 함빡 젖어서 샤워를 하루에도 두서너 번씩 해야 했다. 일산에서는 한 번도 가래가 생긴 일이 없었는데 북경에 온 후엔 그렇지 못했다. 좀처럼 시내에도 잘 안 나가고 캠퍼스 안에서만 살았는데도 가래가 생겼다. 역시 이곳은 한국보다 공기가 좋지 않은 것 같다. 이곳에는 캠퍼스 안에서 자동차가 어디든지 다닐 수 있어 먼지가 많은 것 같다. 이곳에는 한국 레스토랑이 캠퍼스 안에 있는데 한국인은 전혀 없고 중국인만 있으며 이름만 한국음식이지 실제로 한국의 맛이 안 났다. 이 레스토랑은 중국의 조선족이 경영하는 곳으로 중국 사람의 입맛도 생각하여야 되기 때문에 중국과 한국의 짬뽕식으로 맛을 내다보면 반중국, 반한국 맛을 내게 된다고 했다. 북경대학 캠퍼스의 특색은 주변에 많은 인공호수와 고건축물이 눈에 보이는 것이다. 나는 매일 아침 호숫가를 따라서 운동을 한다. 그러나 저녁을 먹고 교수숙소로 돌아오는 밤길에는 주변에서 반짝거리는 수많은 반딧불을 만났을 때는 내가 북한에 있을 때 보았던 반딧불 추억이 떠올랐다.

남한 땅에서는 잘 볼 수 없는 반딧불 아닌가. 나는 동심으로 돌아가 이들을 잡아서 집에 가지고 왔다. 왜 빛이 나오는가. 자세하게 살펴보면서 그 빛이 나오는 에너지 근원을 알게 되었다. 반딧불은 딱정벌레의 곤충으로 꽁무니에 있는 발광기로 반짝반짝 빛을 낸다.

북경대학 샤페이 교수(Xiafei Chen) 및 제자들과 만찬. 첸 샤페이 교수는 유명한 지진학자, 미국 남가주대학(University of Southern California)의 아키(Aki) 교수의 마지막 제자다. 첸교수, 필자. 대학원생들과 만찬을 즐겼다.

중국 국가지진청 지구물리연구소에서 강연 및 북경대학 지구·우주과학원에서의 강의.

북경에서 여름을 보낸다는 것은 무더운 날씨, 이름 모르는 음식 그리고 안 통하는 언어를 안고 살아야 되는 불편이 있었다. 그러나 한 가지 나를 가장 즐겁게 만드는 것은 싸고 신선한 과일, 특히 자연산 복숭아였다. 나는 매일 이 옛날 고향 복숭아를 먹는 것이 가장 즐거운 낙이라 생각했다.

북경에 이어 지구물리연구소에서 학생들한테 강의를 해주었는데 북경대 학생보다 수준이 떨어지는 듯했다. 이곳 연구소 소장은 10년 전에 나한테서 1년간 Postoc 연수를 받고 간 우종량(Zhonglianh Wu)박사로 지금은 이 연구소 소장을 비롯하여 중국과학원 지구과학 부원장, 국제 지진·지구물리 협회(IASPEI) 회장 등을 맡고 있는데 지진학분야에서는 세계적 명성을 갖고 있는 학자이며 CEO이다. 이 젊은 천재 연구소 소장에 비해서 연구원들은 너무나 떨어지는 것 같이 보였다. 우종량 박사는 나한테서 박사후 연구원(Postdoc)으로 일년 연수한 것이 외국 연구경력의 전부라고 생각하는데 지금은 Big Boss로 너무나 바빠서 나도 만날 시간이 없었다.

우종량 박사는 자기 가족과 함께 나를 저녁에 초대했다. 한국에 왔을 때 그의 아내와 아이는 초라하게 보였지만 지금 부인은 귀태가 나고 부잣집 사모님으로 보였으며 딸도 부유한 자녀로 영어를 곧잘 했다. 역시 아빠가 높은 지위에 있으니 경제적·문화적으로도 크게 영향을 받는 것 같았다. 역시 자리가 사람의 외모도 바꾸어 놓는다는 것을 실감할 수 있었다.

중국 국가지진국 지구물리연구소 소장 우종량 박사 가족과 함께.

또 한사람의 아주 가까운 중국 친구 Chen Yun - Tai교수는 현재 중국 과학원 회원이고 북경대학 지구우주과학원 원장을 맡고 있으며 이번에 나를 이곳에 초빙교수로 초청을 하였다. 마지막 날 서태평양 지구물리학회 (WPGM) 조직위원장으로 바쁜 와중에도 내가 부탁한 자료 CD를 만들어 호텔까지 찾아 와서 매우 고마웠다. 역시 Chen Yun - Tai 박사는 학문적으로

나 인격적으로 존경할 만한 친구였다.

    나는 천진 지진국의 초청을 받아 지진강의를 해주었고 이때 이곳에서 만난 북경대학출신 가오푸천(Gao Fuchun)이 훗날 나한테 유학왔다. 미국 라이스대학(Rice University)에서 박사학위를 마치고 현재 미국에 살고 있다.

    나는 심양(Shenyang)의 요녕성 지진국의 초청을 받아 이곳에 왔는데 연구진들과 지진연구 과제에 관해서 강연과 토론을 많이했다. 특히 기억나는 것은 토론 중에 커피 대신 제공한 이곳 특산물 자연산 복숭아는 정말로 별미였다는 것이다, 사이즈가 대단히 크고 속에 쥬스가 가득한데 속실이 빨간색이였다. 비닐하우스가 아니고 노지에서 키웠는데 수정도 인공수정이 아닌 자연의 힘(바람과 곤충)으로 재배된 것같다. 그후 이곳을 방문할 때마다 이 복숭아를 즐겨 먹었다.

    이곳에서 연구소 전용차(중국산 아우디)를 타고 연구원이자 통역관인 두지진과 더불어 단동지진연구소를 방문할 기회를 가졌다. 중간에 운전기사한테 부탁하여 내 자신이 운전을 해보았다. 도로사정이 좋지 않았지만 과거 내가 북한에 살던 동네를 지나가는 것 같아서 매우 흥미로웠다.

    이윽고 단동지진연구소 방문하여 지진관측소를 관찰하고 자료교환을 상의했다. 여기서 나는 압록강다리를 걸어보는 기회를 얻었다. 다리의 반을 넘어가 중앙에 있는 조-중국경까지 걸어 간 것이었다. 그리고 마침내 다리의 중앙에 도달하여 북한 땅에 발을 한 발짝 넘겨 디뎌 보았다. 당시 중국인 두지진 박사는 나한테 유학 오려고 했으나 당시 한국유학 수속시간이 오래 걸려 이태리 트리에스트(Trieste)의 이론물리학국제센터(ICTP)에서 박사학위를 마치고 영국에 살고 있는 것으로 안다.

중국 단동 압록강변에서 중국요녕지진연구소의 기사, 두지진(Dr. Du Zhi Jin) 및 필자, 두지진박
사는 나한테 박사과정을 할려고 했으나 수속이 오래걸려 이태리 이론물리학센터(ICTP)로 갔다.

　나는 중국 지린성 연변 조선족자치주의 조선족자치주 지진국장 김동순씨
의 초청으로 옌벤조선족자치구 옌지(Yanji) – 연길을 방문할 기회가 있었
다. 연길은 마치 한국의 어느 시골 도시처럼 조선말(한글) 간판이 많이 붙어
있는 것으로 보아 우리 조선족이 많다는 것을 금방 알 수 있었다. 김 국장의
접대로 찾아간 만두집은 유명한 천진만두 골목보다 더 맛있는 곳이었다. 우
리 한국인의 입에 맞는 별미로 단연 최고였다. 나는 이곳에 있는 지진 관측
소와 두만강을 끼고 북한의 최북단 도시 남양과 마주보는 투먼을 방문했다.
이곳의 관측소는 한반도에서 너무 멀리 떨어져 있기 때문에 한반도는 물론
북한에서 일어나는 미소 지진도 거의 잡히지 않았다. 북한 남양과 투먼에서
는 10~20m 밖에 안 되는 다리 하나를 두고 인기척이 거의 없는 조용한 북
한 마을이 보였다.

북한 남양시와 중국 도문 사이에 두만강 다리 하나를 두고 떨어져 있다. 국경앞에서 연구원 조선족, 최중섭(지린성 조선자치구 지진국 지질학자)과 함께.

　북한에서 중국으로 넘어 와서 구걸을 하는 소년들(꽃제비)이 여기저기에서 보였다. 내가 돈을 주려고 하니 조선족 최선생이 말렸다. 그러나 나도 모르게 약간의 돈을 주고난 뒤였다. 나는 이 연구소 지질학자인 최중섭 선생과 함께 백두산 탐사를 하기로 하였다. 연길에서 버스로 6시간 정도 걸려서 조선족 집들이 옹기종기 모여 있는 농촌을 지나 백두산에 도착했다. 나는 밑에서 총알택시를 타고 일방통행으로만 되어있는 가파른 경사를 쏜살같이 달려 정상에 도달했다. 그때 나는 브레이크가 고장이 날까봐 마음이 조마조마 했다. 백두산 정상은 날씨 변화가 심해서 하루에도 햇빛이 났다가 갑자기 구름이 끼고 비가 오기 때문에 우리 일행도 역시 비를 피할 수 없었다. 정상에서 한참을 기다리다 보니 마침내 순간적으로 구름이 개기 시작했다.

백두산 정상에서 안개가 낀 천지를 보기 위해서 가파른 절벽에 섰다.

백두산 부근의 장백온천은 섭씨 70~80℃의 열수가 분출되고 있었으며 손을 대면 매우 뜨거웠다. 요즈음 중국에서는 이곳 군발지진 활동의 증가, GPS 관측에 의한 지각의 변동, 그리고 지진토모그래피 연구 등으로 백두산 화산이 활화산으로 재발할 가능성에 대해 열심히 연구하고 있다. 나는 P파와 S파를 이용해서 한반도 전체의 지각구조를 토모그래피(Tomography) 기술을 가지고 분석했는데 북한쪽의 자료가 좀 불충분했지만 백두산 하부 35~40km에 마그마가 있고 아직 상부 이동은 보여주지 않았다는 결론을 내렸다. 이것은 일본 혹가이도의 마그마 활동이 활발한 활화산 토모그래피에서 P파와 S파의 속도가 모두 떨어짐에 비해서 백두산의 경우 S파 속도만 떨어지는 것을 보고 알 수 있다. 또한 1597년, 1668년, 1702년, 1898년 그리고 1903년에 백두산 부근에서 화산분출이 있었다는 것은 백두산이 휴화산인 제주도 한라산과 비교해서 활화산으로 언젠가 폭발할 가능성이 있다는 증명이며, 그 재앙은 엄청나게 클 것이다. 그러나 나의 지진 토모그래피의 해석에 의하면 백두산 하부 30-40km 즉 모호 불연속면에서 P파와 S파 속도의 감소가 나타남을 보아 마그마가 곧 폭발할 긴급상황 5km까지는 안 올라 왔기 때문에 생각한 만큼 위험하지 않다고 판단했다. 더욱이 유라시아 대륙밑으로 하강하는 태평양판 슬랩(slab)은 이지역 일대에서 계속 침강하는 운동을 하지 않고 있는 정체슬랩(Stagnant Slab)이기 때문에 백두산이 재발할 확률은 항간에서 떠도는 소문처럼 우려할 필요가 없다고 생각한다 (참조: So Gu Kim, Surveys in Physics of the Earth, Amazon Direct Publishing,2021, USA)

백두산 천지 앞에서, 뒤편에 천지가 안개때문에 희미하게 보인다. 맑은 날을 만나기 쉽지 않다.

1999년 9월 21일 대만 남부에서 치치 대지진(Chi-Chi Earthquake :규모 7.6)이 일어나 2500명이 사망했다. 나는 피해현장을 조사하기위해 아내와 함께 진앙지 일대를 탐사했다 타이페이에서부터 자동차를 대여하여 알리샨(Alishan)과 대만에서 최고봉 금산(Yu Shan, 해발3952 m) 주변 험악한 산길을 운전해서 달렸다. 외지 고산지대때문에 빌린 차로 혹시 고장이 생길 것을 걱정도했다. 대만은 전체가 평균 1000m 이상의 고산지대에 위치 하고있다. 아쉬웠던 것은 금산을 눈앞에 보고서도 등산하지 못한 것이다. 역시 다시 방문할 기회는 더 이상 오지 않았다.

대만 치치대지진(Taiwan Chi-Chi Earthquake) 피해지역 탐사중 시강댐(Shigang Dam, 石岡壩) 하류지역에서 아내와 함께 쉬고 있다. 시강댐둑 지하에 단층운동으로 댐위 다리의 두개 교각과 댐이 붕괴되어 물이 흘러나오고 있다.

북한땅 개성과 금강산 관광을 하면서

개성의 선죽교, 조선왕조의 태종 이방원이 보낸 자객에 의해서 정몽주가 피살된 곳. 주변에 핏자국 같은 것이 남아 있었다.

나는 2007년 12월 13일 아내와 함께 북한 개성의 고려시대 여러 유적과 유물을 두루 돌아볼 기회가 있었다. 개성은 전쟁 전에는 남한에 속했지만 1953년 휴전협정 후 북한으로 넘어갔다. 박연폭포를 가면서 주변에 나무 하나도 없는 민둥산이 소나무가 우거진 금강산과 대조적으로 보였다. 남한과 달리 나무를 땔깜으로 사용하는 북한 주민들이 나무를 마구 베었기 때문이라고 들었다. 같은 동포로 조금 안타까운 마음이 들었다. 그러나 역사적 유물과 유적들은 정말로 감탄할 정도로 잘 보관 정리되어 있었다. 특히 깨끗하게 정리되어 있는 선죽교와 박연폭포는 매우 인상적이었다.

아내와 함께 북한 개성과 박연폭포를 방문했다. 박연폭포는 개성 북쪽 16 km 떨어진 곳에 큰 화강암 덩어리(높이 37 m,너비1.5 m) 위에서 폭포물이 쏟아진다. 너무 한적해서 좋았다.

나는 한해 전 2006년 5월 4일 어느 남북사업가의 고문자격으로 회사 사장과 함께 세계적인 명산 금강산(1,638 m)을 찾아 갔다. 군사분계선을 넘어 철조망을 끼고 온정리에 도착할 때까지 산에는 별로 나무가 없고 군데군데 협수룩한 집들이 보였다. 그리고 얼굴이 햇볕에 그을려 까맣게 타고 깡마른 체구의 군인들을 보았을 때 같은 동포로서 동정심이 솟아 났다.

고도로 훈련된 안내원과 관리원을 따라 구룡폭포, 층암절벽과 기암괴석이 들어선 만물상, 거울같이 맑은 상팔담과 옥류동을 인상 깊게 보았다. 세계여행을 많이 한 나는 때 묻지 않은 우리의 세계적 명산을 보고 긍지를 느꼈다. 그곳에서 여러 남자 관리원과 여자 안내원을 만나 동포애적 대화를 나누었다. 체격이 좋고 인상도 깨끗한 한 여자 안내원은 독도문제를 비롯해서 민족적 공통관심에 대한 질문을 자주 해서 자세히 설명을 해주고 싶었으나 충분한 시간이 없어서 안타까웠다. 그녀는 독도문제를 북한과 공동으로 대처하자는 뜻을 보여주었다. 그러나 주변 정보원의 눈치때문에 계속해서 대화를 나눌 수 없었다. 과거 중국북경 국제학회에 참가했을 때도 같은 호텔에 머물고 있는 북한 지진학자들 하고도 인사 이외는 더이상 깊은 이야기를 나눌 수 없었던 기억이 떠올랐다. 여기서 북한 화가가 그린 풍경화 2점을 구매했고 이것이 조금이라도 이들을 돕는 것이라 생각되었다.

바위의 신비함이 자연 그대로 있고 사람의 발길이 뜸하고 평화스러운 동쪽바다 금강산의 끝자락 해금강에서 또다시 올 수 있을지를 생각해 본다.

러시아와 몽고를 가다

　러시아의 국토는 대부분 아시아에 속해 있지만 문화권은 서양에 속한다고 말할 수 있다. 러시아에서 인상적인 것은 오염되지 않은 광활한 자연환경과 예술과 문학을 사랑하는 나라라는 것이었다. 러시아는 1994년부터 자주 방문할 기회가 있었고 또한 문화도 접촉할 시간이 많이 있었다. 1991년말부터 러시아는 막 공산체제에서 자유민주주의 체제로 넘어갔을 때로 정치적, 경제적으로 매우 불안한 혼란 상태였다. 그러나 1994년도 모스크바의 볼쇼이(Bolshoi) 발레극장에 들어갔을 때 모든 시민은 정장을 했으며 심지어 어린애들도 넥타이를 매고 들어왔다. 그리고 관람하는 분위기도 너무나 조용해서 저절로 감탄이 나왔다. 그후 Novosibirsk 지구물리연구소를 방문했을 때도 이곳 연구소 소장 V. S. Seleznev 교수의 초청으로 노보시비르스크 극장 발레를 관람할 때도 관중의 조용한 감상분위기가 상당한 청중 수준이었다. 이곳에서 캠코더로 촬영을 하다가 그곳 여직원한테 저지되었다. 왜냐하면 발레가 진행되는 도중에는 카메라 사용이 금지되어 있기 때문이었다.

　모스크바와 제2의 도시 상트페테르부르그(St. Petersburg)에도 구경할 만한 곳이 많이 있다. 처음에 러시아를 방문했을 때는 안기부직원 2명과 함께 우즈베키스탄을 거쳐 모스크바와 상트 페테르부르그에 들어갔다. 특히 새벽에 우즈베키스탄 수도 타슈켄트 (Tashkent)에 도착했을 때 갖고 들어온 모든 돈을 신고하고 나갈 때 또 사용한 영수증과 남은 돈을 신고해야 하는 복잡한 출입관리가 여행자를 괴롭혔다.

　이곳 지진연구소를 방문했을 때 연구소 소장 K. N. Abdullabekov, 부소장 M. K. Bakiev 교수를 비롯하여 고려인 몇 명도 함께 우리를 매우 반갑게 환영해 주었다. 그리고 저녁만찬 후에 보여준 이곳 미인들의 아름다운 춤도 인상적이었다. 그러나 밤늦게 계속 걸려오는 이름 모르는 여성들의 데이트 요청 전화가 밤잠을 설치게 했다.

　드디어 우리는 모스크바 공항에 도착했는데 잘못된 공항에 내리게 되어 입국 수속을 하는 데만 1시간 이상을 끌게 되었다. 모스크바에는 Sheremstyevo 공항과 Domodedovo공항이 있는데 그날 비행기가 연착되는 바람에 엉뚱한 Domodedovo공항에 착륙한 것이 문제가 되었다. 당시만 해도 입국자 명단을 공항에서 확인해야 하는데 우리들의 이름이 없었기 때문이었다. 결국 주재공사 직원(안기부)이 나와서 해결되었다.

키토프 박사(Ivan Kitov) 안내로 다이아몬드 궁전을 방문했다. 엄청나게 큰 다이아몬드 원석을 보고 러시아는 부자나라임을 다시 생각하게 되었다.

모스크바에서 가장 인상적인 곳은 Kremlin 궁전, 다이아몬드 궁전 및 러시아 정교 성당들이었다. 크렘린 궁전의 병기박물관에는 옛날 러시아 황제들이 사용한 금장식 갑옷과 말안장, 금뚜껑의 성경책 등 값비싼 금과 보석으로 된 장식물들이 꽉차 있었다. 다이아몬드 궁전에는 다이아몬드 장식물은 물론 세계에서 제일 큰 천연 다이아몬드가 가득히 전시되어 있다. 이러한 것을 볼 때면 러시아는 부자나라 라는 것을 새삼 느낄 수 있었다. 옛 러시아 소련은 1957년 10월 4일 지구궤도로 발사한 인류 최초의 인공위성 스푸트니크(Sputinik) 1호를 발사해서 서방 특히 미국을 놀라게 만들었다. 그후 1961년 4월 12일 세계최초로 우주비행사 유리 가가린이 탑승한 유인 우주선 보스토크(Vostok)1 발사에 성공했다. 그리고 다시 유인 인공위성을 발사해서 우주과학의 선두를 달렸다.

1961년 4월 12일 우주비행사 유리 가가린(Yuri Gagarin) 이 세계 처음으로 지구궤도를 한바퀴 돌고 돌아온 우주선 Vostok(East) 앞에서.

소련의 뜻밖의 우주과학발달은 미국을 크게 자극하여 중·고등교육에서 수학물리중심의 과학교육강화를 유도했고 드디어 1969년 7월 20일 우주비행사 닐 암스트롱(Neil Armstrong), 올드린(Buzz Aldrin) 및 콜린즈(Micheal Collins)가 달착륙에 이어 돌아오는데 성공했다.

1990년대 초반 모스크바에서 상트페테르부르그로 갈 때 사람들이 각자 자기 짐을 다시 비닐로 포장을 하고 테이프로 완전히 싸는 것을 보고 놀랐다. 그 당시 그렇게 안하면 속에 있는것을 다 잃어버릴 수 있다고 하는 바람에 나도 힘들게 테이프로 다시 싸서 짐을 포장했었다.

상트페테르부르그 (St. Petersburg)는 북유럽 발틱해를 끼고 있는 핀란드만 동쪽 끝 네바강의 삼각주위에 자리잡고 있으며 비공식적으로는 피테르(Piter), 공식적으로는 페테로그라드(Peterograd, 1914~1924)와 레닌그라드(Leningrad,1924~1991)로 불리다가 현재 상트페테르부르그(St. Petersburg)로 불리는 아름다운 러시아의 제2도시이다. 원래 1703년 유럽의 창(Window of Europe)으로 피테르 대황제(Emperor Peter the Great)가 개발, 수도가 1917년 모스크바로 옮겨질 때까지 200년 동안 러시아제국의 수도로 번창하여 왔다.

이곳의 땅은 러시아이지만 서부 유럽의 어느 도시처럼 서구문화가 가장 먼저 러시아로 들어오는 곳이다. 따라서 사회분위기는 유럽 같은 냄새가 많이 났다. 특히 국가 허미티지(Hermitage) 미술관(헤르미타지 박물관 이라고도 함)은 1764년 카터린 대여황제 (Empress Catherine the Great)에 의해서 독일 베르린 상인으로 부터 수집그림을 획득함으로 시작되었다. 전시품은 석기시대 부터 20세기까지 3백만 이상의 예술작품을 소장하고 있는 세계에서 유명한 미술관이라고 말할 수 있다. 미술관이 너무나 크기 때문에 이곳의 그림을 잘 보려면 적어도 2~3일은 관람해야 제대로 볼 수 있다고 했다. 대부분의 명화는 제2차대전시 독일에서 약탈해온 것으로 최근 독일이 반환을 요구하고 있다고 한다. 이곳 러시아 미술관장에 의하면 이 작품들은 자기 목숨과도 바꾸지 않는다고 했다. 지난 전쟁 때 베를린 미술관장은 명화가 손실되는 것이 두려워 당시 러시아 점령사령관 한테 맡겼다고 한다.

러시아 상트페테르부르크 (St. Petersburg)에 있는 허미티지(Hermitage) 미술관에서 야수파 (Fauvism)화가 마티스(Henri Matisse) 의 "춤 (Dance)".

상트페테르부르크 (St. Petersburg)는 북위 60°에 위치한 북방도시이기 때문에 여름에는 백야가 시작되어서 밤이 매우 짧아 자정을 지나서도 대낮같이 훤하다. 따라서 여름밤에는 두꺼운 커튼을 쳐서 햇빛을 차단시켜 어둡게 하지 않으면 곧 새벽이 밝아오기 때문에 거의 잠을 잘 수 없는 밤이 계속될 수 있다. 반면에 겨울에는 오후 3시면 어둠이 시작되는 긴 밤이 지속된다. 그래서 추운 러시아의 긴 겨울밤 때문에 세계적인 문호와 음악가가 많이 나온다는 해석도 일리가 있다. 이러한 특수한 환경의 영향을 배제할 수 없을 것이다.

모스크바 중앙에 위치한 노보시비르스크(Novosibirsk)라는 시베리아 과학단지가 몰려있는 도시가 있다. 한때 러시아 군수산업의 메카였으나, 지금은 민간 연구기관으로 변신하느라고 발버둥 치고 있다. 이곳에서 아주 인상적인 식품은 고사리와 송이버섯이다. 특히 이곳 사람들이 즐겨먹는 삶은 고사리는 어느 식탁에서나 발견할 수 있었고, 맛도 우리 입에 잘 맞았다. 나는 아무르판의 발생지인 러시아의 바이칼 호수(Baikal Lake)를 찾아가기 위해서 중간의 시베리아의 대도시 노보시비르스크(Novosibirsk)에 들려야 했다. 지구물리연구소에서 강연을 한 후, 시베리아 지구물리조사(Geophysical Survey of Siberia) 소장 Seleznev 박사의 저녁 만찬 분위기는 나를 매우 기쁘게 해주었다. 러시아 생산 고급 보드카와 전통음식을 차려놓고 모든 직원들이 마음껏 즐기며 술잔을 들 때마다 한사람씩 일어서서 간단히 연설하는 러시아식 풍습이 매우 즐거웠다. 이튿날 오브(Ob) 강가에 있는 현장 지진파 탐사기 실험을 시찰하고, 연구소 소속 러시아 사우나에서 피로를 풀었다. 야외 강가의 오두막집에서 끓는 물을 옆에 두고 자작나무잎으로 전신을 두들기는 바냐 (banya)도 경험했다.

노보시비르스에서 남동쪽 비행기로 3시간 정도 오면 시베리아의 군사도시이며 바이칼 호수에 인접한 이르쿠츠크 (Irkutsk)시를 만난다. 러시아 비행기 산업으로 오랜 역사를 지닌 이르쿠츠크(Irkutsk)가 나온다. 이곳 과학원 소속 지구지각연구소(Institute of Earth's Crust) 소장인 Kirill G. Levi

교수의 초청 으로 나는 Baikal Rift Zone과 극동의 지진활동에 관해서 강의를 했다. 이곳은 러시아의 오지에 있어서 그런지 아직도 공산주의 냄새가 나는 것 같았다. 호텔을 이동할 때마다 관계기관에 일일이 보고해야 하기 때문에 불편한 점이 있었다. 나는 그곳이 보수적 냄새가 짙은, 구공산권 정취가 아직도 흐르는 내륙 외지도시 임을 알 수 있었다. 연구소 연구원 3명과 통역관 1명이 짚차로 3시간 정도 걸리는 바이칼 호수(lake Baikal)탐사에 나섰다. 내가 현장에서 마신 청정 바이칼 호수 물은 어느 생수보다 물맛이 좋았다. 이곳 물맛이 좋은 이유는 이곳에서만 자라는 특수 엔데믹 플랑크톤 때문이다. 광활한 러시아 시베리아 벌판에는 고사리와 송이버섯이 무진장 많다고 한다. 러시아는 시베리아 지역에 석유, 다이아몬드 등 풍부한 광물자원을 가지고 있고 기초과학이 강한 나라이기 때문에 앞으로도 세계에서 강국으로 나가는 데 큰 잠재력을 가지고 있다. 1999년 11월 16일 러시아과학원(Russian Academy of Sciences) 이르쿠츠크(Irkutsk)지각연구소 (Earth's Crust Institute)에서 아무르판(Baikal-Korea Plate)에 관한 특강을 했다.

러시아 이르쿠츠크지각연구소의 통역관, Dr. Ruzhich, 필자, Dr. Sherman과 함께 바이칼 호수의 지각변위측정관측소를 방문하면서.

이르쿠츠크는 시베리아 침엽수밀림 벌판 가운데 있는 바이칼호(Baikal) 인접 도시로서, 외부와 단절돼 옛날 공산 체계 냄새가 나는 듯했다. 이곳 지구지각연구소 교수들(S. I. Sherman 교수, V. Ruzhich박사, 운전사와 통역관)과 함께 Baikal호수 지진 및 Strain관측소를 탐사하러 갔다. 네 사람이 러시아제 고물 승용차를 타고 아침에 떠나서 오후 1시쯤에 Baikal호수에 도착했다. 그곳에는 연구소 교수 중 한 분의 별장이 있었는데 통나무로 지은 2층 집이었다. 당시 시가로 당시 미화 5,000달러 정도면 그런 집을 마련할 수가 있다고 했다. 아직 정리가 끝나지 않은 집이었지만 언젠가 연구소를 떠나게 되면 이곳에 와서 살겠다고 했다. 그곳에서는 우리말로는 듣기 좋지 않은 오물(Omul)이라는 이름을 가진 명태같은 생선이 많이 나는데 말린 것은 북어와 같이 담백하고 맛이 있었다. 그리고 Baikal호수는 세계에서 제일 깊은(1,637m)호수로 그 물이 항상 깨끗하기 때문에 그대로 떠서 먹을 수 있었다. 나도 현장에서 물을 떠서 직접 마셔본 결과 국내 생수보다 더욱 맛이 자연스러웠다. 러시아 인구의 80%가 이 생수를 먹고 있다고 한다. 이 Baikal호수가 그렇게 깨끗한 물을 유지할 수 있는 것은 이곳에서만 서식하는 특유의 생물유기체(endemics)가 계속해서 물을 정화시키고 있기 때문이라고 한다. 약 84%를 차지하는 유기체 중에는 정충류, 해면동물, 단각목동물, 연체동물, 여러 종류의 벌레와 생선 등이 있다. 이러한 생물유기체를 세계 여러 다른 호수에서 옮겨 길러보았지만 실패했다고 한다. 이곳에서 물을 떠서 세 병에 담아 아내한테 선물했다.

러시아 시베리아의 바이칼 호수(Baikal Lake) 수면이 지구가 둥글다는 것을 증명하고 있다

나는 몽고지역 표면단층과 지진활동을 중심으로 박사학위 3년차과정을 수행하고 있는 Dalai 가족을 만나기 위해서 몽고를 찾았다. 몽고 울란바토르(Ulan Bator)에서 일본인이 운영하는 호텔에 머물었다. 이곳에서 초청한 몽고 과학원 원장 Baataryn Chadraa 교수의 안내를 받고 몽고 과학원, 몽고 국립대학 학생들, 지구물리연구소 두가르마 박사(T. Dugarmaa)와 지구물리 연구원들에게 동북아시아 지진활동에 관한 강의를 했다. 몽고 울란바토르에서 나의 대학원 학생 Dalai의 딸과 Dalai의 처제를 만났다. 당시 Dalai의 처는 독일에서 유학하고 있기 때문에 만날 수 없었다. Dalai는 지금까지 내가 만난 학생 중에서 가장 우수한 학생이었다. 나는 그를 모든 면에서 친자식처럼 보살피고 있었기 때문에 Dalai의 딸을 보는 순간에도 매우 반갑고 무엇인가 해주고 싶었다. 적당한 선물을 갑자기 마련하지 못해서 100달러를 그냥 그의 딸에게 주었다.

몽고 지표단층 탐사를 위해서 몽고 평원을 가던 중간에 멈추어 휴식을 취했다. 왼쪽에서부터 바이야스갈란 암갈란 박사(Bayasgalan Amgalan, Cambridge University Ph.D.), 운전사 및 필자.

몽고 중부 Mogod지진(01/05/1967, M=7.8)에 의한 표면 단층 모습. 몽고는 건조한 지역이기 때문에 표면 단층이 오래 그대로 보전되어 표면에 나타나 있다.

나는 지진 표면 단층 조사를 위하여 이틀후 아침에 몽고 과학원 연구원 3명(Bayasgalan Amgalan 교수, 연구원과 운전기사)과 함께 Toyota Jeep로 몽고 중부에 있는 Mogod를 향해서 출발했다. 울란바토르를 벗어나자 도로는 없어지고 사막과 같은 광활한 평원을 먼지를 내면서 달렸다. 보이는 것은 가끔 나타나는 말무리와 양떼들이었다. 우리는 저녁이 되어서 약 20호의 게르(Ger: 몽고 가옥)가 초라하게 널려있는 조그만 마을에 도착했다. 우리 팀은 이곳에 있는 연구소 분소에서 여장을 풀고 저녁 늦게 여기서 대접해 주는 말젖과 수제비를 먹었다. 그다음 날 아침부터 11월 초순이지만 눈이 깔려 있는 들판을 함께 온 야외 지질학자 바야스갈란(Bayasgalan) 박사와 함께 단층조사를 나섰다. Bayasgalan 박사는 국립 모스크바 대학에서 수학하고 영국 케임브리지 대학에서 박사학위를 받은 지질과 지구물리학자로 몽고에서 촉망받는 중요한 사람이었다. 몽고는 비가 없고 건조한 사막기후라서 지진이 일어나서 생긴 표면 단층(Surface Fault)이 오랫동안 남아 있는 특색 때문에 이러한 단층을 조사하여 고지진을 연구할 수 있는 고지진학(Paleo seismology) 연구에 매우 적절한 지역이었다. 1967년 1월 5일 Mogod지진에 의한 표면단층을 뚜렷하게 추적할 수 있었다. 그러나 단층변위가 그렇게 크게 나타나지 않는 점으로 보아 진원은 지각 심부층에 있다고 생각했으나, Bayasgalan 박사는 10 km 미만의 천부지진이라고 주장했다. 그리고 이곳에는 신기하게도 뜨거운 온천물이 치솟아 오르는 곳이 있었다. 주민들은 이 온천물을 길어서 목욕물로 쓰겠지만 이곳에 관광Hotel을 지으면 좋은 사업이 되지 않을까 생각해 보았다.

　문제는 수도 울란바토르에서 여기까지 오는데 도로가 없고 먼지만 나는 벌판을 달려야 하는 것이었다. 그리고 몽고는 면적이 한반도의 약 7배 이상이 되지만 인구는 250만 명밖에 안되기 때문에 희박한 인구밀도와 경제사정으로 전국적 도로 교통망을 구축하기는 힘들 것 같았다.

몽고 초원 Mogod에서 만난 온천과 관리인. 입지가 좋은 휴양지로 생각되었으나 교통과 도로가 불편했다.

수도 울란바토르는 구공산체제에서 벗어나 급속히 자유시장경제로 진입하는 것같이 보였다. 그러나 광활한 국토에 비해서 너무나 적은 인구와 특히 냉혹한 겨울기후는 국가경제발전에 장애가 될 수밖에 없다. 언젠가 일본인이 경영하는 울란바토르의 한 Hotel에 숙박하고 있을 때 밤 11시 쯤에 노크하는 소리가 났다. 나는 혹시 Dalai의 가족이 아닌가 하고 문을 열어 보았지만 여대생 청바지 차림의 한 젊은 여자였다. 영어는 전혀 안 통하였고, 혹시 Dalai 가족의 한 사람이 아닌가 생각했는데 그녀가 Condom을 주머니 에서 꺼내보였다. 나는 너무 황당해서 그녀를 내보내고 문을 잠가 버렸다. 아직도 나는 어떻게 그런 여성이 감히 밤중에 내 방을 찾아왔는지 궁금증이 안 풀린다. 그날 밤 이해할 수 없는 이상한 현상에 대해 호텔측에 물었으나 모르는 일이라고 했다.

중국, 몽고, 러시아는 미국과 같이 모두 광활한 국토와 남을 지배한 역사를 갖고 있는 민족이기 때문에 현재 비록 경제적으로 우리보다 떨어질지는 모르지만 자존심이 강하고 느긋한 여유를 가지고 있다. 특히 이러한 나라와 사업이나 외교를 할 때는 이들 나라의 문화와 역사를 미리 알아 두는게 중요하다.

모든 여행과 문화에서 배운 것은 국가가 선진국일수록 사람들이 정직하고 신용을 무엇보다 중요시 한다는 것이다. 언젠가 미국으로 유학을 갈 때 미국에서는 정직이 제일 중요하다고 강조한 영어교수님 말씀이 떠오른다. 내가 만난 일본인 친구들로부터 취득한 좋은 인식도 정직과 근면성을 최고로 한다는 것이었다. 산 경험으로 깊이 마음속에 새기고 있다.

울란바토르 청사앞에 있는 몽고의 전쟁영웅 징기즈칸 (Gengghis Khan) 동상앞에서.

제8장 일본 혹가이도(Hokkaido)와 도카치다케 화산 탐사

일본 북해도대학 캠퍼스내의 학생들과 교직원들의 자전거 정류장 모습을 보면서 우리 대학들의 주차장모습을 생각해 본다.

　나는 일본 혹가이도대학 총장의 초청으로 지진·화산연구소에 초빙교수로 얼마동안 근무하게 되었다. 실은 이곳의 지진화산연구소 소장 미노르 가사하라(Minor Kasahara) 교수의 추천으로 오게 된 것이었다. 지금까지 해외에 교환교수로 다녀본 중에서 대우가 가장 좋았고 깨끗한 공기와 오염 안 된 자연 환경에서 운동할 수 있는 좋은 환경이어서 마음에 쏙 들었다.

연구실 창문 밖으로 울창한 나무숲이 들어서 있고, 각종 새들이 지저귄다. 잠자리 나비 그리고 벌들이 날아 들어오는 자연 앞에 내가 있는 것이다. 나의 숙소(외국인 교수 아파트)에서 사무실까지 걸으면 약 40분 정도, 자전거로는 약 15~20분 정도 걸린다. 처음에는 걸어 다녔으나 얼마 후에는 자전거로 출퇴근했다. 운 좋게도 먼저 살았던 교수가 자전거와 열쇠를 남겨 놓았기 때문이었다. 이곳에는 보도와 자전거도로 구분 표시가 명백하게 표시되어 있고 주변에는 나무들이 빽빽하게 들어서 있는 자전거도로를 따라서 출근하는 것이 행복했다. 이곳에는 유럽처럼 유난히 많은 자전거 애용자가 있다. 캠퍼스 주차 자동차는 얼마 되지 않고 자전거 주차만 많이 볼 수 있다.

한국의 대학교 캠퍼스 내에서 매일 주차할 곳을 찾지 못해 헤맸던 기억이 떠오른다. 우리나라 사람들도 자동차 대신 자전거를 많이 이용하면 주차공간을 줄이고 환경오염도 줄여 일석이조의 효과를 얻을 수 있지 않을까 생각해 보았다.

이곳의 공기는 매우 깨끗하기 때문에 밤하늘에서 밝게 빛나는 수많은 별들을 관측할 수 있는데 특히 북두칠성(Big Dipper)과 북극성(Polaris)이 명백하게 보인다. 큰곰자리에 있는 북두칠성의 국자 밑에서 일곱배의 등간격과 작은 곰 자리의 국자 손잡이와 만나는 곳에 위치한 북극성(Polaris)은 항상 북쪽을 가리키고 있다. 왜냐하면 북극성은 지구의 자전축 위 북쪽에 위치하고 있으며 지구는 자전축을 중심으로 자전하고 있기 때문에 움직이지 않는 것처럼 보인다. 그러나 실제로 지구의 자전축이 23.5도 기울어진 상태에서 26,000년을 주기로 회전하기 때문에(세차운동과 장동운동) 자전축은 서서히 움직이고 있다.

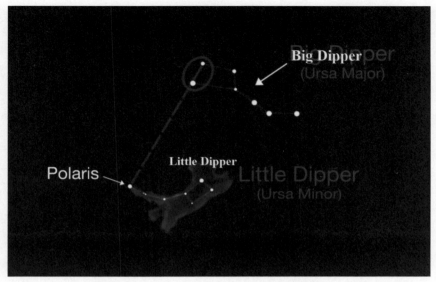

싯포로(Sapporo) 밤하늘에서는 북두칠성과 북극성이 뚜렷이 보였다. 북두칠성 (Big Dipper)국자에서 국자손잡이에 똑같은 간격으로 7배에 위치에서 빛나는 별이 북극성 (Polar Star/Polaris)이며 그방향이 북극이다.호주의 아미데일 (Armidale)이나 하와이, 사이판처럼 공기오염이 없는 맑은 밤하늘에서 볼수 있다.

   나는 한국 밤하늘에서, 특히 서울 주변에서는 북극성과 북두칠성을 보기가 쉽지 않았다.

   그러나 처음 일산에서는 맑은 날이면 이들을 종종 볼 수 있었으나 이제는 북두칠성 보기가 전혀 불가능하다. 그러나 혹가이도 밤하늘에서 보이는 북두칠성과 북극성은 호주의 밤하늘처럼 너무나 선명하고 초롱초롱 빛나기 때문에 매일 밤 쳐다보게 되었다. 이렇게 지구는 23.5도 기울어져 반시계방향으로 스스로 돌고 그리고 태양 주위를 같은 방향으로 돌고 있다. 그러므로 자연의 법칙은 우리에게 일하고 쉴 수 있는 낮과 밤을 주는가 하면 뜨거운 여름과 추운 겨울, 특히 4계절을 가져다 주는 북반구와 남반구에(인간은 주로 위도 60도 이내에서 살고 있다) 사는 우리에게 번갈아 가며 인간이 살 수 있는 좋은 환경을 만들어 주고 있다. 우리는 이러한 자연의 오묘한 진리를 생각하면 전지전능하고 무한한 능력을 지닌 절대자 신의 존재를 느껴서 천재 물리학자 아인슈타인은 우주적 느낌의 신을 부정하지 않았다. 그래서 범신론자 (pantheist) 아인슈타인은 우리가 도저히 이해할 수 없는 자연의 비밀 즉 자연의 신비(질서)를 "나의 종교"라고 불렀다. 즉 그는 개인적인 신은 안 믿었지만 자연의 신비(질서)를 인정했다. 뒤에 신앙편에서 다시 서술하겠지만 이것이 내가 발견한 신앙의 결론이다 (김소구, 2019). 그러나 나는 의식 속의 주관적 신을 이제는 안 믿는다. 그리고 자연의 법칙(Law of Nature)만 믿는 자연주의론자(Naturalist)가 되었다.

나는 6월 19일에 이곳 삿포로 (Sapporo)부근에서 제일 높은 테이네 (TeineYama, 1,023 m) 정상까지 산행했다. 800 m까지는 매우 쉽게 올라갔으나 마지막 200 m에서는 경사가 가파르고 날카로운 바위조각이 너무 많아 매우 힘들었다.. 정상에 도달했을 때 대나무가 유독 많이 있는 것을 보고 놀랐다. 그런데 모퉁이에 설치된 케이블카를 보고 아름다운 자연을 훼손하는 것같아 실망했다. 나는 7월 3일 이곳 지진·화산연구소(ISV) 동료들과 함께 이곳에서 제일 높은 토카치다케(Tokachidake, 2,077m) 화산을 탐사하게 되었다. 이 화산은 여러 차례(1926, 1962, 1989~1990) 화산 폭발이 있었다. 특히 1926년 폭발시에는 140명의 인명피해를 발생시켰다.

우리 일행은 7월 2일에 도착하여 이곳의 유명한 노천온천에서 난생 처음으로 야외목욕을 하고 저녁에는 Barbeque와 일본술을 실컷 먹고 잠자리에 들었다. 그다음 날 나는 동료 3명과 함께 Tokachidake 등산을 시작했다. 산 모양은 글자 그대로 나무가 없는 바위산으로 곳곳에서 유황냄새와 함께 흰 수증기가 세차게 솟아 나오고 있었다. 화산분화구는 흰 증기로 꽉 차 전혀 볼 수 없었다. 비록 산비탈은 매우 완만한 상태였으나, 중간에 안산암 덩어리와 암석 부스러기가 너무 많이 깔려 있었다.

일본 북해도 토카치다케(Tokachidake) 활화산.

Tokachidake 화산에서 올라온 안산암 덩어리(좌)와 Tokachidake 분화구(우)

골짜기에는 7월인데도 눈이 녹지 않고 남아 있었다. 내려오면서 여러 개의 마그마가 흘러간 골짜기를 건너야 하는데 나는 거의 다 내려와 큰 부상을 당했다. 골짜기에서 돌을 잘못 밟아 왼쪽 발목이 심하게 뒤틀려 부어오르면서 발을 디딜 수가 없었다. 나는 거의 걸을 수 없어서 같이 간 동료들의 부축을 받으며 겨우 내려왔다. 그리고 인근 후라노(Furano) 병원에서 엑스레이(X - ray) 촬영 결과 발목이 심하게 퉁겨져서 수술을 받아야 한다는 것이었다. 꿈에도 생각지 못했던 수술을 처음으로 외국에서 받기 위해 북해도대학병원에 입원하게 되었다.

북해도 대학병원 입원과 친절한 간호사

나는 7월 7일에 북해도대학병원에 입원했다. 검사결과는 예상한 대로 혈압은 높았고(154/88), 혈당(glucose)도 높게 나왔다(180). 보통 평균치는 80~112이나 나의 혈당은 좀 높은 편이라 당뇨가 의심되었다. 나는 이곳에 와서 즐겨 먹는 일본 모찌와 면종류 영향이 아닌가 싶었다. 여러 번 검사를 실시한 결과 심장기능은 OK로 나왔다. 나는 마취를 위해서 혈압과 당뇨가 좀 떨어질 때까지 기다렸다. 마취(anesthesia)는 부분마취와 전신마취 두 가지를 모두 하게 되어 있었다. 나는 평생 처음하는 마취와 수술이기 때문에 무척 두려웠다. 특히 마취를 시작할 때 갑자기 숨을 쉴 수가 없어서 죽는 줄 알았다. 아마 마취거즈를 너무 오래 써서 산소 공급을 할 수 없게 된 것 같았다. 갑자기 위급한 상황이 닥쳤으나 적절한 일본어가 안 떠올라서 매우 당황했었다. 나는 마취 코막이를 막 걷어 올리고 소리를 질렀다. 의사와 간호사들이 달려와 황급히 조처를 취하고 나서야 겨우 숨을 쉴 수가 있었다. 그후 약 한시간 반 정도 잠을 자고 깨어 보니 이미 수술은 끝나 있었다.

정신이 들자 왜 이러한 일이 나한테 일어났는지 의구심이 계속해서 일어났다. 나는 6.25전쟁 때도 구사일생으로 살아났다. 차가 뒤집힐 듯한

Wyoming 석유탐사 중에도, 무시무시한 폭풍 속 남태평양 해양지구 물리탐사에서도, 우리나라 곳곳의 험준한 지역을 돌아다니며 지구물리탐사를 수행할 때도 아무런 사고 없이 무사할 수 있었다. 그렇다면 나는 무엇인가. 지나친 오만과 욕심에서 죄를 짓고 있는지도 모르겠다. 나는 때마다 나에게는 수호천사가 있기 때문에 절대로 사고 같은 것은 일어나지 않을 거라고 여러 사람 앞에서 자랑했던 것이 쑥스러웠다.

수술이 끝났을 때 나의 왼쪽 발목에는 11개의 스쿠루와 1개의 플레이트가 박혀 있었다. 수술한 발이 너무 아파서 밤새도록 잠을 이룰 수가 없었다. 일본 북해도대학병원에 입원했을 때 모든 환자의 간병은 간호사의 몫이고 보호자는 단지 환자를 위로하기 위해 방문하는 것에 불과한 것으로 보였다. 그리고 특히 밤 11시 이후에는 일체 소등을 하고 문병이 허락되지 않았기 때문에 환자가 편안하게 잠들 수 있었다. 나는 이러한 시스템이 진화한 선진화 시스템이라고 생각한다. 심지어는 환자의 소변과 대변은 물론 목욕까지 일체를 여자 간호사가 부끄러움 없이 용감하게 맡아서 해주는데 놀라지 않을 수 없었다. 사실 수술 후 거동이 매우 불편할 때 간호사가 용감하게 나에게 소변과 대변은 물론 목욕까지 시켜주는데 부끄럽고 감탄하지 않을 수 없었다. 남자의 주요한 부분도 마다 않고 일체 전신을 다루는 그 간호사의 용기를 보고 감탄했다.

아주 오래전 미국 유학시절 OSU주립대학 병원에 갑자기 입원했을 때에도 매우 친절했던 금발의 파란눈 간호사가 생각난다. 그때 미국에 온지 6개월 만에 중고차를 구입하여 운전하고 다녔는데 어느 비오는 날 주유소에 세워놓은 차가 갑자기 뒷걸음 치는 바람에 이를 정지시키려 막다가 손가락 하나가 거의 절단 될 뻔 했다. 주유소의 연락으로 대학병원 구급차가 와서 병원으로 급송되었고 아무도 없는 타국 땅에서 홀로 입원했다. 하지만 거의 2시간마다 금발의 미인 간호사가 내 방에 들어와서 친절하게 미소지으며 간병해 주었던 것이다. 퇴원을 했을 때 솔직히 말해서 병원에 며칠 더 입원해 있고 싶었었다.

나는 인생에서 나의 몸을 점검하고 보완하여 얻는 건강한 신체가 얼마나 중요한지를 다시 깨닫게 되었다. 앞으로 남은 생애를 세상을 위하여 어떻게 살아야 할지를 다시 생각해 보면서 새로운 결심을 하게 되었다. 성경의 고린도 전서 7장30절이 생각난다. "아내가 있는 사람은 아내가 없는 것처럼 살고, 슬픔이 있는 사람은 슬픔이 없는 것처럼 지내고, 기쁨이 있는 사람은 기쁜 일이 없는 사람처럼 살고, 물건을 산 사람은 그 물건이 자기 것이 아닌 것처럼 생각하며, 세상과 거래를 하는 사람은 거래를 하지 않은 것처럼 살아야 한다. 우리가 보는 세상은 사라져가고 있기 때문이다". 나는 이 구절을 다시 한번 생각해보면서 겸손하게 살아야 한다는 것을 새삼 알게 되었다. 너무 자만심을 갖지 말고 그러나 언제나 자신감을 갖도록 노력하고 살아야 한다고 생각해 보았다.

나는 그후 북해도대학병원에 다시 가서 나의 왼쪽 발에 박혀 있는 스크루와 판대기를 제거하기로 되어 있었지만 바쁜 생활 때문에 미루고 있다가 마침 내가 근무하는 한양대학교의 교수들 종합검진 때 문제를 해결하기로 했다. 2004년 7월 7일 일본 북해도대학병원에서 내 왼쪽 발에 심은 11개의 티타늄 스크루(screw)와 판(plate)을 뽑는 것이다. 의사 말에 의하면 죽을 때까지 몸에 지녀도 무관하다고 했으나 비오는 날 같을 때는 수술부위가 무겁고 불편한 느낌이 들었다.

한양대학병원에는 2006년 2월 19일, 일요일 저녁에 입원하여 그다음 날

2월 20일 아침부터 마취를 한 후 곧 수술에 들어갔다. 마침 친구 승익상 박사가 직접 마취를 하게 되어 편하게 수술대에 올라갈 수 있었다. 일본에서 마취 중 갑자기 호흡이 곤란하여 죽을 뻔한 일이 생각났다.

나는 결국 3일 동안 여기에 입원하게 되었는데 이곳 병원시설이 설비 및 기구 면에서 일본 북해도대학병원과 비교해서 조금도 떨어지지 않았다. 그러나 서비스 면에서는 차이가 나는 듯했다. 특히 여기 간호사(간호원은 옛날 이름이고 아마 "사"자를 좋아하는 우리 나라 풍토에서 나온 것이 아닐까?)는 환자들의 간병을 전혀 하지 않고 보호자가 모두 와서 간병을 하기로 되어 있다. 따라서 입원실에는 환자보다 보호자가 더 많아 혼잡스럽고 시끄러웠다. 내가 입원한 2인용 입원실에도 입원 룸메이트의 부인이 함께 와서 거의 한 달 동안을 보내는 것 같았다. 나는 혼자 와서 입원하고 수술하고 나서 누워 있는데 갑자기 집사람이 나타나 매우 놀랐다. 병원측의 연락을 받고 왔다고 했다. 내가 볼 때 보호자들이 간병을 맡아서 하는 것은 물론 정이 많은 우리 민족의 특징이 될 수 있을지 모르지만, 좋은 시스템은 아니라고 생각한다. 환자는 일단 병원에 입원하면 모든 것은 의사와 간호사에게 넘어가야 되고 또한 책임소재도 분명하게 간호사에게 주어져야 더 효율적이고, 경제적인 선진형 병원 운영체계가 실현될 수 있다고 생각한다.

고마운 친구 가사하라(Kasahara)

나는 퇴원한지 얼마 안 되어서 7월 11일에서 7월 18일까지 북경에서 개최되는 국제대륙지진학회(ICCE)에 논문을 발표하러 가야했다. 목발과 Wheel Chair에 의존하고, Kasahara의 도움을 받으며 북경에 가서 논문 2편을 발표하고, 옛날 외국 친구들도 많이 만났다. 회의 동안 이곳에서 많은 중국친구들, Chen Yun – Tai 교수(전 지구물리연구소장, 북경대학 대학원장), Li Quinghe 교수(현 남경 지진국장, 전 나의 방문 교수), Wu Zhongliang 박사 (중국 국가지진청, 지구물리연구소장, 과거 나의 Postdoc 연구생), 그리고 Avi Shapira (국제지진센터, ISC 소장) 등 함께 공동연구를 하던 많은 친구들을 만났다. 특히 Wu Zhongliang은 지난 1995. 6~1996. 6 까지 한양대학 지진연구소에서 Postdoc으로 나한테 와서 일하면서 여러 편의 국제적인 논문을 쓴 유능한 젊은 과학자이다. 나의 친구 Kasahara는 키가 182cm나 되는 왕년의 농구 선수였으나 그의 부인은 145cm 정도의 아담한 전형적인 일본 여성이었다.

가사하라, 필자와 그의 부인과 친구(오른쪽에서) at Hanoi, Asian Seismological Commission 2012

  그러나 이들 부부는 아직도 열애하는 잉꼬부부며 슬하에 아들 하나(의사)와 딸 3명중 막내딸만 빼놓고 모두 결혼하여 귀여운 손자들이 있다. 특히 아들은 현재 대학의사이며 박사과정에 있는데 벌써 매우 귀여운 두 명의 아들을 키우고 있었다. 정말로 이 친구의 가정생활이 부러웠고 가정을 꾸미는 데나보다 훨씬 현명한 것을 알았다. 이들 부부는 마치 항상 연애하는 소년소녀같이 보였다. 만약 내가 다시 태어난다면 이들 부부처럼 아름다운 가정을 이루는 것이 인생의 제일 큰 성공이라는 것을 생각해 보았다.

한국을 방문한 가사하라 교수가족과 필자 (딸, 가사하라부인, 필자, 가사하라).

내가 혹가이도 대학교에서 근무할 때는 일본인 친구 가사하라 교수와 함께 일하면서 일본인의 숨겨진 자존심에 대해서 많은 것을 알게 되었다. 한번은 그와 함께 러시아와 중국을 방문했는데 현지의 과학자나 관리들을 대할때 중국과 러시인들에게 보여주었던 여유 있고 자신감 있는 태도는 결코 잊을 수 없다. 사할린 국제 지구물리학회에서는 러시아 전역에서 몰려온 과학자 및 관료들을 앞에 두고 러시아의 문제점(세관수속 절차)을 맹비난해 현지

정부 관료들이 쩔쩔매는 통에 내가 중재에 나서기도 했다.

러시아 중앙관리와 과학자들이 모인 연회석상에서 독한 보드카에 취해 술주정을 부리며 러시아 정부의 부당한 세관법률에 대해 불만을 퍼부은 사건이었는데, 나는 옆에서 제발 그만하라고 애원하며 그를 말렸다. (아래사진은 러시아 오흐츠크 해변파티에서 중재하는 필자와 가사하라 교수).

그가 유즈노-사할린스크와 하바로프스크(Yzhno-Sakhalinsk/Khabarovsk)를 방문했을 때는 러시아 연구소 소장 등 주요 간부들이 모두 비행장에 마중나와서 환대하는 모습을 보고 놀랐고 한편으로는 자존심이 상하기도 했다. 한번은 그와 함께 북경 국제지구물리학회에 참가했는데, 나의 다친 다리에 얼음찜질을 해주기 위해 호텔 얼음창고에 갔다가 문이 잠겨서 고생한 일이 있었다. 당시 그는 호텔 매니저를 불러 내가 미안한 마음이 들 정도로 심하게 야단을 쳐댔다. 평상시 부드럽고 점잖던 사람이 중국인과 러시아인 관리들을 나무라는 태도를 보고 필자가 느낀 것은, 그가 일본이 역사적으로 한때 러시아나 중국을 패배시켰다는 자부심과 함께 현재 세계 선진국 대열에 있다는 우월감을 가지고 있다는 느낌이 들었다.

1995년 5월 27일 네프테고르스크 사할린(Neftegorsk Sakhalin) 대지진(규모 7.5)기념을 위해
2000년 5월 25일에 오호츠크(Okhotsk) 바다 해변에서 열린 국제지진학회에서 러시아 학자들과
함께(왼쪽은 Kasahara 교수).

| 전문가 활동 편 |

제9장 재미있는 응용물리학-지구물리학

지구물리 탐사와 지하 매장물 발굴

1988년 8월, 안식년을 마치고 호주에서 돌아온 후부터 탐사활동은 본격적으로 시작되었다. 고고학 지구물리탐사, 온천, 지하수 탐사, 북한 땅굴조사, 지하 매장물 탐사, 해외 유전개발, 그리고 해저 지층 탐사를 위해 나는 우리 지구물리탐사팀을 이끌고 전국 방방곡곡을 누비며 다녔다. 그리고 이때 공교롭게도 여러기관에서 탐사요청 연구과제들이 밀물같이 쇄도했다. 이중에서 공주 무열왕 왕릉탐사는 지구물리학을 고고학 탐사에 처음 응용한 매우 의미 깊은 작업이었다.

탐사방법으로는 지자기 탐사와 전기비저항 방법을 주로 활용했다. 특히 지자기 탐사는 고대유적, 유물탐사에 민감하게 작용했다. 백제시대의 적분묘는 고열(약 1,000℃ 이상)에 구워서 만든 벽돌로 구성되었기 때문에 당시 지구의 지자기에 의해서 자화된 잔류자기(remanent magnetism)를 측정할 수 있었다. 이와 같은 잔류자기는 벽돌뿐만 아니라 거주흔적인 집터, 타일, 가마솥 같은 높은 열로 구운 진흙과 철기에서 그 지자기의 세기반응이 크게 나타나기 때문에 열잔류자기(thermo remanent magnetism)라고도 부른다.

공주 송산리 지역에서 지자기 총 세기가 평균 세기보다 큰 50,000감마

(gamma) 이상일 때는 유물이나 유적에 의한 지자기 이상변화로 간주할 수 있었다. 당시 한국방송(KBS)에서는 자기들의 큰 프로젝트로 만들기 위해서 취재팀을 편성하고 카메라 장치까지 설치하여 숨겨진 5~6세기 백제왕릉이 발견되기를 기다렸다. 그럼에도 불구하고 결국 새로운 왕릉은 발견하지 못했고 다만 백제시대 유물인 흙토기 몇 점과 장구가 나왔다. 나는 그후 일제시대에 만들어진 상세한 전국 고분지도를 보고 깜짝 놀랐다. 아마 이곳이 이미 도굴되었을 가능성이 높았다고 생각했다.

Proton-Magnetometer

부산 감만동 지하매장물 자장탐사를 위해서 센서를 들고 이동하고 있다.

나는 또한 여러 군데서 대토지를 갖고 있는 지방유지로부터 온천 조사를 의뢰받았다. 그중에서 아산 부근 어느 육군 대령이 소유하고 있는 수만 평을 3~4일 동안 전기비저항 탐사를 했다. 당시 탐사는 사업이라기 보다 단순히 땅굴탐사 때 알게된 친구입장에서, 그리고 온천탐사에 지구물리 방법인 전기비저항 반응을 응용하는 단순히 학문적 실험 차원에서 물리탐사를 했다. 그때 가장 기억에 남는 것은 부근의 한옥보존마을에서 숙박하며 대접을 잘 받았던 것과 천안호두 원조집의 호두과자를 선물받은 것이다. 의뢰자가 이 것을 사다가 모든 탐사학생들한테 나눠 준 것이다. 그 후에도 어느 날 갑자기 김포공항에서 전화가 걸려왔는데 어떤 고등학교 후배(은행장)가 제주도에 함께 가서 온천이 나올 가능성이 있는 지역을 확인 해달라는 요청이었다. 그들은 제주도에 관광호텔을 건설하면서 이왕이면 온천이 나올 가능성이 있는 지역을 선택할 수 있게 해달라는 것이었다. 갑자기 요청한 것이기 때문에 어려운 형편이었으나, 옛날 탐사 때 알게 된 사람이 추천한 것이기 때문에 거절하지 못하고 제주도로 가서 일주일 동안 야외탐사를 해보았다. 그런데 저녁에 동네 유지들과 만나서 이야기를 들어보니 제주도 여기저기서 온천수가 나왔다느니 하면서 거짓 소문을 퍼뜨리는 것 같았다. 소개한 사람의 친분 때문에 어쩔 수 없이 개인사업에 참여하게 되었지만 거짓말까지 퍼뜨리며 땅값 상승을 부추기는 인간들의 모습에 크게 실망했다. 이때부터 땅투기가 이곳 제주도에도 시작되고 있었다.

나는 제주도의 지열가능성을 좀 더 구체적으로 연구하기 위해서 지열전문가의 자문을 받으러 New Zealand, Auckland대학 지열연구소를 찾아 갔었다. 제주도 지진, 지구물리 Data를 들고 그쪽 연구소 소장 Hochstein 교수와 여러 가지를 논의한 결과 제주도는 지열원(source)이 완전히 죽어버린 섬이라는 것을 알게 되었다. 그리고 보니 New Zealand에도 제주도처럼 완전히 지열원이 없는 화산섬이 있었다. 그러나 백두산을 방문했을 때 상황이 달랐다. 이 부근에는 아직도 지열원이 풍부하게 살아 있어 80℃ 이상의 뜨거운 온천물이 솟는 곳이 많이 있었다. 여기서 주의할 점은 비록 백두산온천은 지열지역이지만 화산폭발과는 별개의 문제이라는 것이다. 항간에 떠도는 말들은 그렇다 쳐도 일부 지질학자까지 백두산 화산폭발이 임박했다고 겁주는 것은 지구물리학적으로 틀렸다고 본다.

왜냐하면 태평양판 유라시아판 밑의 침강운동이 오래전 부터 함경북도와 중-러 국경 일대에서 더 이상 움직이지 않는 태평양판의 정체된 슬랩(stagnant slab)으로 존재하기 때문에 화산폭발 가능성이 낮다고 보는 것이다. (우리를 위협하는 지진과 생활, 2016, 혹은 영문서적 Surveys in Physics of the Earth, 2021 참조).

나는 뉴질랜드 지열지역을 직접 탐사하기 위해서 현장 방문을 했다. New Zealand 지역의 북섬 북쪽에 위치한 로토르와(Rotorua)에는 매우 뜨거운 천연온천이 자연적으로 잘 발달되어서 시내의 전주택이 온수 대신에 이 자연 온천수를 사용하고 있다. 그리고 노천지열 온천을 방문했을 때 굉장한 유황냄새가 났고 웅덩이 사이를 지날 때는 그 온도가 400℃ 이상이기 때문에 열기가 대단했다. 이곳 원주민인 마오리족은 이 지열수를 이용해서 돼지부터 야채까지 전부 요리를 할 수 있었다.

동부전선 현리부근의 제4땅굴이 있는 가칠봉(1242.2m) 밑에 지하 145m, 폭 2m, 높이 2m에 전체 길이가 2052m나 되는 땅굴이 귀순한 인민군 장교의 정보에의해서 발견되었다. 군사분계선 (MDL)에서 무려1502m 남쪽에 위치해있지만 지구물리 탐사방법으로 찾기가 매우 어려웠다.

   지구물리탐사 중에서 아주 재미있었던 것은 북한에서 만든 비밀 지하땅굴을 찾는 것이었다. 전쟁 땅굴문제는 과거 North Vietnam에서도 많이 사용되었지만 심부층 땅굴(약150m 깊이)은 북한이 착공한 유일한 암반 땅굴로서 과학적 방법으로 탐지하기가 매우 어려웠다. 나는 서부전선과 동부전선의 비무장지대 (DMZ)부근에서 숨겨진 땅굴을 찾기 위해 호기심을 가지고 지구물리탐사를 시작했다. 처음에는 국방부 땅굴 탐사팀의 요청으로 탐사를 하다가 사단장이 고등학교(서울고) 동기라는 것을 알게 된 때도 있었다. 그는 이지역 사단장 유효일 소장이었다. 그때 여러 가지로 탐사활동에 도움을 받았지만 더 이상은 발견하지 못했다.

한반도의 땅굴은 대부분 지하 100~200m의 암반 속에 폭이 2m 정도로 되어 있기 때문에 현대 지구물리 방법으로 찾기 어렵다는 것을 알게되었다. 그 반면에 베트남의 구찌(Guchi) 땅굴은 아무리 깊어도 지하 50m 이하이고 대부분 지하 10m 이내로 퇴적암에 만들어져 있었다. 내가 사이공(호지민시)을 방문했을때 관찰한 배트남 땅굴 구조는 한사람 특히 체구가 작은 베트공 사람이 개별적으로 공격과 방어용으로 사용한 것으로 보였다.

나는 서부전선 DMZ 부근의 지하땅굴은 물론 동부전선 제4땅굴 부근에서 전기비저항, 그리고 TNT폭발과 탄성파 탐사기, 지진계를 총동원해서 땅굴탐사 작업을 했다. 현리에 있는 제4땅굴은 깊이가 지하 150m이고 폭이 약 2m로 되어 있다. 이와 같은 지하공동은 지진파 파장(6km)이 공동폭보다 큰 지진파 탐사방법으로는 찾기가 매우 어려웠다. 다만 에너지 지진원(source)을 충분히 만들 수 있고 조밀한 지진파 관측망 자료를 취득할 수 있어 이들을 시추공을 이용한다면 고해상 지진토모그라피(Tomography)나 S파 분열(Shear-wave Splitting) 같은 방법을 이용해서 지하땅굴을 찾을 수 있다고 본다. 지진연구소 탐사팀은 서부전선의 임진강 부근과 적성리, 그리고 동부전선 현리 부근의 제4땅굴 부근에서 열심히 했지만 아무런 성과를 얻지 못했다.

지금까지 발견한 땅굴들은 거의 전부가 사전정보와 무한히 많은 무작위 시추와 같은 시행착오로 찾았다. 동부전선 제4땅굴 주위만 해도 거의 10m 간격으로 시추 구멍이 수없이 깔려 있었다. 아마 귀순한 북한 장교(신중철)의 정보에 의해서 무작위로 시추한 듯 했다. 하루는 국방부 땅굴조사팀(TNT)장으로부터 부름을 받고 갔을 때 동부전선 제4땅굴을 찾기 전 부근 시추공에 설치한 녹음테이프를 들려 주면서 분석해 달라고 했다. 나는 그

자리에서 그 녹음테이프를 정밀하게 청음한 다음에 주파수와 그 녹음소리는 자연적인 것보다 인공적인 모터소리에 가까운 것으로 추정한다고 답했다. 그때 군팀장(육군대령)은 자기탐사팀에 내가 참가해서 그 의심스러운 지역을 함께 조사하여 땅굴을 찾자고 제안했다. 물론 연구비도 크게 지원한다고 했었다. 그러나 그때는 바로 크리마스전 기말시험이 막 끝나고 성적평가 및 각종 연말연구보고서를 내야할 기한이기 때문에 그의 제안을 거절할 수밖에 없었다. 하지만 나는 그에게 그 의심지역을 집중적으로 시추하라고 알려주었다. 그후 얼마 되지 않아(1990년 3월 3일) 그들이 제4땅굴을 찾았다는 소식을 들었다.

　지구물리탐사에서 또 재미있었던 것은 지하매장보물을 찾는 일이었다. 어느 날 지하매장보물 사업을 운영하는 사장한테서 용역의뢰가 왔다. 예전 일본이 패망하고 돌아갈 때 일본 중대장이 만주와 중국에서 가져온 엄청난 금괴와 값비싼 보물을 부산 감만동 부근 지하 동굴 속에 매장해 두었는데 그것을 찾자는 것이었다. 처음에는 의심스러워 거절했으나 중앙정부의 고위층 누군가가 나를 추천했다고 했고 또 한편으로는 지구물리방법이 이 문제를 풀 수 있나에 대한 호기심도 일어서 다시 생각하게 됐다. 약 1년 반 동안 지진파 탐사, 자장탐사, 전기비저항과 Wadi 탐사 등 가능한 모든 지구물리방법을 총동원했으며 심지어 추(Pendulum), 바께뜨(Baguette) 그리고 다우징(Dowsing) 같은 비과학적인 라디에스떼지도 사용했다. 추, 바께뜨, 다우징을 좀 설명하자면 추는 주로 금속으로 되어 있고 찾고자 하는 물체가 있을 때는 진동,원,타원운동을 반복하게 된다. 바께뜨는 나무가지(개암나무), 플라스틱, 또는 철사 등으로 된 고무새총 모양을 하고 있으며 양쪽 손으로 잡고 있을 때 찾고자 하는 물체가 있으면 역시 아래로 움직인다. 다우징은 철사로 된 L자형을 양손에 잡고 찾고자 하는 물체에 접근하면 벌어지거나 좁혀지는 운동이 생기게 된다. 이러한 원리는 아직까지 과학적으로는 증명이 되지 않았으나 프랑스에서는 라디에스떼지(Radiesthesie) 라고 부르며 성직자들이 농민들이 쓸 물을 찾는 데 크게 활용했다. 이러한 반응은 수맥, 광맥이나 찾고자 하는 물체에 아주 민감하게 반응하기 때문에 역사적으로 많이 활용되어 왔다. 이 실험에서 얻은 결과는 지하수만큼은 확실히 적중 시킬 수 있었다. 단 시행자가 주의할 것은 시행시 주관적인 생각은 버려야 한다는 것이었다. 이것은 우리 인간정신과 찾고자 하는 물체가 서로 반응을 보여주는 현상으로 마치 물리학의 중력장과 같은 정신장으로 현대과학으로는 아직 설명할 수 없다. 나는 22명의 학생한테 추 반응실험을 실시해 보았는데 실제로 반응을 보이는 학생은 8명밖에 안되었다. 그 이유는 아직 알 수 없다. 실제로 라디에스떼지 탐사방법(추나 다우징)을 TV 앞에서 활용해 전자파를 측정할 수 있었다. 즉 TV를 켰을 때는 다우징이 심하게 좁혀지거나 추가 회전운동을 뚜렷하게 하지만 TV를 끄면 그 반응은 사라졌다. 즉 전자파가 나올 때와 안나올 때의 차이를 확실하게 보여주었다. (전자 복사선 탐지, 1984 참조)

그러나 이방법으로 매장물을 찾는 데는 좀 혼란스러웠다. 왜냐하면 매장물 발굴업자의 특색은 이상변화만 나오면 거의 보물이 있다고 확신하며 맹신하는 것이었다. 아무리 탐사에서 이상반응이 나오더라도 그 가능성은 여러 가지로 추측할 수 있기 때문에 어느 한 가지에만 관련시켜서 주관적 해석을 하는 것은 위험하기 때문이다.

내가 그에게 몇번이고 부정적으로 설명했으나 결코 포기하지도 또 믿으려 하지도 않고 계속 일을 진행시켰다. 그때문에 1년 동안 수십차례나 부산에서 탐사작업을 했다. 그러나 끝내 매장물을 찾지 못하니까 그 책임을 탐사자에게도 공동으로 떠맡기려 했다. 다만 이들 동업자 중 한 사람(대령 예편)은 역시 교양이 있는 발굴업자로 양심적인 판단을 하는 것으로 생각했다. 비록 벼락부자의 횡재 꿈을 가지고 매장물 탐사에 열정을 쏟았지만 또 한편으로는 나 같은 학자에 대한 존경심을 잃지 않았다.

나는 더 이상의 탐사활동을 하지 않았는데 그들이 그 꿈을 버렸는지는 알 수 없었다. 그리고 몇십년이 지난후 어떤 사람이 나를 찾아왔다. 그때 발굴작업을 이끌었던 대표이사는 이미 고인이 되었지만 나를 찾아온 이 사람은 과거 내가 제출한 보고서와 자료일부를 내보이며 다시 그사업을 하자고 했으나 거절했다. 이러한 엉뚱한 욕망은 신앙처럼 한번 믿으면 자기 주관적 의식에서 안보이는 것을 믿게 된다. 한번 빠지면 아무리 새로운 정보와 변화를 보여주어도 그곳에서 빠져나오기 힘든 것이다. 마치 광신자와 같은 생각을 하고 있다.

부산 감만동 지하 매장물 탐사 작업. 탄성파 탐사의 에너지 소스를 만들기 위해 햄머로 땅바닥을 내려친다(좌). Wadi탐사로 지하수를 많이 찾아 시추해서 물을 군부대에 공급했다.

라디에스떼지에 사용하는 추(프랑스제와 손수제작품)와 다우징봉(Dowsing Rod/Divining Rod). 찾고자 하는 물체에 따라 회전모양과 횟수가 틀린다. 원서 "RADIESTHESIE" (Mermet, 1933: 전자복사선 탐지, 김소구, 이정우 번역, 1984).

다우징을 가지고 시추공에서 실험하고 있다. 두 개의 구리봉이 벌어지거나 좁혀지는 모델링을 지하수나 지하갱도에 적용한후 실체를 찾을 수 있다. 부산 감만동 매장보물 탐사중 다우징 방법을 사용했는데 여기서 많은 양의 지하수 저장을 찾아냈다. 그러나 지하 매장물(금,은 보물)은 찾을수 없었다 (헛소문으로 생각한다).

동강(영월)댐 부지조사와 오천항 해양 탐사

영월댐(동강) 수력발전소 부지 타당성 조사팀. 왼쪽 두 번째 학생은 가오푸천(Gao Fuchun, Rice University, Houston, USA) 박사, 맨 오른쪽의 첫 번째 학생은 박용철 박사(Penn State University, USA, 현 한국극지연구소, 인천) 그리고 두 번째가 필자.

나는 국내에서도 전국 방방곡곡을 다니며 온천탐사, 고고학적 유물·유적 탐사, 매장보물탐사, 땅굴탐사, 지하지반구조탐사, 탄성파(지진파) 탐사를 수행하면서 출장을 다녔다. 특히 정부의 국무총리실 국무조정실 수자원조 사단으로부터 의뢰를 받아 영월댐 공동조사단에 합류한 것은 보람이 있었 다. 영월댐 부지타당성 안전조사위원회 책임자 (안전분과 위원장)로서 연구 과제를 맡게 된 것이다. 그 업무를 수행하기 위해서 2년 동안 겨울에도 코란 도 차를 몰고 험악한 영월의 산능선을 넘다가 뒤집어질 번한 것은 잊을 수 없는 기억으로 남아 있다. 지구물리 대학원생들과 함께 힘들고 어려운 일을 수행하면서도 하루 일과를 마치고 시골냄새가 물씬 풍기는 통속적인 시골음 식점에서 푸짐한 식사를 할 때는 하루의 피로가 금방 사라졌다.

그때 가장 잊을 수 없는 일은 댐부지에서 탄성파 반사법으로 활성단층을 발견한 것이다. 이것은 과거 지질조사의 시추에서 나타난 단층구조대와 일치하는 것이었다. 또 이것은 이지역의 지진활동과도 관계있다는 것을 알게 되었다. 당시 조사단에는 환경, 경제, 문화, 안전 등 각 분야별로 나누어 2주에 한 번씩 회의와 토론을 했었다. 나는 여기서 영월댐 건설을 반대하는 의사를 발표했다.

　당시 수자원공사는 물론 정부에서도 다목적 영월댐을 건설하기를 희망했었다. 왜냐하면 이 영월댐은 과거 일제시대에도 시도한 적이 있었다. 강폭이 좁고 수량이 풍부해서 비용이 감소하는 효과를 얻을 수 있기에 수자원공사는 적극 댐완성을 주장했다. 이에 공동조사단은 제주도까지 가서 최종회의를 했지만 나는 끝까지 반대를 주장했다. 심지어 협박과 함께 고가의 지진장비와 연구지원 회유까지 받았지만 나는 과학자로서 양심을 져버릴 수 없었다.

동강유역에서 ABEM 24채널 Seismograph를 이용해서 천부층 지질구조와 단층조사를 위해서 지진파(굴절 및 반사) 탐사를 하고 있다.(동강댐 및 수력발전 안전 타당성조사 연구과제). 배터리 수명 연장을 위해서 트럭 배터리를 활용했다.

N. B.,

김소구 (2000). 대한민국 국무총리실 영월댐 공동조사단 (5/2000), 댐안전 탄성파 탐사보고서, 안전분과 위원장, 연구책임자, 김소구.

So Gu Kim (2021). Surveys in Physics of the Earth, Amazon Direct Publishing, USA, 550pp.

오천항 신항구개발사업 과제에 이용한 홍성 군청소속 선박.

해양지구물리탐사는 육상 탐사활동과 달리 사전에 철저한 준비를 하지만 장비에 뜻하지 않는 문제가 발생하면 작업이 매우 어려워지므로 실제로 전자기술자를 동반하는 것이 좋다.

항만청에서 어느 굴지의 회사(유신)와 함께 오천 신항만 개발 공동해양 프로젝트 수주를 수행했다. 나는 충남 천수만 부근 오천 앞바다에 신항만 구축을 위한 수심과 지층구조를 탐사하였다. 탐사 장비로 독일 회사 Fahrentholtz에 주문해서 제작한 15/100 KHz의 이중주파수 탐사기록계를 이용했다. 수중음파 탐지기는 주파수가 감소할수록 센서크기가 증가하고 이 장비의 수신 장치도 매우 크기 때문에 작은 목선에 접착시킬 때는 매우 힘들었다. 그리고 음원인 전기팔스도 24Volt DC와 220Volt AC만 사용하기로 되어 있어서 항상 배터리 4개 이상을 휴대하고 작업을 시작했지만 배터리 수명이 한정되어서 중도에 멈추게 될 수도 있었다. 한번은 대형 순시선을 이용하면서 110Volt DC로 연결하자 Transducer가 타버려 4~5일간 대천 바닥을 전부 뒤져가며 수리하느라고 고생한 적이 있었다. 장비가 독일제라고 독일에 연락할 수 없었고 또한 그렇게 먼 곳까지 와서 중간에 돌아갈 수도 없었다. 그러므로 현지에서 수리하여 작업을 계속하려고 했기 때문에 더 힘들었다. 그러나 다행하게도 홍성에서 수중장비 기술자를 만나 고장을 수리하고 작업을 완료했다. 출장경비는 많이 늘어났지만 함께 온 탐사팀이 일주일을 보내면서 보여준 인내심에 감동했다.

탐사팀은 원산도 해수욕장에서 수영을 하고 자연산 우럭 매운탕을 먹었는데 지금까지 먹어본 생선매운탕 중에서 가장 잊을 수 없는 별미였다.

이곳에서의 작업은 변화가 심한 연안 수심, 침전물 두께(굳어지지 않는 모래, 진흙 등)와 그 밑에 있는 퇴적암 깊이 등을정밀하게 측정하는 것이었다. 이 지역의 조수는 하루에 12시간 간격으로 2회 일어나며 밀물과 썰물 차이도 대단히 커서 수심이 8~9m 이상이나 차이가 났다. 출항후 저녁에 항구(오천항)로 들어올 때는 갑자기 변한 수심때문에 애를 먹었다. 그리고 수심도 수로국에서 작성한 것과 지리원 수심도가 일치하지 않았다. 당시 해양지구물리탐사에서 가장 중요한 것은 측정시 정확한 깊이였지만 또한 측정시간과 GPS에 의한 위치가 정확하게 기록되어야 한다는 것을 알았다.

독일 에코사운더(Echo Sounder) 파렌홀츠(Fahrenholtz) 15/100 Hz해저 지층탐사기 기록을 체크하고 있다.

충남 오천 신항만 건설을 위한 해양탐사를 위해서 해저지층을 독일제 에코사운더(EchSounder) 파렌홀츠(Fahrenholtz) 15/100 Hz해저 지층탐사기를 이용해서 수심과 퇴적층을 측정하고 있다.

나중에 상세하게 설명하겠지만 천안함 침몰의 원인도 맨처음에 천안함이 항로아닌 백령도 연안에 너무 가까이 접근한 것이 좌초를 제공했고 연이어서 수중폭발되었다는 것을 발견했다.

오천 신항만 개발 해양탐사에 참가한 필자(뒤에서 왼쪽 두번)와 대원(왼쪽 첫번째는 오정석박사, 영국 University of Southhampton 거주, 바로앞에 그의 미래 아내될 학생)들과 원산도 해변에 서 휴식하고있다.

필자가 연구한 결과 2010년 3월 26일 백령도 앞바다에서 일어난 천안함 침몰 수중폭발사건(21시21분57초)도 항로를 이탈해서 마구 섬지역으로 접근해 들어왔기 때문에 수중폭발전(21시17분3초) 좌초가 먼저 있었다고 생각한다. 이 시간에 정지한 CCTV가 좌초를 입증한다. 천안함 침몰사건이 더욱 미스테리하게 만든 것은 당시 배가 항해한 기록 항적자료와 소나기록을 제시하지 못하고 있는 데 있다. 나 자신도 오천 앞바다에서 항해할 때 GPS를 가지고 매시간과 위치를 정확하게 기록해서 수심을 재확인 했던 것을 기억한다.

함장의 훈련부족인지 군사기밀인지 모르지만 가장 현명한 방법은"정직이 최선이다(Honest is the best policy)"란 명언을 기억하면 된다. 구질구질하게 변명이나 거짓말을 하면 계속해서 해군명예를 떨어뜨릴 뿐만 아니라 바보가 된다는 것을 명심해야 할 것이다. 이것을 정치에 이용하면 계속 국민을 우롱하는 꼴이 된다.

파푸아 뉴기니(Papua New Guinea) 유전개발 답사

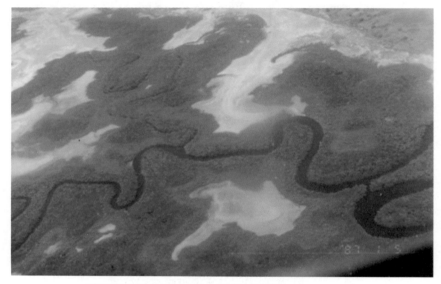

경비행기 위에서 본 파푸아 뉴기니의 사행천 (meander river).

이방인을 환영하며 따라다니는 산골 파푸아 뉴기니 어린애들.

나는 오래전에 고등학교 동창 이무룡(극동석유 상무)의 소개로 재벌그룹의 하나인 극동석유회사에서 기술고문을 약 3년간 맡게 되었다. 내가 미국에서 석유탐사회사에 근무했다는 것을 어떻게 알았는지 나한테 연락이 와서 과거 내가 경험한 일이라 기꺼이 승락했다. 사실 이무룡은 고등학교 1학년 때 내앞에 앉았고 가끔 내가 촌놈이라고 장난쳤던 친구였다. 나는 극동석유회사의 기술 고문으로 있으면서 중동지역 유전개발 분석은 물론 호주와 파푸아 뉴기니를 유전개발문제로 자주 방문하게 되었다. 파푸아 뉴기니는 호주 북방 오세아니아 뉴기니 섬 서쪽을 차지한 남서태평양의 멜라네시아에 속하며 세계에서 세 번째로 큰 적도 밑 섬나라다. 특히 인상적으로 기억에 남은 것은 오지 파푸아 뉴기니의 사람들이 사는 모습이었다. 파푸아 뉴기니는 호주북방 뉴기니섬 동반부와 비스마르크 제도, 부건빌섬등 열대제도들로 되어있다. 뉴기니섬의 서부 반 정도는 인도네시아에 속한다. 파푸아 뉴기니 주민들은 해발3,000m 이상 되는 고지에서 주로 살기 때문에 적도지역이지만 낮에만 무덥고 저녁에는 우리나라 가을 날씨처럼 쌀쌀했다. 주민들은 우락부락하게 생긴 검은 피부의 거친 멜라네시안으로 아직도 거의 나체로 생활하는 원시인들이었다. 파푸아 뉴기니는 국토의 대부분이 험준한 산악지대이기 때문에 지역간의 도로가 거의 없고 소형 경비행기를 교통수단으로 이용해야만 다른 지역으로 이동할 수 있는 불편한 점이 있다.

　나의 업무는 미국의 석유회사 경험을 토대로 세계 유전개발에 적극 참여하는 데 필요한 자료 분석, 경제성, 타당성을 자문해 주는 일이었다. 당시 내가 집중적으로 분석한 자료들은 영국 북해 유전, 호주 서부해안 유전, 알제리와 예멘 유전, 그리고 파푸아 뉴기니 유전 등이었다. 특히 호주 유전개발을 위해서 나는 회사직원과 함께 직접 Sydney와 Adelaide에 있는 석유회사들과 접촉하여 협상을 하였다. 그리고 파푸아 뉴기니 유전은 당시 파푸아 뉴기니의 수도 포트모르즈비(Port Moresby)에서 개최되는 국제석유개발 학술대회에 회사임원과 함께 직접 참가하여 세계 각국에서 온 석유회사 간부및 전문가들과 유전개발참가에 관해서 정보 수집과 협상을 수행했다. 그리고 아직 미개발 유전이 많은 파푸아 뉴기니의 석유 탐사 지역을 그곳에 와 있는 외국 석유회사 직원의 안내로 시찰하게 되었다. 이곳 파푸아 뉴기니의 풍습은 좀 이상해서 남녀가 따로 잠을 자고 특별한 날에만 합방하는 것이었다. 내가 속한 조사팀의 팀장은 영국 Oxford대학에서 박사과정을 거의 끝내고 파푸아 뉴기니아 석유탐사(B.P.)관련 논문을 쓰고 있는 젊은 친구로서 야외지질에 관해서 깊은 지식이 있고, 특히 이 지역 지질구조에 관해서 잘 알고 있었다. 특히 이 지역은 지구의 지체구조력(tectonic force)에 의한 압축영향을 받아 지형이 매우 험준하고 사행천(meander)과 습곡(folding)과 배사구조(anticline)등의 지질구조가 많이 눈에 띄었다. 더욱이 신기한 것은 이곳 내륙지방에는 도로가 없고 주로 소형 경비행기를 이용하는 것이었다.

산봉우리에서 해양성 화석이 많이 발견된 점으로 보아 이 지역이 중생대 이전에는 한때 바다 속에 있었다는 것을 보여 주었다. 그리고 고산지대 위에서 흘러나오는 오일십(oil seep)과 가스십(gas seep) 등은 이 지역에 Gas와 Oil 부족량이 많다는 것을 보여주었다. 특히 가스십에서는 그냥 발로 비비기만 해도 불이 일어날 정도였다. 그리고 이곳 주민들은 오일십에서 나오는 등유를 등잔불로 사용하고 있었다. 그리고 이곳에는 현재 미국의 Mobile과 영국회사(BP) 등 많은 메이저 회사들이 기름을 개발하고 있었다. 우리 팀은

B.P.가 2,153m까지 시추하고서도 실패한 현장을 보았다. 모든 기업이 돈을 벌자면 모험이 따르지만 기름개발인 경우는 투자에 비해서 실패하면 손해가 엄청나기 때문에 주로 Major회사들이 컨소시엄(consortium)을 만들어 쪼개서 많이 참가한다.. 기름은 7천만년 전에 사라진 중생대의 백아기와 쥐라기의 지질구조, 즉 단층, 배사구조, 부정합과 층서구조 등에서 주로 발견된다. 그러나 지하 3,000m 이하에서 이러한 지질구조를 찾아내는 것은 쉬운 일이 아니기 때문에 실패할 확률도 크다. 따라서 작은 회사는 여러 회사가 컨소시엄(consortium)을 만들어 적은 지분으로 참가함으로써 위험률을 줄일 수밖에 없다.

파푸아 뉴기니의 노출된 배사 구조 (anticline)

파푸아 뉴기니의 습곡

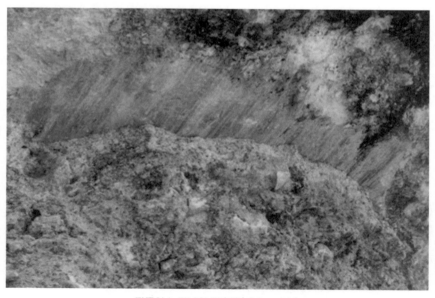

파푸아 뉴기니의 단층면(slickenside)

    기름이 한 방울도 나지 않는 우리나라를 생각할 때, 좀 더 체계적이고 과학적인 지질, 지구물리조사 탐사를 한반도 주변 대륙붕에서 실시하고 분석 전문가와 기술도 향상시켜야 된다고 생각했다. 따라서 우리국토 자체에서 가능한 기름이나 가스를 개발할 수 있으면 좋고, 해외유전개발은 기업이나 국가가 장기간(15년 정도) 투자해야 하는 모험사업으로서 전문적 기술과 인내가 있어야 한다.

파푸아 뉴기니아의 넴비 (Pupua New Guinea, Nembi)에서 영국기름회사 비피(B P)가 석유시추공을 뚫기 위해서 목표 깊이 (TD) 2153 미터 표시판을 세운 곳. 필자는 극동 석유개발회사의 자문위원으로 국제석유심포지움 참가및 파푸아 뉴기니 석유개발현장을 조사하기 위해서 국제석유회사 전문가들과 함께 이곳을 방문했다.

a)   b)

a) 넴비 배사구조에서 발달된 단층 사이의 이암을 뚫고 흘러 나오는 가스십(gas seep)은 나뭇가지로 휘지으면 불이 붓는다. 이 석유가스는 가장 낮은 온도 원유에서 나온다.

b) 섭시150도 이상 원유 증류해서 나오는 등유(kerosene)가 자연적으로 새어나오는데(oil seep) 전기가 없는 원주민들에게 등잔불로 유용하게 활용한다. 누런 액체는 이곳 원주민이 직접 채취한 등유이다.

    파푸아 뉴기니 원주민들은 한편으로 식인종으로 분리되었던 것처럼 한때 매우 원시적 생활을 했었고 끔직한 살인도 동족간에 벌어졌다고 한다. 한때 종족간에 싸움이 벌어졌을 때 승리한 부족이 패배자 인육을 식용했다는 소문이 있다. 그러나 현재는 영연방에 속에 있듯이 95% 이상이 기독교 신앙을 갖고 있다. 나의 현장 답사팀 중 다른 팀으로 간 회사 직원은 답사 도중에 도끼를 든 강도를 만나 시계, 카메라, 돈과 여권 등을 전부 빼앗기고 팬티 하나만 입고 도망 나왔다. 그래서 나는 다른 임원과 함께 그 강도당한 과장의 비행기표를 마련해 주었다. 그리고 빼앗긴 여권은 공항 쓰레기 통해서 발견했다. 이곳의 원주민들은 비록 원시적 생활은 하고 있었지만 이곳에 들어오는 외국인을 매우 적대시하며, 그들은 때때로는 외국인들을 강탈 또는 강도짓도 자주 벌였다.그러나 천진난만한 이곳 주민들의 인간애에 깊은 감명을 받았다.

제10장 지진 연구에 숨은 이야기들

90년대부터 정부는 지진에 대해서 관심을 갖기 시작했고 나 자신도 지진 연구를 위해서 노력하고 있던 중 1988~1989년도 사이에 북한에서 발파한 수없이 많은 인공폭발 기록이 나로 하여금 더욱 호기심을 갖게 하였다. 내 자신이 과거 미국에서 핵실험 탐지에 관한 연구 과제를 여러번 수행한 경험이 있었기 때문에 이 미상의 지하 인공폭발에 대한 진원을 밝히고 싶었다. 그러나 정식으로 연구기관에 제출한 국가 연구과제들은 모두 거절당했다. 그러나 이때 우연히 알게 된 핵물리학자며 국방과학연구원에 근무하는 신성택 박사의 추천을 받고 국군 정보사령관의 소개를 거쳐 정식으로 국가기관 (안전기획부)으로부터 2년 과제의 학술용역을 받아 수행하게 되었다. 신 박사는 육사출신으로 현역 육군 대령이며 또한 미국 Rensselaer Polytech에서 원자핵 물리학으로 박사학위를 받은 핵공학자였다. 그는 수학과 물리학 분야에서 우수한 실력을 갖추고 인격도 뛰어난 글자 그대로 지덕체(知德體)를 갖춘 인재였다. 나는 신 박사한테 때때로 우리 대학원 학생들을 위한 미방강좌를 부탁했는데 그때 그의 뛰어난 수학 실력을 알았다. 나는 이와 같이 훌륭한 인재를 국가에서 중요한 곳에 등용해서 활용하지 못하는 것이 매우 안타까웠다.

정부는 90년대 초기부터 공산 소련 체제의 붕괴로 유출되는 주요 과학 기술정보 수집을 위해서 활동하기 시작했다. 그래서 나는 안전기획부 직원과 함께 러시아와 중앙아시아 구소련권에 있던 위성국가를 방문하기로 했다. 나는 정부요원들과 함께 동구권의 지진, 지구물리연구소 즉 우즈베키스탄 지진연구소, 지구물리연구소, 러시아 모스크바 과학원 지구동력연구소(Russian Academy of Sciences, Institute of Geophsphere Dynamics), 자원에너지개발연구소, 상트페테르부르그(St. Petersburg)의 지구물리연구소 등을 방문하여 과학자료 정보 수집 및 상호협력 사항 등을 논의하였다.

우즈베키스탄 국립 지진연구소를 방문했을 때 그곳 학자들은 우리 방문객을 아주 융숭하게 대접을 했으며 우리와의 협력연구를 매우 갈망했다. 특히 사마르칸드 (Samarkand) 시장에 들렀을 때 김치를 파는 많은 우리 동포 고려인들을 보고 고향 냄새를 느낄 수 있었다.

더욱이 이곳 지진연구소에 근무하는 우리 동포 2세는 공항까지 따라와 간단한 연구 Proposal을 보여주며 연구과제를 받아주기를 간청하였다. 수도 타슈켄트에서 서남쪽으로 약 5시간 정도 가면 옛 티무르(Timur) 제국의 수도 오아시스 도시 사마르칸트(Samarkand)가 있다. 이곳에는 과거 중앙아시아와 소아시아를 정복했던 우즈베키스탄의 영웅 티무르 왕의 무덤이 그의 아들과 스승 옆에 누워 있다. 칼을 뽑기전 두 번 생각하고 일단 뽑으면 정교하게 쓰라고 했던 전쟁 영웅이었지만 자기 스승을 너무 존경하여 죽을 때까지 끌고 갔던 것이다.

그런데 나는 이곳 공중화장실에 갔을 때 예상치 못한 상황에 당황한 적이 있다. 화장실에 종이는 없고 물만 두 통 있는 것을 보고 놀랐다. 여기서는 종이 대신에 옆에 있는 새끼줄과 물만 사용한다는 것을 알게 되었다.

당시 모스크바 시내의 술집을 방문했을 때 젊은 미인 아가씨들이 꽉 차 있었는데 더 놀라운 것은 이들 대부분이 다른 직업을 갖고 있다는 것이었다. 그중에는 대학생, 선생, 회사직원들이 있었다. 특히 우즈베키스탄의 타쉬켄트(Tashkent)호텔과 마찬가지로 모스크바 호텔에 머무를 때도 밤늦게 데이트를 신청하는 콜걸전화가 계속 와서 전화기를 내려 놓고서야 잠들 수 있었다. 당시 러시아는 공산 체제에서 막 자본주의 체제로 넘어가고 있었기 때문에 무질서와 어려운 경제사정으로 모두 두 가지 직업을 가져야 살 수 있는 형편이었다. 그래서 많은 젊은 여자들이 밤에는 몸을 파는 여자로 변신할 수밖에 없었다.

알려진 바에 의하면 이들 몸값도 미국돈 100달러 정도라고 했다. 그래서 그런지 낮에 길거리에서 보이는 러시아 여인들이 모두 밤일 하는 것같이 보여 그 아름다운 러시아 여인들이 매우 추하게 느껴졌다. 그렇지만 당시 볼쇼이 발레를 관람할 때 그 어려운 경제사정에도 불구하고 관람객 모두가 정장(어린아이까지)을 하고 온 것을 보고 놀랐다.

그 후에도 수차례 러시아를 방문할 때마다 느낀 것은 러시아 국민은 문학과 예술, 특히 음악과 미술을 사랑한다는 것을 알 수 있었다. 모스크바 길거리 화랑은 매우 인상적이었으며 때로는 훌륭한 작품이 보였다. 나는 모스크바, 상트페테르부르크, 하바로프스크, 노보시비르크, 이르쿠츠크 그리고 극동의 사할린스크 등을 방문할 때마다 마음에 드는 그림을 구입했다.

1994년도부터 외국인 대학원생, 연구생(postdoc)들이 나한테 수학하기 위해서 오기 시작했다. 처음으로 중국 천진 지진연구소에서 고복춘(高福春, Gao Fuchun) 대학원생과 북경 국가지진국 지구물리연구소의 오충량(吳忠良, Wu Zhongliang) 박사가 포닥으로 오게 되었다. Wu박사는 내가 1992

년 9월 북경의 대륙지진학회(ICCE)에 참가했을 때 나를 알게 되어 그 후 서신교환으로 연락하곤 했다. 사실 나는 북경국제지진학회 때는 우종량 박사를 전혀 만나본 일이 없었다. 아마 그는 그때 나의 발표장에 있었고 내가 한국에 돌아온 후 나한테 서신으로 포닥을 지원했다. 특히 그의 지원서 중 자기소개에 자필로 쓴 글이 너무나 예술적인 영문 글씨체여서 깊이 감명받았다.

고복춘(Gao Fuchun)은 천진 지진연구소에서 지진강연을 할 때 통역관이었는데 당시 나한테 학위공부를 위해서 유학을 희망했었다. 그래서 Gao도 박사학위를 위해 나한테 오게된 것이었다.

내가 1990년대부터 국제무대에서 논문 발표 등 학술활동을 활발하게 한 이후부터 세계 여러 나라, 중국, 러시아, 베트남, 알제리, 이란, 인도 등지에서 박사과정 및 Postdoc 신청이 많이 들어왔다. 그중에 중국에서 온 우종량 박사(Postdoc Wu Zhongliang)는 당시 북경에서 지구물리학과를 졸업하고 중국 국가지진국 지구물리연구소에서 박사학위를 받고 지구물리연구소 연구원으로 있다가 내밑에 일하기 위해서 박사후 연구원(Postdoc)으로 왔다. 우종량 박사는 1년간 나의 지도를 받으면서 실로 성공적으로 많은 논문 업적을 올렸다. 역시 Wu박사는 중국에서도 그 실력을 인정받아 돌아간 후 곧 지구물리연구소 소장과 중국과학원 지구물리대학원 부원장을 맡았다. 그리고 국제지진학회(IASPEI) 회장도 지냈다. 중국 남경의 장수지진연구소장으로 있는 Li Qinghe(李青河) 교수는 역시 비록 Wu박사 만큼 긴 기간 동안 나와 함께 있지는 않았지만 6개월간 성공적으로 임무를 완성했다. 러시아 극동 사할린 지구물리연구소에서 온 Nadeja Kraeva 박사는 수학과 물리학 기초가 아주 강한 연구원이었다. 처음에는 언어상에 문제가 있었지만 기초가 튼튼한 Kraeva 박사는 전혀 해본 일이 없었던 새로운 연구과제로 모멘트텐서 역산 Program 개발에 성공했다. 현재 크라에바 박사는 이스라엘 지구물리연구소에서 일하고 있다.

중국과 러시아에서 온 지진전문가는 기초 지식이 매우 튼튼하여 연구를 수행하는데 큰 도움이 되었다. 그밖에 외국 연구원(러시아, 미국, 베트남, 몽고 등)들이 지진 연구소에 단기 장기로 체류하면서 공동연구를 수행해 메마른 국내 지진 연구의 메카(Mecca)를 이루었다.

내가 중국을 처음 여행한 것은 1992년 여름이었으며 당시 내가 북경에 머물 때는 북한에서는 조선민주주의 인민공화국 국가지진국 지진연구소에서 온 지진학자 6명도 함께 같은 호텔에 투숙하였다. 논문도 학회에서 함께 발표했으나 대화할 기회는 전혀 없었다.

다만 식당에서 지나가면서 잠깐 만나 인사를 할뿐 길게 이야기하고 싶었으나 주변감시를 의식했는지 피하려고만 했다. 회의장에서도 중국인 친구가 대화장을 만들려고 애썼으나 그것도 수포로 돌아갔다.

한편 한양대학교에 지진연구소가 1994년 4월에 신설되어 국내 최초 지진연구소로 지진연구가 본격적으로 활성화되었다. 또한 미국 멤피스대학 지진정보센터의 대만출신 미국인 츄저밍(Chiu Jer-Ming) 교수도 교환교수로 지진연구소에 유치되어 지진연구에 협력하기로 했다. 특히 대만 중앙대학교 지구 물리연구소 소장 왕치엔 잉(Wang Chien - Ying) 교수로부터 휴대용 지진계(PDAS - 100) 13대와 센서 13대, 기술자 1명을 빌려와서 서울, 수도권, 경기도 및 강원도 일대에 설치하여 한반도에서 미소지진과 지하인공폭발의 구별 탐지기술과 지각구조를 연구했다. 1996년 1월 29일부터 31일까지 한·중 국제지진세미나를 서울에서 개최하여 중국 국가지진국장 Chen

Changli, 지구물리연구소 소장 Chen Yun-Tai 교수, 미국 Columbia 대학 Paul Richards 교수 등 국내외 많은 전문가를 모시고 국제세미나를 성공적으로 마쳤다. 그후 Paul Richards는 자기 연구 Project에 참여해 달라는 요청서를 보내와 서명해서 보냈지만 처음에 제안한 공동연구 약속을 무시하고 그들끼리 진행한 것으로 알고 있다. 그는 연구과제가 성공하면 나를 초청해서 연구 진행과정을 논의하겠다는등 협력의지를 분명히 밝혔었으나 그후 아무 소식 없다가 그 밑에서 일하는 한국 과학자(김원영 박사)를 통해서 약간의 감사 표시를 한 것이 고작이었다. 그후 잠깐 동안(4박 5일) 콜럼비아 대학 초정을 받고 방문한 적이 있다. 나는 서양과학자 치고 약속을 안 지키는 사람이 다 있나 의아스럽게 생각해 보았고 실망을 느끼지 않을 수 없었다. Paul Richards는 영국인으로 미국에 유학하여 주저앉게 되었으며 유난히 자주 동양사람(일본인, 중국인, 한국인)과 파트너로 일해 왔다. 그러면서도 동양 사람에 대한 존중 의식이 부족하고 무시하는 태도로 보였다. 한번은 이태리국제회의장에서 점심을 같이 먹었는데 내가 돈을 내려고 하니까 자기 것만 달랑 먼저 지불해서 몇 푼 안 되는 식사도 더치페이를 했는데 왠지 거만하고 나를 무시하는 느낌을 받았다. 그후 우리는 국제학회에서도 자주 만났지만 서로 간단히 인사를 하는 정도에 그쳤다. 그래도 폴 리차즈 교수는 내가 주체하는 한중국제학회에 초대해서 숙식과 강연료를 지불해 주었다.

나는 그동안 낙후한 지진연구를 속히 국제수준에 끌어 올리기 위해서 해외 전문인력을 많이 활용했다. 그러나 이렇게 앞만 보고 내가 질주할 때 한쪽에서는 불행을 초래할 수 있는 주변에서 암뿌리가 싹트고 있다는 것을 몰랐다.

한·중 국제공동지진세미나를 한양대학교 지진연구소와 중국 국가지진국이 국내에서 처음으로 서울 프레지던트 호텔에서 개최했다(1998. 1.29-1.31).

혼자서 연구소, 대학원생 그리고 외국인을 경영하는 데는 어려운 점이 많았다. 거기다가 우리 문화는 역사적으로 볼 때 어느 개인이 주변 사람 보다 튀거나 앞지르면 존경하거나 경쟁하기보다는 먼저 좋지 않은 부정적 시각으로 보면서 시샘을 하는 편이 있는 것 같다. 더욱이 대만 출신의 미국인 츄저밍교수 초청에 문제가 발생했다. 그는 계약이 체결된 후 잠시 대만을 방문한다는 것이 일정이 길어지게 되었다. 당시 츄저밍 교수는 대만Project를 수행하고 있었기 때문에 체재기간 중에 좀 길어지는 해외출장을 고려해서 대만과 미국장기체류기간 수령비용을 국제공동연구과제와 연구소운영 활동에 충당하도록 설득했다. 그래서 일년중 대만과 미국에 자주 장기체류하며 자기 과제도 하면서 연구소 프로그램에 참가했다(실은 그렇게 장기간 체류할 줄은 사전에 몰랐다). 그러나 역시 돈에 대한 인간의 욕심과 유혹은 마음의 변화를 일으킨 모양이다. 어느날 급료에 대한 불평을 어떤 공대교수한테 털어 놓아서 다른 문제들과 함께 보태져서 학교본부에 들어가 나를 힘들게 만들었다. 상식적으로 토박이 미국인 교수였다면 처음부터 자신의 투잡을 고려해서 교환교수 직책을 거절했었고 만약 부득이 승락했었으면 장기부재중에 발생한 체재비와 무노동의 임금 수령을 거절했을것이다. 그는 역시 정직 (신뢰)과 책임감을 자기 나라 초등학교 교육에서 못배웠기때문이라고 생각한다.

이 친구는 더욱이 나의 대학원생을 내 허가없이는 안 데리고 간다고 약속까지 했지만 중국학생과 한국학생들을 나 몰래 미국으로 끌어갔다. 그러고보니 돈 문제는 서약서를 받아 항상 분명히 해 둘 필요가 있었다. 살아가면서 가장 어리석은 것이 인간을 함부로 믿는 것이었다. 이렇게 나를 속이고 배반하는 것을 보면서 나는 이 중국인 외국인 교수에 매우 실망했다. 한때필요할 때 아무리 약속을 했더라도 경우에 따라서는 거짓 증언을 하고도 아무런 양심의 가책을 안 느끼는 사람들을 상대할 때 나는 정말로 혼자서 분노할 수밖에 없었다. 역시 어릴때 남을 존경한다는 기초 교육이 안된 것 같다.

내 학생을 중도에 미국으로 끌고 가면 안 된다고 몇 번이고 말하고 약속했었지만 결국 중국 학생 한명과 한국 학생 한명을 나도 모르게 자기 밑으로 비밀히 끌고 갔다. 중국 학생 가오푸천과 한국 학생은 모두 석사과정에 있던 학생으로 중국학생은 중국에 결혼하러 갔다 온다고 하고는 중국을 거쳐 미국으로 갔다. 한국인 김군은 어느 날 갑자기 아무런 이야기도 없이 학교에 안 나오고 소식이 없었는데 다른 제자를 통해서 미국의 츄저밍 한테 갔다는 소식을 일년후에 들었다. 나는 그래도 중국계 미국인 교수가 그렇게 비겁하게 나에게 실망을 줄 것이라고는 꿈에도 생각하지 못했다. 그러나 미국에 대학원생이 없었던 츄 박사는 나모르게 이들을 꼬셔서 미국으로 데려갔다. 다행히도 츄박사가 책임감이 있었던지 비겁하게 보이는 그 한국학생 김군에게 박사학위를 준 것은 다행인 것으로 생각한다. 그러나 그 학생이 P대학에서 강의를 하고있는 것은 그나마 성공한 배신이었다. 한편 그 중국학생은 미국 텍사스 라이스대학에서 박사 학위를 마치고 미국 기름회사에서 일하고 있다고 들었다. 성공한 배신은 용서받을 수 있다는 생각을 해본다.

김구 백범기념관에서 아산재단이 주최한 "지구적 시각에서 본 위험재난"심포지움에서 논문발표 후 파티현장에서 카이스트 (KAIST)교수 장순홍 박사와 담화를 나누었다.

제11장 인생에서 성취감과 가장 보람있던 시절

　교수생활 30년을 해왔지만 훌륭한 제자는 많지 않다. 원래 지구물리학분야는 외국에서는 대학원에서 시작하기 때문에 대학수준에서는 지구물리학을 전공하겠다는 학생들이 거의 없는 편이다. 그래서 나는 해외에서 두루 인재를 찾아 중국, 몽고, 러시아, 베트남, 인도, 미국 등 여러 나라에서 교환 교수는 물론 포스트닥과 학생들을 스카웃 했다. 그리고 이들과 내가 가장 흥미있어 하는 분야에 몰두해서 연구를 할 수 있었기 때문에 교수와 학자로서는 매우 보람있게 살아왔다고 본다. 그동안 나한테 온 외국인 학생, 박사후 연구원(Postdoc), 교환 교수는 20여 명이 넘는다. 이들은 단기 혹은 장기 동안 머물면서 나를 거쳐갔다.

　이 중에서 활발하게 연구하는 몇몇 사람들을 말하면, 중국 북경대학 대학원 원장 전 지구물리연구소장 첸윤타이(Chen Yun-Tai) 교수, 중국 지진국 지구물리연구소 소장 우종량(Wu Zhongliang) 박사 (Postdoc), 중국 난징 장수지진연구소장 리칭해(Li Qinghe) 교수, 사할린 지구물리연구소 크라에바(Nadejda Kraeva) 박사(Postdoc), 미국 Columbia대학 폴 리처즈(Paul Richards) 교수, 베트남 지구물리연구소장 뉴엔두이(Nguyen Ngoc Thuy) 박사(Postdoc), 미국 멤피스대학 지진 정보센터 츄저밍(Chiu Jer-ming) 교수, 러시아 모스크바 지구동력 연구소의 키토프 (Ivan Kitov) 박사, 러시아 노보시비르스크 지구물리연구소 쿨라코프(Ivan Koulakov)박사, 베트남 지질연구소 판타이킴(Van Tai Kim) 박사 그리고 중국 천진지진연구소의 고복춘(Fuchun Gao)과 몽고의과학원의 루카수렌(Erdendalai Lkhasuren)과 몇몇 몽고학생 등으로 많은 협력자들이 나의 공동연구에 참가해서 나를 도와주었다.

강원도 북부지역의 인공폭발 지진학 실험 현장. 한반도 중부지역을 동서로 가로질러서 대만 중앙대학에서 대여한 지진계(L-4C) 13개와 디지털기록계(PDAS-100) 13개를 깔고 중부지역 천부층 지각구조를 조사하였다.

한양대학교에 지진연구소를 국내에서 처음 개소하고 동시에 삼보광산 갱도에 지진관측소를 설치했다. 왼편부터 차정식, 필자, 최지웅 (현 한양대 교수), 김광희 (현 부산대 교수) 제자들.

나는 미국지진계회사, 키네메트릭스(Kinemetrics), 텔레다인(Teledyne) 및 레프텍 (Refetec)등 여러 회사에서 지진계를 구매했다. 특히 미국 파사데나의 키네메트릭사는 필자가 자주 방문했고 부사장은 광산갱도에 지진계장비를 설치하고 장기 운영하도록 대여해 주었다.

지진과학의 선구자

내가 그동안 수행하여 완성한 연구과제에는 역사, 계기 지진 Data 분석 및 지진 위험도 작성, 지진의 지진원 메커니즘과 진원인자 결정, 미소지진과 인공지진(핵실험 포함)의 구별 방법, 국지 또는 원격지진에 의한 지진 토모그래피 결정 등으로 다양하다. 그동안 내가 작성한 한반도 역사, 계기지진자료는 일본 Usami 교수한테서 얻은 Wadi와 Musha 자료와 기상청 국내 지진자료를 계속 수집하여 업그레이드 하였고, 1985년 북한 평양 조선지진연구소에서 발행한 지진자료를 중국에서 입수하여 한반도지진목록을 다시 만들었다. 북한 지진규모는 남한 지진규모보다 항상 0.5에서 1.0단위가 큰 것이 특징이었다.

특히 역사지진의 가장 중요한 문제는 지진의 3요소인 시간, 장소 및 크기를 정확하고 신뢰성 있게 결정하는데 어려운 점이 있다는 것이었다. 특히 우리나라의 역사 지진자료를 훑어보면 하나의 지진발생이 여러 개의 지진으로 기록된 것들이 있다. 시간과 장소가 틀리지만 같은 지진을 반복해서 기록한 것이다. 또한 지진피해 상황도 매우 단순하게 기술하였기 때문에 크기를 결정하는 데 어려운 점이 많이 있음을 알 수 있다. 당시 기록자나 관측자는 지진정보를 기록할 때 그것이 후손에게 얼마나 중요한 자료가 될 것인지 생각하지 않고 그냥 기록을 했다고 말할 수 있다.

지진예측모델에는 과거의 자료를 입력시켜 귀납적 방법으로 지진원인 가능성을 예측하는 확률론적 방법(probablitic method)이 있고, 지진 발생의 물리적 현상 등 과학적 연역적 방법으로 지진 원인을 유추해 내는 결정론적 방법(deterministic method)이 있다. 또한 일본의 어떤 학자(Kawasaki)는 1923년 9월 1일 관동 대지진 발생 후 69년 주기설을 주장했으나, 대부분 지진 학자들은 지진의 주기설을 안 믿는다. 다만 지진이 일어난 곳에서 또 일어나는 반복성과 탄성 에너지가 많이 축적되었다가 한계를 넘으면 약한 부분(단층)을 따라서 파괴하는 탄성반발설(elastic rebound theory)이 주목된다. 탄성에너지가 일(힘x거리)하면서 일부 파동으로 변환하여 나오는 현상이다. 따라서 대지진발생 후 다음 재지진 간격은 미소지진보다 훨씬 긴 시간이 필요하기 때문에 대지진인 경우에는 거의 주기적 반복성질을 갖고 있다고 말할 수 있다.

지진위험지도는 각 지진구에서 이러한 최대잠재 지진발생을 최대치 이론(extreme value theory) 같은 확률론에서 구하고 활성단층과 지진원을 중심으로 지진 위험 정도를 중력가속도로 표시하는 것이다. 그러나 구조물의 수명기간을 고려하여 어떠한 기간 동안에 초과확률(exceeding probability)은 보통 10% 해당되는 값을 $g(1g = 980cm/sec^2 \simeq 1000cm/sec^2 = 1000mgal)$로 나타낸다. 즉 10개 중에서 1개 이상이 산출된 g값이 된다. 단일관측에 의한 진원 결정 Program은 북한에서 일어나는 지하인공폭발과 미소 지진의 구별을 위해서 개발되었다. 특히 이 Program은 한반도와 같이 남,북이 분단되고 상호 자료교환이 불가능하거나 하와이나 타이티 섬처럼 고립된 섬에서 지진원을 결정하는 것은 지진해일을 예방하는 데 매우 유용하다.

나는 당시 대만 중앙대학교 지구물리연구소에서 13대의 PDAS - 100 기록기와 L - 4C 센서를 빌려 약 1년간 서울, 수도권, 경기, 강원도 지역에 이동 지진 관측망을 설치하여 운영했다. 암반 위에 설치한 3~4개의 지진계측기군(Group Seismometer)에서 진원 인자를 결정하기 위해서는 P파와 S파의 도착시간(P에서 S변환위상, PS전환파 포함)을 입력시키고 최적 지구모델을 사용하여 진원결정 Program을 사용하면 된다. 진원을 중심으로 관측소가 골고루 퍼져있을 때 더 정확한 진원인자를 결정할 수 있는데, 본 프로젝트에서는 지진팀에서 설치한 관측망을 사용하기 때문에 극성방법(Polarization Method)과 S - P파 주행시간 차이로 방향과 거리를 결정했다. 이 방법을 이미 알고 있는 발파 장소에 이용했을 때 생각 이상으로 정확했다. 진원인자 결정오차가 5km 이내면(GT5) 대단히 양호하다. 현재 우리나라의 기상청 지진발표에서 지진규모는 미국 지질조사국(USGS)보다 항상 크다(최대 0.4).

미국 지질조사국에서는 우리주변에 깔려있는 더 많은 지진관측소자료를 사용하기 때문에 더 신뢰성이 있다고 본다. 현재 토모그래피 분석에서 지진원을 재결정해 보면 지진원을 결정하는 데 30~40km의 수평거리 오차가 발견되었다. 그 반면에 지진 관측이 우리보다 더 정밀한 일본 북해도 경우에는 수평거리 0~9km 수직거리 0~10km의 오차가 나왔다. 따라서 한반도의 진원 결정은 과학적 오차한계를 훨씬 넘었다고 생각한다. 그러나 현재 새로이 개발된 두이벤트 주행시간 차이 진원결정 프로그램(HypoDD)을 활용하면 남한에서 불과 수 킬로미터 이내의 오차한계를 가지고 진원인자를 재결정할 수 있다. 현재 영국의 국제지진센터(International Seismological Centre)에서는 위도, 경도 및 깊이 신뢰도를 10km의 더좋은 값을 유지하고 있는데 이것을 지상의 정확도 10km(Ground Truth), "GT10"이라고 부른다. 그러나 핵실험탐지는 신뢰도가 이보다 훨씬 좋은 GT1 이하로 결정하도록 노력한다.

지진연구에서 큰 축은 지진원 결정, 지진파 경로에 의한 지층구조나 토모그래피 연구, 그리고 끝으로 지진위험 분석이라고 말할 수 있다. 여기서 지진원 메커니즘과 진원인자 결정은 지진의 메커니즘을 결정하는 가장 중요한 분야다. 지진원의 운동은 진원에서 멀어지는 압축(compression)운동과 지진원으로 가까워지는 팽창(dilatation)운동 2가지가 동시에 일어나는 이중커플(double couple)이다. 그러므로 지진메커니즘은 커플이기 때문에 압축운동이 주요 메커니즘인 인공폭발이나 핵실험(nuclear explosion)과 다른 것이다.

그리고 지진운동은 수평, 수직, 그리고 회전과 같이 3차원의 복합운동으로 진행하게 된다. 그래서 결과적으로 수평운동에 의한 주향단층(strike fault), 수직운동에 의해서 상하운동에서 이동블럭이 하강하는 정단층(normal fault)과 이동블록이 상승하는 역단층(reverse fault) 등이 일어날 수 있다. 그리고 또한 지진운동의 특성은 이러한 운동이 거의 동시에 일어나는 3차원 운동이기 때문에 매우 복잡하고 짧은 시간에 엄청난 파괴력을 보여준다. 재래식 방법으로 P파와 S파의 초동력 압축과 팽창을 관측소에서 측정하여 지진운동의 메커니즘과 진원인자를 결정했지만 최근에 와서는 단일관측소에서 기록한 광대역지진기록 변위와 지각모델을 모멘트 텐서 역산 알고리즘에 적용하여 신속 정확하게 지진의 진원 메커니즘과 진원인자(규모, 길이, 단층주향, 경사각, 레이크에 의한 단층 종류)를 결정할 수 있다.

최근에 와서 아날로그 시대에서 디지털 시대로 발전되었고 엄청난 기억력과 초고속도로 나날이 발전하는 Digital Computer의 부상과 더불어 지진과학도 아날로그 지진기록(analog seismogram)에서 디지털 지진기록(digital seismogram)으로 급부상하고 있다. 엄청난 디지털 Data를 수집하고 분석해야 하는 지진과 핵실험연구는 디지털 컴퓨터발전의 큰 혜택에 힘

입어 더욱 급속히 성장하고 있다. 특히 지진연구 분야 중의 하나인 지구구조 연구는 다량의 디지털 지진 관측자료를 관측하여 그 각각의 Data가 진원에서 관측소까지 오는 경로를 추적하여 지각과 상부 Mantle과 같은 지구구조를 정밀하게 그려낼 수 있다. 이러한 기술을 토모그래피(Tomography) 라고 부른다. 이러한 토모그래피는 섭입대(Subductio Zone)의 침강모양, 지각 및 상부 맨틀구조를 결정할 수 있고, 심부층 지열부지, 심부단층,파쇄대 등을 정밀하게 관찰할 수 있기 때문에 그 이용가치가 무진장하다. 현재 한국은 이웃 지진국가 일본 중국과 비교할 때 매년 35회 이내의 소규모 지진활동에 비해서 지진관측망의 장비와 관측소가 과다하다고 말할 수 있다. 지진관측망을 운영하는 기관에서는 Data수집과 관리도 매우 중요하지만 Data의 공유개념을 생각하여 자료를 항상 필요로 하는 수요자에게 쓸 수 있는 자료를 공급해야 하는 책임감을 갖고 일해야 한다. 그래야 자료의 질이 향상된다고 믿는다. 그리고 이러한 자료는 단순히 당대에만 필요한 것이 아니고, 나중에 후진들한테도 매우 귀중한 자료가 될 것이라 자료관리, 보관에도 큰 주의를 기울여야 한다. 사실 한국 같은 저지진국가에서는 지진연구의 3분야 중에서 지진위험, 지진원 결정, 지구구조연구 중에서 가장 중요한 것은 정확한 진원인자 결정과 지구구조라고 본다. 여기서 대량의 양질 Data를 이용해서 고해상도의 토모그래피를 만들 수 있는 획기적인 계기를 마련하게 된 것도 보람이다. 그리하여 지금 지각구조의 단면도를 더욱 상세하게 보여주는 시대가 되었다.

그동안 나는 중부 지역과 동남부지역의 지각구조에 대한 지진 토모그래피를 발표한데 이어 더 보충된 자료와 기술을 가지고 남한 전체의 지진 토모그래피를 완성했다. 그밖에 지진학 연구 중에 재미있는 것은 S파 분리(shear -

wave splitting)와 수신함수 연구다. S파 분리는 이방체(anisotropy)를 통과하게 되면 2개의 S파, 즉 빠른 S파와 느린 S파로 갈라져 서로 진행속도가 다르게 나타난다. 여기서 이방체는 지진파의 속도가 방향에 따라 차이가 일어나는데 이방체는 주로 응력과 균열의 영향으로 많이 발생한다. 나는 이러한 S파 분리를 지체구조력의 응력장 결정, 금속광산 심부 지하공동 분포 탐사에 활용했다.

단일관측의 광대역 지진기록과 수신함수(receiver function)를 이용하면 관측소 하부 지각구조 혹은 퇴적암 분지의 두께를 산출할 수 있다. 최근에 와서는 모멘트 텐서 역산(moment tensor inversion)에 의한 지진원 메커니즘과 두이벤트주행시간 차이진원 결정 (double - difference hypocenter determination)방법에 의한 지진원 인자를 더 정확히 재결정할 수 있게 되었다.

모멘트 텐서 역산은 지진이 관측망 밖에서 발생할 때 단일 관측망(3성분)으로도 충분히 관측할 수 있는 유리한 방법이다. 두이벤트 주행시간 차이 하이포(HypoDD)는 지각모델에 의존하지 않고 두 개의 이벤트를 정밀하게 결정할 수 있기 때문에 주요 활단층 분포를 쉽게 명시할 수 있다.

초창기에 지진학 박사1호의 유치과학자로 귀국해서 가장 보람된 일은 지진예보를 성공한 것이었다. 내가 유치과학자로 왔을 때 우리나라 지진연구는 전무상태로 내일이 막막했었다. 나는 자료를 얻기 위해서 일본동경대학과 국제지진.지진공학연구소(IISEE)를 방문했다. 동경대학 우사미(Usami) 교수의 초정으로 일본 동경대학을 방문하고 그로부터 무샤(Musha K. 武者 金吉)가 저술한 "일본 및 인접지역 지진분포보고서"를 입수해서 한반도의 역사지진을 처음으로 통계분석한 후 포아송 확률분포(Poisson Probability distribution)에 의해서 한반도의 위험 가능성 지진주기를 산출하고 예측모델을 발표했다.

그 결과로 1936년 7월 4일의 지리산지진 (규모 5.2)이 42년 주기로 1978년 10월 7일 홍성 지진(규모 5.0)에 이어질 것이라 발생 예측을 할 수 있었다(기사참조). 그리고 1978년 9월 15일 속리산지진(규모 5.2)의 발생도 이와 일치하였다. 1978년이 공교롭게도 지리산 지진발생 후 42년이 되는 해였다 그동안에 이 지역에서는 지진이 거의 없는 지진정지기(Seismic Gap)였다. 그러나 그동안 많은 응력이 축적되었다고 생각되기 때문에 지진위험에 자유롭지 않다고 생각한다.

지진예보 성공

1978년 10월 7일 홍성지진 (규모 5.0)
예보 기사: 한국일보 1978년 9월 26일

한국일보에 보도된 1978년 10월 7일 홍성 지진예보 성공

홍성 지진발생 후 다음해 1979년 10월 26일 박정희대통령이 그의 부하인 중앙정보부장 김재규한테 시해되었다. 우리나라 역사 지진기록을 보면 서기

779년에 신라혜공왕 15년 경주에서 큰 지진이 발생(규모 6.3, 진도 8)해서 백성들이 100 여명이 사망하고 많은 집들이 파괴되었다고 삼국사기에 기록되어 있다. 또한 혜공왕은 그 다음해 혜공왕16년에 살해되었다고 기록되어 있다. 이것은 우연의 일치인지 모르지만 고대 중국에서 큰 지진 발생은 불길한 징조를 의미했으며 성경에도 지진이야기가 예수 사망과 부활에 연관돼 자주 등장하는 것도 우연치 않다.

나는 홍성 지진과제 수행을 위해서 미국에서 다시 귀국했고 동시에 대학(한양대학 물리학과) 부교수 자리에 초빙되었다. 동시에 나는 유치 과학자 제1호 지진학자로 국가 주요사업인 원자력발전소 건설, 국방, 에너지분야 전문위원으로 국가과학발전을 위해 열심히 활동했다.

그때 일주일마다 나를 찾아오는 대통령 직속 과학정보비서관(중앙정보부 소속)으로부터 "한국국가지진연구소"설립 제안을 받았는데 이는 나의 꿈이기도 했다. 그러나 이 꿈의 연구소는 박대통령의 서거로 물건너 가고 말았다.

1978년 10월 7일 홍성 지진 예보 보도 (한국일보)

경향신문에 보도된 1978년 10월 7일 홍성지진발생 발표

조선일보에 보도된 1978년 10월 7일 홍성 지진

과학자의 집념과 발견

　연구에서 가장 중요한 것은 무한한 상상력과 창의력으로 시작하지만, 또한 그러한 Idea를 잡고 그것에 도전하여 최고의 결과를 도출할 수 있도록 인내와 사명감이 있어야 하는 것이다. 그러한 자세를 갖고 연구하는 자만이 훌륭한 연구자가 될 수 있다고 본다.　나는 지금까지 살아오면서 그러한 연구자가 되기를 추구해 왔다.　과학은 객관적이고 종교는 주관적이라고 생각하지만 진정한 의미에서 과학과 종교는 진리를 찾는데 동일한 목표를 두기 때문에 나는 과학자도 신앙심으로 진리에 도전해야 한다고 생각한다. 종교가 주관적, 귀납적진리를 추구하는 반면에 과학은 객관적, 연역적진리를 추구한다. 여기서 주관적진리란 쉽게 수식으로 표현하기 어렵지만 결과적으로 신앙의 진리를 말한다. 객관적, 연역적 진리는 어떤 원리 또는 법칙으로 설명할 수 있으며 수식으로도 표현할 수 있는 과학화 되고 진화된 지식이다.

한국보험개발원 주최 세미나에서 지진운동 시뮬레이션을 보여주며 지진위험에 관해서 설명하고 있다.

우리나라 지진연구는 벌써 반세기가 지났지만 독립된 국가지진연구소가 없다는 것이 아쉽다. 왜냐하면 한반도에 설치된 지진계는 300-400개 정도로 전 세계에서 지진계분포 밀도로 볼때 세계 일등이다. 그러나 지진연구에서 무엇보다도 우선 되어야 할 지진의 기초연구 즉 자료수집과 분석, 자료관리, 지각, 상부맨틀 구조모델 등의 지진 전문분야 국제학회지 발표는 매우 빈약하다. 반면에 공학적 측면 즉 지진공학을 중심으로 장비구입 및 확장, 가속도 중심의 공학 등의 비중이 너무 커서 지진연구는 원점에서 다시 시작할 수밖에 없게 된다. 요즘에 와서야 지진과 관련해서 많은 예산이 투자되고 있는 것은 그나마 다행이다.

우리나라 지진연구(재해 포함)를 위해서 과연 어떤 기획이 필요한지 지진 전문가 집단을 통해서 조사했는가. 우리는 거꾸로 가는 것 같다. 기초연구보다 장비와 공학적 차원에서 지진연구가 진행되고 있다. 현재 약 300개 이상의 관측소(가속도 장비 포함)에서 기상청, 한국지질자원연구원, 안전기술원, 전력연구원, 원전 및 대학에 데이터를 보내고 있다. 이 엄청난 데이터를 총괄적으로 관리하고 필요한 연구자에게 그때그때(on-line/off-line) 공급해 줄 수 있는 국가통합 지진데이터 관리 센터(National Seismic Data Management Center)가 필요하다. 물론 이 NSDMC는 어느 데이터 생산기관에도 속하지 않는 독립체로 마치 미국의 지진연구연합(IRIS)처럼 운영되어야 중립적이고 책임있는 경영으로 데이터의 질을 높이고 수요자에게 서비스를 잘하게 된다. 기상청 지진화산국에서 이 문제는 현재 충분히 검토 수행하고 있다. 그러나 지진전문가의 집단같은 국가지진연구원이 구성되어 국가기관에서 지진관련 과제를 공동수행하면서 자료와 정보를 공유함으로써 국가 지진연구의 기초를 완벽하게 구축할 수 있을 것이다. 이문제도 현재 한국지질자원연구원 지진센터에서 다루고 있으나 지질자원으로 독립 대폭 확대할 필요가 있다. 그리고 그 연구 결과는 내진설계나 지진조기경보 체계와 같은 응용방면으로 활용해 앞으로 언제 생길지도 모르는 지진피해를 최소화 해야 할 것이다. 지진영향은 사회적, 경제적, 정치적 사태로 미칠 수 있지만, 지진과학은 전문가만이 정확히 알 수 있는 문제라는 것을 우리는 잊어선 안된다.

지진 관련분야애 종사하는 전문가는 많이 보이나 지진전문가를 제대로 활용하지 못하는 현실이 너무 안타깝다. 최근에 와서 지진방재에 관한 국가 프로젝트를 구상하는 데 참여한 사람 중에는 지진전문가는 거의 없고 대부분 토목. 건축공학 계통이나 다른 분야 사람으로만 구성된 조직이 많이 있다. 이렇게 우리 사회는 전문가와 비전문가를 구별하지 못하고 존경(인정)하지 않는 경향이 심하다. 남을 인정하지 않거나 틈새를 공략하여 남의 것을 가로채 자기 것으로 만드는 비양심과학자는 반성해야 한다. 어떤 연구원 K박사는 두 차례나 자기 연구결과 보고서에 아무런 참고문헌도 언급하지 않고 필자 그림을 그대로 표절해 쓴 것을 보고 양심적으로 기술하라고 충고한 적이 있었다. 특히 한국연구재단에서 진행하는 연구계획서 평가에서 어떤 사업은 문제가 있다고 본다. 우선 평가 전문가 선정의 정직성과 책임감이 결핍되어 있다. 자기 직접적 분야가 아니면 정중하게 직접관련 전문가한테 넘겨야 한다. 또한 모든 신청연구자들이 명백하게 이해할 수 있도록 객관적 평가(점수표시)를 여러개 항목으로 만들어 실시해야 된다.

이러한 현상은 오늘날 정치, 경제, 문화 등 사회 전반에 걸쳐 만행되고 있다. 이것은 우리민족이 역사적으로 오랫동안 외부의 침략과 지배를 받았던 반대심리에 의한 저항인지 모르겠다. 혹은 조선시대에 양반과 상민으로 나누어져 지배자와 피지배자의 갈등(complex) 등에서 파생된 인간 존경심의 상실이 아닐까. 인간 본연의 깊은 정직성과 책임감이 부족한 것이 아닐까, 우리에겐 미국의 총(gun)문화와 일본의 칼(sword)문화 같은 것이 없다. 우리는 일반적으로 남을 인정하고 존경하는 사회도덕이 매우 빈약하다. 따라서 우리는 남을 무시해도 아무런 죄의식을 느끼지 않고 사는 것 같다. 나는 우리나라가 선진국이 되려면 남에 대한 인정과 존경이 오늘날 우리 민족한테 제일 필요하다고 생각한다. 우리 민족에게는 진정한 의미에서 온 국민이 우러러 존경하는 국민적 지도자가 나와야 한다. 우리나라는 이러한 국민적 인물(National Leader)이 외국(중국, 미국, 일본 등)에 비해서 많이 부족하디는 것이 안타깝다. 결국 이 문제의 핵심은 교육이라고 본다. 중고교 평준화 교육정책에서 스승도 없고 경쟁력 없는 조건을 만들어서는 올바른 인재가 나올 수 없다고 생각한다. 교육은 지식만 주는 것이 아니고 도덕과 능력을 경쟁하며 배우는 것이다.

천안함 침몰의 원인과 결론

나는 정치는 과학을 결코 이길 수 없다고 생각한다. 지금까지 사회정보망(SNS)에서는 물론 정치와 언론에서 알려진 천안함사건은 북한어뢰피격설, 잠수함 충돌과 좌초같은 소문이 떠돌아다녔다. 천안함 침몰 정확한 원인의 과학적 증명을 위해서 수많은 국제학회는 물론 국제학술지와 저술로 의견을 발표해 왔다. 2010년 3월 26일 21시21분57초에 백령도 연안에서 천안함이 침몰해서 46명의 장병이 목숨을 잃었다. 사고 직후 3월 27일 군 당국은 북한소행을 부정했고 대통령의 백령도 방문후 3월 30일 이후도 대통령을 비롯해서 국정원장까지 천안함 사건은 북한소행임을 부인했다. 그러나 정부는 민군합동조사단을 구성하여 천안함 침몰은 북한어뢰의 공격을 받아서 일어났다고 최종결과를 두 달 만에 발표했다. 그리고 그 원인의 결정적 증거로 물속에서 수거했다는 북한어뢰(CHT-02D)추진체를 내세웠다, 그러나 그후 이 어뢰추진체는 여러 논란을 거쳐 가짜라는 것이 증명되었다. 심지어 미국측 단장 톰 에클레스(Tom Eccles) 제독은 천안함 손실에 관해서 "아마 계류기뢰 영향이 아주 일어나지 않았던 것 같다"라고 기뢰 가능성을 아주 배제 안하였다는 것을 그의 최종보고서에서 발견할 수 있다(안수명 자료, Kim, 2021).

사실 만약 천안함 폭발이 북한어뢰 피격에 의해서 발생했다면 합조단은 물증으로 소나탐지기록과 항적을 떳떳하게 제시해서 북한잠수정 침입과 어뢰피격을 보여 주어야 했다. 그럼에도 불구하고 녹슨 북한제 어뢰추진체를 건져내서 북한피격이라고 스모킹건(Smoking Gun)으로 주장하는 것을 비롯해서 아무런 과학적 객관적 물증없이 떠도는 헛소문이 많이 일어나기 시작했다. 아직도 잠수함 충돌소설을 믿는 사람들이 있다. 천안함 침몰은 폭발보다 좌초와 잠수함 충돌 같은 소설같은 비과학적 이야기들이 언론과 방송(유튜브)에서 난무하고 있다. 천안함 폭발후 TOD영상에서 배가 두토막이 난후 함수와 함미 사이에 나타난 물체를 잠수함(특히 이스라엘 잠수함)이라고 계속 주장하는 사람이 있는데 이것은 잠수함이 아니고 갑판위에서 떨어진 구명뗏목이다. 잠수함 충돌 주장은 주로 불확실한 영상과 추측이 많이 개입했는데 그중에서 대표적인 것이 한주호 준위가 사망한 제3부표 자리와 미국이 천안함사건에 각별한 애도를 표시한 것처럼 보이는 것이다. 이는 합동훈련 중 사고를 강조하는 것을 다르게 해석하는 데서 발생할 수 있다. 제3의 부표자리는 천안함 폭발전의 좌초(21:17:3)가 일어난 점으로 그 원인이 무엇인지(암초?)를 확인하기 위한 작업이었다고 생각한다.

당시 미국은 이지스함 2척과 우리 이지스함 한척, 다른 함정들과 황해남쪽(격렬비열도 부근)에서 한미 군사연합훈련(Key Resolve/Foal Eagle)을 하고 있었다. 천안함도 이 합동훈련의 한 멤버로서 훈련명령지시를 받고 기동하다가 변을 당했기 때문에 미국으로서는 근본적 원인제공의 도의적 책임이 있다고 생각했기 때문이라고 추측한다. 내가 이 문제에 집요하게 집착하는 것도 이 분야 전문가로서 진실을 명명백백하게 밝혀 우리 후손들이 정확한 역사를 기억하도록 하기 위함이다. 나는 특히 건져낸 스모킹건 어뢰추진체를 볼 때마다 미국 추리영화 "체인질링 (Changeling)"을 보는 느낌이다. 이 영화는 1928년도 엘에이(LA)를 배경으로 잃어버린 애를 찾았다고 바꿔친 아이를 주장하는 경찰과 자기 아이가 아니라는 싱글맘의 비극적 분쟁 실화를 배경으로 2008년도 클린트 이스트우드(Clint Eastwood) 감독과 안젤리아 졸리(Angelia Jolie) 주연으로 만들어졌다. 결국 바꿔친 아이가 가짜아이고 찾는 진짜아이가 아니라는 것이 밝혀졌고 부패경찰당국은 큰 책임을 피할 수 없게 되었다.

나는 이것을 증명하기 위해서 많은 과학적 데이터를 수집하고 분석하였다. 국제석학들과 공동연구까지 하고 국제학회에 발표하는 것은 물론 유엔(UN) 산하 포괄적 핵실험금지 조약기구(CTBTO)의 국제수중음향학회(IHW2015)의 초청을 받아 자료를 냈다. 유튜브 "천안함과 북핵" 들어가면 천안함 침몰 원인에 관한 상세한 이야기를 발견할 수 있다. 또한 국제학회지와 저술을 출판했다.(Kim and Gitterman,2020; Kim, 2021) 아래 그림은 천안함 침몰은 수중폭발에 의한 것이라는 것을 증명해 주는 유일한 과학적 자료 지진기록지이다.

　천안함 침몰 원인 제공은 1970년도 말에 우리가 백령도와 연평도일대에 설치했던 육상조정기뢰(Land Control Mine, LCM)였다는 것이 국제학회지에 분명하게 발표되었다. 갈릴레오 갈릴레이(Galileo Galilei)가 지동설을 주장하므로 태양이 지구주위를 돌고 있다고 믿던 교황한테 반기독교적 이단자로 몰려 자택에 연금된 것을 기억해 본다. 국가 고위급 각료를 임명할 때 마다 천안함 침몰이 누구의 짓이냐 하고 하는 질문이 단골 메뉴로 나왔었다. 그때마다 북한 피격을 부정하는 답변은 했다가 불이익을 당할까봐 북한 피격을 부인하지 않았다.

천안함의 폭발전 모습

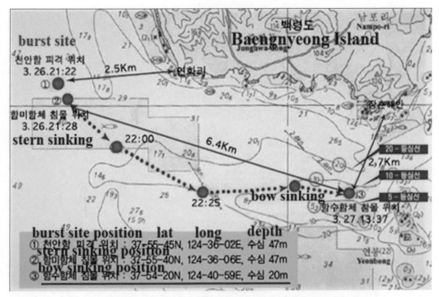

burst site
천안함 피격 위치
3. 26.21:22
①

2.5Km

stern sinking
함미함체 침몰 위치
3. 26.21:28

22:00

6.4Km

22:25

bow sinking
함수함체 침몰 위치
3. 27.13:37

2.7Km

20 = 등심선
10 = 등심선
5 = 등심선

burst site position	lat	long	depth
① 천안함 피격 위치 :	37-55-45N,	124-36-02E,	수심 47m
stern sinking position ② 함미함체 침몰 위치 :	37-55-40N,	124-36-06E,	수심 47m
bow sinking position ③ 함수함체 침몰 위치 :	37-54-20N,	124-40-59E,	수심 20m

천안함 폭발(21:21:57)과 침몰과정의 항적은 보여주지만 폭발전 항적은 제시안하고 비밀로 한다. 천안함 폭발전 21시 17분 3초에 CCTV가 멈추어 있는 점을 미루어 보면 이때 좌초했다가 약 5분후에 폭발했다고 짐작된다.

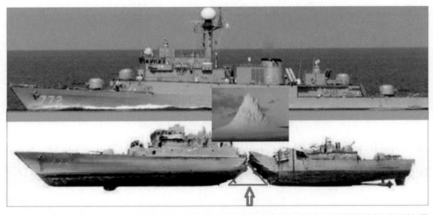

함수와 함미 사이에 정삼각형 모양으로 짤려 두토막이 났다. 위 그림처럼 아주 정교한 정교한 물리적 힘(수중폭발의 버블젯트에 의한 비요크네스힘)에 의해서 클린컷(clean cut) 되었다는 것 이외는 달리 설명할 수 없다.

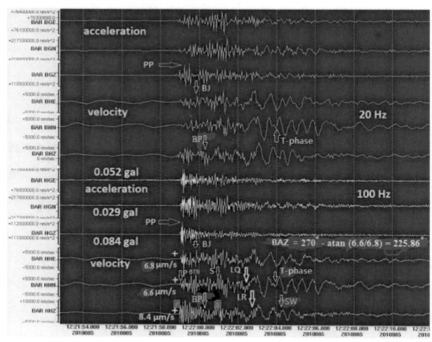

천안함 사건이 수중 폭발임을 입증할 수 있는 스모킹 건(Smoking Gun) 되는 백령도 지진관측소의 지진파 기록지(Seismogram) 와 분석 결과.

　천안함 폭발 당시 기록된 지진기록지로서 수중폭발이 백령도 지진관측소 서남쪽(226도방위각)에 있었다는 것을 보여주는 증빙자료다. 지진기록지에 나타난 P파 수직성분에 압축상향(+upward P)의 초동, S파, 러브파(LQ), 레일리파(LR)등은 폭발에너지의 고에너지 소스를 알려준다. 특히 바다 바닥과 해저 지층 접촉면에서 생긴 스토운리파(SW)와 바닷속 저속도층에서 생성된 채널파티파(T-phase)의 발견은 수중폭발을 더 한층 입증한다. 특히 수중폭발경우 해저 저속도층에서 수중음파 속도를 군속도(group velocity)로 진행하는 티파(T phase)채널파는 폭발에너지와 정보를 보여주며 러브파(LQ)

다음에 남북성분에서 분산 현상없이 발견한 것은 수중폭발자료의 획기적 수학이다. 또한 레알리파(LR) 다음에 바다 바닥과 해저지층 사이 접촉면을 따라서 발생한 스토운리 파(SW)가 T파(T-phase)보다 늦게 도달한 것도 이번 천안함 수중폭발의 특징을 보여준다. 더욱이 버블팔스(BP)와 버블젯트(BJ)는 수중폭발을 더욱 명명백백하게 증명한다.

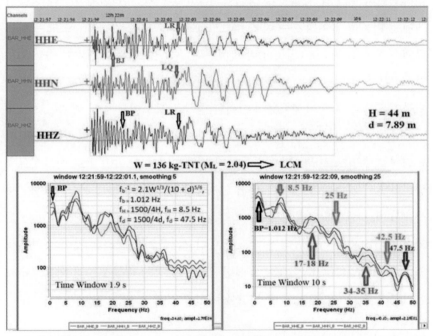

천안함 침몰당시 발생한 지진파와 스팩트럼 분석에서 분명하게 보여주는 증거물이다. 수중폭발에 의해서 지진파가 해저 바닥에서 반사해서 발생한 반향효과의 초록색 화살표(8.5Hz, 25Hz, 42.5Hz), 선체 하부 반사현상 적색 화살표(17Hz, 34Hz) 및 상부층과 표면에서 반사해서 생긴 천부층 채널파는 진한 갈색 화살표(47.5Hz)를 보여주는 스펙트럼 분석은 수중폭발임을 명명백백하게 입증한다. 또한 반향효과에 의하면 천안함 침몰은 수심 44미터 바다에서 깊이 8미터 수중폭발에 있었다는 것을 보여준다.

버블펄스(bubble pulse)와 버블젯트(bubble jet) 설명은 매우 복잡한 물리현상으로 일반 물리학 교과서에서는 찾아볼 수 없다. 물속에서 폭발이 일어나면 가스 버블이 발생하고 이 버블이 상승하다가 꺼지게 된다. 꺼질 때 해수면 또는 선체에 가까이 올라올 때 주변 수압을 받고 또한 중력과 관성 영향을 받는다. 가스버블의 중심(centroid)은 계속해서 선체부하를 향하여 올라오면서 속도와 가속도가 증가한다. 이렇게 단단한 선체하부와 버블경계에서 버블을 끌어당기는 힘을 비요크네스 힘(Bjerknes Force) 또는 비요크네스 효과(Bjerknes Effect)라고 부른다. 즉 단단한 선체바닥은 올라오는 가스버블을 끌어당기는 버블젯트(bubble jet) 현상이 일어난다. 이때 가스버블이 찌그려지기 시작하는데 이러한 현상을 토로이달 버블 변형(toroidal bubble deformation)이라고 부른다. 가스버블은 튜브모양의 토로이달 버블변형을 수평으로 만들면서 상응하다가 해수면에 모이면 바로 버블젯트를 생성하면서 가스버블은 사라진다. 그리고 이때 발생하는 힘은 상승하기 시작해서 어느 순간 최고점에서 중력가속도로 최대 $190.5g$ ($1g = 980 cm/sec^2$)까지 순간적으로 나타났다가 감소하여 평균값은 $62.5g$ 라는 것이 수치해석으로 발견되었다(Kim, 2021 최신버젼). 이 엄청난 버블젯트의 비요크네스 힘이 천안함을 순간적으로 두동강을 내고 말았다.

N. B., So Gu Kim (2021). Multiple Studies of Underwater Explosions vis-à-vis the ROKS Cheonan Sinking: ROKS Cheonan Sinking and Underwater Explosions, 509 pp. Amazon Kindle Direct Publishing, USA. See Updated Version (2023).

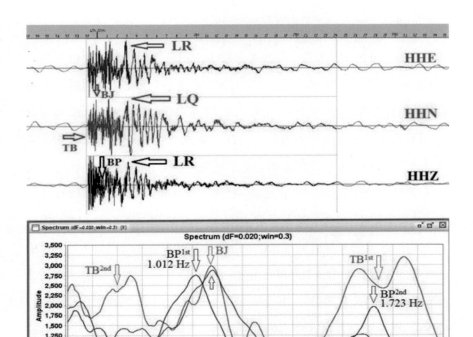

수중폭발을 증명해 주는 결정적 증거(smoking gun)가 될 수 있는 가스버블주기(BP), 버블젯트 (BJ) 및 토로이달버블 변형(TB)을 보여주는 사이즈모그램과 고해상 스펙트럼 분석이다. 배가 남 북방향위치(327도)에서 가스버블이 최대되었다가 찌그러지기 시작했기 때문에 남북발향(HHN) 에서 토로이달 버블변형이 시작되었다.

천안함 침몰이 비접촉 수중폭발이라는 것을 주파수 영역에서 보여 주기 위해서 고해상 스펙트럼분석 수행하면 맨 먼저 가스버블(gas bubble pulse) 이 최대가 되었다가 찌그러지면서 생기는 토로이달 버블(toroidal bubble) 이 남북성분에 뚜렷하게 나타나고 있다. 동시에 버블젯트가 생겨 어느 순 간 191g (1g = 980cm/sec^2) 의 엄청난 비요크네스힘(Bjerknes force)이

순간적으로 배바닥을 때리면서 구멍을 내고 두토막을 만들었다. 물론 동시에 회전운동하는 코리올리스 힘(Coriolis force)도 영향을 주게되어 보텍스(vortex) 와 각 운동량 보전의 법칙이 함께 발생하여 깔떼기 정점에 갈수록 운동량이 증가했다. 이현상은 마치 시속 약 400킬로미터 이상으로 하강하는 미국 동남부지역의 토네이도와 같다. 더 자세한 내용은 필자의 논문과 저서에서 알 수 있다. 그리고 버블젯트 바로 후에 가스버블이 무너지는 가스버블 펄스(Gas Bubble Pulse)가 생긴다. 가스버블 주기 0.988초(1.012 Hz)는 폭발깊이 약 8m 와 폭발량 136kg TNT를 결정하였다. 이에너지는 1970년도말 우리가 북방한계선 (NNL)에 북한의 침입을 막기위해서 백령도 일대에 설치했던 육상조정기뢰 (Land Control Mine, LCM, 국방부 합조단 보고서에 있음)와 일치한다. 따라서 이 기뢰라고 단정할 수밖에 달리 설명할 수없다. 결론적으로 천안함 침몰이 기뢰에 의해서 일어날 확률은 99.9999%가 된다.

  N. B.,
  버르젯트와 유사한 운동 토네이도에 관해서 미국 중남부지역에서 토네이도(tornado)가 발생해서 100여명의 사망자와 엄청난 재산피해를 냈다. 세계 최강대국도 자연앞에서는 속수무책을 보면서 토네이도에 관해서 간단히 설명할려고 한다. 사진은 인터넷에서 빌린 그림이다.

  토네이도의 기본원리는 아르키미데스 원리 (Archimedes's principle), 각운동량(angular momentum) 보전의 법칙, 그리고 지구회전에서 생긴 코리올리스힘(Coriolis force)의 관계가 있다. 요즈음 많은 이상기후 영향으로 대륙과 해양의 기온변화가 심하다. 따뜻한 공기는 증가하고 가벼워져 밀도가 낮아 올라가면 주변에서 찬공기 모여든다. 즉 주변 고기압이 생기고 저기압으로 몰려온다. 이때 지구위에서 공기이동은 지구회전운동 때문에 관성력 코리올리스 힘을 받게 된다. 다시 말해서 지구회전운동(원심력)과 반대 방향으로 북반구에서는 시계 반대방향(counter-clockwise)으로 회전하며 소용돌이가 발생한다. 이때 회전운동에 의해서 발생한 각 운동량(질양X속도X 반경)보전의 법칙이 적용되며 초기 발생시에는 반경이 크기 때문에 스핀속도는 느리지만 하강할수록 반경이 작기때문에 막강한 속도로 즉 가속도 힘으로 자동차, 집들이 공중으로 날아가는 대형피해를 본다. 이때 최대 토네이도가 타격하는 힘은 대략 7g-10g 이상 정도 된다. 이것은 2010년 3월 26일 백령도 앞바다에서 발생한 천안함 침몰사건보다 작은 힘이다. 다만 토네이도는 위에서 하강 할수록 반경이 축소하므로 스핀속도가 증가하지만 수중폭발 경우는 반대로 위로 올라오면서 반경이 작아지기 때문에 운동량 보전 법칙에 의해서 회전속도가 무척 빨라지기 때문에 치명적 타격을 선체하부에 더 가하게 된다.

기뢰에 의해서 수중폭발이 일어났을 때 가스버블이 상승하면서 꺼져가며 토로이달 버블 변형(toroidal bubble deformation)을 거쳐 버블젯트로 선박바닥에 191g 중력 가속도 힘으로 구멍을 내면서 심한 타격을 가해서 천안함을 순간적으로 두토막 냈다. 보통 지구상에서 가장 강력한 지진 (규모 9.5) 발생 했을 때 지상에 미치는 지진력(1-2g)보다 훨씬 큰 힘이다. 여기에 상세한 설명은 참고 문헌과 유튜브에서 찾아볼 수 있다. 이와 비슷한 현상을 동남아시아 태풍(typhoon), 열대지방의 사이클온(cyclone), 미국과 서인도제도 허리케인(hurricane) 이라고 부르는데 토네이도와 같이 대기중 공기의 특유한 이동 현상이다.

a)지상과 소나기 구름이 접촉해서 맹렬하게 회전하는 공기 기둥 토네이도(tornado).

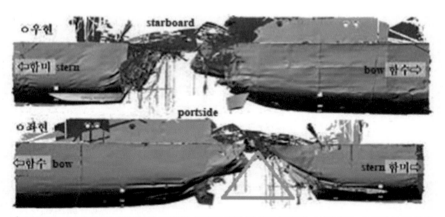

b)좌현에서 수중폭발이 발생해서 좌현에 삼각형으로 찢어진 모양을 보여준다. 우현에서 파열된 모양은 간접적 영향때문에 좌현에 비해서 매우 불규칙하다. 버블젯트를 동반한 코리올리스 효과 때문에 함수가 더 치명적 피해를 당했다. 토네이도 깔때기는 위에서 발생하고 하강 때 반경이 작아지면서 강해지지만(각 운동량 보존법칙) 수중폭발 경우는 반대로 밑에서 발생해서 위로 상승하면서 점점 작아지며 강해진다.

2015년 6월 30일 오스트리아 비엔나에서 유엔산하 CTBTO(유엔산하 포괄적 핵실험금지조약기구)주최하는 국제수중음향학회워크(IHW2015)에 초빙되어 천안함 침몰원인에 관해서 논문발표 후 기념촬영했다. 맨 앞줄 왼쪽에서 세 번째가 필자이다.

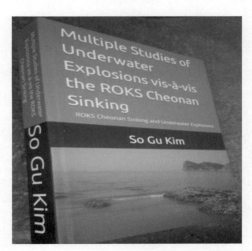

아마존 킨들 출판(Amazon Kindle Direct Publisher)에서 영어로 편집 출판한 천안함 침몰 원인 분석 저서나 유튜브(YouTube) 에서 "천안함과 북핵 ROKS Cheonan DPRK Nuke Tests"을 참고하면 자세한 정보를 알 수 있다.

오스트리아 비엔나의 괴테 동상과 붉은 토끼 앞에서. 비엔나는 음악의 도시이며 문화유산이 많은 도시이다. 유엔산하 포괄적핵실험금지조약기구(CTBTO) 과학과 기술 국제회의(2015년, 2017년, 2019년) 초빙 발표할 때마다 아내와 함께 방문했다.

천안함 침몰에 관해서 그동안 방송(전 뉴스 타파 최승호 PD, 전 MBC 사장)은 물론 진보쪽 언론 한겨레신문(강동호 기자와 오철수 기자) 등에서 많이 발표되었다(naver.com에서 "김소구"탐색). 특히 재미 과학자 이승헌 교수(Professor of Physics, University of Virginia)와 서재정 교수(Professor of Foregin Relation, John Hopkins University) 등이 찾아와서 천안함 침몰에 관해 심도있게 논의했다. 이들은 천안함 폭침의 결정적증거로 제시된 북한산 어뢰 추진체가 정부의 발표와는 달리 가짜라고 주장했다. 특히 이승헌 교수는 수거된 녹쓴 어뢰추진체에 붙어있는 물질과 선박에 붙어 있는 물질이 같지 않다고 했다. 또한 천안함 침몰원인을 폭발보다 비폭발 가능성에 무게를 더했는데 나는 이에 동의하지 않았다. 한편 재미 대잠수함 공격무기 전문가 고안수명(Sam Soo-myong Ahn) 박사(경기고, 서울대, UC Berkeley, Ph. D.)도 나를 찾아왔는데 그는 백령도 앞바다의 얕은 수심에서 오는 해저 소음난반사와 조석간만의 배경 소음때문에 음탐어뢰가 작동하는 것은 과학적으로 불가능하다고 주장했다. 그러니까 어뢰를 이용해서 정확히 작전을 수행하기엔 지극히 어려운 영역이라고 주장하며 천안함이 북한어뢰에 피격될 확률은 백만분의 일 (0.0001%)도 안된다고 했다.이들 재미과학자들은 정부 주관 새로운 재조사를 위한 국가과제도출을 희망했으나 정부는 반대입장을 펼치고 있다.

과거 국가의 주요행사나 국가고유직 청문회 때 천안함피격에 대해서 물으면 말을 잘못해 불이익을 당할까봐 그냥 정부발표를 믿는다는 식으로 답변하곤 했다. 나는 자신있게 자기가 말한 것을 뒤집고 정치적으로 모호한 처신을 하는 사람들을 보고 나라의 미래가 매우 걱정스럽다고 생각했다. 필자가 알기로는 천안함 합동 조사결과를 바탕으로 발행한 한글과 영문판(2010)의 천안함 합동조사 결과 보고서가 있었는데 출판후 얼마있다가 모두 국방부가 회수하여 폐기해 시중에는 없는 것으로 알려져 있다.

북한핵실험 분석과 결론

북한 핵실험에 관해서 그동안 국제학회와 논문에서 많이 다루었지만 연구자마다 정확하지 않다. 그 이유는 북한의 지진데이터와 정보가 부족하고 제한적이었기 때문이다. 필요한 것은 정확한 진원지, 진원 깊이, 그리고 규모와 폭발량인데 여기서 제일 중요한 인자가 폭발깊이와 폭발량이다. 대부분의 서구 연구자들은 2017년 핵실험의 최대규모 6.3, 폭발량 수백 킬로톤 티엔티와 최대 깊이 750-1000미터로 추정하고 있으나 필자는 보다 많은 지진 데이터와 정보(기술포함)를 가지고 실체파와 표면파의 스펙트럼 분석을 통해서 북한 핵실험을 진단했다. 그 결과 이는 지하 2000미터에서 최대 폭발량(868kt-1Mt TNT)으로 수행한 수소폭탄 실험이라고 결정했다. 이 자료는 미국 지구물리학회(AGU)는 물론 유엔산하 포괄적 핵실험금지조약기구(CTBTO)에서 2015년, 2017년 그리고 2019년 등 3차례에 걸쳐 발표했다.

북한핵실험 진앙지의 해발과 깊이를 보여주는 지도. 괄호속의 숫자는 해발과 진원깊이 (km)를 표시한다. 연도앞의 약자는 연구자들을 표시한다(Israelsson 2016; Murphy et al., 2013; Pabian and Hecker, 2012; Zhang and Wen, 2013; Tian, Yao and Wen, 2018). 붉은색과 노랑색 심볼은 유엔산하의 포괄적핵실험금지조약기구(CTBTO)와 미국지질조사국(USGS)이 결정한 것을 표시한다.

아마존 킨들 출판(Amazon Kindle Direct Publishing)에서 영어로 편집 출판한 북한 핵실험과 천안함 침몰원인에 관한 과학수사 지진학.

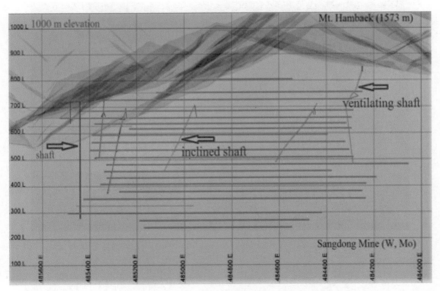

1573m 함백산 상동 광산(텅스텐)의 수평갱도(붉은선)와 수직갱도의 단면도. 비밀의 북한 핵실험장소 만탑산(2205 m) 밑에 지하갱도 구조를 상상하기 위해서 심도 깊은 금속광산을 그려볼 수 있다. 북한 핵실험갱도도 텅스텐광산갱도 모양으로 수직과 수평갱도로 이루어졌다고 생각한다.

N. B.,

북한 핵실험과 천안함 침몰에 관해서 과학수사 지진학으로 정체를 밝힌 영문서적

So Gu Kim and Yefim Gitterman (2020). Forensic Explosion Seismology, Cambridge Scholars Publishing, UK, 523pp

So Gu Kim (2021). Forensic Seismology vis-à-vis DPRK Nuke Tests and the ROKS Cheonan Sinking, Amazon Kindle Direct Publishing, USA, 466pp. See Updated Version (2023)

You Tube 검색: 천안함과 북핵 ROKS Cheonan DPRK Nuke Tests

2017년 오스트리아 비엔나 CTBTO(UN 포괄적핵실험조약기구)북한핵실험 관해서 초청 논문 발표(SnT2017).

나는 2015년(SnT2015), 2017년(SnT2017), 2019년(SnT2019) 3차례 유엔산하 포괄적 핵실험금지조약기구(CTBTO)에 초빙되어 북한 핵실험 분석에 관해서 강연을 했다.

경주, 포항지진의 정밀 분석

경주지진과 포항지진에 관한 정밀 분석, 홍성, 영월, 경주지진의 진원지역에서 토모그래피에 의한 P파 속도는 주변에 비해서 떨어짐을 알 수 있다. 아래 그림은 1997년 6월 26일 경주에서 발생한 경주 지진(M 4.2/4.7 한국지진 연구소)의 진원지역 토모그래피로, 깊이 10 km의 진원부근 파쇄대에 지하 원생수(connate water)가 포화상태로 있다가 지진발생과 동시에 탈수화 작용이 일어나서 지층의 강성률을 감소시킨 것이다. 마찬가지로 밀도 토모그래피 와 중력도 원생수의 이동과 지하 퇴적암 특성 때문에 주변에 비해서 하강이 심하게 나타났다.

*러시아 쌍트페테르부르크(St. Petersburg)탐사 지구물리연구소(VIRG/Rudgeofizika) 및 중국 남경(Nanjing) 지진연구소와 국제공동 연구로 3차원 토모그래피를 수행해서 창출한 결과 .2016년 9월 12일 규모5.4(5.8,기상청) 경주지진이 발생하여 이 지역 원자력발전소의 안전성 위협과 월성 시민들의 공포를 자아낸 원인도 그림의 지진 토모그래피에 나타난 활성단층에 기인한 것이다(Kim and Li, 1998a; Kim and Li, 1998b; 김소구·배형섭, 2006). 기상청은 국내 지진관측망을 이용해서 규모5.8로 결정했지만 미국 지질조사국(USGS)은 일본, 중국, 러시아를 비롯해서 전세계 관측망에서 대량의 자료를 활용해서 규모5.4를 결정했다. 여기서 진앙결정에 중요한 것은 진원을 중심으로 관측소가 사방으로 골고루 퍼져있을 때가 기상청처럼 남동쪽 관측망이 부족한 데이터를 사용할 때보다 더 정확하다는 것이다. 따라서 필자는 경주지진의 규모를 5.4가 정확하다고 본다. 그럼에도 불구하고 언론과 방송에서는 정부의 공식적 발표 규모 5.8을 계속 사용하고 있다. 이러한 것이 오늘 날 책임있는 국가기관이 잘못된 정보를 발표하고 이것을 이어받

아 방송과 언론이 계속해서 이용하게 되면 과학을 오염시키는 안타까운 현실이 되고 있다. 그리고 이러한 현상은 가짜뉴스나 소문이 사회를 어지럽게 하고 불상사를 초래하는 다른 문제로 연결된다. 또한 포항 지진규모가 5.4로 경주 지진과 같은데 더 큰 피해를 포항지진이 깊이가 얕다는 이유로만 설명하는데 문제가 있다. 경주지역은 화강암지역이지만 포항지진 지역은 약 3킬로미터의 두께를 가지고 있는 퇴적암 포항 분지에서 발생했다.

아래 그림에서 포항지역도 지하 10킬로미터에서 단층대가 존재하지만 지진동이 발생할 때 퇴적분지까지 뻗혀있는 단층 활동이 일어났고 동시에 액상화(liquefaction)현상이 발생하여 지표의 구조물을 움직였기 때문에 피해가 경주보다 훨씬 컸다. 주변의 지열발전과 연관성에 관해서 복잡한 문제로 연결되어 있는 것으로 안다. 필자는 오래전 귀국초창기에 포항지열을 연구하기 위해서 과학재단에 나의 지도교수 오리건주립대학 지열의 세계적권위자 보바슨 교수(Gunnar Bodvarsson)와 국제공동연구과제를 제출했지만 선정되지 않았다. 우리나라에서 지열이 제일 높은 지역이 포항분지였음이 30년 전에 이미 발견됐었다. 일반적으로 물주입과 지진 발생관계가 있지만 지열발전의 물투입과 포항지진(2017년 11월15일)은 직접적인 원인은 없다고 본다. 오히려 바로 1년 전에 발생한 경주지진의 정반대 방양의 대조적 단층운동(Antithetic Faulting)의 영향이 크다고 볼 수 있다.

지진공학 경험식에 의하면 16km의 단층길이가 운동하여 지진이 발생하면 대략 규모7.0의 지진이 일어난다. 유엔 국제원자력기구(IAEA)의 원자력발전소 규정에 의하면 원전부지에 16km 이상의 활성단층이 있으면 원전건설을 지을 수 없고 또한 부지에서 32km 이내에 이런 활단층이 있으면 원전건설은 불가능하기 때문에 경주에서 30km 이내에 있는 월성 원자력발전소는 규정 위반이며 부적합하다고 여겨진다.

그림에서 경주-울산에 지하 10km에서 약 70km의 활성단층과 또 지하 20km에서 약 80km의 활성단층으로 추리되는 단층을 발견했는데 만약 이들 단층 전체가 활동을 한다면 엄청나게 큰 규모의 지진이 발생할 수 있다. 그러나 단층운동은 단층길이 전부가 움직이는 것이 아니고 어느 특정 부분에서 마찰과 파열로 인해서 이 지역의 새로운 활성단층의 움직임이 시작되었다고 본다. 근본적 원인은 2011년 3월 11일 동일본 대지진(규모9.0)으로 한반도 전체의 응력균형이 깨졌고 이로 인해서 경주-울산 단층이 재활동한 것이다.

한반도는 이웃 지진국 중국과 일본처럼 전방에서 북동진하는 인도판과 북서진하는 태평양판에 의한 강력한 힘에서 벗어나서 경주지진에서 큰 단층운동보다 430여 차례의 여진으로 에너지를 발산시킴으로써 큰 지진을 피했다. 그러나 지진은 아직 미개척분야로 땅 속의 비밀은 아직 불확실한 요소가 많기 때문에 활성단층이 있는 한 안심할 수 없다. 더욱이 이 지역은 경상분지에 속하기 때문에 지진파 감쇠가 작아 다른 지역보다 지진에너지가 멀리 나가고 또한 저주파가 많이 생성되어 진폭이 커지므로 피해가 늘어날 수 있다.

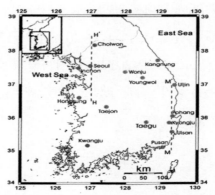

특정지역의 지진 토모그래피와 밀도 토모그래피를 위한 측선.

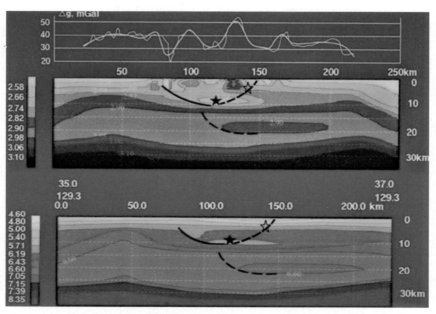

경주지진과 포항지진의 진원위치와 활성단층 단면도. Bouguer중력 이상(가는 선)과 계산치(굵은 선)와 밀도 토모그래피(상), 지진 토모그래피(하). 무게 중력 토모그래피는 러시아 쌍트페테르부그(St.Petersburg) 지구물리연구소에서 수행되었다(This work was produced by VIRG/ Rudgeofizika, St.Petersburg, Russia).

포항지진은 경주지진에 의해서 정반대 방향 단층운동(Antithetic Fault)으로 발생하였다. 닫힌 별(closed star)은 2016년 9월12일 경주지진 (규모 5.4)이고, 열린 별(open star)은 2017년 11월15일 포항지진 (규모 5.4)의 진원을 나타낸다. 높은 중력이상과 고밀도 토모그래피를 나타낸 지역은 포항제철소가 위치한 장소다.

제12장 조국의 부름과 새로운 도전

나는 박사학위를 받는 날까지 취직은 생각해 본 일 없었다. 따라서 취직에 절대적 조건인 영주권에도 관심이 없었다. 그러나 당시 연구조교를 받았던 많은 한국 유학생들은 영주권을 갖고 있거나 신청했었다. 나는 막상 졸업을 앞에 두고 영주권이 없어서 취직길이 막혔다는 것을 알게 되었다. 그러나 항상 자신감을 가지고 낙천적으로 길을 뚫었다.

하루는 학교 게시판에 붙은 몇몇 석유회사 입사공고를 보고 지원서를 냈다. 1976년 6월 초순 Oklahoma의 Tulsa에 있는 Seismograph Service Corporation(SSC)회사로부터 Sr. Seismic Analyst 자리에 흥미가 있으면 면접을 보러 오겠느냐는 전화를 받았다. 나는 보내준 비행기표로 1976년 6월 10일 SSC에 내려가서 면접시험을 보았다. 당시 나는 영주권이 없었기 때문에 불가능 하지 않느냐고 물었으나 회사 측에서 그 문제는 해결 해 주겠으니 걱정말라고 했다. 면접시험을 마치고 돌아와서 지구물리학(지진학) 분야에서 1976년 6월 14일, 박사학위가 수여되었다. 나는 6월 말에 회사가 부담하는 이사비용으로 오클라호마주의 석유도시 Tulsa로 내려가서 새로운 아파트를 얻었다. 털사는 세인트루이스에서 자동차로 8시간 서남쪽으로 달리면 도달하는 "세계의 오일 수도(Oil Capital of the World)"라고 불리울 정도로 미국 오일산업의 중추적 역할을 하고 있다. 오일 부호들이 많이 살고 있는 곳이다.

내가 주로 담당하는 업무는 Data Processing Center에서 석유탐사의 자료 분석과 해석에 많이 활용되는 파동방정식 구조보정(wave equation migration) 프로그램을 개발하는 것이었다. 기존의 구조보정 방법에 비해서 파동방정식 구조보정은 시간영역(time domain)에서 파동방정식의 점근해로 이루어지는 상업용 프로그램으로 날로 발전하는 Computer의 기억량과 속도에 따라 유리하게 활용할 수 있는 매우 좋은 과제로 보였다.

그러나 나는 프로그램 개발전에 탄성파 탐사의 디지털 기록 수집방법을 세밀하게 조사하기 위해서 Wyoming의 현장 지구물리 탐사팀에 합류하여 석유탐사의 자료 수집과정을 배우게 되었다. 당시 Tulsa에서 새로 구입한 하늘색 Volkswagan Beetle을 몰고 Wyoming 탐사지역을 출장갈 때 광활한 미국대륙을 운전하며 산을 넘고, 그리고 고개를 넘어가면서 하느님의 명령에 따라 움직이듯 기도하며 혼자 기쁘게 여행을 했다.

그때는 박사학위를 막 받고 전공 분야에서 좋은 직장을 갖게 되었고, 무엇보다 하느님의 은총을 받고 매일 매일 사는 것이 너무나 행복하다고 생각했다. 그리고 가는 곳마다 만나는 사람들이 반갑고 친절하게 대해 주었다. 특히 Wyoming의 Kemmerer라는 동네는 정말 두메산골로 난생 처음 동양사람을 봤는지 어린애들이 나의 뒤를 졸졸 따라다녔다.
이곳은 중생대 바다에 잠겼던 지역으로 옛날 물고기와 식물종류가 풍부한 화석산(fossil butte)이 많이 있었다. 그리고 특히 인접에 있는 공룡 (Dinosaur)이라는 동네에는 산전체가 공룡 뼈로 덮여 있어 아주 훌륭한 관광지였다. 탐사팀은 Pickup 트럭으로 산언덕을 마구 오르고 내리는데, 때로는 뒤집힐것 같아 가슴이 조마조마했다. 탐사대는 정말로 거칠게 차를 몰았다.

Wyoming의 Kemmerer 들판에서 석유탐사를 위한 인공폭발에 의한 탄성파탐사 현장이다. 취직후 훈련기간 동안 와이오밍주 케메라주변 세이지 (sage)야산에서 한달동안 탄성파탐사 자료 수집 작업을 했다.

Tulsa는 오래전부터 기름도시(Oil City)로 유명했으며, 미국 메이저 석유회사들이 많이 집결되어 있어 석유 갑부들이 많이 사는 부자 도시였다. 처음에 Tulsa에 아파트를 구했으나 나중에 새집을 살 계획을 세웠다. 나는 회사에 근무하면서 Washington D.C에서 열리는 미국지구물리학회(AGU)에 논문을 발표하고, 이곳에서 주미한국 대사관에 들려 과학관(임용규 박사)을 만났다. 그때 임용규 박사는 주소를 남겨놓고 가라고 하여 그렇게 했다. 그곳에 주소를 남겨 놓은 것이 훗날 한국에 오는 동기가 되었다. 그후 회사에서 열심히 일하고 있던 중 어느 날 갑자기 한국에서 두꺼운 봉투가 날아왔는데 여러 한국연구소에서 유치과학자 초빙으로 많은 특혜와 특권을 제공하겠다는 제의였다. 당시 내가 개발한 파동방정식 구조보정 프로그램은 어느 한계선을 두고 진행되는 상품에 불과했다. 나는 진실로 상품보다 더 중요한 가치를 부여할 수 있는 일자리에 더 깊은 관심이 있었다. 즉 내가 좋아하는 일과 연구를 하고 싶었다. 그렇게 재미있고 어렵게 공부한 것이 좀더 효율적으로 인류(사회)에 공헌되기를 간절히 바랬다. 그러나 당시 한국에는 아무도 지진 공부를 한 사람이 없었기 때문에 내가 공부한 것을 크게 쓸모있게 활용할 수 있다고 생각했다. 따라서 한국의 유치과학자 초청은 아주 좋은 유혹이지 않을 수가 없었다.

그 당시 나의 Boss는 영국 런던대학 물리학과 출신으로 나의 귀국생각을 정면으로 반대했다. 어느 날 나의 Boss는 나를 그의 집에 초청하여 저녁을 먹으면서 나의 귀국의사를 적극 반대하였다. 그 이유는 자기도 영국을 떠난 지 10년이 되었는데 고향에 가보면 살아온 생활 바탕이 달라서 영국 생활 환경과 잘 어울릴 수 없다는 것을 발견했다는 것이었다. 그리고 두 번째 이유는 한국에는 전쟁이 일어날 가능성이 있다는 것이었다. 나 자신도 고국을 떠날 때 다시는 돌아오지 않겠다고 결심하고 떠났었다. 그러나 한편 무엇인가 조금이라도 남이 할 수 없는 일을 내가 고국에 가서 하게 되면 큰 보람을 찾을 수 있다고 생각했다. 그때부터 나는 한국에 가야 되나 안 가야 되나(to go back or not to go back)를 가지고 고민과 갈등을 하기 시작했다. 그래서 회사에서 일을 마치고 퇴근할 때마다 시내 중간에 있는 공원에 들러 조용히 기도를 하곤 했다.

그렇게 여러날 고민을 계속하던 중 어느 날 갑자기 나의 귀에 명료하게 소리가 들려왔다. "They need you(그들이 당신을 필요로 한다)."라고 하는 하느님의 음성을 또 다시 들을 수 있었다. 나는 무릎을 치고 기뻐서 일어나 한국에 돌아가기로 결심했다. 이것이 두 번째 하느님으로부터 들려온 환청이라고 생각했다. 주님의 심부름을 위해서 이 세상에 나와 주님의 심부름을 하다가 심부름을 마치고 주님품 안으로 돌아가는 심정으로 살고 싶었다는 것이 당시 나의 인생관이었다. 더욱이 나의 프로젝트가 80% 밖에 완성되지 않았지만 회사는 내 작품을 상품화하고 내게 새로운 프로젝트를 맡겼다. 회사는 정확하고 완벽한것 보다 이윤을 먼저 생각했다. 평생 이렇게 사는것은 내가 가야할 직업이 아니라는 생각하니 더욱 귀국을 결심하게 만들었다.

그 다음날 나는 당시 새로 구매한 Volkswagan Beetle을 판다고 내놓고 부사장 비서한테 광고해 주기를 부탁했다. 그때 부사장 비서는 내말을 믿지 않으며 Joke를 한다고 생각했다. 그러나 결국 나는 그 차를 팔고 다음해 2월에 한국 동력자원연구소(현 한국지질자원연구원)에 제1호 지진학 박사와 동력자원연구소 제1호 유치 과학자로 귀국하게 되었다.

내가 김포공항에 도착하여 입국할 때 한국의 도로는 흐릿한 가로등과 뽀얀 먼지로 초라한 모습이었으나 원대한 꿈을 가지고 당당하게 서울에 왔다. 연구소의 희미한 형광등 불빛과 시커먼 아스팔트 바닥은 찬란한 백열등과 양탄자로 장식돼 있던 미국 연구실과는 비교도 되지 않았다. 당시 한국에서는 원자력발전소 건설에 한창 박차를 가하고 있었고, 원자력발전소 건설에 필요충분조건의 하나인 지진의 내진문제와 부지 안전성문제에 있어서 지진 전문가가 절대적으로 필요한 시기였다.

나는 한국 최초의 지진학(Seismology) 박사 1호로 들어와 지진의 선구자로 동분서주하면서 바쁘게 살아야 했다. 그래서 나는 연구소 업무 이외에 과학기술처 지진 전문위원과 자문역을 많이 하게 되었다.

더욱이 당시 지진 분야는 한국에 전문가 전무상태로 어디서 일을 시작해야 될지 전혀 엄두를 낼 수 없었다. 그래서 나는 우선 역사지진을 정리하게 위해서 자료를 찾고 있던 중 일본 동경대 지진연구소의 Usami 교수한테 지진 자료를 문의했다. Usami 교수는 내가 미국에 있을 때부터 서로 알고 지내던 분이었기 때문에 아주 적극적으로 일본 동경대를 방문할 것을 요청했으며, 자기가 준비한 한반도 역사 지진자료를 주겠다고 약속했다.

나는 동경대학뿐만 아니라, 국제지진공학연구소(IISEE), 일본기상청(JMA)도 동시에 방문할 필요가 있다고 생각하고 약 2달간의 기간을 이용해서 귀국후 처음으로 해외여행을 하며 3기관을 방문했다. 주로 지진학과 지진공학의국제연구소(International Institute of Seismology and Earthquake Engineering)에서 근무했다.

동경대 지진연구소를 방문했을 때는 약속한 대로 우사미 교수가 Wada에서 발췌한 한반도 역사 지진과 Musha가 만든 한반도 및 주변국가의 역사지진을 다룬 2권의 귀중한 책을 넘겨주었다. 훗날 이것들은 내가 1978년 10월 7일 홍성 지진예보를 하는 데 큰 몫을 한 중요한 자료가 되었다.

가루이자와 별장

당시 일본을 방문할 때 어느 지인의 소개로 동경에서 큰 음식점을 경영하며 사업을 하는 재일교포 이종명 (李鐘鳴)라는 분을 알게 되었다. 그후에도 일본을 방문할 때마다 나를 반겨주었고 시간이 있을 때에는 동경에서 기차로 3시간 이상 떨어져 있는 자기 가루이자와Karuizawa) 별장에서 며칠간 휴식하게 안내해 주었다. 가루이자와는 동경에서 약3시간 거리 아시마 (Asama) 활화산 밑에 수목이 우거진 조용한 휴양지다. 李鐘鳴 사장은 동경 신주쿠에 신라원(新羅遠)이라는 고급 레스토랑을 운영하는 대사업가였다. 나는 동경에 들릴 때마다 이 레스토랑에서 그와 함께 음식을 즐겼다. 그러나 애석하게도 1990년도에 그가 이 세상을 떠났다는 것을 전화로 알게 되었다. 그 외에도 그는 나의 어려운 사정이 있으면 돕겠다고 하며 언제든지 연락하라고 했었다. 다시 한 번 생각해봐도 나는 가진 것은 없지만 주위에서 은인을 많이 민날 수 있었다.

나는 과기처전문위원으로 근무하면서 원자력발전소 안전위원회에 자주 참가했고 당시 원자력국장은 나한테 원자력발전소 내진과 부지선정에 관한 연구 과제를 외국회사에만 의존해서 추진해 오던 것을 국내에서 내가 하도록 제안했다. 따라서 원자력발전소 내진설계와 건설부지 안전 타당성 조사에 관한 연구 용역을 처음으로 동력자원연구소에 수주하게 만들었다. 그래서 당시 한국 동력자원연구소는 처음으로 원자력발전소 건설의 내진 및 부지안전 타당성 조사 사업을 시작하여 그후부터 계속하여 이에 관한 사업을 수행하게 되었다. 그리고 또한 원자력발전소 부지조사 사업은 본 사업의 주체측인 미국회사 D'appolonia의 자문을 받게 되었다. 그래서 나는 미국을 출장할 기회가 생겼다. 그래서 당시 나는 미국해양대기청(NOAA)에 근무하는 세인트루이스대학 동문 Bob Gangse 박사한테 연락하여 Postdoc의 자리를 구해달라고 부탁했었다. 마침내 나의 친구로부터 단기간(6개월) Postdoc 자리를 NOAA와 Colorado대학 지구환경 연구소(CIRES)에서 근무하는 조건으로 구했다는 연락을 받았다.

나는 또한 동시에 Pittsburgh에 있는 D'appolonia 회사에서도 한 달간 공동연구 과제를 수행하기 위해서 장기출장 허가를 받고 1978년 여름에 미국으로 떠나게 되었다. 사실 이때 나는 다시 돌아오지 않을지도 모른다고 생각하며 출국했었다.

Ganse 박사는 St.Louis대학 동문 선배이고 그는 또한 미국연안경비대(U.S. Coast Guard) 사령관으로서 NOAA연구소에 파견 근무 중이었다. 그는 미국인이지만 매우 친절했으며 잠깐 동안 나는 Colorado, Boulder에 있는 그의 집에 머무른 적도 있었다.

콜로라도 보울더에는 10월말부터 눈이 오기 시작하여 온 세상이 하얀 눈으로 1미터이상 덮여 있는 아름다운 곳이었다. 나는 이곳 연구소에서 Bill Reinhart라는 매우 친절한 연구원을 또 알게 되었다. 그는 나를 위해서 자기 집에서 사용하던 취사도구 일체를 빌려주며 부득이 그런데 돈을 쓰는 것을 절약해 주려고 했다. 나는 종종 그의 집에 초대받았으며 천주교적이고 동양적인 소박한 서양 가정을 보고 감명을 받았다.

필자가 국내에 유치과학자로서 귀국했을 당시 지진학분야에서는 지진자료가 전무한 상태에서 연구과제가 없어 고민하던중 일본 동경대학 우사미(Usami) 교수의 초정으로 일본 동경대학을 방문하고 그로부터 무샤(Musha K. 武者金吉)가 저술한 일본 및 인접지역 역사지진기록을 가지고 한반도의 역사지진을 다루게 되었다. 여기에 처음으로 통계분석과 포아송확률분포(Poisson Probability distribution)를 적용해서 한반도의 지진위험 가능성과 지진주기를 산출하고 예측모델을 발표했다. 1936년 7월 4일 지리산지진(규모 5.3) 이후 42년 주기로 1978년 9월 15일 속리산지진(규모 5.2)과 1978년 10월 7일 홍성지진(규모 5.0)이 일어났던 것의 연관성을 각종 신문에 발표하고 미국으로 출국했었다. 그런데 1978년도 나의 한반도 남부의 지진발생가능성 예보가 공교롭게도 적중했다.

내가 Boulder에서 Postdoc 연구를 수행하고 있었을 때, 한국으로부터 날아온 편지와 각종 신문기사로 가득한 큰 봉투를 받았다. 그 내용은 1978년 10월 7일 내가 발표했던 홍성지진 예보가 정확히 맞았다고 거의 모든 주간신문, 한국일보, 경향신문, 동아일보, 조선일보 등이 대서 특필하여 나의 이름을 실었다는 것이었다(신문자료 참조). 나는 그후부터 지진 분야의 제일인자로 불리며 지진이 발생할 때마다 신문과 방송을 타며 매스컴에 올라 이름을 방방곡곡에 퍼뜨리게 되었다.

나는 그후 여러 사람으로부터 TV에서 본 일이 있다는 이야기를 자주 듣게 되었다. 당시 내가 미국 Colorado대학과 NOAA연구소에 있을 때 과학기술처 원자력국장(박긍식 박사,전과기처장관)에서도 홍성지진 과제를 수행할 수 있는 사람이 필요하니 귀국하라고 종용했다. 내가 다시 귀국하게 되면 연구소 보다 자유롭게 연구활동을 할 수 있는 대학에 가도록 하는 조건도 제시하였다. 그러던 중 박긍식 박사로부터 모 대학 물리학과에서 교수 자리가 있다고 들었는데 조교수자리라고 했다. 그러나 나는 그동안의 내 연구경력을 참조해서 부교수 이상의 대우를 요구했다. 그후 다시 부교수 제의가 있어 귀국하기를 결심했다. 이렇게 결정된 자리가 한양대학교 물리학과 부교수였다. 나는 1977년 2월 귀국 후 계약만기가 되는 2월 말까지 연구소에서 근무하고 1979년 3월 2일부터 한양대학교 물리학과에서 강의를 시작하게 되었다. 실은 옛날 미국유학 전에 내가 한국에 있을 때는 한양대학교가 1차 시험에서 낙방한 수험생들이 후기에 지원하는 2차 대학이었다. 그래도 규모로는 제일 큰 대학이었다. 꿈에도 생각해 본 일이 없었던 한양대에서 나의 교수생활이 시작되었다.

　그로부터 10여년이 지난 지금은 서울에서 1차 시험으로 입학하는 상급에 속했으며 특히 공과대학은 많은 중견이상의 간부를 배출한 알아주는 명문이 되었다.

　고등학교시절에는 이러한 대학에 관심이 전혀 없었다. 왜냐하면 동기생들은 모두 서울대학 아니면 사관학교를 지망했기 때문에 이 대학 이름을 거의 들어본 적이 없었다. 그러나 나는 교수생활을 시작한다는데 큰 기대를 갖게 되었다.

　내가 알기로는 이 대학 핵심멤버 교수(이해성 교무처장, 후에 총장이 됨)와 정부과기처 관련부서에서 나를 유치과학자로 초빙한 것이 거의 유사한 대우로 이뤄졌다고 생각한다. 당시 내가 이곳에 들어갈 때 카이스트 물리학과와 연대 물리학과 출신 3명과 함께였다.

이곳에서는 처음 내가 서강대학 물리학과 출신이긴 하지만 해외에서 오랫동안 다른 분야 지구물리학에서 일했기 때문에 갑자기 이곳 물리학과에 들어오게 된 것을 매우 의아하게 생각했다. 심지어는 이대학 출신 어떤 교수가 내가 공부한 미국까지 찾아가 내 뒷조사를 하고 다녔다는 소문을 들었다. 일반물리, 광학, 상대성이론 및 수리물리를 강의했지만 대학원생이 없었고 나의 전공분야인 지구물리를 강의할 수 없어서 점점 흥미를 잃었다. 그러나 학교 측과 주변 동기생의 도움을 받아 5년 후 안산에 지구해양학과를 신설하면서 나의 궁극적 귀국목적을 달성할 수 있었다. 그리고 5년 후 부터 안산에서 새로 신설한 지구해양과학과를 이끌고 항해를 시작했다.

여기서 나중에 알게 된 것은 내가 스스로 원해서 들어온 것이 아니고 자기들이 필요해서 초빙한 것이 그 시효나 관계인물이 실세에서 물러 났을 때는 불이익이 돌아올 수 있다는 것을 알게 되었다. 특히 한국에서 노예무리 도덕에 익숙한 사람들의 텃세행사가 누구보다 무섭다는 것을 배우게 되었다. 본교출신이 아니고 신흥학과를 신설하여 많은 외국인 학생, 교수 및 연구원(포닥)을 수입해서 수없이 많은 연구과제를 수행하고 논문을 발표하다 보니 사방에서 시기와 방해 공작이 일기 시작했다. 특히 한국지진연구소를 국내에서 처음 신설해서 많은 프로젝트를 수주하니 더욱 방해공작이 심해졌고 그로부터 결국 지진연구소를 문닫게 되었다. 사촌이 땅을 사면 배가 아프다는 옛말이 맞는 것 같다.

| 도전과 시련기 편 |

제13장 잘나갈 때 조심하라

중국 속담에 천 명이 같은 거짓말을 하면 그 거짓말이 진실이 된다고 하는 말이 있다. 그러나 조량은 사기에서 '천 사람의 좋다는 말이 한 선비의 직언(진실)만 못하다'고 했다. 내가 생각하기에 거짓말이 둔갑하는 것은 논리적이고 합리적인 사고에서는 나올 수 없고 감정적이고 편견적인 패거리 문화에서 많이 발생할 수 있는 일이라고 본다. 특히 언론의 자유가 사회 정의보다 앞서나가는 사회에서는 더 많이 나타나는 현상이다. 누구누구가 돈을 잘 번다, 또는 출세했다 하면 사람들은 인정하고 경쟁하려고 하기보다 우선 부정적 시각으로 보던가 깎아내려서 자기 위치나 이하로 폄훼하려고 한다. 반면에 정의와 신뢰 속에 사는 사람들은 남보다 뛰어난 것을 보면 존경하고 경쟁하며 도전하게 된다. 한번은 어떤 친구의 아내가 남편이 보직을 받게 돼 돈줄에 앉았다며 내 아내에게 자랑하였다. 나는 지금까지 살아오면서 남의 생활에 관심을 갖거나 더욱 더 남보다 더 가지고 있는 것을 자랑한 일이 없다. 어떤 경쟁에서 무조건 상대방을 시기하거나 질투하고 모함하는 것은 자신(성경은 사랑)이 없는 사람들의 행동이다. 자신은 자랑하지도 않고 교만하지도 않고 그리고 시기하지도 않으며 악을 보고 기뻐하지 않고 진리를 보고 기뻐한다고 성경에 쓰여 있다. 그래서 하느님을 진심으로 믿는 사람들은 인간적인 욕심과 교만에서 해방되어야 한다고 생각한다. 그러나 아이러니컬하게 그런 말을 한 사람들은 하느님에 푹 빠진 기독교 신자였다. 제1고린도 7장 29~30절에 의하면, "아내가 있는 사람은 아내가 없는 것처럼 살고, 슬픔이 있는 사람 은 슬픔이 없는 사람처럼 지내고, 기쁜 일이 있는 사람은 기쁜 일이 없는 사람처럼 살고, 물건을 산 사람은 그 물건이 자기 것이 아닌 것처럼 생각 하며, 세상과 거래를 하는 사람은 세상과 거래를 하지 않는 사람처럼 살아야 한다. 우리가 보는 세상은 사라져 가고 있기 때문이다"라고 쓰여 있다. 창조주께서는 우리 인간을 너무나 사랑하기 때문에 우리가 언제나 선과 악을 자유의지로 선택하도록 창조하였다. 그렇지만 우리는 남에 대한 존경이나 사랑을 저버리는 행동을 해서는 안 된다고 생각한다. 우리 인간을 지배하는 것은 창조주(성경에 의하면)이지만 선과 악을 선택하는 것은 우리이기 때문에 책임을 잊어서는 안 된다고 믿는 것은 서로 모순되는 성경이론이라고 생각한다. 따라서 나는 그동안 열심히 믿어왔던 성경이 이율배반적인 기독교정신을 함축하고 있음을 깨달았다.

대학부설연구소인 지진연구소를 1994년 4월에 설립하여 4년 동안 크게 성장하였지만 1998년 4월에 연구소 통폐합으로 폐소하게 되었다. 당시 한양대학교 지진연구소는 연구업무가 국내에서 유일한 지진연구기관으로 국내의 연구과제는 물론 국제공동연구를 통해서 대단히 성공하고 있었다. 그러나 이과대학 학장(생물 전공)은 어떻게든지 폐소시켜 기초연구소에 통폐합할 것을 주장했다. 나는 아무리 그한테 연구의 특성상 이질적인 연구소와 통폐합하면 전문성이 떨어지기 때문에 안된다고 주장했으나 그는 거절했다. 아마 그는 내가 운영하는 연구소가 고유의 이름을 갖고 연구비 수주를 많이 하고 있고 급성장하고 있는 것에 은근히 질투하는 것처럼 보였다. 그 선생은 심지어 통폐합 서명운동을 위하여 연판장을 만들어 모든 이과대학 교수들한테 돌려가며 통폐합 운동에 적극 참가하도록 서명운동을 종용했다. 결국 지진연구소는 1998년 여름에 문을 닫게 되었다. 그동안 한양대 지진연구소는 국내외로 연구 활동이 잘 알려져 그 이름이 호평을 받고 있었지만, 설립한지 만4년 동안 살다가 이제 그 열매를 맺으려 할 때 문을 닫게 되었다. 십계명에 남의 아내를 탐내지 말라는 것은 남의 것에 탐내지 말라는 것과 같다는 성경구절이 떠올랐다. 그러나 불완전하게 창조된 인간들은 십계명의 거룩한 뜻을 이해할리가 없을 것이다. 그뿐만 아니라 결국 사람들은 상황에 따라 하느님의 말씀과는 상관없이 자신의 이익에 의존하는 노예도덕의 무리떼에 동참하였다. 모두들 어느 힘센 집단의 노예도덕 무리에서 이해관계를 거래하고 편하게 살아가기를 더 원한다. 그러나 모든 진리는 과학적이든지 종교적이든지 결국에는 하나로 만나게 된다. 따라서 진실은 또 하나의 진실을 낳고 선으로 지속되지만, 거짓은 거짓으로 다시 연결되어 계속해서 악으로 끝나게 된다. 따라서 선은 한계없이 무한으로 영원히 계속하겠지만 악은 어느 한계에 부딪히고 결국 멸망하고 말 것이다. 이렇게 남보다 앞서나가거나 한 무리 속에 끼어 노예도덕에 뭉쳐 살지 않으면 어려운 사회가 우리나라에서 유행하는 패거리 노예문화이다. 특히 이러한 현상을 가장 많이 보여주는 곳이 정치판과 사이비종교 집단조직이다. 그래서 세계에서 가장 많이 이런 현상이 우리주변에 있다. 동네마다 보이는 수많은 교회 십자가, 부동산 간판, 초고층 아파트군락지, 학원 간판, 그리고 매일 넘치는 뉴스와 정치판 싸움 등은 우리문화에서 유행하는 특색이다.

2000년 2월 15일, 내가 제주도에서 동강댐 건설 최종 평가회의를 마치고 버스를 타고 김포공항을 떠나 일산에 갈 때 갑자기 태양이 매우 밝게 빛나며 버스 창문 밖으로 십자가 같은 현상이 뚜렷하게 나타났다. 나는 당황하면서도 한편으론 매우 기뻐하면서 신비로운 길조(auspicious)현상이지 반사현상이 아니라고 생각했다. 그러나 그 십자가는 1분도 안되어 사라졌기 때문에 재확인할 수가 없었다. 그후 내게는 그 십자가의 출현이 하느님의 어떤 계시인지 혹은 물리적 현상인지 아직도 풀리지 않은 수수께끼로 남아 있다. 돌이켜보건대 당시에는 이 십자가의 출현은 2000년 말에 나의 지구물리실 화재와 제자가 사망하게 된다는 앞으로 닥쳐올 끔찍한 사건을 계시했던 것인지도 모르겠다고 생각해 보았다.

충주댐 답사에온 영월댐공동조사단 안전분과위원들과 수자원간부직원들, 뒤의 왼쪽두번째 필자 (분과위원장)

제14장 연구실 화재와 시련

2000년 12월 23일 새벽 4시-5시에 발생한 화재로 완전히 타버린 안산 한양대학교 지구해양과학과 지구물리연구실 화재후 모습(숫자는 사진 인화 날짜).

2000년 12월23일, 새벽6시30분쯤에 갑자기 이광우 선생한테서 전화가 왔다. 그 내용은 나의 연구실에서 화재가 났으며, 그 안에 누군가가 죽은 것 같다는 것이었다. 너무나 놀라 급히 학교에 달려가 보니 연구실이 까맣게 온통 타버렸고, 사람들이 웅성거리며 모여 있었다. 벌써 경찰과 소방대원,

그리고 국립과학수사연구소 직원이 나와 화재원인을 조사하고 있었다. 내가 실험실 안에 들어가 책상 밑에서 까맣게 타죽은 시체를 보고 신원을 확인하려고 했으나, 처음에는 너무 새까맣게 타서 누군지 알 수가 없었다. 그 시체는 이상하게도 실험실 맨 뒤쪽의 사용하지 않는 출입문 근처의 책상 밑에 누워 있었으며, 짧은 반바지와 반군화를 신고 있었다. 시체는 거의 식별하기 힘들 정도로 검게 탔으나 몸의 크기와 반군화를 보고 나의 학생 Dalai라는 것을 알 수 있었다. 화재경보는 왜 안 울렸을까? 새벽 5시경에 아무도 주변에 없었는가? 이층건물에서 창문이라도 부수고 뛰어내릴 생각을 왜 못했을까? 왜 똑똑하고 민첩한 이 젊은 청년이 화마를 피하지 못했을까? 나로서는 도저히 이해할 수가 없었다. 아마도 지독한 독성화학물질 연소에 질식해서 정신을 잃었고 도망치려고 하다가 결국 쓰러져 죽음을 당한 것을 생각할 때 억장이 무너지는 것 같았다. 당황한 나머지 출입문 반대쪽으로 있는 책상 밑에서 결국 죽음을 맞이하게 되었나 보다. 아! 총명한 달라이가 이렇게 당하게 되다니 가슴이 찢어지는 듯 아팠다. 그날 저녁 Dalai와 마지막으로 함께 지낸 친구에 의하면 Dalai는 22일 밤늦게 까지 친구와 술을 마신 후 다음날 2~3시경에 연구실에 왔으며 화재는 새벽 4시40분에서 5시30분 사이에 일어났다고 하였다. 그리고 Dalai가 연구실에서 사망할 때 Dalai의 기숙사 방에는 불이 켜져 있었다고 하였다. 나는 아직도 달라이가 죽기 전 그의 기숙사 방의 불이 왜 켜져 있었는지 수수께끼가 안 풀린다. 불과 50~60분간의 화재였지만 불길이 너무 세서 실험실 안에 있는 모든 장비, 지진계와 센서, 많은 컴퓨터장비(PC), 미국지질 조사소(USGS)와 미국지진연구연합(IRIS)의 지진기록 데이터 테이프 및 도서 등 중요한 연구자료가 완전히 소각되었다. 당시 화재발생시 화재경보벨은 기능을 발휘하지 못했다고 한다. 당시는 겨울

철이라 난로에 불은 물론 있었고 이 때문에, 경찰과 소방대 측은 난로 과열로 화재가 발생했다고 보나 국립과학수사팀은 창문 꼭대기에 있는 공기 FAN의 과열로 화재가 일어났다고 서로 각각 다른 결론을 내놨다.

Dalai (Erdenedalai Lukhasuren)는 몽고국립대학에서 물리학(핵물리학)석사를 마치고 나한테 지진학박사학위 과정을 지도 받기 위해 1998년 3월에 온 총명한 학생이었다. 수학과 물리학 기초가 매우 튼튼한 수재로 학생 겸 연구원으로서 활약이 컸다. 따라서 그는 연구보조비를 다른 학생보다 더 많이 받고 있는 유능한 학생이었다. 그뿐만 아니라 아주 현명하여 하나를 지시하면 열을 할수 있는 능력 있는 학생으로서 지금까지 길러온 학생 중에서 가장 우수한 수제자였다.

그전에 나한테 와서 일 년간 Postdoc을 하고 돌아간 중국 국가지진국 지구물리연구소 소장 우종량(Wu Zhongliang) 박사와 더불어 극히 보기 드문 매우 우수한 연구원이었다. 그래서 다음 해에 학위가 끝나는 대로 미국이나 스위스 공대에서 Postdoc을 할 자리도 준비를 했었다. 그러나 Dalai가 갑자기 세상을 떠나버리자 나의 모든 희망은 물거품처럼 사라졌다.

나는 그날 저녁 달라이의 사망소식을 그의 아내에게 힘들고 떨리는 목소리로 알렸다. 그의 아내는 한동안 아무 말없이 침묵하다가 진실이냐고 하며 울음섞인 목소리로 다시 물었다. 정말로 이 세상에서 견디기 힘든 순간이었다. 왜 신은 나한테 이렇게 가혹한 슬픔과 좌절을 주는가? 만약 신이 존재한다면 왜 이렇게 죄없고 유능한 청년의 목숨을 빼앗는지 너무 불공평하다고 신을 원망했다.

그후 12월 31일 몽고에서 유가족(Dalai부인, 그의 어머니와 이모)이 왔으며 학교 측과 그의 사망에 관한 책임보상을 논의했다. 이때부터 나는 유가족과 학교측 양쪽으로부터 달라이의 죽음과 화재에 대한 책임 추궁을 받는 억울한 공격 대상이 되었다. 유가족 측에서는 Dalai가 화재로 사망한 것은 학교측 책임으로 공격해 왔고 학교측은 또한 Dalai가 온 것은 내가 개인적으로 초청했기 때문이라며 보험증명서, 여권 분실 등은 나의 관리 문제에 있다고 주장했다. 그러나 당시 달라이는 보험증명서를 소유한 적이 없었고 여권 분실은 나도 전혀 모르는 사실이며 화재현장에서도 찾을 수가 없었다. 나는 달라이가 죽기 전에 그의 기숙사 방의 불이 켜져 있었던 점과 행방불명이 된 여권을 잿더미 속에서도 찾지 못한 것을 아직도 의문점으로 생각하고 있다. 만약 내가 저승에서 달라이를 만나게 되면 그에게 물어서 그 비밀을 시원하게 밝힐 것이다.

또한 Dalai의 어머니는 내가 그를 방학 때 한 번도 고향에 보내주지 않아서 사망했다고 했다. 실은 Dalai는 1998년 11월부터 1999년 2월까지 약 3개월 동안 휴가를 얻어 몽고에 가서 딸을 데리고 자기 부인이 있는 독일에 가서 가족과 함께 있다가 돌아왔다. 내가 이 사실을 밝혔으므로 유가족측과 학교측에서 내가 휴가를 안 주었다는 주장이 거짓이라는것이 증명되었다. 그리고 1999년 12월에도 부인을 한국에 초청하여 약 1달간 함께 머물다 갔고 Dalai가 사망하기 전에도 부인한테 초청장을 보내서 부인이 올 때를 기다리다가 그러한 참변을 당했다. 그러나 이러한 사실을 무시하고 나한테 일방적인 책임 추궁으로 압박했기 때문에 당시 나의 마음고생은 말이 아니었다.

그리고 대학 측에서는 교수회의를 열어 화재원인과 사망원인이 아직 정확히 밝혀지지 않았는데도 불구하고 교수일동의 서명으로 사건 마무리를 속결하려고 하는데 나는 결단코 반대하지 않을 수 없었다. 아무리 조직의 일원으로 조직의 결정에 동의해야 한다고 하지만 자식같이 아껴오던 제자가 사망한 참혹한 광경을 보고 지도교수로서 화재원인 규명도 없이 도저히 교수일동에 동참하여 마무리 결정에 서명할 수가 없었다. 비합리적인 조직의 떼 무리에서 이탈한 것이 후에 엄청난 비극을 만들지는 그때는 상상도 못했다. 이러한 현상 때문에 한국사회 특히 정치권과 사이비기독교 단체 조직(유병언 구원파와 신천지 광신도 단체 및 극렬 정치단체 등)에서는 우리사회에서 각종 대형사건과 부정부패를 창출할 뿐만 아니라 우리사회를 세상에서 가장 진화가 느리게 만들고 불행을 초래하고 있는 현실이다. 아무리 상대방이 옳아도 적이면 반대하고 증오하는 정신 때문에 우리는 도덕적 지식을 가지고 사는 선진국가로 가는 길이 멀다.

제2차로 몽고 유가족(Dalai부인과 장인, Dalai어머니와 삼촌, 이모)이 학교측과의 보상금 협상을 위해서 다음해 3월에 또 왔다. 나는 약 2주 동안 이들과 학교측 사이에 끼어서 협상을 벌이다가 4월 초순에 미국 지진학회에 논문을 발표하러 가게 되었다. 미국에서 돌아온 후에도 계속하여 몽고 가족과 학교측 협상에 적극 참여하여 결국 몽고 유가족에 상당한 보상금을 지급키로 합의하고 5월에 결말을 보았다.

그런데 그 당시 2월에 나는 인도와 베트남에서 각각 새로 온 2명의 Postdoc 연구원을 고용하게 되었다. Gahalaut Kalpna는 인도 Hyderabad 국가지구물리연구소장, Harsh Gupta 박사의 추천에 의해서 왔고 또 한명 Phan Thi Kim Van은 Vietnam 국가과학위원회 의장이며 국회의원인 Nguyen Thi Kim Thoa 교수의 추천으로 받아들이게 되었다. 그중에서 특히 인도에서 온 Postdoc은 몽고 학생 화재 사망소식을 듣고 매우 놀라운 표정을 보였다. 그녀는 한국의 음식과 기후에 적응하는 데 매우 힘들어 했었다. 우선 채식주의자로서 한식을 전혀 못하고 굶어서 어떤 때는 창백해 보였다. 나는 거의 매일 식당에 가서 그녀를 위해서 특별 채식 메뉴를 주문해야 했다. 거기다가 2월 초순에 입국한 칼프나는 날씨가 인도에 비해서 매우 추워서 목감기에 걸려 병원에 입원까지 하며 치료를 받았고 내가 약도 사주었다. 그럼에도 자주 몸이 아파서 연구실에 오지도 못하고 기숙사 방에 누워 있었다. 내가 볼 때 이 인도 Postdoc은 정신상태가 불안정해서 때로는 비정상적인 행동도 보였다. 하루는 힌두어로 쓴 종이쪽지를 보이며 나한테 자랑하다가 얼마 있다가 그것을 잃어버리고 나서 내가 가지고 갔다고 떼를 써서 베트남에서 온 Postdoc 밴이 화를 내면서 교수님이 무엇 때문에 그것을 가져갔겠느냐고 꾸중까지 했었다. 그다음 날 이 인도 Postdoc Kalpna는 자기 핸드백에서 찾았다고 하며 사과했다. 그뿐 아니라 언젠가 은행에 통장을 만들어주기 위해서 함께 갔는데 내가 옆에 있는 것을 보면서 혹시 자기 비밀 번호를 훔쳐보는 것이 아닌가 하고 의심하는 눈치였다. 내가 옆에 있다고 불만까지 해서 밴이 나서며 그럴리가 없다고 설명해주었다. 왠지 모르지만 피해의식이 많았고 사람을 몹시 두려워하고 의심하는 상태였다. 내가 볼 때는 그 인도 여인은 신체적으로 정신적으로 피해망상 속에 사는 정신분열증 환자인 것으로 보였다.

처음부터 한국생활에 적응하는 것이 어렵다고 생각했는지 모든 것을 포기하고 집에 갈 준비를 하고 있는 것 같았다. 그렇지만 지금 생각해보면 어떻게 그렇게 아무도 모르게 출국할 생각을 혼자서 꾸몄는지 이해가 안 되었다. 내가 San Francisco AGU 학회에서 돌아왔을 때 베트남 연구원 Phan Thi Van Kim 박사는 그 인도 연구원 Kalpna가 일주일 동안 연구실에 나타나지 않아 한국경찰에 행방불명을 보고하려고 이메일을 했었다고 하였다.

그때야 비로소 그 인도 연구원은 내가 없는 틈을 타서 이미 인도로 떠난 뒤

거기서 인터넷 답장을 베트남 포닥 밴한테 보냈다는 사실을 알았다. 유학시절 내가 평소에 알고 있던 순한 인도학생들과는 질적으로 다른 천민계급 출신이라는 것을 후에 알았다.

　나는 Dalai 사망 후 연구실 기자재가 모두 불타버렸기 때문에 이들 새로운 Postdoc 2명과 다른 대학원생들이 사용할 연구 장비 및 PC구입, 사무용품비는 물론 전화와 Fax사용료 지불 같은 운영비 조달에 부담이 컸다. 그래서 대학원생들 보다 훨씬 큰 혜택을 받고 있는 2명의 Postdoc과 협의한 결과 자기들이 쓰는 기본자료, 장비, 국제통화료 등을 지불협력하기로 합의했다.

　그러나 그 인도여성은 내가 그것을 강요하고 외출도 금지했다는 내용의 투서를 인도로 도망간후 한국과학재단에 제출해서 자신의 무단 출국책임을 변명하려고 했다. 아마 어려운 외국생활을 견디다 못해 찾아낸 탈출 방법이었을 거라고 생각한다. 내가 미국에서 유학시절 만난 모든 인도유학생들은 솔직하고 성실하게 살며 결코 남에게 피해를 안주는 것으로 알았는데 이 여학생은 정신적. 육체적으로 문제가 있었고 결국 그것은 후에 나를 함정에 몰아넣으려는 가짜정보를 관계기관에 제출하여 자기의 비겁한 출국을 정당화하려고 했었다. 박사학위까지 갖고 있는 사람이지만 그녀의 저질적 행동에 크게 실망했다.

　그동안 병원에 입원해서 치료받고 약을 받았을 때 내가 돈을 대신 지불했으므로 보험금이 통장에 입금되는 대로 즉시 지불하겠다고 약속하고도 빌린 돈을 갚지 않고 인도로 달아났던 것이다. 부모가 전기도 안 들어와서 등잔불을 쓰는 시골에 산다고 말한 점으로 보아 가난한 환경에서 성장한 것은 분명할 테지만 아무리 그래도 거짓말을 하며 생사람을 잡을 수가 있을까. 국내나 외국이나 사람을 쓸 때는 철저한 검증이 필요하다는 것을 새삼 실감했다.

함께 공동사업을 하려면 적어도 서류심사와 면접으로 상대방의 신뢰성을 정확히 확인한 다음 결정했어야 된다고 생각했다. 사실 이 세상에서 믿을 수 있는 것은 자기 자신밖에 없다고 생각했다. 그러는 동안에 나한테는 몇 가지 문제가 벌어지기 시작했다. 즉 몽고 유가족이 와서 학교측과 보상을 협상하는데 나는 매일 바삐 학교측과 유가족측 한테 끌려다녔다. 이런 와중에 연구관련기관에서는 연구비 정산 독촉이 날아 왔으나 제 시간 내에 제대로 자료를 제출하지 못했다. 그리고 내가 해외출장 중에 인도로 도망간 인도 연구원의 불평은 너무나 뜻밖의 일이라 당시 아무리 설명하여도 헛수고였다. 그리고 폐소 연구소 이름과 유사한 이름으로 새로 개소한 민간연구소 "한국지진연구소"사용에 대한 문제는 외부에서 과거 한양대학 연구소 "지진연구소"와 혼돈하여 계속 잘못 사용하였기 때문이었다. 이러한 움직임이 나중에 나한테 큰 재앙을 가져올지는 꿈에도 몰랐다.

하노이 아시아지진학회에서 필자, 국제지진센터(ISC) 소장 Dmitry Storchak 박사, 일본 북해도 대학 Minoru Kasahara 교수와 지진데이터 수집문제애 관해서 논의하고 있다.

그러한 와중에서도 나는 2001년 8월 19일에서 8월 31일 베트남 Hanoi에서 개최되는 국제지진학회(IASPEI)에 논문을 발표하기 위해 참가했다. 호치민(사이공)과 하노이의 거리 모두 Motorbike가 질주하고 다녀 먼지가 많고, 무엇보다도 날씨가 너무 더워서 견디기가 힘들었다. Hanoi의 지구물리연구소장인 Nguyen Ngoc Thuy 박사는 4년 전에 나한테서 Postdoc으로 6개월간 연수받고 돌아간 지진학자로 나를 독일 Hamburg대학의 Duda 교수와 함께 자기 집에 초청해 만찬을 베풀었다. 그의 집은 하노이시에 있는 아담한 2층집으로, 착실한 부인과 아들과 딸을 두고 매우 행복하게 사는 모습이 행복하게 보였다.

Hanoi시내를 질주하는 모터바이크들.

나는 지진학자이며 화가인 러시아 시베리아의 노보시비르스크(Novosibirsk) 지구물리연구소의 Ivan Koulakov 박사를 2001년 8월 31일에 초청했다.

러시아 시베리아 극동 과학학원 소속 사할린 해양지질과 지구물리연구소의 여성 과학자 Nadeja Kraeva 박사 그리고 모스크바 지체구조력 연구소(Institute for Dynamics of Geosphere)의 책임연구원인 Ivan Kitov 등 러시아 과학자 3사람을 초청했다. Koulakov는 내가 러시아 노보시비르스크 지구물리연구소에서 초청강연을 할 때 질문을 제일 많이 한 학자로 언젠가 기회가 되면 초청하기로 한 것에 대한 약속을 이행한 것이었다. Koulakov는 과학자이면서도 이름 있는 화가였다. 그는 한국 도시방재학회 및 한국 지진연구소에서 Amur판과 Baikal의 지체구조력과 토모그래피 및 토모그래피 Program에 관해서 초청강연을 했다. Koulakov는 파리, 뉴욕 등지에서 개인전시회를 많이 가졌던 경험 때문에 이곳에서도 미술 전시회개최에 익숙했다. 운좋게 명동성당 평화화랑 운영신부님을 만나서 평화화랑을 대여할 수 있었다. 대관료 및 개최비용은 내가 지불했고, 만약 수입이 잘되면 갚으라고 했다. 다행히도 그림이 좀 팔려서 개최에 들어간 비용의 상당부분을 갚을 수 있었다. Koulakov의 이색적이고 희극적인 인물 묘사 그림이 특색이 있어서 인기를 끌었다고 보았다. 그의 그림의 특성은 선을 강조하고 단순하게 실체를 그리는 것이었다. 과학자와 화가 두 가지 직업을 다 계속하겠느냐 물었을 때 그는 어느 것도 포기하지 않겠다고 말했다. 나의 생각으로는 미술에 재능은 있지만 취미로 하여 금전적 수입을 얻을 수 있는 여가직업으로 생각하는 것 같았다. 왜냐하면 Koulakov는 전시회를 하면서 그림을 팔때는 손님들에 대한 상업정신이 뚜렷하게 보였기 때문이다.

재정학으로 생각할 때 사람들의 수입원은 크게 세 종류로 말할 수 있다. 첫째는 모든 사람이 대부분 직장으로 벌어들이는 정기적인 임금 수입(earned income), 부동산이나, 특허법인세같이 피동적으로 벌어들이는 피동 수입 (passive income), 그리고 주식 같은 투자 수입인 포트폴리오(portfolio) 수입이 있다고 한다. Koulakov는 과학자이지만 그의 또 다른 재능은 피동적 수입의 가치를 지니고 있었다.

이반 쿨라코프(Ivan Koulakov)가 명동성당 평화화랑에서 전시한 그림중의 하나 "두 연인". 전시 후 이 그림과 다른그림 몇점을 선물받았다. 이반은 시베리아 출신의 과학자며 화가였다.

정의는 불의를 이긴다

손자병법에 지피지기백전불퇴 (知彼知己百戰不殆)라고 하여 적을 알고 나를 알면 백 번 싸워도 위태롭지 않다고 했다. 나는 자신은 너무나 잘 알고 있었지만 적은 잘 알지 못했다.

대학은, 소위 말하는 최고 지성인 사회라고 생각하였기 때문에 남에게 그렇게 관심을 가지고 남의 이야기를 많이 하면서 비난하는 소리를 하는 무리들이 존재할 줄은 전혀 몰랐다. 왜냐하면 나 자신은 너무나 바빠서 이웃 사람들한테 관심을 둘 시간조차도 없이 지냈기 때문이다. 자기 자신뿐만 아니라 때에 따라서는 이웃에 관심을 두고 어느 한 무리 속에서 함께 떼를 지어서 사는 노예도덕(군중 도덕)으로 정치적으로 사는 것이 우리 사회(특히 우리나라)에서 필요하다는 것을 알았다. 이것은 남을 알 수 있고, 억울한 불이익을 미리 피할 수 있는 길임을 알 수 있다. 그러나 내가 이렇게 바쁜 와중에 대학 징계위원회에서는 은밀히 일이 진행되었다. 2001년 10월 7일 비밀리에 인편을 통해서 2001년 10월 19일의 징계위원회에 출두하라는 공문을 안면이 전혀 없는 행정직원을 통해서 비밀히 전해 왔다. 나는 너무나 황당해서 할 말을 잃고 도저히 어떻게 해야 할지 생각이 떠오르지 않았다. 나는 당시 부총장(유석구)을 매우 가까운 친구 사이로 알고 있다고 생각했지만 이 친구가 사전에 이 정도로 학교측에서 강하게 나올 것을 나에게 알려 주지 못한 것에 섭섭함을 표했다. 이에 관해서 그는 전혀 눈치를 채지 못했다고 말했다. 그는 모든 결재가 부총장을 피해서 진행되었기 때문에 징계까지 되는 과정을 전혀 몰랐다고 말했다. 그러나 나는 내가 그를 믿었던 것이 바보였다고 생각한다. 역시 모교출신은 끼리끼리 한집단으로 움직이는 노예 도덕무리의 조직이기 때문에 자기가 살기 위해서는 타교출신의 친구보다 자기조직을 더 중요시 하는 것을 다시 알게 되었다. 요즈음 유행하는 말처럼 조직에 충성하지 사람한테 충성 안한다와 같았다(사실 이것은 조폭문화에서 흔히 볼 수 있는 현상이고 결국 조직에 충성한다는 것은 마치 영화에서 보듯이 조직두목한테 충성하라는 뜻과 같다고 본다). 여태까지 사귀어온 친구에 배신감을 느꼈다. 그리고 당시 학과장도 연구업적에 따라 선정한 사람이지만 실은 부총장 보직까지 맡았고 친구였던 공대교수(이리형)가 자기 친척이라 하면서 내가 학과장이었을 때 우리집 부근에 찾아와서 밤늦게까지 긴설명과 강력한 추천을 요구까지 했었다. 이 교수는 내가 자기 친척임명을 도와주면 자기와 그 지원자가 결코 배신하지 않고 최선을 다하여 어려울 때 돕겠다고 말했었다. 그러나 이들 모두는 나에게 조금도 도움이 되지 않았다. 나는 주변의 많은 사람들한테 도움을 받으며 살아왔다고 고맙게 생각하며 세상에 꼭 필요한 사람이 되려고 노력했다. 그러나 내가 도움을 준 가까이 있는 사람들을 너무 순진하게 믿었다. 내가 여기서 배운 교훈은 사람을 쓸 때는 절대로 사전에 비공식적 관계로 시작하면 실망하게 된다는 것이다. 가까운 이익보다 먼 이익을 먼저 생각하며 냉정한 객관적 평가를 해야 한다는 것을 배웠다. 그럴듯한 감언과 호의보다 진리에 순종해서 인사를 해야 된다는 사실을 터득했다.

징계사유는 인도 Postdoc이 몰래 도망간 후 자기 변명을 위해서 연구재단에 보낸 불평투서에서 비롯됐다. 연구비 정산이 제대로 이루어지지 않았고, 끝으로 이미 폐소된 연구소(대학지진연구소)의 이름을 새로 만든 민간연구소 "한국지진연구소"에 재사용했다는 등이었다. 실은 대학에서 지진 연구소를 폐소한후 필자는 주변의 요청으로 한국지진연구소를 다시 개소했다. 분명히 그래서 대학교 지진연구소와 "한국"지진연구소는 엄연히 틀린 이름임에도 불구하고 그들은 동명으로 썼다고 주장했다.

처음에 나는 너무나 뜻밖에 날아온 통지서를 받고 황당하여 말이 안나왔다. 나는 가장 믿을 수 있는 나의 친구 서강대학 박홍 신부한테 전화를 걸어 징계 이야기를 했다. 그는 내 입장을 잘 이해하고 안심을 시키려고 애썼다. 무슨 큰 일을 저질렀다고 김 교수한테 끔직한 죄를 물으려 하는가 하며 분개했다. 그는 총장도 오래했고 전국대학총장연합회장도 지내서 학교계통을 잘 알고 있는 편이었다. 그는 나한테 가장 큰 사건은 오로지 몽고 학생 화재 사망뿐이라고 말하며 그들이 괘씸죄로 몰고있다고 말했다.

나는 내가 그러한 이유를 가지고 징계위원회에 나가 설명할 가치가 없다고 생각했었다. 그러나 내가 믿었던 한양대출신이며 비교적 그동안 친구로서 잘 지냈다고 믿었던 유석구 부총장이 참석해서 설명하라는 간절한 요청으로 답변서를 가지고 징계위원회에 갔으나 징계위원들은 나의 설명에는 아랑곳 없이 일방적으로 부정적인 방향으로만 밀고 갔다.

당시 친구를 너무 순수하게 믿었던 것이 또한 더 큰 실수였다. 역시 모교 (한양대) 출신은 끼리끼리 한통속으로 노예도덕을 벗어나지 못한다는 것을 알 수 있었다. 진실한 친구였다면 사태의 심각성을 미리 말해줄 수 있었을 텐데...
더욱이 징계위원장 한상준 총장은 오래전부터 나의 학문적 업적을 잘 알고 있었다. 그는 내가 독일 함부르그대학의 두다(S.J.Duda) 교수를 대학교에 초청했을때 나와 함께 이사장님(김연준 박사) 하고 프레지던트호텔에서 만찬까지 함께했으며 그 후에도 나의 학구적 정열을 항상 격려해 주었던 분이었다. 그래서 나는 위원장이 이번 사건을 올바르고 학자적 양심적으로 처리해 줄 것으로 믿었다. 징계위원장은 연구비 정산문제는 현재 내가 소명서를 제출했으니 소명서에 대한 결과를 보고 다시 논의하자고 하며 끝냈다. 사실 그후 나는 그 위원장을 화학학계의 원로학자로 믿고 진실에 설줄 알았지만 소명서 결과와 관계없이 그 역시 노예도덕 집단조직의 정치적 대세에 끌려가는 것을 보고 매우 실망했다. 그가 만약 진리를 사랑하는 진정한 학자

라면 불리하지만 떼무리의 거짓주장보다 진리 쪽에 섰을 것이다. 역시 한 무리 속에서 살아 남기 위해서는 같이 행동하는 군중도덕과 노예도덕에서 벗어나지 못하는 매우 어리석은 정치현실의 지식인이란 느낌에 오히려 불쌍하게 보였다.

한쪽 말만 듣거나 더욱이 약한 사람의 목소리를 무시하고 힘의 유혹에만 귀를 기울이면 일시적으로는 편하게 될지는 모르나 진리가 사라지는 부패한 사회가 되고 있다는 것을 알아야 한다. 사실 나는 당시 김종량 총장하고 대화하고 싶었으나 너무나 일사천리로 비밀리에 일이 진행되었고 이미 결정되어서 손을 쓸 수가 없었다. 사실 젊은 총장은 기획처장으로 학교에 온 이후 오래전부터 새로운 장비구입을 비롯하여 관측소 시설 등 내 연구에 물심양면으로 지원을 해주었고 항상 격려해 주었다. 그래서 총장님을 신뢰했건만 이번 경우에는 너무나 빨리 일을 진행시켜 이미 결정되었는지라 아무리 하소연을 하려고 해도 소용이 없었다. 그 역시 노예도덕의 조직문화에 순종하는 것으로 판단되었다.

이러한 와중에 당시 연구비 문제는 한국과학기술평가원과 한국 지질자원연구원에서 연구결과 정산에 대한 영수증 미비와 정산지연이 있었다. 이들 두 곳에서 항상 늦게 정산서류를 보내와 뒤늦게 준비를 하다 보니 시간 내에 소명자료를 제출하지 못할 때가 많았다. 또한 지진연구는 국내외 야외출장과 해외출장이 많기 때문에 연구비 사용이 처음 계획과 바뀌는 경우가 자주 발생하였다. 요즘에는 출장에 대한 비용이 미리 산출되고 그것에 대한 상세한 영수증을 생략하기 때문에 이런 것이 업그레이드된 현실적인 정산방법이라고 생각 한다.

역시 인간은 믿지 못할 동물이라는 것을 실감했다. 아무리 가까운 사이라도 자기한테 불이익이 있을 때는 정의도 소용없는 것이 냉혹한 우리의 현실이었다. 진리를 무시하고 사는 사람들은 겉과 속을 다르게 살기 때문에 진리 쪽에 사는 사람은 엄청난 손해를 보게 된다. 따라서 자기 생각과 행동을 눈치 채지 않도록 가면을 쓰고 살아야 하며 적과 함께 지낼 때는 더욱 이러한 속임수가 필요했다.

나는 어떤 환경에서는 아무리 묵묵히 제 갈 길만 갔다고 해서 안전이 보장되어 있지 않다는 것을 알게 되었다. 이 세상에 악과 선, 불의와 정의, 혐오와 사랑, 전쟁과 평화, 거짓과 진리가 항상 공존하며 싸워왔듯이, 앞으로도 이 전쟁은 계속될 것이다.

옛날 내가 St.Louis대학에서 공부할 때 지구물리학분야에서 세계적 권위자이며 이곳에서 대단히 존경받는 William Stauder신부님과 선과 악에 대한 대화를 나눈 적이 있었다. 나는 언제나 악을 저주하고 그리고 악을 만나면 피하거나 싸워 고쳐 주고 싶다는 의견을 말했다. 그 신부님은 세상에는 선만 있는 것이 아니기 때문에 때로는 악과 공존하는 방법을 배워야 한다고 나에게 말해준 기억이 떠올랐다. 역시 마음 속으로는 악을 미워하더라도 겉으로는 그런 눈치를 조금도 나타내지 않고 살아가는 지혜가 필요했다. 다시 말해서 겉과 속이 똑같은 사람들은 환경에 따라서는 엄청난 피해를 입을 수 있다는 것이다.

징계위원 중에는 나와 개인적 감정이 좋지 않은 사람도 있었다. 나와 불편한 관계가 있는 사람들이 재심위원으로 위촉된 것은 매우 불평등하게 생각하지 않을 수 없었다. 이와 같은 징계위원에 대한 기피권 신청도 할 기회 없이 징계위원회가 집행됐으니 비록 내 자신은 아무리 설명을 잘 했더라도 결과가 좋게 나올 수 없었다. 결과는 2001년 10월 22일부로 해임이란 통보가 날아 왔다.

너무나 놀랍고 또 화가 났다. 22년 동안 그래도 대학과 국가를 위해서 살아온 나를 이제 정년이 얼마 남지 않고 또한 정년보장까지 다 받은 사람의 목을 이렇게 쉽게 칠 수 있는가?

모든 인간은 선과 악을 함께 가지고 있다. 따라서 누구한테는 선이 악을 지배할 수 있고 또한 어떤 사람에게는 악이 선을 지배할 수 있다. 악(죄)을 범하는 사람은 선을 두려워하지 않는다. 우리는 그 사람보다 그 행위를 미워해야 한다. 이러한 악은 인간적 욕심에서 생기는 것이기 때문에 항상 한계가 있다. 선은 진리이고 영원하기 때문에 결국 이기고 만다. 선이 악을 지배하려면 우리 인간한테는 종교의 힘이 필요하다고 생각했다.

이러한 불의에 맞서 눈치 안 보고 말할 수 있었던 어느 교수도 있었다는 것을 알게 되었다. 그리고 그 교수는 역시 하느님의 교육을 함께 받은 동문이었다. 하느님의 진리를 용감하게 말할 수 있었던 S교수가 매우 자랑스럽고 존경스럽게 보였다. 그리고 S교수는 우리 딸 결혼식에도 참석해서 축하해 주었다. 그리고 이때 특히 구명운동에 솔선수범해서 나선 동문은 해병대 장교 출신인 서강대학 정우식 교수로 그는 온 서강 동문교수들에게 나를 위해서 서명운동을 벌였다. 정 교수는 또한 세인트루이스대학 동문으로 미국에서도 종종 만났던 일이 있었다. 나는 여기서 아무 이해관계가 없었던 사람들이 발 벗고 나서서 나를 도우려고 했으나 나한테 진실로 인생의 빚을 지고 있는 이웃은 등을 돌리고 오히려 더 괴로운 존재로 변했다는 것을 알았다. 우리가 역사적으로 왜 불쌍한 지도자를 가지게 되는 지를 충분히 상상할 수 있었다. 이번에도 나에게 빚을 지고 있는 가까운 이웃은 남의 불타는 집을 쳐다보는 모습이었다.

인간사회에서 특히 매우 가까운 이웃에 함정이 항상 있으니 조심해야 된다는 교훈을 깊이 배웠다. 앞에서도 말했지만 이렇게 인간의 잘못된 만남은 악운을 되풀이할 수 있기 때문에 서로의 만남은 매우 중요하다. 개구리가 올챙이 시절을 모르듯이 대부분의 인간도 내 경우 주변처럼 변심할 수 있다는 것을 왜 안 믿었을까. 이것이야말로 하느님이 나에게 죄와 벌로 내린 또 하나의 시련으로 생각되었다.

그후 나는 사회각층 여러 사람들을 만나 상의하면서 대응책을 모색하였다. 심지어 나는 이 대학에 나를 스카웃했던 교무처장으로 총장을 역임한 이해성 교수한테 전화해서 문의했지만 그는 이미 학교를 떠나서 힘이 없다고 하며 설마 진짜 목까지 치겠느냐고 안심시켰다.

나는 모교 동문 교수들의 격려와 위안 속에서 서명운동과 함께 재심을 신청 하기로 했다. 특히 당시 서강대학 총장을 지낸 박홍 신부는 이 문제를 해결하기 위해서 적극적으로 나섰다. 결국 교원징계재심위원회에 재심 신청을 한 후 2002년 1월 20일에 복직결정서를 받았다. 재심위원회에서는 나한테 일어난 사건이 해임에 해당되는 사항이 아니라고 결정했다. 재심위원회가 열리던 그날 아침부터 함박눈이 펑펑 쏟아지고 있었다. 나는 올겨울 들어 처음으로 쏟아지고 있는 함박눈을 창문으로 내다보면서 "아, 하늘도 내가 결백하다는 것을 증명하고 있구나"하며 불의와 싸워 이겼다는 희열과 자신감이 생겼다. 옛날 귓속에 들려왔던 하느님의 목소리가 떠올랐다. 결국 그날 재심위원회에서는 학교 측이 몽고 학생 화재 사망에 대한 괘씸죄로 생각한다며 나의 무죄와 결백을 인정했다. 재심위원회에서 승리의 판결을 받고 차 안에 들어왔을 때 다시 눈발이 날리기 시작했다. 그동안 재심 신청서부터 끝까지 정신적으로 한시도 떠나지 않고 진리 쪽에 서서 항상 도와 주었던 박홍 신부는 이번 사건을 하나의 액땜이라고 생각하고 더욱더 용기를 가지고 살라고 격려해 주었다.

"진리에 순종하라(Obedire Veritati)"는 말이 떠올랐다. 돌이켜 보건데 나는 왜 역사적으로나 국제적으로 위대한 인물(정치가 또는 과학자)이 우리나라에서 나올 수 없는 지를 상상할 수 있었다. 우리는 주변에서 많은 인재(인물)들이 특히 명성과 평판을 먹고 사는 정치인들이 세상을 스스로 떠나는 현실을 자주 보게 된다. 우리는 남이 우수한 재능과 능력을 인정하기 전에 자기와 한편이 아니면 상대방의 약점을 공격하여 약하게 만들어 초라해지는 모습을 보면서 자기보다 못한 모습을 보게되면 대리 만족을 하며 즐긴다. 이것은 매우 불행한 현실이 아닐 수 없다. 우리는 남의 실력과 재능을 인정하고 존경할 줄 알아야 한다. 그래야 구호로만 외치는 정의로운 사회를 만들수 있고 위대한 인물을 배출하고 국가의 구심점을 만들어 단결되고 평화스러운 안정된 사회를 만들 수 있다고 본다.

유레카 (Ereka)에서 크래슨트시 (Crescent City)가는도중 멋있는 한개인정원을 발견했다. 어떤 자선가가 북부캘리포니아 하이웨이101 옆에 쉼터로 아름다운 정원을 만들어 여행자의 안식처 를 제공했다. 특별히 꼿꼿하게 자라는 나무를 쳐다보면 나자신의 과거를회상하게한다.

| 신앙과 인생 편 |

제15장 신이란 누구인가?

하느님과 사랑은 점근선으로 다가온다

내가 서강대학교에 온 것은 우연한 일만이 아니었다. 내가 처음 신앙생활을 갖게 된 동기는 '하느님이 인간에게 여러번 접근하면서 가까이 온다'고 믿었기 때문이었다. 요한복음 15장 16절에 "당신들이 나를 선택한 것이 아니고 내가 당신들을 선택하였다."라고 쓰여 있다. 어떤 사람은 태어날 때부터 하느님을 알게 되지만 또 어떤 사람은 중간에 하느님과 접촉하고 또한 어떤 사람은 죽을 때까지 하느님을 결코 모르고 세상을 떠나게 된다고 한다. 더 놀라운 사실은 내가 서강대학교와 처음 인연을 맺음으로 후에 하느님을 알게 되었고 또한 말년에 나의 어머님도 진실한 천주교 신자로 살고 있었다는 것을 알게 되었다. 나는 귀국후 춘천을 방문했을 때 어머님이 가톨릭신자라는 것을 알고 놀랐다. 나의 어머니는 오랫동안 미신을 믿었던 무지한 시골 아낙네이었다. 그러나 80평생을 가족을 위해서 조금도 불평하지 않고 열심히 보따리 장사를 하며 자식들을 위해서 살았던 억척스러운 그리고 존경스러운 어머니였다. 그런데 어느 날 내가 춘천을 방문했을 때 신부님과 수녀님들이 어머니를 잘 챙겨준다는 이야기를 듣고 놀랐다. 나는 한 번도 성당 이야기를 해본 적이 없는데 어머니는 하느님께서 아가다(Agada) 라는 세례명까지 주셨다. 돌아가실 때도 천주교 장례식으로 부탁하기에 신부님과 수녀님을 모시고 가톨릭식 장례미사를 정성스럽게 진행하였고 춘천 천주교 묘지로 모셨다.

또한 내가 서강대학교를 선호하게 된 이유 중 하나는 영어공부를 많이 할 수 있고, 졸업하면 유학을 쉽게 갈 수 있는 길이 열려있기 때문이었다. 사실 나는 사관학교처럼 엄격한 학사관리를 시행하는 예수회 대학을 선호했다. 그러므로 나는 입학 후부터 영어, 수학, 그리고 전공과목에 큰 관심을 갖게 되었다.

당시 내가 사귄 친한 친구는 두 명으로 하나는 같은 전공을 함께 청강하는 물리학과 기창균이었고, 또 다른 한 명은 그냥 마음이 맞는 사학과 친구 한학용이었다. 이들 창균이와 한학용이는 모두 가장 친한 친구였지만 현재 연락이 끊어져 있다. 창균이는 50이 훨씬 넘은 나이로 호주로 이민을 갔고 학용이는 부산에서 성실하게 사업을 잘하고 있다는 것을 알고 있다. 특히 학용이는 이 세상에서 가장 가까운 친구로, 매주 토요일 항상 만나서 영화구경과 점심식사를 함께했으며 언제나 그 비용은 학용이가 지불했다. 경제사정이 넉넉지 못한 나를 항상 자존심 상하지 않게 대해 주는 학용이가 감사하고 존경스러웠다. 지난 날 그는 동생 문제로 나와 결별을 선포하고 결투를 하고 싶다고 마지막 붉은 글씨의 절망적인 편지를 보냈지만 나는 그의 심정을 충분히 이해하기에 용서를 빌고 싶다. 당시 5.16장학금을 받았지만 나의 경제사정을 잘 아는 학용이는 또한 외부의 개인 복지가(의사)의 장학금을 알선해 줄 정도로 형제보다 더 가까운 친구였다. 학용이는 마음이 넓고 겸손했으며 항상 정직하고 욕심이 없는 인생관을 갖고 사는 친구였다. 부유한 집이었지만 밖으로 전혀 나타내지 않았다.

학용이의 초정으로 부산 해운대 해수욕장에서 수영을 즐겼다.

　언젠가 여름방학 때 부산 자기 집으로 초대를 해서 부산 해운대 해수욕장
으로 갔다. 바다를 보며 자기는 해변가 모래위에 이름 석자를 써놓겠다고 했
는데 나는 바위에 이름 석자를 써놓을 거라고 말했다. 이처럼 나와 학용이는
서로 너무나 절실한 친한 친구이며 서로를 잘알고 존경하는 사이었다. 그리
고 학용이는 또한 하느님을 사랑하는 진실한 천주교 신자였다. 나는 때때로
그 친구를 따라 일요일　명동 성당에 나가 미사에 참여 하였다. 그렇게 해서
나는 하느님과 접근하는 길이 열리기 시작했다고 생각했다. 우리는 보통 일
요일 시내에서 만나면 미사에 참가한후 점심 먹고 좋은 영화 한편도 함께 관
람했다. 심지어는 내가 장충동 가정교사 새집으로 이사할 때도 함께 내 이사
짐을 날라다 주었다.　당시 나는 서울고 은사님의 소개로 한국에서 어느 재벌
(구철회 회장) 부잣집에서 서울고 3학년생(자훈)을 지도하는 가정교사를 맡

게 되었다. 나는 당시 왜 고3 학생 집에서 나를 가정교사로 입주시켰는지 좀 의아스럽게 생각했다. 당시 숙식할 때가 없어서 가정교사를 찾고 있던 중 서울고 3학년 은사님한테 연락이 와서 가정교사 자리를 선택했지만 이 고3 학생한테 가정교사가 왜 필요한지 의심했다. 더욱이 그는 서울고 학생답게 머리가 잘 돌아가는 학생이지만 다만 친구들을 좋아해서 외부 외출이 많았다. 그래서 내가 할일은 그를 찾아와서 책상에 앉히고 함께 공부하는 것이었다. 나는 그와 함께 독채집에서 함께 숙식하면서 같이 생활했다. 워낙 부잣집이라 별채가 따로 있는데 나는 학생과 함께 그 별채에서 지냈다. 이 집은 장충동에 넓은 부지를 차지한 대궐같은 집이라 대문에서 내방까지 한참 걸어야했다. 항상 젊은 집 도우미 청년(하인)이 문을 열어 주아야 한참 떨어져 있는 내 방에 갈 수 있었다. 나는 당시 자가용을 타고 등교할 때가 있어서 주변 친구들이 부러운 눈초리로 나를 바라보았다. 여기서 내가 가르치는 이 학생은 외출이 심했기 때문에 때로는 그의 친구들한테 까지 찾아가서 집에 데리고 왔다. 학생의 아버지는 한 달에 한 번 정도 내방에 찾아왔는데 한번 말을 꺼내면 적어도 1시간이상 이야기를 이어갔다. 학생의 공부에 관해서 얘기를 해야 할 텐데 그보다 세상이야기가 더 많았다. 때로는 이야기가 너무 길어서 화장실을 갔다 와서 다시 들어야 했다. 지금도 내가 기억하는 것은 매일 오후 6시까지는 정확히 퇴근해서 정원의 나무에 물을 주는 모습이다. 그는 회사에서 큰 회장님인데 왜 그렇게 일찍 퇴근하면서 가정에 충실하고 절제적인 생활하는지 의아하면서도 존경심이 갔다. 이집에는 운전사가 2명, 식모가 3명, 가정교사도 나 말고도 동생(경기중)을 가르치는 고대생이 있었다. 그리고 내방 바로 앞에 학생의 누나 방이 있었다. 그 누나는 당시 E대에서 미술을 전공했으며 나와 같은 학년인데 저녁에 피아노를 치거나 매우 감상적인 음악을 흘러 보내 내 마음이 흔들렸다. 나와는 경제적 생활 차이가 심했지만 부잣집 학생치고 그렇게 사치스러워 보이지 않았다. 어쩌다가 눈이 마주 치기라도 하면 약간 당혹스럽긴 했지만 사실 그렇게 싫지는 않았다. 오히려 저렇게 부유한 집에 태어나 명문 경기여고를 나오고 대학에서 미술을 전공하는데 생활태도가 순박하고 조금도 흐트러지지 않았다. 그런 그녀의 절제적인 인생관에 호기심이 안 일어났다면 거짓말일 것이다.

그러던 중 어느 날 그 학생의 누나가 갑자기 나한테 중요한 부탁을 하였다. 자기가 수강하는 구약성서에 대한 해설 숙제를 나한테 부탁하는 것이었다. 한편으로는 좀 건방지다고 생각했지만 다른 한편으로는 그만큼 나한테 관심이 있다고 생각하지 않을 수 없었다. 아마 내가 종교 계통 대학을 다니고 있어서 성경에 대해서 누구보다 잘 알고 있다고 생각했던 모양이었다. 그렇지만 나는 그때까지 성경에 손을 대 본 적이 없었다. 하지만 저녁에 양담배 Salem 두 갑과 훌륭한 저녁 야식을 보내 주면서 나한테 숙제를 맡기는데 어찌 거절할 수가 있을까. 나는 처음에는 당황했지만 여러 가지 여건으로 미루어 해주는 것이 좋다고 생각하고 그러기로 결심했다. 아마 이렇게 해서 내가 하느님께 더 접근할 수 있는 계기가 시작되었는지 모르겠다. 난생 처음으로 구약 성서를 다 읽어 보았으나 그 안에 들어 있는 내용은 전혀 이해할 수가 없었다. 어쩔 수 없이 다음 날 학교에서 윤리학 철학을 강의하고 있는 박고영 신부님을 찾아가 구약성서에 대해서 가르쳐달라고 요청했다, 그러나 그는 나에게 신자이냐고 물은 뒤 내가 비신자이기 때문에 설명하기 힘들다고 냉정하게 내청을 거절하였다.

그 당시 서강대학교에서는 신자는 신학과목을, 비신자는 철학과목을 수강해야 했다. 나는 철학과목은 세 과목 이상 아주 재미있게 수강했으나 신학과목은 전혀 수강한 일이 없었다. 그렇지만 성경에 대한 관심은 물론 자존심 때문에도 학생 누나의 숙제를 포기할 수 없었다.

더욱이 내방 바로 앞에서 저녁마다 흘러나오는 아름다운 고전음악과 피아노 소리는 은근히 나로 하여금 연민의 정을 갖게 해서 그녀의 부탁을 해주기로 결심했다. 나는 혼자 도서관을 뒤지며 성경에 관한 자료들을 모아 그 엄청난 숙제 리포트를 완성해 주었다. 그후 학생 집을 떠날 때 내가 취직하고 싶으면 관련 계열사(당시 금성사)에 입사하도록 도와주겠다고 했으나 독립심과 자존심이 강한 나는 눈앞에 보이는 안이한 황금의 길보다 어릴적부터 꿈꾸어 왔던 어려운 유학의 꿈을 선택하기로 결심했다. 실은 당시 별로 회사 취직에 대한 욕심이 없었고 또한 돈을 벌어야 하겠다는 야망도 전혀 없었다. 비록 돈은 없지만 큰 꿈을 가지고 있던 나의 자존심은 재벌보다 훨씬 컸었다. 만약 내가 돈을 인생의 가치 기준으로 생각했다면 나의 운명은 다르게 바뀌었을 것이다. 더욱이 집안 배경이 약한 나로서 남보다 몇 단계 더 빨리 올라가려면 유학을 가서 학위를 받는 길밖에 없다고 생각했었다.

그런데 당시 이 학생의 어머니는 부잣집 사모님으로 귀태가 나지만 매우 보수적인 경상도 진주분이었다. 어느 날 자신의 부자를 과시하는 것같이 나를 불러 나의 가정에 대해서 상세한 것을 물으며 나를 테스트하는데 매우 자존심이 상했고 불쾌했다. 학생의 아버님은 대화중에 나의 가정에 관해서 물어본 적이 없었는데 어머니는 나의 부모님, 형제, 직업 등 너무 알고 싶은 것이 많은 것같이 보였다. 아마 나의 가난한 가정을 알고 실망 했었을 줄 안다. 이집에서 가끔 운전기사 아저씨가 현금이 꽉찬 포대자루를 차에서 옮기는 광경을 보고 놀랐었다. 또한 학생 점퍼를 빌려 입었을 때마다 주머니 속에는 항상 큰돈이 들어 있었다. 비록 내가 돈이 없어서 남의 집에서 가정교사를 하고 있었지만 원대한 미래를 꿈꾸는 나는 그런 돈이 전혀 부럽지 않았다.

졸업후 1년만 철저히 유학준비를 하면 남의 도움 없이 유학을 갈 수 있다고 스스로에게 자신감을 불어넣었다. 드디어 졸업과 동시에 전공과 관계가 있는 재일동포 경영의 광학회사에 취직했다. 낮에는 회사에서 일하고 밤에는 하숙집에서 가까운 서대문 부근 부유한 집의 막내아들 고3학생을 지도하여 비행기 값을 마련하기로 했다. 이렇게 바쁜 중에도 내가 두 명의 여자 친구를 알게 된 것은 우연한 일이 아니었다. 그 하나는 내가 대학 3학년 때 수학과 영어를 지도했던 고3 여학생 중의 한 사람인 숙이였고 또 하나는 나의 가장 친한 친구 학용이의 여동생 선희였다. 특히 숙이는 처음에는 제자 관계로 알게 되어서 다시 만나게 되었으나, 시간이 갈수록 나를 따라 왔고 가장 잘 이해해 주어 아무런 부담 없이 만날 수 있는 편한 사람이었다. 숙이는 처음에는 매우 냉정한 편이었으나 시간이 갈수록 더욱 즐겁고 기쁘게 나를 따랐다고 생각한다. 숙이는 나의 생일을 기억해서 내가 좋아하는 음식을 마련해 객지에서 외로운 나의 생일을 축하해 주기도 했다.

학용이의 여동생은 내가 종종 학용이의 집에서 점심을 먹을 때 밥상을 가져오는 모습을 보았다. 그후 내가 유학을 떠나기 한달 전에 학용이는 정식으로 동생을 소개해줘 둘이 사귀게 되었다. 학용이는 내게 무엇인가 말하고 싶은 것이 있는 듯 매우 힘들게 시간을 끌다가 결국 자기 동생과 교제해 주기를 바란다고 했다. 나는 당황하면서 놀랐지만 한편 친구가 나를 그렇게 생각하는 것이 고마웠다. 더욱이 그는 자기 동생과 내가 좋은 배필이 될 수 있을 것이라고 했다. 학용이에게는 두 명의 여동생이 연년생으로 있었는데 그중 언니가 되는 선희는 당시 S대 졸업생으로 명랑하고 인상이 매우 밝고 끌리는 여자였다. 그리고 친구의 말대로 지성적이고 아름다운 마음씨를 갖춘 미모의 여자였다. 그러나 나의 가장 친한 친구의 여동생인 만큼 조금 부담감과 책임감을 가지고 데이트를 시작해야 했다. 그러나 막상 미국으로 너무 빨리 떠나게 되는 나로서 그렇게 아름다운 추억을 만들기에는 시간이 너무 짧았었다. 시간이 지났지만 아직도 포옹하고 첫 키스를 할 때 수집어하던 그녀의 모습을 잊을 수 없다. 그후 얼마후 나는 미국으로 떠나야했다. 미국에서 공부를 시작할 때 먼저 뉴욕에 와있는 그 친구의 누나 즉 그녀의 언니가 동생을 빨리 미국에 데려오라고 재촉했다. 그것이 오히려 나에게 크게 부담이 되어 그녀와 멀어지는 결과를 낳은 것 같다. 나는 공부에 대한 집념 때문에 결혼할 생각을 할 만큼 여유를 갖지 못했다. 그럼에도 불구하고 뉴욕 언니는 이점을 이해하지 못하고 배신감을 느꼈을 것이라 생각된다. 만약 내가 어디서든지 이들을 다시 만나게 된다면 진실한 사과를 하고 싶다.

기창균 졸업식(중앙)에 축하하는 한학용(첫째)과 필자. 한학용은 영화배우 Burt Lancaster 모습으로 나한테 보인다. 항상 바다같은 마음과 확실한 인생관을 갖고 있었다. 나의 인생에서 가장 신뢰했고 잊을 수 없는 좋은 친구였다.

당시 나는 가진 것이 별로 없고 여러모로 부족한 사람이었다. 그럼에도 불구하고 이 세상에서 가장 친한 벗이며 누구보다도 나의 장단점을 잘 알고 있는 친구가 자기가 가장 사랑하는 여동생을 자신있게 나한테 맡기는 것을 보고 너무나 놀랐다. 이것은 아마 친구가 두 사람의 성격을 잘 이해하고 천생연분으로 행복을 추구하도록 기원하고 있었기 때문이라고 생각한다. 나는 이러한 친구의 배려를 너무나 감사하게 생각했다. 그러나 두 여인이 너무나 짧은 시간에 동시에 나타나게 된 것은 결국 나한테 갈등을 가져올 수밖에 없었다. 더욱이 친구 여동생 선희와 데이트할 충분한 시간없이 한국을 떠나야 해서 너무 아쉬었다. 그후 내가 미국 오리건 주립대학(OSU)에 있을 때, New York의 학용이 누나로부터 동생을 곧 데려오라고 요청하는 전화가 왔다. 학용이의 누나는 의사남편과 함께 뉴욕으로 이민해 살고 있었다. 그때 나는 하루하루를 살아가는 것과 공부에 너무나 큰 스트레스를 받고 있었기 때문에 조금 있다가 형편이 바뀌면 몰라도 지금은 결혼을 생각할 수 없다고 언니의 요청을 거절했다.　그후 친구 학용이로부터 붉은 펜으로 쓴 결별과 결투 선언의 소름끼치는 편지가 날아왔다. 나에게 화가 나서 절규적 항의 편지를 보낸 그 친구는 내가 자신을 배신했다며 결투라도 하겠다는 기세였다. 나는 지금 이 지면을 통해서 내가 가장 존경하고 사랑했던 친구 한학용과 그 여동생 선희에게 늦었지만 배신하게 된 것을 진심으로 사과하고 싶다. 그리고 만약 내가 다시 태어날 수 있다면 이 세상에서 가장 나를 잘 이해해 주었던 친구 학용이가 짝지어 주려고 했던 그의 동생 선희와 아름다운 가정을 만들고 싶다. 더욱이 사실 나의 아버지께서는 생전에 나에게 평안도여자를 배우자로 선택하라고 말한 것을 생각하면 더욱 친구 여동생이 그리워진다. 그때 내가 그 이유를 물어본즉 평안도 여성이 남편 말에 잘따르고 내조를 잘한다고 했다. 그러나 우리 어머니는 강원도 여자지만 한번도 아버지와 충돌하는 것을 내 평생에 본 일이 없었고 아버지한테 항상 잘하는 모습을 보고 자랐다.

친구 학용이에 의하면 선희의 부모님도 평양 출신인 것으로 알고 있다. 내가 인생에서 후회하고 실패한 일중의 하나가 가장 친한 친구를 배신하게 된 일이었다. 진선미를 모두 갖춘 그의 여동생을 놓친것은 본의가 아니었다. 비록 짧은 시간이었지만 출국전 그녀와 어느날 밤 데이트하며 사랑과 포옹하면서 미래까지 깊은 약속을 했었다. 그러나 미국에 와서 금방 그녀를 가까이 데리고 올 수 없었다. 나는 항상 인생에서 제일 중요한 일부터 우선적으로 전념하는 습관이 어렸을 때부터 몸에 배어 있었다. 따라서 학업에 집중하다보니 다른 일 챙길 수 있는 여유가 전혀 없었다. 사실 친구는 내가 배신했다고 생각하나 나는 공부에 바빠 시간이 전혀 없었다고 변명하고 싶다. 하여튼 그로 인해서 선희와 친구를 모두 영원히 잃어버렸다.

내가 알기로는 그녀는 현재 미국에 살고 있다. 오빠와 나를 믿었던 선희를 아프게 한 죄의식도 크지만 더 깊은 상처는 이 세상에서 가장 친했던 친구를 잃게 되었다는 것이다. 나는 한평생 후회하고 회개하며 살아야 했다. 나는 아직도 왜 하느님이 있다면 그 당시 보다 현명한 판단(성령)을 내릴 수 있도록 인도하지 않고 마귀의 장난(악령)에 유혹되어 행동하게 했는지 원망해본다. 그리고 평생 죄책감에 인생의 무거운 짐을 메고 살게되었는지 알 수 없다. 시간과 공간이 허락된다면 만나서 용서를 구하고 싶다. 그러나 하느님은 진실로 우리가 무엇을 필요로 하고 있는지 잘 알고 있기 때문에 당신의 뜻으로 결정하지, 우리의 뜻으로만 이루게 하지 않는 것이라는 신앙을 믿을 것이다. 그럼에도 불구하고 우리가 회개하고(repent or regret) 새로 다시 태어나서 우리의 바람이 하느님 생각과 일치할 때 반드시 구원해 준다고 믿었다.

그러나 나의 인생에서 가장 실패한 것은 친구의 여동생과 친구를 영원히 잃었다는 것이다. 그런데 이것은 내 인생의 후반기에 와서 하느님을 의심하고 멀어지게 만든 이유 중의 하나가 되었다.

나는 당시 기도에 대해서 고민하다 진정한 기도 방법을 터득했다. 기도란 하느님께 인간이 어떤 부탁이나 간청을 하는 것이 아니고 귀를 기울여 하느님의 목소리를 듣는 것이다. 하느님의 용서는 우리가 부탁하는 것이 아니고 하나님이 받아들이는 것이다. 아무리 기도하고 부탁해도 자연의 법칙은 그대로 간다는 것을 인생 후반에 들어서야 깨달았다. 그래서 말년에 와서는 자연의 법칙만 믿고 있는 자연주의론자가 되었다. 나는 여기서 인간의 지식이 얼마나 어리석고 불완전한 것인지를 언급하지 않을 수 없다.

Einstein박사는 지금까지 고전물리학에서 믿어왔던 시간과 공간의 절대적 개념을 부정하고 상대적 개념을 말하는 상대성이론을 발표했다. 즉 빛의 속도로 움직이는 상태에서 시간은 느려지고 길이는 축소된다(특수 상대성이론). 우주공간에서 빛은 직진하는 것이 아니고 어떤 물체(천체) 주변에서 기울게 지나가는 현상이 마치 지구 내부를 통과하는 지진파처럼 휜다(일반 상대성이론). 이와 같이 우리가 알고 있는 과학적 진리도 인간의 한계성이 있고 절대적이 아니라는 것을 완연히 보여 주며 진화하는 것이다. 따라서 인간의 생각은 어리석고 불완전하기 때문에 잘못을 저지를 수 있다. 하느님 종교에서는 이 경우 회개하고 새로 태어나면 용서받을 수 있다고 생각한다. 그러나 나는 이후부터 하느님의 절대성을 의심하지 않을 수 없게 되었다.

"신앙은 무한성의 주관적 진리이고 과학은 유한성의 객관적인 진리이다"(평화신문)라고 평화신문에 투고한 원고를 재수정하고싶다. 우리는 아름다운 행성, 지구 위에서 살고 있다. 여러 가지 색깔과 모양을 한 아름다운 꽃과 풍요한 열매, 곡식……. 태양계 속의 지구 위치만 보더라도 지구는 태양계의 9개(현재 8개 확정)의 행성 중 태양으로부터 가장 알맞게 떨어져 태양을 중심으로 다른 행성과 충돌하지 않고 태양 주위를 정확하게 반시계방향으로 궤도운동을 한다. 스스로 빛을 내지 못하지만 태양의 빛을 받아 적절한 온도변화를 유지하고 24시간 반시계방향의 자전과 365¼일주기 공전 등은 생물이 살수 있는 최적환경을 제공해 준다. 물론 수성, 금성, 화성도 지구와 같은 자전과 공전을 하지만 너무 빠르거나 느리게 운동하여 인간 생활여건이 안된다. 또한그들 일부는 밀도가 높고 암석형의 지구형 행성(terrestrial planet)이지만, 다른 행성은 심한 온도차와 공기, 물 부족으로 생물체의 존재가 불가능하다. 목성 등 여타행성은 기체형이며 밀도가 작은 목성형 행성(jovian planet)은 더욱 생물체의 존재 불가능하다. 그리고 이들 8개의 행성은 태양을 중심으로 정확한 궤도운동을 하기때문에 결코 충돌하지 않는다. 이러한 움직임의 시작과 운동 법칙의 원인에 대해서 과연 과학적으로 정확한 해답을 끌어낼 수 있을까. 초창기의 종교관은 다음과 같은 사고에서 출발했었다. 지구가 23.5도 기울어져 서쪽에서 동쪽으로 하루에 한번 자전하므로 우리에게 일하는 시간과 쉬는 시간을 주었고 또한 365일 1년에 걸쳐 같은 방향으로 태양을 중심으로 공전하므로 북반구와 남반구에 사는 모든 사람에게 공평하게 아름다운 계절을 즐길 수 있게 하는 오묘한 우주의 법칙(Law of Nature)이 마련됐다. 그러나 이것은 모두 우연이라는 물리적 현상이지 조물주의 지시라고 말할 수 없다.

따라서 우리 인간은 서쪽으로 지는 태양을 보고 하루가 지는 것을 알게 되고 또한 서쪽으로 이동하는 별자리를 보고 세월이 가는 것도 알 수 있다. 여기서 우리는 객관적. 과학적 사고와 주관적 신앙적 사고의 차이점을 발견하게 된다.

이 세상 만물에는 모두 제작자(Maker)가 있다. 높은 수준의 제작물일수록 더 높은 수준의 지식과 능력을 필요로 한다. 이것은 그리스 철학에서 "안 움직이는 움직이는 자(Unmoved Mover)"의 절대자 개념에서 나와 오늘 날 기독교에서 태초의 기원, 천지창조주를 설명하기 위해서 사용했었다. 그러나 태초의 우주는 138억년전에 대폭발(Big Bang)에서 생겼다는 것이 과학적 이론이다. 그리고 지구도 이 폭발의 한 부분으로 45억년에 우연히 생겼다는 것이 과학적 증명이다. 그렇지만 기독교에서는 이 아름다운 지구와 태양계 운동의 조물주(Maker)를 믿고 있다. 이는 시간과 공간을 초월해서 설명해야 되기 때문에 전지전능한 하느님(신앙)께 의존할 수밖에 없게 된다고 생각했다. 물론 많은 과학자들이 창조론 보다 진화론에 기울고 있는 것도 사실이다.

그러나 신앙은 이유를 묻지 않는 무한한 믿음(infinite belief)에서 오고, 과학은 유한한 시·공간 속에서 찾아야 하는 유한성과 객관적 진리(finite and objective)를 찾는 데 있다. 과학기술의 발전이 신앙의 영역인 윤리적·도덕적 가치를 바탕으로 하지 않으면 결코 인간 발전에 기여할 수 없다는 것이다. "누구든지 있는 사람은 더 받아 풍족하게 되고, 없는 사람은 있는 것마저 빼앗길 것이다"(마태 25장 29절) 라는 성서구절이 생각난다. 또 이와 비슷한 주인과 하인과의 관계 이야기가 있다. 5달란트를 10달란트로 늘린 하인은 더 큰 대우를 받았고, 1달란트를 그대로 보관한 하인은 냉대를 받았다. 필자는 이것을 21세기를 살아가는 인간을 놓고 생각해 보고 싶다. 이것은 비로소 기독교문화가 자유민주주의와 자본주의경제의 모체였다는 것을 암시해준다. 이것이 바로 인간이 하느님의 노예에서 황금노예가 되게 만들었다. 인간의 행복을 재물에서 찾게 되고 재물을 얻기 위해서는 권력은 물론 수단방법을 안가리고 나가게 했다. 결국 권력과 재물이 결탁하면 부정부패로 망하게 만들었다.

우리는 아름다운 자연(Nature)과 무서운 자연의 힘, 즉 질서(order)와 혼돈(chaos) 속에서 살아가기 때문에 과학과 신앙은 비록 반대요소를 갖고있지만 바늘과 실의 관계와 같이 우리 일상생활에 매우 중요하다. 따라서 과학과 신앙(종교)은 서로 상충되면서도 매우 밀접한 관계가 있다. 과학과 신앙은 모두 인생(삶)의 진리를 추구한다.

과학은 추구하는 방법에서 수량화, 실험과 관측 등을 통한 객관적이고, 연역적 방법을 이용하는 반면, 신앙은 절대자(The Absolute)에 대한 깊은 믿음에 기초를 두고 선과 악과 같은 인간의 양심과 도덕적 방법을 통해서 출발하는 주관적 귀납적 방법에 의존한다. 아인슈타인은 "종교가 없는 과학은 절름발이고 과학이 없는 종교는 장님이다(Science without religion is lame and religion without science is blind.)"라고 말했다.

〈이글은 평화신문에 투고한 글을 수정 변경한 것이다.〉

구하라, 찾으라, 문을 두드리라

내가 6개월 동안 남태평양 해양탐사업무를 마치고 하와이대학에 돌아왔을 때 어려운 문제가 발생했다. 지도교수(일본계 미국인) 연구비 확보를 위한 박사과정 연구비(RA) 프로젝트 과제신청이 거절됐다는 소식이 들려왔다. 당시 나는 6개월간 탐사선 근무 후 육상근무에서도 계속해서 박사과정 RA를 받는 것으로 생각했으나 생각과 빗나갔다. 당시 일본인 지도교수의 연구과제 연구비가 거의 없는 상태였기 때문이었다. 그렇다고 RA 없이 계속 공부하는 것은 불가능했다. 그래서 급하게 본토에서 Seismology 분야의 몇 몇 명문 대학원에 가을학기 박사 과정을 신청했다. 그리고 여름에 Hawaii 에 머물면서 일자리를 구해보았다. 가을학기까지 약5개월 남았기 때문에 적절한 일자리만 구하면 괜찮을 것으로 생각했다. 여기서 처음 시작한 것이 Waikiki 해안의 한 보석상에서 관광객에게 보석을 파는 것이었다. 그러나 하루 종일 서서 판매를 해도 실적을 올릴 수 없었다. 다음에 일을 구한 것이 바닷가에 나가서 생선을 잡는 것이었다. 조그만 일본인 목선을 타고 멀리 나가 밤에 불을 켜놓고 참치를 잡는 것인데 상어 떼가 지나가며 입을 벌릴 때마다 공포에 질렸다 . 2~3일 지나가서 결국 내 몸체만한 놈을 한 마리 잡고 그만두었다. 나는 그 생선을 Hawaii에 유학온 선배(이상우 박사)한테 주고 가끔 저녁 대접을 받았다. 그 다음에는 잘나가는 일본인 식당에서 Dishwasher 겸 Waiter일을 했다. 나는 여기서 점심과 저녁을 해결했고 임금도 괜찮아서 그런대로 흥미가 있었다. 다만 자존심이 상한 것은 아는 사람이 음식점에 들어왔을 때 시중을 들거나 접시 닦기를 하는 모습을 보여주는 것이었다. 그때는 이곳의 종업원이 전부 일본인들이었기 때문에 내가 유학생이라는 사정을 보아서 많이 도와주었다. 그렇지만 나는 자존심이 상해서 여기를 떠날 생각을 했다. 그때 마침 같은 아파트에 사는 형이 택시운전을 한다는 것을 알고 나도 택시 기사(Taxi Driver)가 되기로 결심했다. 당시 택시기사는 주인한테 70달러만 매일 갖다 주면 나머지 번 것은 전부 Driver가 가질 수 있었기 때문에 매우 매력적이었다(세금이 없었다). 아침 11시에 일어나 아침 겸 점심 (brunch)을 먹고 오후 3시부터 일하기 시작하여 그다음 날 아침 4시까지 일하면 적어도 하루에 200-300달러 이상을 거뜬히 벌수 있었기 때문에 서너 달만 일하면 돈을 좀 모을 것 같았다. 그러나 내가 가장 어려웠던 것은 손님을 태우고 자정이 넘어 Honolulu 홍등가 거리를 자주 가야하는 것이었다. 그날도 모터사이클 경찰 2명이 호놀룰루 시내 사거리에서 기다리고 있었다. 나는 피곤한 몸을 안고 노랑 불에서 빨강불로 바뀌는 순간 우회전을 했다. 그 찰나에 마치 기다렸다는 듯이 경찰관 한사람이 따라와 티켓을 끊으려고 했다.

내가 분명히 신호를 지켰다고 따졌더니 그 경찰은 동료 경찰과 함께 내 팔을 잡아 비틀기 시작했다. 결국 그는 나를 업무방해죄로 경찰서로 연행해 갔다. 사실 자정이 지나면 항상 그 골목에서 기다리고 있었던 경찰이 드디어 나를 포획했다. 업무방해죄로 경찰서로 끌려간 나는 Taxi회사 주인한테 전화를 걸어서 다음날 아침에 보석금을 주고 풀려나왔다. 그리고 2달 후에 정식 재판을 받게 되어 있었다. 그때부터 나는 택시운전을 할 수 없게 되었고, 미국 본토에 지원한 대학에서도 전혀 소식이 없었다. 생활비가 바닥이 나기 시작해서 참으로 어떻게 해야할지 난감했다. 이 세상에서 나를 도와줄 수 있는 사람이 아무도 없었다. 그래서 어느 날 혼자서 벽을 보고 이 세상에 태어나서 난생 처음으로 하느님을 불러보았다. "오! 하느님 어떻게 할까요? 하느님이 정말로 존재한다면 지금 수렁에 빠진 저를 외면하실 겁니까?"그때 난생처음으로 귓속에 은은히 들려오는 하느님의 목소리가 있었다."xx야 내가 항상 너와 함께 있어 줄 테니, 아무 것도 두려워 하지마라. 모든 것이 다 잘될 것이다."라는 환청을 들었다. 이것이 첫 번째 내가 겪었던 하느님의 음성이었다. 언젠가 이 말을 아들한테 하였을 때 영어로 했느냐, 한국어로 했느냐 하고 질문을 했었다. 분명히 한국말이었다. 얼마가 지난 후에 본토 세인트루이스 대학(SLU)에서는 9월 학기부터 전액 장학금을 주는 RA통지서가 왔고, MIT에서는 조금 기다려 달라는 편지가 왔다. 그뿐만 아니라 SLU 가기

전에 Honolulu법정에서 재판을 받을 때 조금 떨렸지만(왜냐하면 유죄가 판결되면 나는 추방되기 때문) 판사는 유학생이 공부하기 위해서 일하다가 경찰하고 언쟁이 붙은 사건은 전혀 죄가 될 수 없다고 무죄를 선고했다. 후에 알았지만 나를 경찰서로 끌고 간 사람은 한국계 미국인 2세였다. 그것은 더욱 슬픈 일이었다. 이때 부터 나는 하느님의 존재를 굳게 믿게 되었다. 왜냐하면 하느님이 항상 나와 함께 계시며, 어려운 일이 있을 때마다 나를 구원해준다는 것을 깊이 믿었기 때문이다. 따라서 나는 어떠한 경우라도 인생을 포기해서는 안된다는 것을 마음속 깊이 새기게 되었으며 하느님은 항상 약한 사람 편이라는 것을 알게 되었다. 하느님은 항상 우리가 할 수 있는 것만큼 간절한 요청에 응답하고 할 수 없는 일의 요청에는 응답하지 않는다고 생각했다. 우리는 누구나 하느님의 부름을 받고 있다. 그래서 우리는 각자 자기가 할 수 있는 옳은 일을 성실히 해나가야 된다고 생각했다.

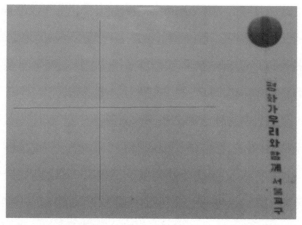

1984년 5월 6일 한국성인들의 성화의 축성에 성요한 바오르 2세 교황이 참가했을 때 여의도 하늘에서 나타났다는 하늘의 십자가를 누군가 촬영한 사진을 보내주었다. 당시에는 가는 붉은 선에 십자가가 선명하게 나타나서 기적으로 생각하는 분들이 있었지만 물리학적으로 햇빛에 의한 광학적 현상으로 판명되었다. 가는 붉은선은 과거에 나타났던 십자가 자국을 따라서 추적해 본 것이다.

그후 20여 년이 지난 후에도 한번은 기적같은 일이 있었다. 1995년 3월1일 오후에 소파에 누워 낮잠을 자고 있었는데, 천사가 나타나 나의 머리를 끌어안고 성령기도를 했다. 머리가 뜨거워지기 시작했다. 영세를 받을 때 달아오르는 머리와 기분이 비슷했다. 몸은 매우 가볍게 느껴지며 훨훨 나는 기분이었다. 그리고 지금까지 이 세상에서 한 번도 느끼지 못했던 가장 행복한 순간을 느꼈다. 아! 이 순간이 더 오래 영원히 지속되었으면 싶었다. 어딘가를 향해 계속 날아가듯 가볍게 걸어갔다. 아주 가볍게 훨훨 나는 기분을 느꼈다. 나는 지난 성탄절 전야(Christmas Eve) 때 이상한 꿈을 꾸었다. 2004년 12월 24일 밤에서 25일 아침 사이 가볍게 날아다니는 꿈을 꾸었다. 나는 산위에서 어느 방향으로든지 가볍고 자유롭게, 그리고 매우 행복하게 날아다녔다. 정말로 매우 행복한 순간을 맛보았다.

나는 왜 이런 꿈을 꾸었는지 알 수 없었다. 그러나 이렇게 아름다운 꿈을 갖게 된 것에 대해서 매우 감사하게 생각했다. 그러나 그것들은 아직까지 풀리지 않는 신비스러운 나의 이야기들이다.

육체와 영혼

나는 정년퇴임 후 수없이 많은 책, 주로 과학과 철학, 과학과 종교, 신의 존재 등 논픽션 베스트셀러 원서를 여행하거나 아들이 해외에서 구해 주어서 많이 읽게 되었다. 그리고 그동안 열심히 가톨릭신자로서 살아왔지만 무신론자 입장에서 신을 들여다보기 시작하게 되었다. 그래서 나의 신에 대한 결론은 나의 집념에서 온 내 생각과 의식에서 일어난 일이였고 진화에 역행하는 길이라는 것을 발견했다. 그래서 다시 나의 인생에서 발견한 신의 개념을 소개하려고 한다.

인간은 육체와 영혼으로 구성되어 있으며, 이 육체와 영혼을 유지하기 위해 하루에 1인당 2,000-2400칼로리(Cal=kcal)의 에너지가 필요하다(보통 칼로리라고 부르는 것은 킬로칼로리(kcal) 즉 칼로리의 천배를 말한다). 인간이 살아가는 데는 1초에 24칼로리(calorie, cal) 혹은 보통 사용하는 0.024 킬로칼로리(kcal)의 에너지가 필요하므로 하루에 적어도 약 2,000칼로리(kcal/Cal)를 보통 음식에 섭취해야 한다. 즉 인간은 살아있는 한 에너지인 물질과 정신을 계속 사용하고 있다는 뜻이다.

　17세기 프랑스의 수학자이자 철학자인 데카르트(Rene Descartes)는 마음의 철학 이원론에서 인간은 물체(substance)에서 물질이 아닌(no matter) 마음(mind)과 또 결코 마음이 아닌(never mind) 물질(matter) 즉 육체(body)를 분리해서 이원론을 주장했다. 그러나 현재 많은 철학자와 과학자들은 데카르트의 마음과 육체의 분리, 정신과 물질의 이원론을 거절한다. 왜냐하면 이원론으로는 비물리적인 것, 영혼 혹은 마음이 물리적인 것(physical), 즉 육체 속에서 변화를 만드는 것(육체기관 조정)을 설명하는 데 문제가 있기 때문이다(Warburton, 2011).

　물질은 공간에 퍼져 있지만 마음은 자기를 인식하고 공간은 차지하지 않으며 불멸한다고 생각했다. 따라서 물질의 영역은 경험적 관찰과 과학적 설명의 지배를 받지만 객관적이고, 마음의 영역은 순수히 이성적이고 정신적이지만 주관적이다. 신의 존재는 이렇게 육체와 영혼을 분리하는 이원론사상에서 출발하게 된다. 많은 신앙인들은 이원론을 믿으며 마음과 정신(spirit)이 사후에도 살아 있기를 희망하고 있다. 데카르트 자신도 과학자이며 동시에 신앙심 깊은 가톨릭 신자라는 것을 보여주고 있다. 그래서 그는 "나는 생각한다. 고로 나는 존재한다(I think, therefore, I am)."라고 생각(마음)을 존재보다 먼저 언급했다. 그러나 그는 생각하는 것을 존재(Being)와 같다고 놓고 신원을 생각하는 것과 같게 취급함으로써(신원을 먼저 알지 못하고) 사실상 가장 기초적인 오류를 범했다(Tolle, 2011).

사상가들의 철학과 신앙

독일의 심리물리학자 페흐너(Gustav Fechner)는 주관적인 마음(mind)과 객관적인 물질(matter)의 육체관계는 분리되어 있는 것이 아니고(이원론이 아님) 서로 영향을 준다고 말했다(Kahneman, 2012). 즉 관측자의 마음속에 있는 주관적 세기는 물질세계에서 객관적 양의 변화에 따라 같이 변화한다는 심리물리학적 법칙을 발견해 냈다[S=kln(O), S: subjective mind or sensation, O: objective quantity of matter, k=constant, ln = natural logarithm].

그는 이들 관계에서 물질에서는 빛의 에너지, 음색의 주파수, 돈의 액수 등과 같이 변하는 물리적 양의 수치라고 말할 수 있다고 했다. 반면에 다른 한쪽 마음에서는 이들의 밝기, 고저, 혹은 가치 등과 같이 주관적 경험의 품질이나 세기(intensity)의 아날로그로 설명할 수 있다. 객관적인 물리적 양(물질)의 변화는 주관적인 경험(마음)의 세기나 품질에 있어서도 변화를 일으킨다고 했다. 즉 인간도 컴퓨터모양의 디지털 육체와 아날로그 마음이 서로 영향을 준다. 따라서 마음이 고장나면 육체도 고장날 수 있다.

현대 객관주의 작가의 거장이며 철학자인 미국의 아인 랜드(Ayn Rand, 1957)는 "나는 존재한다. 고로 나는 생각할 것이다(I am, therefore, I'll think)."라며 미국에서 객관주의 철학 붐을 일으켰다. 즉 존재한다는 신원은 그 신원을 확인하는 의식보다 먼저 있어야 되는 것이다. 따라서 필자는 존재가 의식보다 먼저 있다는 객관주의 철학을 매우 진화한 사상으로 생각한다. 여기서 또한 중요한 것은 생각할 것(thinking)과 의식(onsciousness)은 동의어가 아니라는 것이다. 생각한다는 것은 오직 의식의 조그만 한 양상에 불과하다. 생각은 의식 없이 존재할 수 없지만 의식은 생각을 필요로 하지 않는다.

한편, 판단과 의사결정에서 저명한 이스라엘 태생의 미국 심리학자 카너먼(Kahneman, 2012)은 심리학적 측면에서 인간의 생각을 깊이 분석했다. 그는 인간 생각의 움직임에는 두 개의 가공적 특성이 있다고 말했다. 즉 자동적으로 빨리 생각(fast thinking)하는 시스템 1(직관과 기억에 의한 자동적 정신활동의 충동과 직관)과 천천히 노력을 들여 계산하며 느리게 생각하는(slow thinking) 시스템 2(신중한 생각과 행동 조절의 이성) 사이에서 어려운 상호작용으로 인간의 마음이 작동한다고 주장했다. 이 연구 결과로 카너먼은 2002 년 행동경제학분야에서 노벨상을 수상했다. 이와 같이 우리의 심리적 생각의 움직임은 다른 개성을 갖고 있다고 볼 수 있다.

시스템1 의 생각은 충동적(impulsive)이고 직관적(intuitive) 판단에 따르며 다시 체크하는데 게으르다. 반면 시스템2의 생각은 이성적이고 조심성 있는 판단으로(어떤 사람에게는 또한 게으른 편도 있지만) 계산하며 행동하기 때문에 시간이 걸린다.

데카르트는 해석 기하학의 선구자이지만 더 완벽한 존재로 신의 존재를 주장했으며 또한 육체-영혼 관계를 분리해서 설명했다. 그의 이원론은 상당한 어려움을 치르면서 해부학자들은 불멸의 영혼의 자리를 찾기 위해 처형된 시체를 절개하기까지 했다. 그리고 철학자들은 다른 종류의 물체가 어떻게 상호작용을 하는지에 관한 수수께끼를 풀기 위해서 다양한 방법을 모색했다.

1664년 데카르트는 우주의 포괄적 이론을 실은 『철학의 원리(Principles of Philosophy)』를 발표해 인간의 이성적인 영혼을 제외한 우주의 모든 것이 역학적 설명이 가능하다고 주장했다. 이 책에서 가장 이상한 것은 수학이 모든 과학의 기초라고 주장하는 데카르트가 그의 이론에서는 수학을 제공하지 않았다는 것이다. 아마 데카르트가 이것을 출판했을 당시에는 미적분(calculus)을 개발한 뉴턴이 두 살밖에 안 되었기 때문에 미적분은 아직 발표되지 않았다고 생각한다. 그러나 데카르트는 모든 물리적 현상이 역학적 법칙으로 설명되고 공간과 시간으로 표시할 수 있다고 설명했다. 그는 시스템에서 운동의 최초 원인은 신(God)이고 그 후에는 그 시스템이 자신의 힘으로 돌아간다고 했다.

뉴턴은 수학자이자 과학자로서 자신의 일에 대단히 겸손했다. 반면에 신학적 사고에서는 갈릴레이와는 달리 확실한 신앙의 자존심을 지켰다. 뉴턴은 신에 대해서 그리스도(예수)의 신성과 삼위일체의 개념을 거절하는 아리우스 학파(Arianism)에 동의하는 비밀의 이교도였다. 그는 과학적 이론이 신학에 어떤 방식으로도 방해되는 것이 결코 일어나지 않았다고 생각했다(Great Scientists, 2014).

낙천주의자며 미적분의 독창적 창시자 라이프니츠 (Gottfried Wilhelm on Leibniz)는 뉴턴에 의해서 상상된 기계적 우주는 신이 보존가치가 없다는 것을 보여주었다고 주장했다. 신을 구제하는 유일한 방법은 신이 뉴턴 이론에서 절대공간과 동일하다는, 마음에 들지 않는 견해를 받아들여야 한다는 것이었다. 뉴턴은 설계로부터 온 전통적 논쟁의 수단으로 신의 존재를 주장했다. 즉 뉴턴 이론이 질서가 존재하게 하는 하느님(신)의 존재에 논점을 드러내는 질서의 특성 안에서 신은 세상의 존재와 질서에 관한 첫 번째 유효한 원인이 된다는 것이다. 신은 계속해서 세상의 질서를 책임진다고 뉴턴은 생각했다. 반면, 그런 물체에 관한 조사는 새롭고 신비스러운 관점인 자연철학자(과학자)들이 모여서 성경을 글자 그대로 해석하는 것이 불가능하다는 것을 알게 되었다(예컨대 디드로, 달랑베르, 돌바크 등).

그중에서 이원론을 반대하는 대표적 자연(과학)철학자는 독일 출신의 이신론자이자 무신론자인 라이프니츠(C.W. Leibniz)와 네덜란드 출신의 스피노자였다. 스피노자는 신의 존재를 정의하는데 데카르트와 스콜라 철학자의 전통을 따랐지만 신 밖에서 혹은 신과 독립해서는 두 영역(마음과 육체)이 존재할 수 없고, 반드시 신의 기원에서 출발했다고 말하면서 데카르트의 이원론을 반박했다(Blom, 2010). 즉 그에 의하면 신(하느님)은 자연이고 자연은 곧 신이다. 신은 개인적이 아니고 그 어느 누구도 상관하지 않는다. 신은 인간적 특성(impersonal)이 없고 우리 인간과 관계가 없기 때문에 죄를 지었다고 벌을 받는다고 믿지 않았다. 따라서 사람들은 그를 무신론자라고 생각했다.

영국의 경험철학자 데이비드 흄(David Hume)을 비롯해 많은 철학자들은 데카르트의 이원론을 반대했다. 조물주가 곧 신이라고 생각하는 18세기 신의 존재는 설계 논쟁(Design Argument)에 의존한다. 흄은 자신이 무신론자라고 말하지는 않았지만 대학에서 거절당했다. 어떤 철학자는 불가지론자라고 생각했지만 말년에 그는 무신론자로 생을 마쳤을 것이다.

필자도 한때 신앙을 가졌을 때는 이원론을 믿었으나 이제는 더 이상 이원론을 믿지 않는다. 영국의 유신론 과학자 맥그래스(Alister McGrath)는 뉴턴과 아인슈타인은 신의 뜻을 알기 위해 과학을 했고 무신론 과학자 리처드 도킨스와 스티븐 호킹은 과학으로 신이 존재하지 않는다는 사실을 증명하려고 했고 이에 성공했다고 주장한다. 그러나 필자는 인간이 영혼(마음)과 육체가 일심동체의 일원론으로 구성되었기 때문에 '영혼 없는 육체'나 '육체 없는 영혼'은 상상할 수 없다고 생각한다. 마음 (soul)은 육체(body) 속에서 필요한 여러 가지 기능을 제공하며 서로 의존하는 것이지 결코 독립되어 분리해서 존재하는 기능이 아니다. 우주는 물질(matter)과 에너지 (energy) 합성으로 되어 있다. 물질은 물체 (substance)이고 에너지는 물체의 움직이는자 (mover)이다. 물체는 우리가 보고, 냄새맡고 느낄 수 있는 재료 또는 자료 (stuff)이다. 그것은 질량과 공간을 차지한다. 반면에 에너지는 추상(abstract)으로 볼 수 없고 냄새도 맡을 수 없고 느낄 수 없는 형태이다.

그러나 물질은 에너지로 항상 변환 할 수 있고 아이슈타인 에너지 공식 ($E=mc^2$)이 나왔다. 즉 인간의 영혼과 육체관계를 물질과 에너지 관계처럼 하나로 볼 수 있다. 육체가 늙고 병들어 더 이상 기능을 발휘하지 못하게 되면 죽게 되고, 영혼은 육체에서 떠나게 된다. 영혼이 육체와 함께 있을 때 육체는 물질이기 때문에 질량이 있으므로 에너지를 갖고 있으며 살아 있는 동안 에너지를 계속 공급받아 활동한다. 그러나 영혼은 질량이 없기 때문에 사라지지 않는다고 믿는 것은 실제로 아무런 의미가 없다. 왜냐하면 육체를 떠나서 영혼은 아무 것도 할 수 없기 때문이다. 마치 프로그램이 컴퓨터를 떠나 아무 일도 할 수 없는 것과 같다. 물리학에서 모든 법칙은 질량을 갖고 있다는 가정에서 출발한다. 만유인력의 법칙, 에너지 보존의 법칙, 운동량 보존의 법칙, 열역학 제1과 제2의 법칙 등 고전물리학 뿐만 아니라 양자역학과 상대성 이론과 같은 현대물리학에서도 질량 없는 물체는 다루기 어렵다.

따라서 질량을 다루는 영혼(Spirit, Mind) 관련 과학적 논문은 세상에 아직까지 잘 알려져 있지 않다.

미국의 현대철학자 로버트 퍼시그(Robert Pirsig, 1984)는 주관적 실체(reality)를 마음이라고 하는 반면 객관적 실체를 육체로 설명하면서 인간의 정신적 세계를 심층 분석했다. 퍼시그는 마음은 물질이 아니거나 에너지가 없다고 말했다. 따라서 과학자들이 수행하는 모든 것에 대해 마음의 우수성을 피할 수 없다. 논리는 마음속에서 나왔고 숫자도 오직 마음속에 있다. 유령들이 마음속에 있는 것이라고 과학자들이 말할 때 퍼시그는 그것을 인정했다(Pirsig, 1984). 예컨대 우리가 흔히 말하는 행복이나 선(Good)과 같은 개념은 결코 객관적 개념이 될 수 없다. 왜냐하면 이들도 마음에 속하고 질량이 없어서 객관적으로 측정할 수 없기 때문이다. 그래서 진정으로 행복해지기를 원하면 우리 마음을 바꾸는 것이 제일 현명한 방법이다. 관습적인 주관-객관의 형이상학인 실체(reality/quality)는 네 개의 정적 양상(static pattern)을 형이상학의 속성으로 사용한다. 즉 물질(matter)이라고 불리는 무생물-생물학적 양상과 마음(mind)이라고 불리는 사회적-지적(social-intellectual) 양상이다(Pirsig, 1991).

무생물-생물학적 양상은 물체(substance)로 구성되었기 때문에 객관적이지만 사회적-지적 양상은 물체로 구성되어 있지 않기 때문에 주관적이라고 말할 수 있다(Pirsig, 1991). 이러한 주관적 개념을 다루는 데 있어서 진화에 기초한 동적 특성(dynamic quality)의 동적 양상(dynamic pattern)은 새로운 변화를 일으키는 형이상학의 진화 사상이기 때문에 매우 중요하다.

제럴드 에델먼(Edelman, 2006)은 의식이 존재하는 뇌(마음)와 물리적·사회적 존재의 육체를 구별해서 우리 몸을 제1의 자연이라고 한다면 창조를 구현하는 뇌(마음)의 능력을 제2의 자연이라고 칭했다. 우리 뇌는 몸과 일체로서 모든 의식활동은 몸에서 뇌로 전해지고 뇌에서 몸으로 전달되는 신호에 의존한다. 인간은 뇌와 함께 그러한 생태적 지위의 변화 속에서 진화한 신경 다윈주의(Neural Darwinism)를 마음(영혼)을 만드는 뇌를 떠나서 설명할 수 없다(Edelman, 2006).

영혼의 탄생을 설명하기 위해서는 인간의 출생과 원죄(Original Sin)에 대해 이야기하지 않을 수 없다. 아무런 의지(volition) 없이 생긴 원죄는 도덕적으로 충격이고 무례한 모순이 아닐 수 없다. 출생에 의해서 악이 생긴다면, 그리고 그것을 바꿀 의지와 힘이 없다면 다시 말해서 의지가 없다면 이는 선도 악도 아니다. 로봇이 도덕과 아무런 관계가 없는 것과 같다. 그러나 기독교 신화는 그(Adam)가 지식의 나무 과일을 따 먹었다고 선언한다. 그는 마음을 획득했고 이성적 존재였다. 그것은 선과 악을 알고 있는 도덕적 존재였다. 그는 또한 성적 즐거움도 가졌다. 사람들이 비난하는 악들은 이성, 도덕, 창조, 즐거움 등 그의 존재에 모두 중요한 가치들이다. 이것들은 그들이 주장하듯 죄가 아니라 인간 고유의 본질이다. 그러므로 원죄는 받아들일 수 없는 모순이다.

만약 성경의 말로 해석하면 그가 무엇이었든 간에 에덴의 동산에 있었던 그 로봇은 마음도, 가치도, 일도, 사랑도 없이 존재했다. 그는 인간이 아니었다. 그들은 인간을 둘로 잘라서 반쪽은 다른 것과 반대되는 것으로 나누었다. 그들은 인간이 육체와 의식(영혼)의 두 적이 되어 심한 투쟁 속에서 반대의 성격을 갖춘 두 개의 적수, 모순의 욕구와, 맞지 않는 필요성을 내세우며 한쪽에는 이익을 주는 것이 다른 한쪽에는 상처를 준다고 했다. 그리고 그들은 영혼(soul)은 초자연적 영역에 속해 있고 육체(body)는 이 지상에서 감금

되어서 영혼을 잡고 있는 감옥에 있다고 주장했다. 그리고 선이란 그의 무덤의 자유로 통하는 영광의 출구를 파 나가면서 수년 동안의 인내의 투쟁으로 육체를 패배시키는 것이다.

그래서 인간은 죽음의 상징으로 두 개의 요소로 만들어진 절망적 부적합이라고 가르쳤다. 영혼이 없는 육체는 시체이고 육체가 없는 영혼은 유령(zombie/ghost)이다. 이미 그러한 것은 인간 본성에 대한 그들의 상이다. 즉 자신에게 어떤 악의적 의지가 부여된 시체(corpse)와 인간에게 알려진 모든 것이 비존재(non-existent)하고 알 수 없는 자 (unknowable)만이 존재한다는 지식이 부여된 유령(ghost) 사이에서 전쟁터가 인간 본성의 상이다. 이것이 기독교인들이 보는 기독교 사상이지만 실제로 영혼과 육체는 분리되어 떠나서는 활동할 수 없고 하나일 때 작동한다. 따라서 영혼은 출생과 동시에 육체와 함께 탄생했으나 죽음과 함께 이 세상에서 사라진다. 따라서 우리는 신앙에서 말하는 이원론이 아니고 일원론 속에서 살고 있다.

최근 스위스 로잔 연방공대(EPFL)의 올라프 블랭크(Olaf Blanke) 팀에서 유령이라는 것은 뇌가 자기 몸의 운동 정보와 위치 정보를 처리하는 과정에서 오류를 일으켜 환각 상태에 빠지게 된 것이라고 했다. 즉 이런 유령 같은 존재는 마음속의 환상과 뇌의 착각에서 온다는 증명을 의학전문 학술지 《Current Biology(오늘의 생물학)》에 발표했다.

영혼의 여행

눈을 감자마자 시간과 공간 개념이 없는 무한대의 세계속으로 떠난다. 질량이 없기 때문에 시간과 공간을 초월해서 어디든지 순간적으로 이동한다. 먼저 이미 돌아가신 모든 사람들을 만나게 된다. 그들 속에는 아는 사람도 있고 모르는 사람도 있다. 명화 "사랑과 영혼(Ghost)"에서 갑자기 살해된 몰리의 애인 샘은 육체가 없는 영혼이기 때문에 사랑하는 몰리가 알아 볼 수도 만질 수도 없지만 그는 위험에 처한 몰리를 돕기 위해서 온갖 노력을 다한다. 그는 에너지를 만들 수 없어 살인범을 공격할 수 없지만 마침내 정신(마음)집중에서 오는 초능력 에너지를 활용하는 방법을 터득해서 몰리를 구하고 악인들을 죽음에 이르게 한다. 이 영화는 일종의 유령의 존재를 암시하는 흥미 위주로 제작한 것이다. 이와 같이 영혼불멸설(immortal)을 주장하는 사람들은 일가친척과 옛날친구들을 만날 수 있다고 믿고 있다. 그래서 댄 브라운(Brown, 2009)이 그의 소설 『잃어버린 기호(The Lost Symbol)』에서 영혼은 미세하나 질량이 있다고 이야기함으로써 사후에도 육체에서 도망 나와 돌아다니는 망령이 있는 것으로 재미있게 소설을 기술했는지 모른다. 그밖에 여러 자료에서 사람의 사망 전후 무게를 측정해 영혼의 질량이 21g 이라는 이라는 "21g 이론(21g Theory)"이 나왔다는 학설이 있다(MacDougall, 1907).

이것은 인간이 살아 있을 때와 사망할 때의 신체의 물리적 현상에서 오는 원자들의 차이 때문이라고 볼 수 있다. 즉 죽는다는 것은 1)숨을 안 쉬고, 2)심장 박동이 멈추고, 3)안구의 움직임이 없고 반사신경에 의한 반사운동이 없으며, 4)뇌의 활동이 정지되고, 5)피부가 괴사되고 혈액순환이 정지되는 것이다. 죽음과 동시에 이러한 현상의 발생으로 땀이나 오줌 같은 수분과 폐에 들어 있는 공기가 몸 밖으로 약 75% 빠져나간다. 이들을 감안할 때 실제 영혼의 5.25g이 산출된다. 즉 전체 감소량(21g)에서 이러한 물질적 배출 감소량(21g x 0.75)을 삭감해 더 적다고 볼 수 있다. 이는 뉴욕 타임즈 (New York Times)에 보도된 바 있다. 실제로 맥두골의 영혼무게는 21그램에서 5.25그램의 영혼질량이 산출되지만 이것도 잘못이라는 것이 판명되었다.

그러나 이것은 과학관점에서 볼 때 올바른 접근방법이 아니다. 마치 우리가 사용하는 컴퓨터에서 알고리즘의 질량을 측정할 수 없는 소프트웨어와 이 알고리즘에 따라서 움직이는 물체인 하드웨어의 관계와 비슷하다고 본다.

우리는 하드웨어의 무게(질량)는 파악할 수 있지만 이것의 운영체계인 소프트웨어의 무게는 결코 알 수 없다. 다시 말해서 소프트웨어가 더 들어있는 컴퓨터의 무게나 혹은 과학자가 농부 영혼과 질량 차이에는 변화가 없을 것이다. 컴퓨터의 소프트웨어나 인간의 영혼은 무게 결정에 아무런 영향을 미치지 않는다. 다시 말해서 영혼은 질량과 에너지가 없고 죽음과 동시에 사라진다.

여기서 영혼의 존재를 생각해 볼 필요가 있다. 모든 생물은 살아있는 동안 계속해서 에너지를 공급받고 활동한다. 그리고 에너지 공급을 더 이상 받지 않게 되면 모든 운동을 멈춘다. 즉 죽음을 만나게 된다. 이것이 무생물과 생물의 차이라고 말할 수 있다. 모든 생물(동물과 식물)은 출생하는 순간부터 에너지를 공급받아야 하고 그래야 활동이 시작된다. 즉 출생과 동시에 영혼이란 비물질(non-matter)이 함께 물리적 물체(physical body)에 붙어 오게 된다. 뇌(영혼=마음)는 가장 먼저 생겼다가 죽음과 동시에 가장 먼저 사라지게 된다. 왜냐하면 영혼은 비물질이지만 모든 생물체의 운동을 조정하고 에너지 공급을 명령하는 사령부(headquarters)이기 때문이다. 그러나 바위 같은 무생물은 하등의 에너지를 사용할 필요가 없기 때문에 영혼이 없다. 그러나 바위와 흙속에는 석탄이나 기름처럼 잠재 에너지가 있다는것을 기억해야 한다. 인간이 죽게 되면 하나의 무생물이 되기 때문에 영혼이 존재할 수 없다. 다시 말해서 인간은 기계(machine)라고 할 수 있는 육체와 그 기계를 운전하는 운전사(driver)인 영혼으로 구성되어 있다고 말할 수 있으나 이들이 분리되어 있지 않고 하나로 동작하기 때문에 죽음과 동시에 이들은 영원히 사라진다.

예일대학의 명강의 철학교수로 유명한 셸리 케이건 (Shelly Kagan, 2017) 교수는 그의 저서 "죽음이란 무엇인가(Death)"에서 영혼은 존재하지 않는다고 주장했다. 그는 "인간은 '놀라운 기계'에 불과하다. 우리는 사랑하고 꿈꾸고 창조적인 능력을 발휘하는 기계다. 계획을 세우고 다른 사람들과 함께하는 그런 기계다. 우리는 '인간'이란 기계다. 그리고 기계가 작동을 멈추는 순간 모든 게 끝난다. 죽음은 우리 머리로 이해할 수 없는 거대한 신비가 아니다. 죽음은 결국 컴퓨터가 고장나는 것과 다를 바 없는 현상이다. 모든 기계는 망가지게 되어있다."라고 언급했다. 그러나 분명한 것은 죽음은 수리할 수 없는 영원한 고장이다.

그러면 살아있을 때 함께 존재하던 그 영혼은 어디로 갈까. 없어지는 것인가. 혹은 계속 남아서 어딘가에 존재하는가. 이와 같은 의문은 인간사에서 오랫동안 논쟁의 대상이었다. 영혼 혹은 마음이 모든 생물에만 존재하는 무질량의 물질이면 모든 생물은 생명이 끊어지는 순간부터 에너지가 없는 이 비물질도 사라지는 것이 아닐까. 다시 말해서 생명이 없는 무생물(Non-living)한테서는 무동작은 물론, 식욕, 성욕 또는 명예욕 같은 탐욕도 더이상 일어나지 않는다. 왜냐하면 인간은 죽는 순간부터 영혼(마음)이 우리 육체로부터 사라지기 때문이다. 육체가 없는 영혼은 오관 기능을 더 이상 다스릴 수 없기 때문에 존재의 의미가 없게 된다. 생명이 있다는 것은 오관을 움직일 수 있는 영혼(마음)이 있다는 의미이다.

르네상스 시대 예술과 과학의 거장 레오나르도 다빈치(Leonardo da Vinci)는 육체와 영혼을 분리할 수 없는 한 개체로 보았다. 영혼은 육체와 함께 머물기를 요구한다. 왜냐하면 그 육체의 유기적 수단 없이 어떤 것도 이룰 수 없고 느낄 수도 없기 때문이다. 특히 다빈치는 미술과 과학은 분리할 수 없는 것이라고 했다. 그에게 자연을 본다는 것은 곧 안다는 것을 의미했고 예술가는 훌륭한 과학자가 될 수 있다고 생각했다. 따라서 르네상스의 가장 큰 업적, 즉 원근법과 인간 신체의 해부학적 구조와 이에 따른 수학적 비율 등은 다빈치라는 위대한 예술가에 의해서 이루어졌다. 그의 가장 중요한 과제는 예술과 과학을 연결하는 것이었고, 이는 인간과 자연을 이어주는 데 큰 역할을 했다고 볼 수 있다.

이것은 다시 현대 인지(認知)과학(Cognitive Science)과 완전히 일치한다. 인지과학에서 삶의 현상에 두개의 보완적 면을 보여주는 인식과정과 살아있는 구조 사이를 하나로 마음과 육체의 관계를 이해할 수 있기 때문이다. 다빈치의 견해에서 육체와 마음의 기본적 일관성(unity)은 생명의 최초부터 생겨나고 죽을 때 동시에 용해된다. 임신부의 경우에는 하나의 육체와 같은 영혼이 두 개의 육체를 다스리고 있다. 욕망, 공포 그리고 고통은 모든 다른 활동적 부분과 같이 이 몸에는 공통이 된다. 그리고 어머니의 영혼은 예정 시간이 되면 어머니 뱃속에 있는 거주자를 깨우게 된다. 어머니 뱃속의 거주자는 처음에 배꼽의 정맥(탯줄)을 통해 자양분을 공급받고 노폐물을 배출하며 생동하게 하는 어머니 영혼의 보호 밑에서 잠들어 있다가 깨어나게 된다. 다시 말해서 영혼이 생겨난다. 인간의 욕망은 생활에서 긍정적 힘을 줄 뿐만 아니라 마음이 육체의 연장이라는 것을 분명하게 설명해 준다. 생각하고 느끼는 것은 육체적 현상이다. 욕망은 육체와 마음 사이를 연결한다.

초기 그리스 철학에서 모든 운동력과 생명의 기원은 영혼으로 확인되었다. 영혼의 주요한 은유는 생명의 숨(breath)이다. 그래서 초기 그리스 철학자들은 영혼은 움직임과 생명의 기원이며, 그것은 감지하고 아는 기능을 지니고 있다고 믿었다. 기원전 1세기 초 로마(이탈리아)의 철학자이며 시인이었던 루크레티우스(Titus Lucretius Carus)는 마음은 육체의 죽음과 함께 죽게 되며 사라진다고 했다. 즉 마음과 육체는 하나이고 같은 것의 다른 표현이기 때문에 동일한 법칙을 따른다. 사후에 그 그림자를 후회할 마음은 없고 아무도 벌을 받거나 보상을 받지 않는다고 말했다. 그래서 죽음은 우리에게 아무 것도 아니라는 것이 그의 결론이었다. 레오나르도 다빈치는 사후에 영혼이 육체보다 오래 살아남는다는 믿음을 결코 말하지 않았다(Capra, 2006). 다윈의 진화론 이후 인간 생각의 위대한 발견은 무의식(unconscious)이다. 그는 우리가 하는 것 중 많은 것이 우리로부터 숨겨진 희망에 의해서 움직여진다는 것을 인식했다.

오스트리아의 신경학자이자 정신과 의사인 프로이트는 불멸의 인간영혼이 있다고 믿지 않았다(Van Doren, 1991). 신이 존재하기 때문에 신을 믿는다고 생각할지 모르지만, 프로이트는 어린아이처럼 보호가 여전히 필요하다고 느끼기 때문에 신을 믿는다고 생각했다. 프로이트의 견해에서 모든 문명은 보호받고자 하는 욕구로 인해 만나게 되는 강한 아버지 같은 인물이 어딘가 있다는 환상(illusion)에 기초를 두고 있다. 이것이 바라는 생각, 즉 신이 존재해야 한다는 큰 욕망을 가지고 있기 때문에 신이 진짜 존재한다고 믿는 것이다. 어린 시절에는 보호받고 돌봄 받는 것이 무의식적 욕구(unconscious desire)에서 일어난다. 신에 대한 개념은 어린 시절에 보호받았던 감정을 갖고 있는 어른들을 위로한다. 비록 그 감정들이 어디서 왔는지 모르고, 신의 존재보다 깊이 느끼고 채워지지 않는 심리적 필요로부터 종교가 오고 신을 믿게 된다고 생각한다.

97세까지 장수한 영국의 철학자 러셀은 종교에 관해 솔직하고 도발적이었다. 그는 인간을 구원하기 위해 나온 신(하느님)의 기회는 없다고 말했다. 그는 사람들이 죽는 것을 두려워하기 때문에 종교에 끌려간다고 믿었다. 아이러니하게도 이러한 종교는 우리에게 너무나 많은 고통을 가져다주었고 지금도 진행 중이다. 수많은 전쟁의 원인이 되었고 각자 고통과 증오의 대상이었다. 그 결과 수백만 명이 죽었고 지금도 세계 어디에서는 사람들이 죽어가고 있다.

여기서 우리는 종교적 혹은 미신적인 해석과 과학적인 고찰을 해볼 필요가 있다. 보통 종교(기독교, 이슬람교, 불교)에서는 영혼은 계속 삶을 유지하며 심판을 받는다고 믿는다. 그리고 이승의 고통을 참아 가면서 저승의 행복을 꿈꿔 보며 살아간다. 종교는 영혼의 존재를 강조하며 동시에 마음의 안식처로 작용하는 유일한 방법이다. 마찬가지로 종교가 없는 미신의 세계에서도 무속인을 통해 더러운 영혼을 추방하고 행복을 찾아보려고 노력한다. 프로이트는 인간 육체에서 마음의 활동을 찾아 마음의 건강과 병은 육체적 힘(physical forces)의 균형에 달려 있다고 믿었다.

물리학에서 엔트로피(entropy)란 닫힌 시스템(closed system)에서 무질서의 양(amount of disorder)을 측정하는 것으로, 에너지는 떨어지고 분산되는 무질서 경향이 있기 때문에 어떤 시스템에서 전체 엔트로피는 일정하게 남거나(가역가능하거나 변하지 않는 상태의 이상계 제외) 증가한다($\Delta S = \Delta Q / T \geq 0$). 제아무리 효율이 높은 장치라도 낭비되는 열이 반드시 있어야 하는 것이 열역학 제2법칙이다. 노화 현상도 세포의 기능이 서서히 저하됨에 따라 늙어가는 현상이다. 노화, 부식, 부패, 붕괴, 분해 그리고 질병 등과 같은 현상들은 모두 열역학 제2법칙에 의해서 나타난 결과이다. 우리의 영혼(마음)과 육체의 시스템에서 무질서가 생기면, 즉 엔트로피가 증가하면 병이 생긴다고 볼 수 있다. 마음이 육체의 행동을 마음대로 취소 가능할 때와 취소 불가능할 때에 따라 엔트로피는 0이거나 증가하게 된다. 즉 엔트로피가 증가하면 마음과 육체의 시스템에 무질서가 생기고 불균형이 되어 원래 상태로 돌아갈 수 없기 때문에 병이 발생하게 된다(열역학 제2법칙). 다시 말해서 인간의 마음과 육체는 분리할 수 없고 하나로 된 유기체로서만 생각할 수 있기 때문에 종교에서 흔히 말하는 이원론(dualism)은 존재할 수 없다. 과학자들은 물리주의(physicalist)로서 마음(뇌)과 육체(정신적 생활기관)는 하나로 뇌가 일하는 동안에만 의존한다고 생각하고, 머리가 죽으면 우리 존재의 흐름도 끝내야 한다고 믿는다(Harris, 2004).

만약 인간이 영혼이란 존재는 없다고 확신한다면 종교의 존재는 무의미하게 된다. 그러나 죽음 앞에서 이길 수 있는 사람은 아무도 없다. 따라서 동서고금을 통해 인간은 죽음을 두려워했고 죽음의 공포에서 해방되고 싶어 했다. 그리고 영원한 것을 찾아 끊임없는 노력을 해왔으나 죽음 앞에서는 무릎을 꿇어야 했다. 이것을 좀 더 과학적 눈으로 생각해 보면 간단하다. 이 세상에 영원히 존재하는 것은 아무것도 없다. 영원한 생명, 불변의 진리, 불멸의 물체(물질)는 존재하지 않는다. 모든 것은 한계가 있고 시간이 지남에 따라 사라지기로 예정되어 있다. 영혼은 에너지가 계속 공급될 때만 존재하고 에너지 공급이 끊어지면 동시에 없어지게 된다. 태아가 생성될 때 뇌가 먼저 생기고 심장과 기타 장기가 나중에 생기는 이유도 뇌가 먼저 있어야 심장에 에너지를 공급할 수 있기 때문이다. 뇌가 멈출 때는 영혼이 사라지기 때문에 죽음은 뇌에 제일 먼저 오게 된다. 마치 자동차 엔진에 시동이 걸려야 가스가 공급되고 에너지가 생겨 출발할 수 있고, 엔진이 멈추면 자동차도 멈추는 것과 같다.

　영혼(마음)은 질량이 없고 물질이 아니기 때문에 에너지가 없으며, 생명이 끝나는 순간 생물체에서 조금도 움직이지 못하고 그 자리에서 말살 될 것이다. 질량과 에너지 보존의 원리에 기초한 아인슈타인의 질량과 에너지 등가의 법칙(Law of Mass and Energy Equivalence)의 원리($E=mc^2$)에 의해 질량이 없으면 에너지는 없다는 것이 물리학적으로 증명됐다. 물체의 관성이 그 물체의 에너지 내용에 의존하기 때문에 관성은 질량에만 의존하게 된다. 질량이 작을수록 관성도 작아진다. 어떤 입자의 질량이 점점 작아지면 그 속도는 점점 더 빨라진다. 마침내 제로(0)의 질량을 가진 입자가 있다면 속도는 무한대로 달릴 수 있다고 보나 상대성 이론에 의하면 어떤 물체도 빛보다 빠를 수 없다고 규정해 놓고 있다. 따라서 질량이 에너지로 전환할 때 에너지는 빛의 속도로 달린다. 그렇지만 영혼(마음)은 빛의 속도로 달릴 수 있을지라도 질량이 없기 때문에 생명이 끝남과 동시에 사라진다고 볼 수 있다. 그러면 왜 동서고금을 통해서 이미 죽은 조상들의 영혼을 숭배하는 의식이 성행해 왔을까? 이것은 물론 영혼의 존재론에서 출발해 후손들의 안녕을 부탁하는 것이었지만 실은 이미 떠난 조상들을 그리워하며 존경한다는 것에 더 큰 의미가 있다고 본다.

　결론적으로 영혼(마음)과 육체는 분리된 이원론(Dualism) 주장보다 영혼과 육체는 일심동체로 하나로 보는 일원론 (Monoism)을 신뢰하기 때문에 신은 우리 인간이 창조했다고 생각할 수밖에 없다. 더욱이 성경은 때때로 세상(지구)이 기원전 4004년 10월 23일 일요일(Sunday 23 October 4004 BC)에 시작하였다고 하고 교회연대학자들에 의해서 거의 동의를 얻었다. 조심스럽게 계산되고 제한된 설명서를 수반하면 결국 이 세상 역사는 6000

년 전에 창조됐다고 말할 수 있게 된다(Fara, 2009). 그러나 과학적으로 지구의 나이는 6천년이 아니고 약45억년이 된다는 것이 과학적으로 증명되었기 때문에 그들이 주장하는 지구의 나이는 전혀 틀렸다는 것이 명백하다.

가을 단풍, 봄 진달래꽃, 여름 야생화와 꿀벌, 그리고 겨울 눈덮힌 소나무를 보면서 자연은 자신을 부활시켜 다시 돌아오지만 우리 인간은 한번 가면 다시 돌아오지 않는다고 생각하니 우리가 사는 것이 얼마나 소중한지를 다시 생각나게 한다.

제16장 아내를 만나다

　나는 1972년 9월학기부터 큰 희망을 품고 세인트루이스대학 (SLU)에 오게 되었다. SLU는 예수회(Society of Jesus)의 가톨릭 대학으로 오랜 역사 (200년 이상)와 전통을 가지고 있을 뿐 아니라 정규 대학원 지진학 박사과정 Program을 미국 중부지역에서 제일 먼저 시작했으며 지진학 분야는 미국 내에서 가장 많은 지진학 박사를 배출한 명문대학이었다.

　나의 지도 교수 Otto W. Nuttli는 지진학(Seismology) 분야에서 세계적 권위를 갖고있는 석학이었다. 그리고 당시 공교롭게도 박홍(루가) 신부 또한 거의 동시에 SLU에 와서 신학 석사과정을 밟고 있었다. 나는 같은 기숙사 12층에 사는 박홍 신부를 종종 만나서 종교와 인생문제를 많이 논의했으며 어떤 때는 밤에 라면을 끓어 먹으면서 날이 새도록 열띤 토론을 한 적도 있었다.

　그때 천주교 신앙에 대한 눈을 뜨기 시작했으며 1973년 4월 22일 부활절에 영세를 받았다. "네가 나를 선택한 것이 아니고 내가 너를 선택했다." "You Did Not Choose Me, But I Chose You."(John 15:16). 이와 같이 내가 하느님을 알게 된 것은 나도 하느님을 알려고 노력했지만 그보다 더 중요한 것은 하느님이 나를 선택해 주었기 때문이라고 생각했다. 그날은 유난히 하늘이 청명한 봄날이었고 내생애에서 가장 축복받은 날로 기억했다. 그러나 결국에는 이것이 내 인생에서 가장 잘못 선택해 한 것 중의 하나라는 것을 먼 훗날에 알게 되었다. 나는 하느님이 선택한 진실한 천주교신자라는 삶에 얽매어 모든 일상생활이 그 틀속에서 돌아갔다. 따라서 성격상 판이하게 다른 아내를 하느님이 맺어준 천생연분이라고 굳게 믿고 오늘까지 가정생활을 끌고 왔다. 두 사람의 다른 인간들이 만나서 가정이란 집을 꾸려 함께 살려면 두 사람의 호흡이 잘 맞아야 끝가지 돌아갈 수 있다는 것을 수시로 다짐했지만 그래도 어려움이 생기게 마련이다. 그러나 그럴 때마다 숙명적이라고 생각한 종교의 신념에서 참고 견디었다.

수신제가치국평천하(修身齊家治國平天下)'란 말처럼 부부가 의견이 잘 안맞으면 키우는 나무들도 잘 안자란다는 것을 나중에 알게 되었다. 내가 인생에서 또 배운 것은 가정의 평화이다. 그러기 위해서는 남녀관계에서 제일 중요한 것은 같은 인생철학을 가져야 한다. 이 말은 학력이나 경제사정이 유사하다는 뜻이 아니고 물리학에서 말하는 등방성(isotropic) 과 동질성(homogeneous)을 뜻한다. 다시 말해서 같은 방향과 같은 목표를 향하여 함께 어울려 살 수 있어야 한다는 뜻이다.성경에 씌어 있듯이 결혼이란 남녀가 만나서 한 몸 동심일체가 되어야 행복하다. 물론 살아온 인생배경이 비슷한 경우는 동심일체가 쉽게 되지만 설상 배경이 다르다 하더라도 일심동체가 서로 될 수 있도록 진화할 수 있다. 그러기 위해서는 일심동체가 될 수 있는 반려자를 만나야 한다.

1973년 4월22일 부활절에 세인트루이스에서 박홍 신부님 (전 서강대 총장)으로 부터 영세를 받고나서 루이스 건물 앞에서

나는 1973년 4월 22일 부활절에 미국 세인트루이스에서 박홍(루가) 신부님 한테 영세를 받았다. 영세를 받던 날 하늘은 푸르고 맑았고 머릿속은 태양처럼 뜨거워지는 기분을 느꼈다. 그날부터 세상에서 죄를 짓지 않고 항상 하느님 품 안에서 매일 매일 살아가는 것이 얼마나 행복한 것인가를 느꼈다. 조금이라도 남에게 상처를 주는 일이 생기면 마음이 아파서 곧 고해성사를 하지 않고서는 그냥 넘어갈 수가 없었다. 항상 몸과 마음이 푸른 하늘과 맑은 호수처럼 평온하게 산다는 것이 즐거웠다. 그리고 당시 세인트루이스 한인사회에서는 나한테 관심을 두고 혼사문제를 많이 비췄으나 나는 별 생각 없이 공부에만 집중했다. 그러던 중, 박홍 신부의 동생 박웅근(조세프 신부)이 SLU에 왔을 때 주변에 잘 알고 있는 신자 중 미술하는 사람과 음악하는 사람을 나한테 소개하였다. 당시 박홍 신부는 동생이 나한테 이들 여자를 소

개해 주는 것에 관해서 별로 반갑게 생각하지 않는 표정이였다. 그리고 무언가 내가 거절하는 것을 바래는 눈치였다. 그러나 일단 내가 피아니스트인 나의 예비아내와 교제하기를 동의했을때 부터 박홍 신부님은 적극적으로 도와주었다. 나에대한 자랑하는 추천장을 직접 보냈으며 내가 보내는 편지내용도 일일히 검토하고 수정해주며 성공하도록 발벗고 나섰다.

나중에 알았지만 동생신부는 형처럼 예수회신부 스타일이 아니고 일반 신부이기 때문에 여성신자를 많이 알고 있고 형처럼 엄격한 여성관을 가지고 있지 않다는 것을 그후 알게 되었다. 내가 결혼하기전 시카고, 그가 근무하는 집을 방문하여 저녁을 함께 했을 때 그는 나이 먹는 것을 대단히 걱정하며 하소연 했었다. 그때 박웅근 신부는 여자를 좀 많이 사귀는 성직자처럼 보였다. 그는 그후 미국에서 신부복을 벗고 간호사와 결혼해서 아들까지 두었지만 결국 이혼하고 혼자 살고 있다. 그러나 형 박홍 신부는 일단 결정 후에는 적극 나를 밀어주었다. 나는 결국 음악을 한다는 정순이하고 편지교환을 시작하였다. 정순이는 연세대 음대 기악과를 수석으로 입학하였고 조선일보 신인음악회에 나가 졸업연주회를 가졌었다. 초·중고 시절에도 각종 콩쿠르에서 수상한 음악과 미술의 영재였다. 그녀도 전력을 해서 수많은 경쟁자와 경쟁을 했기 때문에 인생을 좀 안다고 생각했다. 그래서 진실로 말하지만 나는 당시 오로지 정순이란 인간 하나 한테만 관심이 있었지 집안의 재물과 명예에 대해서는 전혀 생각해 본 일이 없었다. 이것은 역시 하나의 어리석은 실수였다.

나의 철학은 지금까지 내가 누구의 도움 없이 여기까지 온 것같이 미래도 나 혼자 힘으로 살아 나갈 수 있다고 생각했다. 또 그렇게 자력으로 사는 것이 나의 철학이였다.

나와 정순이 사이에는 하루가 멀다하고 사랑의 편지가 오갔으며 정순은 교리공부를 새로 시작하여 Monica란 세례명을 받았다. 그후 나는 겨울방학을 이용해서 1973년 12월 29일 마산 성당에서 결혼식을 올리게 되었다.

1973년 12월 29일 결혼후 사진관에서 기념촬영.

당시 내가 정순을 인생의 반려자로 선택한 것은 집안과 관계없이 오로지 사람 하나만 보고 하느님이 결정해준 선택이라고 굳게 믿었기 때문이었다. 그리고 실리보다 명분, 즉 Pianist이며 대학을 수석으로 들어온 수재라는 명분 하나만을 보았다. 그녀도 인생에서 수많은 경쟁에 도전해보았기 때문에 삶의 경쟁에 대해서 누구보다 잘 알고 있다고 생각했다. 그래서 나는 전혀 반려자의 집안이나 재산 같은 것에 대해 전혀 생각해 본 일이 없었다.

성경에도 나와 있듯이 "처음부터 창조주께서 사람을 남자와 여자로 만들었고 두 남녀가 결합해서 완전한 인간이 된다"는 것을 믿었다. 즉 "남자는 부모를 떠나 제 아내와 합하여 한 몸을 이루리라."(Matthew 19:4)라고 쓰여 있는 것과 같이 나는 정순이를 만나 하나의 완성체가 될거라고 믿었다. 그러나 나중에 알게 되었지만 편안한 결혼생활을 위해서는 어떤 미모나 재능보다 서로의 가치관(철학))이 제일 중요하고 서로 소통이 잘되는 것이 중요하다는 것을 알게 되었다. 만약 내가 다시 반려자를 택한다면 물리학에서 말하는 등방향 (isotropic)과 동질성 (homogeneous)을 가지고 상대방을 이해하고 협력하려고 하는 인생의 가치관을 제일조건으로 하겠다. 미모, 재능 그리고 재물 따위는 그 다음으로 생각하겠다. 과학자와 예술가는 안어울린다는 것을 발견했다.

그러나 당시 신앙심이 매우 깊었던 나는 항상 "진리에 순종하라(Obedire Veritati)."라는 말을 믿고 결혼이란 모험을 했다. 당시 하느님이 정해주는 짝이라고 믿고 결혼이란 모험에 뛰어들었다. 만약 그 당시 내가 하느님을 열심히 믿지 않았다면 쉽게 결혼이란 모험을 하지 않았을 것이다.

당시 주변에서 소개해주는 사람도 많고 인기가 있었던 지난 과거를 생각해서도 더 신중히 고려해서 결정했을 것이다. 내가 살아가면서 후회하는 것은 하느님한테 너무 미쳐 무조건 신부의 말을 따라서 반려자를 선택한 것이였다. 그래서 나는 점점 신에 대한 회의를 품기 시작했다. 당시 주변에서 여러 사람이 나한테 관심을 보이고 있었지만 나는 신부님의 소개에만 몰두했었다.

만약 내가 박신부를 안만났다면 다른 행복한 결혼생활이 있었을지도 모른다고 생각해본다. 한평생 살아갈 반려자를 선택하는 데는 무엇보다 목표와 취향이 같아야 한다는 것을 새삼 절실히 느꼈다. 성격은 물론 지혜(학력)도 비슷해야 서로를 존경할 수 있다. 신앙심이 최고로 높았던 당시 나는 바보처럼 박 신부가 소개해주는 사람은 하느님이 안내해주는 사람으로 생각했었다. 그러나 회고해 보건데 나는 인생에서는 빛나는 날과 궂은 날이 여러 번 교차했지만 적어도 내 분야에서는 성공했다고 생각한다. 그러나 결혼생활은 생각한 것만큼 성공적이라고 말할 수 없다.

정순이는 예술을 해서인지 개성이 너무 강하고 또 너무 예민하다 . 때로는 아무것도 아닌 것을 가지고 의견이 대립하게 된다. 그리고 내가 공부하는 사람이라는 것을 전혀 이해하지 못한다. 나도 완벽주의자이지만 정순이는 나보다 더 심한 완벽주의자며 머리도 훨씬 좋은 것 같았다. 내아내는 청각, 시각, 후각, 미각 그리고 촉각 같이 오관이 탁월하다. 그야말로 천부의 예술가 재능을 갖고 태어났다. 위대한 예술가길을 나때문에 놓쳤다. 그녀는 특히 Shopping을 할 때 너무나 까다로워서 때로는 피곤하고 감당하기 힘들었다. 역시 예술가에게는 정답이 없는것이 정답 하나만 추구하는 과학자와 달랐다. 그러나 신선한 생선과 야채를 누구보다 잘 선택할줄 알기 때문에 반찬은 별로 없지만 집의 음식을 외식보다 더 좋아하게 되었다. 그리고 결벽증일 정도로 너무 깨끗한것을 좋아하기 때문에 좀 무질서한 나는 때때로 피곤하지만 한편 그것이 고마웠다. 그러나 이모든것은 내생각을 기준으로 판단한것인지 모른다. 결혼 50주년을 기념해서 미국 서부지역을 여행하면서 발견한것은 정순의 탁월한 관찰안과 조심성이였다.

나는 가는곳마다 길찾는데 헤멨고 조심성이 부족해서 실수했지만 그녀는 길안내는 물론 주변 환경을 기억하는데 탁월했다.결국 긴여행을 통해서 나의 부족한점을 보완해주는 인생의 조력자임을 더 알게되었다.

지금까지 일방적으로 내 친구 여동생을 배신하여 상대방에게 상처를 준 것에 대해서 하느님께서 나한테 주신 새로운 죄의 대가라고 생각하고 묵묵히 살아왔다. 때때로 친구여동생을 배신한 죄값을 치른다고 반성하며 마지막 인생까지 조강지처를 지키고 살 것을 마음먹었다. 나는 만약 내가 다시 태어나서 결혼할 기회가 있다면 절대로 중매결혼을 하지 않을 것이다. 더욱이 아내는 딸만 세 명 있는 집안의 가운데 딸이였다. 처가집은 아들이 없어서 그런지 큰딸과 막내딸 사위가 모두 처갓집에 들어와 데릴사위로 평생을 살았다. 나한테도 그러한 역활을 기대했지만 어렸을 때 부터 혼자 독립생활을 이어온 나는 어느 누구한테도 의존하거나 구속되어 사는 것을 원하지 않았다. 따라서 처갓집과 독립하기를 원하는 나와의 관계는 점점 멀어졌고 이것은 또한 부부사이에도 좋지않는 영향을 미칠수밖에 없었다. 내가 지금 말하고 싶은 것은 딸만 있는 집안에 장가가는 것은 별로 좋지 않다는 것이다. 더욱이 박홍신부님과 동생 박웅근 신부님을 통해서 신부님만 믿고 중매결혼을 한것은 결국 실수였다고 생각한다. 결혼은 두 사람이 평생 함께 살아가며 서로의 반려자가 되기 위해서는 서로 좀더 알아야했다. 비록 처음에는 가짜 제스쳐를 보여줄수있지만 서로를 잘 알수있는 기회가 있을거라고 생각한다.

나와 아내의 공통성이란 운동과 완벽주의를 제외하고는 별로 내세울 것이 없다. 일치하지 않는 것이 훨씬 많았다고 할 것이다. 아내는 매우 예민한데 나는 원래는 예민했지만 살면서 바뀌었다. 돌이켜 보면 나한테 부족한 것을 채워주는 아내의 장점이 전혀 없는 것도 아니었다. 아내는 우선 산을 좋아해서 대한민국 산을 대부분 부부동반으로 정복했다. 따라서 나도 아내와 함께 등산을 즐겼다. 아내는 조미료가 안 들어간 싱거운 음식을 선호하기 때문에 나의 식습관에도 달라졌다. 아내는 오관감각, 청각, 시각, 후각, 미각 및 촉각에서 매우 뛰어나지만 나는 둔하다. 그녀는 멀리서도 전화벨소리를 들을 수 있고 사물에 대한 관찰력도 뛰어나게 물건도 360도 돌려 쉽게 빨리 찾는다. 좋지않는 냄새는 물론 요리 냄새를 잘 맡아서 환기를 자주시킨다. 촉각이 발달하여 피부반응에도 민감하다. 나는 이번 여행을 통해서 아내의 장점을 재발견했다. 여행을 통해서 배운것은 아내는 머리가 나보다 우수하고 특히 길찾는데 뛰어난 능력을 갖고 있다는것을 발견했다. 샌프랜시스코에서 하이웨이 101을 타고 캘리포니아 북부 산악지역과 해안선을 따라 뉴포트 (Newport)를거쳐 코발리스 (Corvallis)에서 주사이 고속도로 (Interstate, I-5)를 타고 다시 금문교를 지나서 샌프랜시스코까지 한달동안 여행에서 아내의 길안내가 없었으면 불가능했다.

결혼 50주년 기념여행을 오리건 뉴포트(Newport, Oregon) 의 나이비치(Nye Beach)에서 보냈다.

그러나 아내는 내가 연구하는데 평생 관심도 격려도 전혀 없었다. 나는 평생 아내보다 연구(공부) 사랑에 미쳐 살았기에 때로는 아내의 무관심이 도움이 됐을 것도 같다. 그러므로 오로지 의무적으로 남편과 아빠로 살면서 내

분야에 전념할 수 있었던 것 같다. 그런 남다른 독립적 생활이 오히려 나로 하여금 나의 학문에 집념과 사랑을 쏟을 수 있었고 결혼생활도 이렇게 오래 50여년 이상이나 유지하고 있지 않나 생각한다.

아내는 등산을 좋아해서 부부동반으로 국내산을 거의 전부 정복했다. 어느 가을 지리산 산행중에 아내와 함께 휴식을 취하였다(좌).험악한 월악산 절벽에서 안도의 한숨을 취하고 있다 (우). 내가 등산을 알게 된 것은 아내 덕택이다.

인도양에서 해군(대위) 근무중인 아들.

"하느님, 지금까지 저를 보살펴 준 것에 깊은 감사를 드립니다. 앞으로 세상에 태어날 생명은 저보다 더 훌륭한 일을 할 수 있는 사람으로 나게 해주십시오. 그리고 그렇게 되도록 노력하겠습니다." 나는 간절히 기도했다. 드디어 1974년 9월 28일 정오(12:08)에 첫째 아들 Mateo가 St.Louis의 St.Mary 병원에서 태어났다. 사실 나는 그의 뛰어난 수리력과 이해력을 고려할 때 나보다 더우수한 학자의 길을 기대했지만 내 뜻대로 가지않았다.

그리고 그다음 해 1975년 12월 3일 오전 5시 6분에 둘째아이 Deborah가 태어났다. 당시 장모와 함께 살고 있었는데 두 아이를 기르느라 정신이 없는 것을 보고 Deborah를 한국으로 데리고 가 한동안 보살펴 주었다.

자식과 마누라 자랑하는 사람이 팔불출이라고 하지만 나는 나의 아들을 자랑하지 않을 수 없다. 우선 그는 나보다 머리가 좋다. 아들은 초중학교는 항상 반에서 최상위권의 성적을 유지했고 학교대표 농구 운동선수로 활약했다. 특히 수학과 물리학에서 재능을 보였으며 학교선생님들로 부터 항상 "Excellent"라는 칭찬을 들어 기쁨을 주었고 장래의 큰 기대를 갖게 했다. 아들은 일단 무슨 일이든지 시작하면 깊이 몰두해서 해결하는 성취감이 유난히 컸다. 나보다 훨씬 우수하기 때문에 장래 명문대학에 진학해서 교수생활을 충분히 할 수 있을 것이고 또 그렇게 되기를 회망했다. 하지만 아들에 대한 그 꿈은 사라졌다.

내가 자라온 환경과 아들이 자라는 환경의 차이를 제대로 인식하지 못하고 아들을 보아 온 것 같다. 고등학교 다닐 때의 나는 인생에서 가장 바쁘고 매우 어려운 시기에 살았었다. 그리고 자주 외국생활과 환경적응에 어려움을 겪어야 했다.

아들은 대학에서 경제학과 정치학을 전공한 후 기대(학문 전공)와는 달리 해군(장교)에 들어갔다. 그리고 지금은 해외에서 살고 있다. 지금도 생각하면 나는 인생에서 실패한 것 중의 하나로 매우 우수한 아들의 능력을 더 크게 키워주지 못한 것이라 꼽는다. 미래에 대해 제대로 지도하지 못했던 것이다. 지금도 아들이 매우 우수한 능력을 발휘하도록 지원하지 못한 것을 매우 안타깝게 생각한다. 내주변의 성공한 자녀를 둔 가정을 보면 부부금실이 매우 좋은 것을 알고 있다. 자식을 성공시키기 위해서는 일심동체 부부관계가 매우 중요하다는 것을 다시 깊이 깨달았다.

그럼에도 성장한 아들은 때때로 나의 멘토역활을 훌륭하게 해냈다. 내가 외국 국제학회지에 논문을 제출할 때 우선 원어민 영어 평가자로서 영어문법은 물론 표현에 관해서 날카로운 지적과 함께 필요한 수정을 도와 주었다. 때로는 논문 자격까지 들어가 인용과 표절문제, 그리고 때로는 논문의 적부성까지 깊이 들어가 평가해 주었다. 아들은 비록 정치학 석사를 마쳤지만 어렸을 때부터 외국교육을 받아서 그런지 항상 자유주의적 사고와 개인사상이 많았다.

이락전에 참가한 아들(해군 대위)이 훈장을 받고 있다.

이락전에 참가한 아들과 파괴된 탱크.

아내와 함께 5년 만에 한국을 방문한 아들과 인천공항에서 헤어지면서.

어느 여름 날 미국에서 직장생활을 하는 딸 데보라와 손녀가 방문해서.

| 자유 발언대 편 |

제17장 하고싶은 말

신뢰할 수 있는 선배 조언을 명심하라

　나는 한양대 부교수 임명장을 가지고 미국에서 귀국하여 한국동력자원연구소와 유치과학자 만2년 계약을 종료하고 사표를 제출했다. 그리고 1979년 3월 1일부로 한양대학교 물리학과에 부임하였다. 당시 계약 만기일 며칠 전 소장님과 면담을 하면서 출장을 마치자마자 퇴사한다는 말을 꺼내기 힘들었다. 왜냐하면 나는 국가유치 과학자1호로 연구소에 입사하여 2년 계약 조건으로 일해 왔지만 첫해에는 일본 지진학과지진공학의 국제연구소(IIEE), 그리고 다음해에는 미국 콜로라도주립대학과 노아((NOAA)의 포스트닥과 피츠버그(Pittsburgh)에 있는 다폴로니아 (D'appolonia)회사에서 전문가들과 오랫동안 해외출장업무를 수행하고 돌아왔기 때문이었다. 그리고 국내유치과학자로 입국해서도 연구소보다 과기처 원자력 안전전문위원과 기타 정부 자문위원으로 외근을 한 것이 많았기 때문에 얼핏 퇴사이야기를 꺼내는 것이 미안하게 느껴졌다. 그렇지만 평소에 가장 학자적 친밀감을 보여주었던 소장님(교수)은 내가 한양대에 가기로 되었다고 말했을 때 "재주 참 좋은데"하고 나의 퇴사를 쾌히 승낙했다*.

------

*현병구 (2016). 물리탐사와 더불어 (현병구 회고록), 지코사이언스

나는 한양대 물리학과에서 일반물리, 광학, 상대성이론 및 수리물리등 전공과 좀 떨어진 과목을 가르치게 되었다. 물리학과에는 지구물리학 분야가 전혀 없기 때문에 이러한 과목을 가르칠 수밖에 없었다. 상대성이론 같은 과목은 나 자신도 열심히 공부해야 했으며 나의 전공과목을 가르치지 못해서 점점 재미가 없어졌다. 그러다 결국 5년 만인 1984년 3월 1일에 전공과목과 관계있는 새로운 학과를 신설하였다. 나는 그동안 닦아온 지구물리와 해양학 분야를 융합하여 새로운 지구 및 해양 분야에 국가가 필요로 하는 일꾼을 배출하기 위해서 여러 어려운 과정을 거치며 새로운 지구해양과학과(Earth & Marine Sciences)를 안산캠퍼스에 신설했다. 나는 비록 입학성적은 명문대보다 떨어질지 몰라도 최고의 훈련과 교육을 통해서 훌륭한 인재를 만들 수 있다고 믿었다. 그래서 새로운 학과의 입학생에게는 반드시 학과에서 시행하는 영어시험과 수학시험에서 최소한 자격점수(60점)를 통과해야 졸업할 수 있다는 학과규정을 원칙으로 세웠다. 이것이 나중에 학생들 데모의 원인을 제공하는 빌미가 될 줄은 전혀 예상치 못했다.

]

함부르크대학 두다(Seweryn J. Duda)교수와 함께 함부르크(Hamburg)식물원에서

나는 1985년 6월부터 9월까지 독일 DAAD의 연구자금(fellowship)을 받아 함부르그대학(Hamburg University, Institute of Geophysics)의 S. J. Duda 교수한테 교환교수로 갔다. Hamburg 는 독일 북방에 위치한 독일 제2의 큰 도시로 보수와 자유가 공존하는 매우 자유분망한 항구도시였다. 비록 연구자금을 받았지만 비용절약을 위해서 나는 지하철을 타고 거의 한 시간 정도 떨어진 저렴한 학생 기숙사에서 숙식을 하였다. 나는 매일 대학교 나의 연구실까지 지하철을 이용해서 출퇴근했다. 독일음식 중에서 제일 마음에 드는 것은 소시지와 빵이었다. 일주일에 한 번 정도만 밥을 해먹고 거의 매일 빵과 우유 및 소시지 등으로 식사를 해결했다.

당시 혼자서 학과를 운영하고 거의 모든 과목을 강의하다 보니 Stress가 아주 심했다.

사실 혼자서 거의 모든 과목을 강의하고 학과를 운영하는 것은 매우 어려웠다. 거기다 학생들에게 실력 제일주의를 내걸고 강경책을 내세우는 나한테 학생들이 거부반응을 보이기도 하여 더욱 힘들었다.

나는 졸업할 때 까지 수학(미적분학)과 영어 시험에서 합격점수(60점 이상)를 통과하지 못하면 졸업할 수 없다는 학과규칙을 만들어 학생들에게 기초실력을 이수하도록 강조했었다. 결과적으로 이러한 무리한 규정이 결국 학생들한테서 반발을 샀고 데모로 이어지는 원인이 되었다. 학과의 신임 교수채용을 두고 고민하던 중이었는데 이런 계기로 새로운 사람을 받아들이기로 결정했다. 나는 당시 국방 연구소 (진해 해군)에서 일하고 있던 고등학교 후배로 나한테 여러번 접근해 온 나정열 박사를 해양물리분야에 추천했는데 이공대 학장님(백수현 교수)은 나의 후배를 좀 고려해 보라고 부정적 의견을 주었다. 당시 학장님은 공군사관학교 출신으로 미국에서 박사학위(유타대학 물리학 박사)를 받은 분으로 평소 나하고 자주 이야기를 나누었었다. 그는 이 대학에서 내가 누구보다 존경하고 신뢰할 수 있는 분이었다. 그는 오랫동안 군계통 국방과학연구소에서 근무한 경험이 있어서 국방과학연구소 계통(ADD)의 주요 연구원들을 잘 알고 있었다. 사실 당시에 내가 이 대학에서 만난 사람 중 가장 실력있고 말이 잘 통하고 이야기를 가장 많이 나눈 신뢰하는 선배였다. 아마 그는 나를 생각해서 나 박사가 부임하면 내가 힘들거라고 생각해서 부정적으로 말했다고 생각한다.

내가 그 원인을 물었을 때 자세한 내용은 말을 안했지만 내가 추천하는 사람이 너무 정치적이기 때문에 좀더 신중히 고려해보라고 충고를 한 것인데 나는 이를 무시했다. 나를 진심으로 생각하고 한 그의 충고를 무시하고 신임교수를 채용한 것은 나의 인생에서 또 하나의 큰 실수였다. 나는 그한테 결정적인 질문을 던져보았다. 그를 채용하기전 언젠가 그와 만났을 때 만약 내가 위기에 처하면 누구편에 설수 있느냐고 물었었다. 그는 선배님편에 서서 열심히 돕겠다고 했었으나 사실은 기대와 너무나 달랐다. 역시 화장실 가기 전과 후가 다르듯이, 인간의 진실은 위기에 처해 있을때 나타날수 있다는 말이 맞았다. 그는 학생들 데모진압에서 적극적대응보다 학생들과 더친하며 위기가 기회라는 것을 이용하는 것처럼 보였다. 학생들은 지구해양학과의 졸업을 위한 필수시험 영어와 미적분학 시험 60점 이상제도를 반대하며 1986년 3월31일 일제히 수업을 거부하고 동맹휴학을 벌였다.

당시 전국적으로 대학생 데모가 유행했다. 그원인을 분석해 돌이켜 보면 1969년 2월 28일 중학교 평준화로 경쟁률 없는 중학교 무시험제도가 실시되고 1972년 2월 28일 마침내 전국 명문고등학교폐지와 무시험 입학정책이 시행됐다. 박정회 대통령은 교육으로 인재개발보다 중·고등교육을 통한 인간개조정책을 시행해서 결과적으로는 이들이 청소년시절 무시험으로 경쟁없이 빈둥빈둥 놀며 쉽게 중·고교를 다니게 만들었다. 항간에는 개인적으로 아들의 명문교에 대한 두려움과 열등감 때문에 평준화 정책을 시행했다지만 인생에서 가장 중요한 청소년시기에 헛되게 시간을 보내게 해서 통제하기 쉬운 바보로 성장한 세대들로 만들려고 했다지만 반대로 통제불가능한 사나운 군중(노예) 도덕무리로 만들었다는 주장도 있다. 하여튼 그런 중·고교 평준화정책은 결과적으로는 역효과를 만나게 되었다고 생각한다. 그리고 1972년도 이후 고교입학한 무시험 무경쟁 세대들이 오늘 날 우리나라를 이끌고 있다.

이들 평준화세대는 부마항쟁은 물론 1979년 10월 26일 박정희 서거이후에도 약 10년 동안 전국적으로 거의 모든 대학(고등학교 포함) 에서 학생들 데모를 일으켰다. 그리고 오늘날까지 한국 주류사회를 이끌고 있는 세대들이 이들이며 각종 사고(참사)와 사건(범죄)이 진행되고 있는 것도 이들 세대들과 무관하다고 볼 수 없다.

학생들 데모 당시 그 후배 교수는 내가 위기에 놓이면 최선을 다해서 선배를 돕겠다고 한 약속은 까맣게 잊고 있었다. 그는 학생들을 설득시키기 보다는 오히려 찾아온 기회를 이용하는 듯이 보였다. 오히려 위기가 기회인양 반대로 나서는 그가 도움이 될리가 없었다. 내가 어리석고 순진했다는 것을 알았다.

마침내 나는 학과장 자리를 새로운 후배 신임 나교수한테 내주고 1학기 강의는 서울 본교에서만 진행했다. 어떤 교무위원은 학교를 떠날 생각이 없느냐 하고 제의 했으나 나는 결코 그것을 받아들일 수 없다고 했다. 공부를 잘 시키려고 학생들한테 영어와 수학 공부를 강요한 것이 죄가 되리라고는 생각할수없었다.

나의 친구 유석구 선생(한대 졸업생)은 무엇때문에 그렇게 열심히 학생들에게 신경을 쓰고 전력을 다하느냐 하면서 아무리 해봤자 일류는 될 수 없고, 또한 내가 아무리 열심히 연구해도 Nobel상을 못받을 바에는 차라리 적당히 쉬면서 학생들 비위맞추기로 지내는 것이 현명하다고 충고하기도 했다. 역시 본교 출신의 남다른 패배의식이 학생들의 심정과 공감하는것이 아닌가 생각했다.

그때 나는 무엇이든 결코 포기할 생각이 없었다. Winston Churchill은 성공은 열정을 잃지 않고 한 실패에서 다른 실패로 가는 능력이라고 말했다. 항상 완벽주의로 살아온 나는 그 선생의 2~3류적 사고방식을 도저히 이해할 수 없었다. 그러나 어떤 사회에서는 그러한 사고방식을 더 환영할 수 있다는 것을 그후 알게 되었다. 나는 항상 풍부한 상상력과 창의력을 이용해서 일편단심으로 학문을 위해서만 살아왔다. 그리고 일단 일에 들어가면 집념을 가지고 최선을 다해서 푹 빠져 성취하는 습성이 있었다. 따라서 잔머리 굴리는 적당주의와 요령부리는 사람들을 나는 좋지 않게 보며 살아왔다.

그 치열한 데모가 발생한후, 머리를 식히기 위해서 1986년 5월의 어느날 아들과 함께 남한산성으로 놀러갔을 때, 아들녀석은 내게 학생들이 데모를 일으킨 것은 아빠가 학생들하고 좀더 가까이 친구가 돼주지 못한 탓 이라고 말했다. 그리고 보니 역시 아들이 나보다 세상을 더 아는 것처럼 느껴졌다. 물론 당시의 나는 어느 학생한테도 그러한 여유를 보이지 못했고 오직 목표를 향하여 이들을 끌고 가기에 바빴다.

요한복음 8장 32절 "진리가 당신을 자유롭게 해준다(Truth will make you free)"고 한 그 진리만 믿고 달렸는지도 모르겠다. 얼마후 어느 현명한 한 학생이 그들 대표로 찾아와 잘못을 사과하기에 서로의 오해는 풀리고 원상태로 복귀되었다. 나는 그 당시의 일들을 돌이키고 싶지 않지만 어떻게 전학년이 비밀리에 데모계획을 꾸미는 것을 내가 사전에 전혀 눈치를 채지 못했는지 의문이 안풀린다. 데모가 일어날 당시 우리 학과에는 새로 채용한 신임 나 박사와 나 뿐이었는데 사전에 학생들의 움직임을 전혀 알지 못했다는 사실을 이해할 수 없었다. 만약 사전에 좀 정보를 얻었더라면 사건이 그렇게 크게 터지도록 방치하지 않았을 것이란 생각이 든다. 내가 짐작하건데 데모주동자는 아마 사전에 적어도 나 선생한테는 어떤 불만의 기미를 표출했을 것으로 생각한다.

그후에 그 후배교수와 새로 부임한 다른 두명의 교수와 함께 저녁식사를 하던 중 갑자기 술을 마시다가 후배교수가 나한테 술주정을 부리며 대들었다. 여태까지 고분고분하다가 그날 새로 부임한 신임 교수 환영 식사에서 아무 이유없이 내체면을 구기는 바람에 그날 저녁을 먹다 말고 집으로 돌아왔다. 나한테 항상 협력하겠다고 처음에 말한 것을 져버린 배은망덕한 정치적 행동에 분통이 터지는 것을 억지로 참았다. 그는 나와 둘이 있을 때는 고분고분하다가 그날 저녁은 돌변했다. 혹시 자기가 나와 선후배 관계로 내 말에 순종하는 표시를 하면 불이익을 당할까봐 신임교수들 앞에서 의도적으로 대들어 보임으로 나의 후배가 아니고 한팀이 아니라는 것을 신임 교수들 한테 보여주려는 정치적 제스쳐였을지도 모른다는 생각이 떠올랐다. 나를 추종했다가 혹시 불이익이 올지 모른다고 생각한 것 같았다. 언젠가 백학장님이 말한 대로 그는 그날 대단한 정치적 쇼를 보였다 . 나는 그의 행동이 너무 불쾌하고 비겁하게 보여서 그후부터는 그를 쳐다보기도 싫었다. 더러운 이중성을 발견한 것 같았다. 인간 특히 가까운 주변사람은 아무리 가까워도 믿어서는 안된다는 말이 내 머리 속에서 맴돌았다.

내가 전에 크게 실수한 것은 그가 부임하기 전에 나한테 조그만 연구 자문비를 가지고 와 나의 환심을 샀고 나는 거기에 속아 넘어갔다는 것에 자괴감과 실망을 느꼈다. 성경에도 "많이 받은 사람은 많은 것을 돌려주어야 하며 많이 맡은 사람은 더 많은 것을 내놓아야 합니다."(루가 12장 48절)라고 쓰여 있다. 그의 미끼와 감언이설에 넘어간 내 자신이 어리석고 부끄러웠다.

우리사회는 개인보다 한패가 되어야 즉 군중도덕(herd morality) 혹은 노예도덕(slave morality)에 끼어서 한패가 되어 놀아야 성공한다는 전통적 노예도덕에 익숙한 것인가?

우리사회는 노예도덕에 어울려 춤추고 살기 때문에 오늘 날 수많은 아까운 인재(정치, 문화, 연예인)들이 가짜뉴스에 시달려 멸망하고 있는가 하면 또 한편으로 우리가 존경할 만한 훌륭한 국가지도자를 배출하지 못하고 있다는 것을 역사는 증명하고 있다고 생각해 본다.

"깨끗하고, 부지런하고 그리고 책임지자"라는 서울고등학교 교훈은 올바른 시민이면 누구나 알고 있는 매우 평범한 상식이다. 나는 개인적으로 여기에 "남을 존경하자"라는 교훈이 빠져있음이 아쉽다고 생각한다. 이와 같은 교훈은 비록 서울고 뿐만 아니라 우리나라 모든 학교에서 제일 먼저 가슴에 담아야 하는 진리라는 것을 미국생활을 하면서 몸소 느꼈다. 사람이 동물보다 더 나은 것은 자발적으로 선(Good)을 행하고 또한 고의적으로 악(Evil)도 동시에 행사할 수 있는 자유의지를 신이 준 때문이라고 성경에 기록돼 있다.

이러한 선과 악의 교차는 우리 주변에서 끊임없이 일어나고 있다. 그러나 후에 나는 신의 이중성을 싫어하게 되었다. 아인슈타인 박사는 재능은 태어날때부터 주어진 것이지만 선택은 각자가 결정하고 책임져야 하기때문에 선택이 더중요하다고 말했다. 그런데 내가 또한 크게 실패하는 것은 내가 나

자신을 믿는 것처럼 이웃을 너무 믿는 것이었다. "자신 있는 사람만이 정직하고 정직한 사람만이 자신을 믿는다 "라는 나의 경구가 떠오른다.

한평생 살아가면서 나를 끌어주고 밀어준 많은 진정한 동창, 동문 그리고 선배님들(국가고위층 포함)이 내 곁에 함께 있었다는 것을 결코 무시할 수 없다. 결코 배신하지 않고 후원해 준 이들에게 매우 고맙게 생각한다. 높이 나는 새가 바람의 도움이 필요하듯이 나는 이들의 도움 없이는 오늘 날의 내가 될 수 없다고 생각한다. 인간 사회는 개인의 능력과 재능이 아무리 뛰어나더라도 그것을 밀어주고 끌어주는 공동체와 연결이 안 되면 아무런 소용이 없다.

존경받는 국민적 리더 (National Figure)가 없다

우리 문화는 한때 외국문화를 강력하게 배척했었지만 현재는 정반대로 외국 특히 기독교 서양문화에 푹 빠져있다. 그렇지만 우리나라 사람들은 기독교문화권 사람들처럼 남을 인정하고 존경하는 예절이 매우 부족한 것 같이 보인다. 이러한 현상은 정치는 물론 모든 분야에서 벌어지고 있다.

특히 오늘 날 표절문제가 많이 대두한 것과 같이 지성인들이 남의 것을 무시하거나 때로는 참고문헌에는 이름도 넣지도 않고 거리낌 없이 표절하는 것을 자주 보았다. 이러한 현상은 우리 사회 여러면에서 엿볼 수 있다. 더욱이 높은 자리 스펙을 쌓기 위해서 허위정보를 넣었다면 명예를 더럽히는 꼴이 된다. 우리는 현대에 와서 세계 어느 나라보다 우리 모두가 존경할 만한 국민적 지도자 인물을 갖추지 못한 것이 아쉽다. 우리가 국민적 구심점이 되는 지도자를 배출하지 못하고 있는 우리 민족의 문제점을 이제는 반드시 풀어야 한다.

중국에는 국부 쑨원(孫文), 마오쩌둥(毛澤東)과 덩샤오 핑(鄧小平), 미국은 링컨과 루즈벨트(Franklin D. Roosevelt, 32대) 대통령, 영국의 처칠 수상,

이집트의 나세르 대통령 등 나라마다 존경받는 지도자가 있지만 우리나라의 역대 대통령은 모두 독재, 부정과 비리에 얽혀 국민으로부터 멸시받는 대통령이 되었다. 마찬가지로 과학계에서도 잘 알려져 있지 않는, 어떤 분야에서는 비전문가가 틈새 공략을 해 전문가로 둔갑해서 맹활동하는 것을 종종 보았다. 특히 연구과제 선정에서 까지 철저한 심사 전문가가 아닌 이들의 객관성 없는 주관성 평가가 종종 나타난다. 이렇게 되다 보면 연구가 부실해지는 것은 물론 국제적 망신을 우리 스스로 자초하게 되는 것이다.

그래도 이들중 전문가 구별이 잘 되어 있는 분야는 생명을 다루는 의사들이라고 생각한다. 물론 현대과학은 서로 연관되어 연구가 진행되는 제휴연구(multi - disciplinary study)로를 통해 비전문가도 분야에 따라 참가할 수는 있지만 어떤 베일에 가린 분야에 주객이 바뀐 연구체계에서는 질높은 국제적 논문이 절대로 나올 수 없다. 이렇게 부조리하게 운영되는 과학사회도 있지만 이보다 더 큰 문제는 남 따라 움직이는 부동산과 사교육문제가 광풍으로 불고 있다는 것이다.

우리 집 앞에서 자작나무 위에 집을 열심히 짓고 있는 까치 부부들. 비록 1회용 집이지만 새로운 나뭇가지를 분질러서 가져온 새가지로 새집을 짓고 있다.

우리나라에는 어디를 가든지 널려 있는 것이 부동산과 학원 간판이다. 나는 우리나라에서 펼쳐지는 이 기이한 경제구조를 보면서 이상한 나라에 살고 있다고 생각한다. 나는 고층아파트 빌딩 숲이 싫어서 그 비싼 강남에서 경기도 최북단으로 이사와 산밑에서 산새들과 청설모와 다람쥐들이 뛰노는 나무숲 속에서 매일 자연을 즐기며 산다. 내방 바로 앞에는 산이 있지만 자작나무와 소나무로 욱어진 나무숲 때문에 앞에 산이 안보일 정도다. 우뚝선 큰 자작나무위에는 까치부부가 날아와 봄부터 새집 공사를 하더니 지금쯤은 거의 마무리 단계에 와있다. 이들 까치부부가 가족의 보금자리를 위해서 매일 아침마다 나뭇가지를 생나무에서 부러뜨려 물고 와서 새집을 짓고 있는 모습을 보면서 우리 인간보다 더 현명하다고 생각했다. 처음 몇개의 나뭇가지를 물고 와서 바닥을 까는 기초공사를 할 때는 아주 초라하게 보였지만 두달 정도가 지난 뒤엔 가장 큰나무 제일 높은 곳에 아주 튼튼하고 아담한 집을 지은 것이 확인됐다. 잔잔한 덤불과 나뭇가지로 지붕까지 만든후 출입문은 남향을 향해서 한쪽 방향으로만 만들었다. 이들은 비와 바람을 피하기 위해서 하늘로 뚫렸던 둥우리 지붕을 덮고 남향 한쪽만 구멍을 만들어 입구로 쓰는 것이었다. 나는 이것을 보고 비록 한 번 사는 집이지만 새로 탄생할 자기 새끼를 위해서 새집을 짓는 까치부부가 인간보다 더 아름답고 안전한 주택공사를 하고 있다는 생각이 났다.

현재 많은 사람들이 초고층 호화아파트에 살기를 선호하지만 교통혼잡, 환경오염, 화재. 지진재앙, 산소결핍은 물론 코로나 같은 집단전염병 감염등이 우리를 얼마나 위협하는지를 깨닫게되었다. 까치부부가 집을 만드는 것은 재산이 아니고 단순히 자손을 위해서 만든 작품이란 것을 생각할때 인간의 끊임없는 욕심이 부끄럽게 생각된다. 더욱이 까치부부는 주변에 헌집들이 있었지만 새집을 지어 새생명을 만드는 그 정신에 놀라지 않을수 없었다.

코로나19로 전 세계인구 5억명 이상의 확진자가 나오고 6백만명 이상이 사망했다. 미국은 8천5백만 명의 확진자와 1백만명 이상 사망자가 나왔다. 한국은 약180만 명의 확진자와 3천5백 명의 사망자가 나왔다. 코로나바이러스가 치명적 피해를 주고 있는 나라는 미국, 브라질, 영국, 프랑스 등 기독교국가와 힌두교의 인도를 들수 있다. 대부분 자유분방한 기독교국가와 힌두교국가, 인도처럼 인구밀집의 국가들은 종교와도 깊은 관계가 있다고 생각한다. 마태10:39에 의하면 '자기목숨을 살려고 하는자는 죽고 나를 위해서 죽으려하는 사람은 산다'라는 독선적 이기적 성경글이 무색할 정도 생각난다.

코로나 바이러스로 사망자와 확진자가 대량으로 나온 국가들은 미국을 비롯해서 영국, 브라질, 이태리 및 스페인등 기독교국가들이다. 이것을 보면 기독교문화에서 얼마나 많은 노예도덕 무리들이 기독교사상의 자본주의 문화에서 주인과 하인의 돈벌이 교훈처럼 재물확산 운동에서 자유분망하게 살고 있었는지를 짐작할 수 있다. 가진자는 더 가질 것이고 못가진자는 가진 것까지 잃고 있는 부익부 빈익빈 세상을 위해서 얼마나 많은 사람들이 몸부림 치고 있는가?

코로나 바이러스에 인간들이 패망하는 모습은 우리들의 생활을 돌이켜보게 한다. 운동경기 (축구, 골프, 농구)와 인기가수(BTS)에 몰려다니는 노예도덕무리, 이성을 잃은 광신도 사이비 기독교집단, 방방곡곡에서 벌어지는 고층, 초고층 아파트 군락지들, 그리고 언론, 방송(유튜브)은 정치인까지 합세하여 서로 헐뜯는 좀비 같은 무리들이 모두 사회질서를 무너뜨리고 엔트로피를 무한대로 증가시킨다. 모름지기 우리는 과거로 돌아가서 이웃과 이웃나라에 피해를 안주고 살 수 있는 원시생활로 돌아가야 한다. 반대로 지금

같은 생활을 계속하면 이번 코로나 바이러스보다 더 무서운 질병을 계속해서 만날지도 모른다.

너무 많은 것은 부족한 것보다 못하다

줄기차게 들어서는 초고층 아파트단지는 대중교통 혼란과 대기오염, 소음 그리고 최근에 와서 자주 퍼지는 각종 전염병(사스, 매르스, 코로나 바이러스) 확산을 초래할 수 있다.

세계 어디를 가나 시골까지 이렇게 초고층 주거단지는 보기 힘든 일이다. 최근에는 중국에도 초고층아파트 같은 부동산문제로 경제가 흔들리고있다. 그렇지만 우리나라 사람들은 무엇보다 재산가치가 높은 금싸라기 초고층 아파트단지를 부자가 되기 위해서 소유하기를 희망한다. 나는 한국에 살면서 비한국인인 것같다. 나는 그렇게 고가 강남아파트를 떠나서 변두리 시골 산속 보잘것없는 동네에 살고 있기 때문이다. 그러나 매일 사람들을 만나고, 압도하는 고층아파트 숲속 대신에 울창한 숲과 나무들이 우거진 산밑에 살고 있는 것이 내겐 행복하고 좋다고 생각한다. 나는 초고층 아파트 건축물 수명이 다 끝나면 어떻게 부수고 그 많은 폐기물은 어디로 버릴지를 상상만해도 아찔하다. 과연 우리는 그러한 미래를 한번 생각해 보았는가?

세계 어디를 가도 나의 집같은 환경을 발견한 적이 없다. 세계 어느 나라에 가도 우리나라와 같은 획일적인 맞춤형 닭장 모양의 공장형 초고층 아파트나 주거단지는 없다. 언젠가 한국 시설안전기술공단에서 원고 청탁을 받았을 때 나는 건축 구조물에서 제일 중요한 것은 안전성과 예술성(기능 포함)이라고 강조했다. 그러나 나는 여기에 하나 더 보태어 환경을 강조하고 싶다. 현재 강남에 있는 모든 아파트를 쳐다보면 모양이나 구조가 공장에서

찍어 내듯이 획일적으로 똑같은 모양의 공장형 아파트로 되어 있다. 안전성에서 볼 때 지반으로 비교하면 우리 선조가 도읍지로 선택한 강북이 주로 암반인 것에 비해서 강남은 주로 연약한 충적토로 되어 있던 논과 밭을 개토해서 이룬 곳이다. 따라서 거품으로 가득찬 강남의 고층아파트는 명백히 예술성과 안전성은 물론 환경 문제에서도 모두가 부적합하다고 말할 수 있다. 뉴욕 맨해튼(Manhattan)의 초고층 마천루가 불과 1~2층의 지하층을 갖고도 즐비하게 늘어설 수 있는 이유는 이곳의 지반이 전부 단단한 화강암 덩어리로 되어 있고 이지역에는 지진이 없기 때문이다. 사실상 강남의 초고층 아파트는 안전성이나 예술성으로 볼 때 주택지로 불합격이다. 다만 주변과 내부의 편의시설 때문에 모여드는 것 같다.아니면 집단 거주지역이기 때문에 상권이 형성되기도 한다.

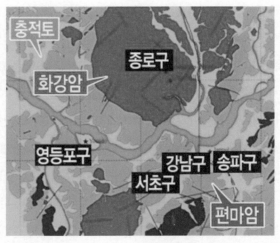

강남지역은 주로 충적토(황색), 변성암 줄무늬 편마암(녹색)과 일부 변성암 화강 편마암(자주색) 그리고 관악산(화강암) 구성되어 있다. 즉 퇴적암 지역이지만 강북은 주로 화강암(붉은색)을 많이 차지하고 있기때문에 강남이 강북보다 지진에 취약하다. 선조들이 강북을 수도로 한 이유를 알 수 있다.

미국건축가 프랭크 로이드 라이트(Frank Lloyd Wright)는 인구의 분산화(Decentralization)개념으로 주거지와 상업지를 포함한 생활 부지를 지표면에 널리 퍼트려서 건축하는 반면에 프랑스 건축가 르 꼬르비제(Le Corbusier)는 강철과 철근 콩크리트와 기하학적 모델을 접목해서 위로 올라가는 고층건축물 주거지의 공동주택집합(Centralization)을 강조했다.

그러나 한국의 초고층아파트는 인구집단주거지로 대형사고(지진. 화재)는 물론 코로나 바이러스처럼 집단 감염병에 매우 취약하다. 더욱이 아파트는 일정한 수명이 있기 때문에 언젠가 재건축을 해야 한다. 초고층일수록 해체하는데 엄청난 어려움은 물론 비용손실과 폐기물 쓰레기 처분에 큰 문제를 불러일으킨다. 그밖에 주변 환경오염, 층간소음, 주차분쟁등 문제가 많다 그러나 단순히 편리한 내부시설만 선호하는 무지한 사람들이 부동산투기의 원조가 되고 한국경제의 망국적 진앙지를 만들고 있다. 초고층 건축물은 외국처럼 공공건물이나 대형상업지로 활용하는 것이 좋다고 생각한다.

강남이 연약한 지반과 좁은 부지를 지녔음에도 불구하고 초고층 공공시설이 많이 들어서기 때문에 교통 혼잡과 대기오염으로 점차 낙후되어 가고 있다. 자고로 서양의 부자는 단독 고급주택에서 살고 있다. 개인주택은 소유자가 영원히 소유할 수 있고 대대로 자손에게 넘겨줄 수 있는 옛향수의 보존적 가치가 있으며 언제든지 건물 구조를 바꿀 수 있다. 고층 아파트에서 산다는 것은 높은 공중에 매달려 산다는 것이므로 육체적으로나 정신적으로 건강에 결코 좋지 않다고 생각한다. 우선 자동차에서 내뿜는 탄산가스가 모두 위로 올라가고 땅의 숲에서 멀어질수록 산소공급도 더욱 부족할 것이다. 아무리 높은 하늘을 나는 새들도 보금자리는 지상위 숲속이나 나뭇가지 위에 만들어 놓고 산다.

높은 고층에 살게 되면 화재나 지진발생시 신속하게 피난하기가 어렵다는 공포 속에서 살게 된다. 그런데 왜 사람들이 강남의 아파트에 사는 것을 로 또 당첨이나 되는 것처럼 여겨 가격을 치솟게 만들고 있는지 이 망국적 광풍을 이해할 수 없을 뿐만 아니라 방치하는 국가정책을 이해할 수 없다. 요즈음에는 서울 변두리는 말할 것도 없고 시골에도 고층 닭장형 아파트가 들어서 첩첩이 싸인 아름다운 금수강산을 아파트 숲으로 막아 훼손시키고 있다. 특히 이번 코로나 바이러스처럼 감염이 빠른 질병에 대처할 때 고층 아파트의 엘리베이터 동승에서 오는 나쁜 결과에서 자유롭지 않다. 이러한 집단공동주택은 인간생활의 환경보다 상업적 마인드의 발상에서 나왔다고 본다. 적은 면적에서 손쉽게 공장형으로 비용적게 사용하고 공사시간을 단축해서 신속하게 돈만 벌려고 하기 때문에 수없이 벌어지는 아파트붕괴와 토건비리가 멈추지 않고 일어나고 있다. 사실 아파트에 산다는것은 오직 편리하다고 생각하나 평생 관리비를 내고 세들어 사는 영원한 임차인에 불과하다.

정부의 일관성 없는 주택정책에 함께 춤추는 악덕 부동산업자, 은행가, 건설업자, 심지어 사교육과 언론매체까지 합세하여 이 나라를 병들게 하고 있다. 우리 민족은 역사적으로 외부의 침입을 많이 받고 피지배 민족으로 살아와서 그런지 무엇이든지 내가 먼저 손에 넣지 않으면 다른 사람한테 다 뺏긴다는 피해의식이 강한 나머지 삶에 조금도 느긋한 여유가 없다. 우리가 영원히 소유할 수 있는 것은 아무것도 없다는 단순한 진리를 왜 모르는가. 우리는 다만 이 아름다운 자연을 잘 관리해서 우리 후손에게 넘겨줄 책임만 가지고 있다. 독일이나 미국 같은 선진국이 왜 농업과 임업을 중요시하고 환경을 훼손하는 개발을 절대로 안 하는지를 배워야 한다. 의식주는 인간이 살아가는 데 기본권리이지만 맨끝에 있기 때문에 부동산이 절대로 재산으로 둔갑해서는 안 된다고 생각한다. 내가 20여 년전에 스웨덴을 방문했을 때 스톡홀름 교외에 있는 어느 지진계회사(ABEM)의 사장 집 파티에 초청 받은 일이 있었다. 그 파티에 의사, 버스 운전기사, 교수, 노동자가 모두 함께 모여 있어서 까닭을 물으니 모두 같은 이웃에 사는 동네 사람들이라고 했다. 역시 세계적인 복지국가에서는 수입에 관계없이 주거지가 동일하다는 이유만으로도 화합한다는 것을 깨닫고 깊이 감명을 받았다. 자본주의 미국에서도 개인의 수입에 따라 아파트 입주조건이 다르다는 것은 잘 알려져 있는 사실이다.

또 하나 우리나라의 심각한 문제는 교육이다. 나는 고등학교 시절부터 가정교사를 하며 남의 자식들을 가르쳤기 때문에 가정교사로부터 배우는 것이 좋지 않다는 것을 잘 알고 있다. 내가 가르친 학생 중에는 은행총재, 대학교수, 총장도 있고 재벌회사 회장도 있다. 그러나 이들은 내가 가르치기보다 옆에서 내가 도와준 학생들이었다. 어떤 학생들은 영어와 수학을 피땀 흘려 가르쳤지만 어떤 때는 너무나 답답해서 내가 포기한 적도 많이 있었다. 남을 가르치려면 지식도 중요하지만 정성과 책임을 가지고 해야 하기 때문에 지혜가 절대적으로 필요하다. 왜냐하면 젊었을 때의 스승의 만남은 앞으로 살아가는데 중요한 인생의 지침이 될 수 있기 때문에 학생의 인생도 생각하며 가르쳐야 한다. 오늘 날 우리나라의 너무나 상품화한 사교육은 국가 미래를 책임지울 수 있는 인재를 양성하는 데 문제가 많다. 무조건 남에게 맡기면 자신이 개발할 수 있는 독립심과 도전 욕구를 감소시키고 자신감이 없는 약한 사람으로 만들수 있다. 더군다나 그릇된 정보와 생각을 지도받으면 과외를 안하는 것보다 못하다. 과외만 하면 무조건 성공할 것으로 믿고 비싼 사교육비를 지출하는 우리나라 모든 부모들과 과외를 해서 명문대에 들어갔다고 우쭐대는 학생들을 보면 우리나라의 미래가 어둡다. 저출산율이 세계에서 제일 높다고 하며 그 원인을 젊은이들 경제사정에서 찾는다. 나는 그 원인이 사교육에서 있다고 생각한다. 태어나자마자 조기교육부터 학원 사교육에 몰려 다니며 유아기와 청소년기를 주변 친구들이랑 소꿉장난 한번 못해보고 그리고 고등학교시절 연애할 낭만의 계절없이 지내다가 청년이된다. 돈은 없어도 가난해도 인간은 본능적으로 사랑할 수 있다.

사교육의 뿌리는 박정희대통령의 중·고교 평준화교육 때문이다. 1969년 2월 28일부터 중학교 평준화정책과 1972년 2월 28일 명문고 폐지로 중고교를 경쟁없이 무시험으로 입학한 세대는 결국 학교 교육보다 스승님 없고 경쟁없는 학원 사교육으로 몰려들게 되었다.

인간의 행복을 재물, 명예(권력) 및 지식에서만 찾는다면, 우리가 재물과 권력만 추구한다면 우리는 결국 계속 불행한 사회를 초래하게 된다는 단순한 진리를 깨달을 때가 오지 않았나 생각해 본다. 모든 사람들이 남의 것을 탐내지 말고 남에게 피해를 안주고 존경하고 자기가 맡은 일에만 열중하는 소금과 빛이 될 때 우리는 아름다운 세상에서 살 수 있게 될 것이다. 사람이 자기가 좋아하는 것을 하고 그 일에 자부심과 책임감을 갖고 일생을 살아가는 사회가 되어야 선진국 문화에 산다고 말할 수 있다.우리는 보통 서양사회를 개인주의 또는 이기주의 사회라고 말한다. 나는 서양사회가 개인주의(individualism)사회는 맞으나 이기주의(egoism)사회는 아니라고 생각한다. 우리는 어디서나 줄을 설때나 자동차 운전중 흔히 염치없이 끼어드는 얌체족을 만나게 된다. 심지어는 4차선 도로에서도 오른쪽 도로까지 점령해서 우회전 자동차 길을 막아버리는 예도 흔하다. 어디 그 뿐인가, 음식문화 수준은 후진국 보다 못하다. 내가 먹는다고 생각안하고 오직 상품으로만 생각하면 음식은 결코 실망을 주지 않을 수 없다. 얼마 전 아내와 함께 강원도 주문진과 속초를 방문했다가 너무 실망했다. 바닷가에서 나온 생선은 잡은지 얼마나 된지 모르는 수입품 뿐이고 속초 관광 어시장 길거리 수입품 생선구이는 짐승도 못 먹을 것 같았다. 많은 사람들이 현지에 가면 신선한 해산물을 먹을 거라고 속고 있다. 또한 현지 상인들은 내가 안먹는다고 생각하고 고객에게 싸고 오랜 생선을 바닷가를 이용해서 마구 팔아먹는 비인간적인 행위는 동남아시아 베트남, 캄보디아 혹은 필립핀에서도 볼 수 없는 상업행위다.

아무리 부모한테 그리고 자기 가족한테 잘하더라도 남에게 상처를 주는 행위는 동물적 본능에 불과하고 사회를 병들게 만든다. 그래서 선진국에서는 남에게는 절대로 피해를 주지 않고 자기 개인에게 최대로 충실한 개인주의가 우세하다. 우리 사회가 속히 야만적인 이기주의에서 남을 존경하고 사랑하는 합리적 개인주의로 변화할 때 우리는 선진국 대열에 낄 수 있다고 생각한다.

압구정동에 가면 갤러리아백화점에서 현대백화점에 이르기까지 성형외과 (Plastic Surgery)의원이 30개 이상이나 늘어서 있다. 명품 옷만 찾는 것이 아니고 이제는 명품 얼굴까지 추구하는 인간들이 넘쳐나니 가짜명품의 노예화되는 모습을 어찌 한탄하지 않을 수 있겠는가! 요즈음 짝퉁 물건, 짝퉁 얼굴, 그리고 짝퉁 학력까지, 진짜같은 가짜가 판치는 어둡고 무질서한 세상이 되고 있다.

우리는 흔히 자연환경만 가지고 논하는데 사실은 진짜가 사라져 가는 인간의 정직과 양심을 저버리고 살아야 하는 사회환경이 더욱 심각하다고 말하지 않을 수 없다. 남의 떡이 더 커 보인다고 해서 무조건 남의 모습(미인?)을 흉내 내어 고친다고 해서 마음(Spirit)도 고쳐질 수 있을까. 아무리 잘 꾸민 가짜 미소(False Smile)라 해도 소박하고 단순한 참된 미소(True Smile)

에 비교할 수 없다. 왜냐하면 인간의 얼굴 표정은 곧 각자 마음의 표현이 되기 때문이다. 아무리 아름다운 조화라도 향기가 없으면 들판에 핀 이름 없는 야생화보다 과연 아름다울까? 그리고 비양심적이고 부정직하게 얻은 재물과 권력(명예)은 일시적으로 크게 보이지만 눈에 보이지 않는 영원한 과학적 진리앞에 무너지게 된다는것을 배워야한다. 인간의 가장 아름다운 모습은 각자에게 부모님이 주신 천부의 모습을 가지고 사회의 부름에 응답하여(나는 여기서 이제는 자기가 좋아하는 일을 찾아 평생 자부심과 책임감을 갖고 살때 가장 행복하고 아름답다) 각자에게 맡겨진 소명을 위해서 땀흘려 살아가는 모습이라는 것을 그 유명한 독일의 문호 괴테(Goethe)의 파우스트(Faust)에서도 볼수 있다.

우리는 우리 주위에서 맴돌고 있는 가짜 과학뉴스를 많이 접하고 있다. 문제는 이러한 허위뉴스가 날이 갈수록 많아지고 강도도 심하다는데 있다. 자유민주주의를 내세워 표현의 자유, 종교의 자유를 주장하며 가짜뉴스를 퍼뜨리거나 행동을 해서 타인과 이웃나라에 피해와 갈등을 초래하는 행동을 해서는 안된다고 생각한다. 그중 최근에 사회물의를 일으키는 사건이 정의연 부정부패 논쟁과 탈북민의 북한삐라살포다. 세계 여러 나라에서 보듯이 자기들의 영웅적 역사적 인물을 기리고 애국심을 불러일으키기 위해서 동상을 세운다. 비엔나 모차르트, 미국 러쉬모어산 위의 대통령상, 러시아의 가가린우주비행사, 몽고의 징키스칸, 중국 마오쩌퉁, 베트남의 호치민 등 모두 자국이 자랑하고 자부심을 갖는 국가적인물이다.

위안부 소녀상의 의미는 과연 무엇인가? 분노와 복수, 사죄와 배상, 동정과 슬픔의 주제가 결국 이웃 간의 갈등과 분쟁만 초래하고 있다. 더욱이 일본군 위안부 피해자를 매춘부로 왜곡한 마크 램지어 하버드대 로스쿨 교수

같은 사람까지 등장해서 우리를 더 부끄럽게 하고 있다. 동서고금을 통해서 전쟁 중에는 어디서나 일어날 수 있는 현상을 너무 확대해서 나가다 보면 백해무익하기 때문에 서방 국가들은 입을 다물고 있다는 사실을 좀 알았으면 좋겠다. 그것보다 존경하고 애국심을 불러일으키는 인물을 발굴해서 동상을 만들어야 한다.

또 한가지 안타깝고 유치한 행동은 탈북민들의 삐라살포다. 북한동포는 3구룹으로 나눌 수 있다고 생각한다. 해방후 공산주의가 싫어서 월남한 사람들, 6.25 전쟁 때 아군 적군의 치열한 총탄과 폭격 속에서 생사를 헤매다가 미군의 도움을 받고 남으로 내려온 피난민, 그리고 마지막으로 북한에서 도망 나온 탈북민이 그렇다. 대체로 해방후 월남한 사람과 탈북민들은 북한에 대해서 혐오심이 짙은 것처럼 보인다. 왜냐하면 그들은 공산주의가 싫거나 개인적 문제에서 남한으로 피신해 왔기 때문이다. 그러나 6.25전쟁 때 미군이 싣고 온 피난민들은 피동적으로 남한 땅에 왔기 때문에 북한에 대한 망향 속에서 살고 있다. 우리는 자신의 이익을 위해서 너무 자기 색깔을 남에게 표현하려고 한다.

제18장 정치와 종교는 과학을 이길 수 없다

천안함 침몰을 오용하는 정치와 여론

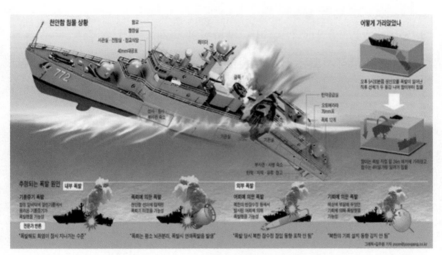

천안함 침몰시 두토막 장면(상) 내부폭발과 외부폭발(어뢰와 기뢰) 가상 장면(하)
천안함 침몰의 과학적 분석이야기는 제11장에 상세하게 설명되어 있다.

  한동안 천안함 침몰을 정치적으로 이용하다보니 장관직 임명의 면접시험
문제로 등장하기도 했다. 천안함 침몰이 '북한에 의한 것이냐'라고 물어 아
니라고 하면 불이익을 당할 수 있었다. 보이는 것보다 안 보이는 것을 주장
하며 어리석고 바보짓을 하는 정치인들을 보노라면 나라가 매우 걱정스럽

다. 그림에서 보는 것과 같이 우선 천안함은 폭발로 인해 배가 심하게 기울어지고 (90도) 어두운 밤(9시 22분경)에 아주 얕은 깊이(8미터)폭발이란 조건하에 물기둥을 보기 어려웠을 것이다. 갑자기 생긴 충격적인 천안함 침몰은 자극적이고 깜짝 놀랄 뉴스를 보도함으로 방송의 시청률이 급등했다. 언론은 물론 정치인들까지 이 사건을 정치적 이익을 위해서 이용하려고 했다. 여기에 많은 가짜 유튜브까지 끼어들어 진실이 오도되고 허위가 진짜처럼 유행하는 형국이 되었다.

나는 50년을 과학자로 살면서 이 안타까운 현실을 보고 과학자한테도 큰 책임이 있다고 생각했다. 여러 국제학회와 국제학술지, 저술은 물론 유튜브방송 등을 통해서도 진실을 밝히려고 노력해 왔다. 현재 진행하는 유튜브 방송 "천안함과 북핵 ROKS Cheonan DPRK Nuke Tests"에서 더 상세하게 설명하고 있다.

So Gu Kim (2021). Multiple Studies vis-à-vis the ROKS Cheonan Sinking: Underwater Explosions, Amazon Direct Publishing, USA, 503pp. See Updated Version (2023).

그동안 천안함 침몰은 정부의 북한 어뢰공격으로 부터 시작해서 좌초설 또는 이스라엘 잠수함과 충돌 등에 이르기까지 소설같은 이야기가 언론과 방송을 통해 널리 퍼졌다. 좌초설이나 잠수함 충돌설 같은 이야기는 피상적 현상이나 정확한 과학적 증거 제시도 없이 일방적으로 주장하는 소문이다.

더욱이 40-50미터의 수심에 이스라엘 잠수함이 한반도까지 출동해서 다니기는 불가능하다. 잠수함은 마스트, 잠망경, 안테나 등으로 인해 해수면에 얕게 다니면 흔적이 나타난다. 따라서 해수면에서 어느 정도 깊이까지는 잠수해야 하기 때문에 수심이 얕은 백령도 부근에서는 출동이 전혀 불가능하다.

정부합조단에서도 스모킹건 (Smoking Gun)으로 녹슨 어뢰추진기 1번을 내세워 수많은 논란을 일으켰다. 진짜 스모킹건이라면 당시 천안함은 물론 아군 군함들의 소나에 잡힌 어뢰와 북한 잠수정을 보여주어야 한다. 그리고 당시 선박의 항적을 떳떳하게 제시해야 한다. 이 두 가지가 발표되지 않고 묻혀버렸기 때문에 소설같은 이야기가 나돌았다. 여기에 합세해서 언론과 방송이 과학을 오염시키는 것을 바로 잡기 위해 외국 석학들과 함께 나는 모든 과학적 데이터를 수집하고 과학기술을 활용해 가짜뉴스를 막으려 노력해 왔다. 그 결과를 미국과 유럽의 저명학회에서 발표하고 또 국제학회지에 게재하였다.

이 천안함 사건을 생각하다보니 아주 오래전의 거북선 사기사건이 떠오른다. 해군(해군사관학교)에서는 오래전에 충무공 해저 유물발굴단을 창설하여 거북선 유물을 찾고 있었다. 그러던 중 1992년 8월18일 경남 통영군 한산면에서 임진왜란 당시 이순신 장군이 사용했다는 별황자 총통을 발견했다는 뉴스가 터졌다. 그러나 4년 후 세상이 놀라게 만들었던 그것이 가짜로 들통이 났다. 아무리 군인정신이 안되는 것을 되게 한다고 하지만 거짓을 진실로 바꾸어 되게 한다는것은 정직과 도덕성이 없는 무책임한 지도자 군인이 되는 것이다. 머리가 다자란 청년에게는 아무리 좋은 훈련해도 어릴 때 버릇은 80세까지 간다는 말과 같이 어린시절의 명예를 의심할 수밖에 없다. 나의 평상시 경구 "자신있는 사람만이 정직하고, 정직한 사람만이 자신을 믿을 수 있다."가 떠오른다. 앞장에서 내가 사관학교 입학후 자퇴한 것은 일찍기 이러한 모순점들을 발견했기 때문이였다. "안되면 되게 하라"는 어떤 시련과 고난이 닥쳐와도 포기하지 않고 죽을 각오로 하면 성공할 수 있다는 좋은 말이나 삶을 살아가는데에 있어서 이런 자세는 필요하지만 거짓과 진실을 구별해야 한다. 아무리 찾아도 부산 감만동 매장보물도 발견 안되면 포기할 줄 알아야 하나 계속 있다고 믿는 어리석은 매장보물 투기꾼 생각이 떠오른다. 거짓을 진실로 믿고 주장 하거나 애용하는 사람들이 우리 사회질서를 무너뜨린다. 거짓은 정직을 이길 수 없다는것을 배워야 한다.이것은 당시 충무공 해저발굴단장 황동환 대령(해사 22기)이 골동품상한테 5백만원을 주고 사서 한산도 앞바다 뻘에 묻어두었다가 나중에 꺼낸 것이라고 했다. 수심 10m정도 뻘에 묻혀있던 것을 잠수사를 동원해서 걷어 올리고 세상에 특종 뉴스라고 퍼뜨린 것이었다. 당시 필자는 발굴단 자문위원으로 자주 진해 해사를 방문하면서 거북선 존재를 확인하는데 참여해 탐사 조사와 연구를 자문했었다.

그때 이 사건은 이순신의 흔적을 찾았다고 해서 발굴단장에게 "보국훈장 삼일장"을 수여했는데 4년 뒤 조개채취허가 뇌물사건 때 진실이 밝혀졌다. 해군, 문화재청, 고고학계에서 개망신을 당한 사건이었다. 그리고 1996년 8월부로 별황자 총통을 국보지정으로부터 해제하였다.

이 두 사건 (거북선 별황자 총통과 천안함 침몰)은 해군에서 도덕관과 책임감을 완전히 상실하고 자신들의 이익만 추구한 불명예스러운 사건이 아닐 수 없다. 더욱이 명예를 목숨보다 더 중요하게 여기는 해사교육을 받은 필자로서는 이러한 후배들이 수치스럽고 이해하기도 어려웠다. 그리고 해군의 길을 일찍기 접은 것은 나의 인생에서 잘한 선택이라고 훗날 생각하게 되었다.

a) 진해 해군사관학교 충무공 해저 유물(거북선) 발굴단의 해군 장교, 해사 교수들 및 자문위원들
b) 진지한 토론하는 필자와 구자학 박사 (한국지질자원 연구원).

천안함 침몰사건에 대해 정부는 북한어뢰 격침으로 단정짓고 1번 어뢰추진체가 스모킹건으로 주장했지만 수거 북한어뢰가 가짜라고 여러 전문가들이 주장했다(부착물 분석). 그럼에도 항간에서는 아직도 이스라엘 잠수함과 충돌, 또는 좌초 등과 같이 소설같은 이야기들이 유튜브에 돌아다닌다. 내가 본격적으로 유튜브를 시작한후 이런 이야기들은 사라지기 시작했지만 잠수함 충돌같은 이야기는 어쩌다 다시 나타나곤 한다. 비전문가들이 상상력과 소문에 의존해 이야기를 만들고 있지만 필자는 이에 하나 하나 과학적 코멘트를 붙여서 답변하고 있다. 예컨데 이스라엘 잠수함이 홍해바다(350미터 이상)에서는 수심이 충분히 깊기 때문에 잠수함의 안전 깊이(Test Depth)에 문제가 없지만 수심이 얕은 서해(평균 44미터 최고 80미터) 앞바다에서의 잠수함 활동(잠수함 충동설에 관해서)은 매우 어렵다고 본다. 그리고 당시 키리졸브/독수리(Key Resolve/Eagle) 훈련시 이지스함 3척(한군함 1척)이 훈련에 참가하였다고 한다. 당시 미국AP 통신에 의하면 이들 훈련이 찬안함 사고지점에서 120km(국방부측 주장은 170km)떨어져 실시되고 있었다면 북측 잠수정이 이들 이지스함 소나(탐지 거리 160km)에 잡혔을텐데 이에 관해서는 전혀 언급이 없었다는 것이다. 특히 백령도연안(잠수함 항적표시의 수심은 불과 20미터도 안된다고 생각한다) 수심은 너무 얕다. 조류방향과 해류방향은 일치 않기 때문에 조류만 가지고 선체나 떨어져 나간 물체의 흐름을 논하는 것은 과학적 분석이 될 수 없다.

이러한 문제를 명명백백하게 설명하기 위해서 지구 물리학(지진학), 수중 음향학, 유체역학 그리고 해양공학 등으로 나누어 분석하고 물리학은 물론 조건확률, 베이지 이론까지 동원했다. 그리하여 결과적으로 천안함은 좌현 5미터에서 136킬로그램 티엔티(TNT)의 수중폭발에 의해서 일어났다는 것을 증명했다(제11장 참조). 또한 그 원인 제공은 1970년도 말에 우리 해군이 엔엔엘(NNL)부근에 깔아 놓았던 한국형 육상조정기뢰(LCM) 가능성이 99.9999 % 된다고 증명했다. 미국측 연구책임자 에클레스(Eccles) 제독도 그의 최종 보고서에서 "아마 계류기뢰 영향은 아주 일어나지 않은 것 같기도 하다"라고 기뢰를 언급했다. 필자가 천안함 침몰에 관해서 3가지 경우 즉 1)지구물리학(폭발지진학, 수중 음향학에서 버블펄스, 버블젯트, 반향효과 발견과 진원지와 폭발량 결정). 응용 2)물리학과 유체역학(토로이달 버블, 버블젯트, 버블펄스 현상 발견) 특히 191g 중력가속도의 엄청난 비요크네스힘을 일으키는 버블젯트가 천안함을 순간적으로 두토막 냈다. 3)확률론(Bayes Theorem) 분석으로 천안함 사건이 기뢰 폭발에 의해서 침몰확률이 99.9999 % 임을 증명했다.

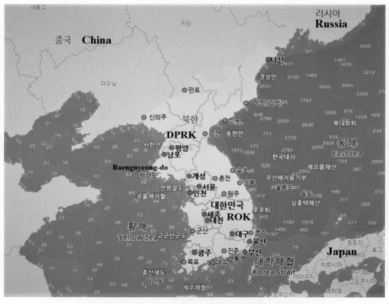

황해바다의 수심도(단위 m), 국립 해양조사원 제공.

북한 핵실험의 정체와 여론

또 한 가지 부정확한 뉴스는 북한 핵실험에 관한 진원인자(진앙 위치, 규모, 폭발량, 깊이) 이야기다. 이들 진원인자들은 보통 미국 언론매개체를 이용해서 재발표를 한다. 진앙 위치는 여러 연구자들마다 다르게 나오고 미국 지질조사국(USGS)과 유엔산하 포괄적 핵실험 금지조약기구(CTBTO)의 국제자료센터(IDC) 두 그룹 측정 값도 아주 다르다. 미국지질조사국의 국립 지진정보센터(NEIC)는 전 세계에 제일 많은 관측소를 설립하고 거대한 자료수집 분석자료를 정확하게 발표한다. 반면에 전세계에서 일어나는 핵실험 탐지 및 분석만 집중적으로 하는 유엔 산하 포괄적 핵실험금지 조약기구(CTBTO) 값을 개인적으로 더 신뢰한다.

진원결정에서는 상대적 방법과 절대적 방법이 있다. 대부분 서방 지진학자들(주로 미국 지진학자들)은 북한의 인공위성 사진에 의해서 첫 번째 핵실험(2006년)을 표준진원으로 지정하고 다른 핵실험 진원인자를 상대적방법에 의해서 결정한다. 최초 핵실험인 2006년도 핵실험은 동쪽 갱도에서 들어가 폭발시켰다고 추측하고 그 외에 다른 핵실험의 진원 결정은 각 핵실험 지점 진앙 위치의 해발에서 2006년도 핵실험 동굴 해발을 빼면 깊이가 나온다고 산출한 것이다.

그리고 모든 다른 핵실험의 위치는 P파 도착시간을 2006년도와 비교하여 상대적 차이를 가지고 결정하기 때문에 2006년도 가정(갱도 입구와 같은 위치에서 폭발)이 틀리면 나머지 모든 핵실험 위치와 깊이가 안 맞는다. 반면에 CTBTO는 진원그룹 시간차이를 이용하는 타원형 클러스터 방법을 사용했지만 미국 지질조사국 (USGS)은 절대적 방법에서 결정했다.

필자도 유엔의 포괄적 핵실험(CTBTO)의 진원 결정에서 깊이 위상만 사용해서 절대적 방법에서 깊이를 결정했다. 이러한 새로운 내용도 역시 "천안함과 북핵 ROKS Cheonan DPRK Nuke Tests"란 제목으로 유튜브에 올려놓았다*.

N. B., So Gu Kim (2021). Forensic Seismology vis-à-vis DPRK Nule Tests and the ROKS Cheonan Sinking, Amazon Direct Publishing, USA, 466pp.

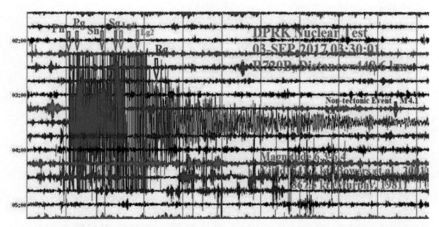

2017년 9월 3일에 북한의 6차 핵실험이 함경북도 만탑산(2205 m)에서 수행했는데 진앙지에서 448.6 km떨어져 있는 고양시 고봉산관측소(R720B: 37.6934°N, 126.853° E,해발 104m)에서 탐지되었다(규모 6.3-6.4, 폭발량 541.2kt-867.5kt). 그리고 약 8분 30초후에 규모 4.1지진이 발생했고 강력했던 핵실험에 의한 지진파의 여러 종류의 위상을 보여주고 있다.

화살표는 상향하는 강력한 고주파의 P파도착과 약한 저주파의 S파와 순수 대륙 천부층을 통과하는 S파성분의 Lg파와 레일리파의 일종인 Rg파의 뚜렷한 위상을 보여주는 양상은 이번 핵실험의 순수 폭발보다 복잡한 메커니즘을 보여주고 있다. 여기서 실체파(P파와 S파)는 고주파의 고에너지가 강하게 나타나지만 표면파부터 높은 진폭의 Lg파(1-8초 주기)와 Rg파(7-12초 주기)의 최대 진폭은 짤렸지만(clip-off) 분산하며 약하게 나타남을 볼 수 있다. 더 중요한 것은 상부지각 화강암층에 상부지각 내에 갇혀서 생긴 Lg2파와 화강암층과 하부지각 현무암층 하부지각까지 포함해서 생긴 고주파의 채널파 Lg1을 볼 수 있을 정도로 북한의 마지막 수소폭발 실험은 인공폭발 지진학의 주요한 자료가 될 수 있다. 그리고 약 8분 30초후(붉은 하강화살표)에는 비지체 구조력(non-tectonic)에 의한 소규모의 자연지진(규모4.1)이 발생함을 알 수 있다.

필자는 북한 첫 번째 핵실험부터 꾸준히 연구해 왔고 2017년 마지막까지 연구결과를 국제학회지는 물론 국제학회(예: 유럽 지구물리학회, EGU, 미국 지구물리학회, AGU)에서 발표했다. 특히 유엔의 포괄적 핵실험 금지조약에서는 2015년(SnT2015), 2017년(SnT2017), 2019년(SnT2019) 세차례 초청을 받고 그동안의 연구결과를 발표했다. 몇몇 서양지진학자들과 필자와는 깊이 문제에서 불일치 한다. 콜럼비아 대학의 폴 리차즈(Paul Richards)교수를 비롯해서 서방(미국) 전문가들은 얕은 깊이를 주장한다.

북한은 경제적·기술적으로 결코 깊은 깊이를 만들어 핵실험 수행을 할 수 없다고 과소 평가하고 있다. 그리고 실제로 인공위성 사진에 나타난 갱도입구와 지표 위에 있는 일부 폐석들을 가지고 북한 핵폭발의 깊이를 300~750m로 발표했다. 특히 폴 리차즈 교수는 만약 그러한 깊이를 굴진했다면 거기서 나온 모든 폐석들은 어디로 간 것이냐고 질문했다. 그리고 다음과 같은 이유를 들어 북한의 깊은 핵실험은 불가능하다고 말했다. 첫째 북한은 경제적으로 빈약하기 때문에 깊은 심도는 불가능하다고 말한다. 나는 내경험(6.25 전쟁때 북한의 땅굴 문화에 살았다)에 비추어 볼 때 북한의 땅굴 시추는 경제와 관계없이 생사의 문제이기 때문에 충분한 인력동원이 가능하다고 말했다. 두 번째 북한은 심부층을 굴진할 수 있는 기술이 없다는 것에 동의 안한다. 북한의 땅굴 터널기술은 6.25전쟁 경험과 어떤 북한대학에서 전공 학과목으로 강의하듯이 높은 기술을 갖고 있다고 말했다. 마지막으로 폐석이 인공위성 사진에 안 나타났다는 질문에 굴진하면서 나온 모든 폐석은 밤사이에 다른 곳으로 치웠다고 말했다. 다른 갱도 레벨이나 다른 빈갱도에 옮겨 채웠을(back-fill) 확률이 있다고 생각한다.

핵실험 깊이는 핵출력과 밀접한 관계가 있기 때문에 만약 북한이 실제로 심부폭발을 했다면 북한이 지금까지 단행한 핵실험이 대기 중에서 방사능물질을 채취할 수 없는 것 이외에 실제 핵출력(yield) 결정에서도 현재 추정보다 더 크게 나올 수 있다. 여기서도 우리는 무엇보다 생각을 먼저 말하고 존재를 주장하는 데카르트 철학에서 진화해 실존을 먼저 확실히 알고 나서 생각을 말할 수 있는 과학적 사고로 진화하여야 한다고 생각한다. 그리고 과학은 어떤 정치적 이념논리를 떠나서 판단하고 인정해야 할 책임이 있다고 본다. 북한의 핵 문제를 정확히 알려면 외부에서 오는 간접적 정보보다 우리 자신의 과학기술을 가지고 분석하고 결과를 만들어야 하는데 남이 결정한 것이 맞다고 주장하며 더 이상 연구를 제한하면 많은 연구자들한테 실망을 금할 수 없다.

오스트리아 비엔나(Vienna)에서 유엔의 핵실험 금지조약기구(CTBTO) 주체 국제과학기술회의 3회: 2015년, 2017년, 2019년 (SnT2015, SnT2017, SnT2019)걸쳐 북핵 연구결과를 초청 발표하였다.

지식과 도덕이 교육이다

내가 고등학교 다닐 때 공민(도덕), 미술, 음악, 체육시간이 일주일에 한 시간씩 있었다. 비록 한시간 수업이었지만 많은 것을 배웠다고 생각한다. 일주일에 한번 만나지만 공민선생님(문준섭)은 종소리가 울릴 때까지 사회문제부터 세상이야기를 너무 재미있게 진행해서 시간가는 줄을 모를 정도였다. "언제 어디서나 없어서는 안될 꼭 필요한 인물이 되라" 바위에 새긴 훈사를 볼 때마다 우리들이 그런 능력을 지니고 있다는 자부심이 가슴에 차올랐다. 그 밖의 여러 은사님들도 많은 추억을 심어주셨다. 어려운 동경대학 입학시험문제 중에서 기하문제를 시험문제로 내면서 스트레스를 준 담임선생님 육인수 선생님(육영수 여사의 친오라버니)은 무뚝뚝한 고등학교 수학선생님에 불과했지만 1963년 매제 박정희 장군이 집권하자 곧 국회의원에 당선되어 5선 국회의원까지 지낼수 있었다. 박정희 대통령의 도움없이는 불가능한 일이 아니겠는가? 더욱이 일본 동경 무사시노고등공업학교 전기과 전문학사 출신의 교사가 갑자기 정치인이 될 수 있었던 것은 쿠데타에 성공한 박정희 장군의 지원이 큰 역할을 했다고 볼 수 있다.

사랑과 청운의 꿈을 영화같이 이야기하는 조병화(히로시마 고등사범 출신) 시인의 작문시간은 우리에게 청운의 꿈과 낭만을 심어주었다. 그밖에 경희대학 교수로 진출한 수학, 영어, 음악 및 체육 선생님들이 잊혀지지 않는다.

청소년시기에는 폭넓게 다양한 교양분야를 두루 섭렵해야 사회생활을 하는데 필요한 기본 도덕을 갖출 수 있다. 치열한 경쟁에서도 다른사람의 우수함을 인정할 줄 알고 존경해야 한다는 상식을 배웠다. 그런데 현재 우리의 중·고교 평준화교육제도는 무경쟁과 무시험으로 청소년기를 보내니 국가인재를 양성하는데 문제가 있다고 생각한다.

미국에서 보통 일류학교를 경쟁률로 표시한다. 우리나라에도 한때 치열한 경쟁을 뚫고서야 들어갈수 있는 소위 명문 중·고등학교가 있었다. 박정희 대통령은 가난한 나라를 부자로 만든 역사상 위대한 대통령이라는 사실을 모두가 인정한다. 그러나 경제성장엔 크게 기여했지만 인재개발에는 실패했다고 생각한다. 1969년 2월 28일 시작 중학교 평준화 시책은 경쟁 없이 무시험으로 신입생을 받아들이기 때문에 보통 사람들한테는 호감이 갈지 모르지만 큰 실책이다. 나는 가정교사와 교수생활을 통해서 수많은 제자를 가르치면서 모든 인간에는 우수한 유전인자와 열등한 유전인자가 존재한다는 것을 절실히 느꼈다. 인간을 동일한 인격으로 존중할 수 있지만 능력을 동일시는 할 수 없다고 본다. 방법만 가르쳐도 문제풀 수 있는 학생이 있는가하면 답까지 풀어주어도 이해 못하는 학생이 있다. 내가 가장 실망한 것은 이런 학생들을 만날 때이고 이때면 나는 포기한다. 만약 수재와 둔재를 한방에 놓고 가르치면서 수재에 맞추면 둔재는 공부를 포기할 것이고, 둔재한테 맞추면 수재가 학교를 포기할 것이다.

인격의 기회가 균등한 것이 민주주의이지 능력경쟁이 균등한 것이 민주주의 정신이 아니다. 동서고금을 통해서 엘리트 명문교육은 전세계에서 존재해왔다. 박정희 대통령이 교육평준화정책을 시행한 것은 어떻게 보면 일류에 대한 열등감 생각이나 콤플렉스 아니면 독재자들이 많이 사용하는 엘리트 반감 정책일지도 모른다. 물건에만 명품이 있는 것이 아니고 사람에도 명품이 있다는 것을 지웠다.

정부는 1972년 2월 28일부로 경쟁률 높은 명문고를 폐교해 국가의 올바른 인재개발육성에 문제를 남겼다. 그러나 박대통령은 한국전쟁후 치열한 경쟁률 교육을 통해서 해외유학 인재 세대(유학파)들을 황급하게 유치과학자로 활용하여 국가경제의 급성장을 성공시켰다. 본인도 학위를 마치고 미국회사에 근무하다가 국가 초빙 유치과학자로 조국에 돌아오게 되었다. 비록 정경유착 같은 부정비리로 신흥재벌을 탄생시켰지만 우리는 갑자기 부자나라로 급성장할 수 있었다고 믿는다. 반면에 경쟁률 중·고교(예: 서울, 경기, 경복 등)의 평준화와 입시폐지는 결국 학원사교육과 특목고, 과학고, 외국어고, 체육고, 자사고 등 청소년들의 기초도덕 교육과정이 결핍되고 편향된 비정상적인 입시교육을 초래했다. 나는 대구사범학교 출신이고 교사 생활까지했으며 우수한 학생이었던 박정희대통령이 왜 중·고등학교 평준화 정책을 시행했는지에 대해서는 의문점이 많다. 박정희대통령은 매제 육인수 선생님이 명문 서울고 수학 기하 선생님이기 때문에 누구보다 명문학교를 잘 알고 있었을 것이다. 당시 육인수 선생님도 매제가 중·고등학교 평준화정책을 시행하는 것을 보고도 막지 못한 것에 나는 실망했다. 제자들의 명예보다 권력을 선택한 그의 인생관에 존경심을 영원히 잃어버렸다.

물리학에서 말하는 열역학의 제2법칙에 의하면 고질의 에너지(high quality of energy)가 저질의 에너지(low quality of energy)로 변환하면서 무질서(entropy)를 더 증폭시키게 되었다고 본다. 예컨대 이런 것이 당시 치열했던 대학생데모와 오늘 날 쉬는 날 없이 각종 사고와 범죄, 부정부패를 부른 것은 아닐까? 그리고 항상 전쟁하는 우리의 정치판 세대들을 만든 것이 아닌가?

내 기억으로는 김원규 서울고 초대교장은 히로시마 고등사범학교 출신으로 일본한테서 인수한 일본인학교 경성중학을 하루아침에 명문교로 발전시켰다. 그는 영국의 이튼스쿨을 모델로 한국의 인재들을 모은 뒤 스파르타식 교육으로 국내 초일류의 명문 서울중·고를 만들었다. 그후 보수적 명문고 경기고에서 서울고 교장 김원규 선생을 모셔가고 대신 경기고 교장 조재호(일본 동경고등사범 출신)선생이 서울고로 부임했다. 이때 서울고는 울음바다가 되었고 경기고에서는 대환영 박수가 터졌다는 일화가 남아있다. 아마 엄격한 실력주의자 교육자와 보수적 전통 명문교육자를 상호 교환함으로써 혁신과 보수 명문교육의 효율가치를 극대화 보완하는데 의미가 있었다고 본다. 김원규 교장의 조회 때마다 하신 말씀 "세상에는 세 종류의 사람이 있다. 있어서는 안 될 사람, 있으나 마나 한 사람, 꼭 있어야 할 사람이다. 여러분은 꼭 있어야 할 사람이 되어야 한다."라는 연설은 서울, 경기고 출신들의 머릿속에 영원히 박혀있다.

　과거에는 프랑스나 일본 등 사범학교에서 주로 인재들이 배출되었다. 그만큼 사람을 교육시켜야할 인재들이 인재들을 양성할 수 있었기 때문이라고 생각한다. 미국시스템에서는 초·중등 교육과정 교사들이 PTA(부모-선생모임)를 운영하여 학생들을 정확하게 과학적으로 지도하기 때문에 모든 교사들이 사범학교 출신처럼 학생을 지도한다. 내가 여기서 강조하는 것은 남을 가르치는 선생이 된다는 것은 단순히 지식뿐만 아니고 각 학생의 미래를 결정하는 중요한 사명감을 가지고 있어야 한다는 것이다. 상대성 이론의 창시자 아인슈타인(Albert Einstein) 박사는 교육은 사실을 배우는것이 아니고 생각하는 마음을 훈련하는것이라고 말했다. 다시 말해서 학원 선생님들이 가르쳐주는 답안을 배우는 것이 아니고 자립으로 생각하며 문제를 풀며 공동경쟁하면서 자신과 타인 능력과 한계를 스스로 발견하는 것이다. 그러나 불행하게도 오늘 날 대한민국에서 활동하고 있는 사람들 중에 대부분이 생각하는 마음의 훈련을 가르쳐주는 스승없이 교육받은 세대들이 상당수라는 것이 문제다. 오늘 날 각종 사고와 사건이 많이 발생하는 이유도 우리교육제도와 무관하지 않다고 본다.

　1969년부터 1979년 박정희 대통령 서거까지 10년동안 경제는 고속도로 성장했지만 국가 인재양성은 크게 후퇴하게 되었다. 어떻게 보면 중·고교 평준화정책으로 인생에서 가장 중요한 도전의 시기를 놓치고 빈둥거리며 노는 바보 양떼들로 성장해서 통제하기 쉬울 것으로 생각했었지만 이들은 늑대처럼 변하여 심각한 반정부 데모를 일으키는 주역이 되었다. 1979년 10월 16일 부산-마산 일대 대학생들(중학교 평준화 세대)은 군부 독재 타도와 유신 철폐를 외치며 반정부 "부마항쟁"사건을 일으켜 나라를 위태롭게 만들었다.

학생들 데모가 심했던 1986년 3월 31일 3-4학년 학생들이 과에서 시행하는 필수 영수과목(토플수준 영어와 미적분학 문제)시험 60점 이상 필수 졸업 조건에 항의하며 수업거부 집단데모를 벌였다.이 시대에 살던 학생들은 대부분 자신들이 누구인지를 모르면서 무조건 상대방을 공격하는 반정부 반조직 데모에 참가했다. 학생 데모가 더 이상 손 쓸 수 없는 상태에 이르렀고, 마침내 측근에 의해 박정희 대통령이 서거하게 되었다. 이당시에 성장한 일부 젊은 대학생 세대들은 각자 자기 가치관을 갖지 못할 뿐만 아니라 남의 가치관도 무시하며 상대를 존경하고 인정할 줄 모르는 군중(노예)도덕 무리들과 함께 성장하기 시작한 것이 아닌가? 상상해 본다.

독일에 간호사와 광부를 수출하고 베트남에 용병을 보내 외화를 벌고 재벌과 결탁한 정경유착으로 경제 쪽은 급속도로 발전했지만 국가 백년대계를 꾀하는 국가인재개발에 실패했다고 본다. 세계적인 노벨수상급 과학자나 국가와 국민을 위해서 봉사하는 올바른 정치가와 국민에 봉사하는 공무원과 올바른 국가 지도자를 양성하지 못했다.

그래도 한국드라마 같은 한류문화 전파를 비롯해서 세계인의 기호를 자극한 말춤 강남 스타일과, 비틀고 찢어지는 음악에 흔들며 뜨거운 불에 쪼그라드는 오징어춤이나 비티에스(BTS), 혹은 세계적 축구와 야구 등에서 스타를 배출하게 된 것이 불행 중 다행이라고 생각한다. 그러나 이들이 국가를 위해서 기여하는 것은 짧은 시간 TV에서 보여주는 시간이 전부다.

자연주의론 (Naturalism)

옛날에는 지진이나 태풍같은 자연재앙이 인간의 생명과 재산을 앗아갔지만 이제는 우리가 만든 인재에 의해서 멸망하고 있다. 이것을 간단하게 물리학적으로 설명하려고 한다. 열역학의 제2법칙(the second law of thermodynamics)이 우리 생활과 밀접한 관계가 있음을 실감한다. 열 에너지는 결코 저절로 찬 물체에서 뜨거운 물체로 흐르지 않는다. 또한 어떤 기계도 열을 일로 바꾸는데 완전효율적으로 사용할 수 없다. 기계에 고온으로 공급된 열의 일부는 낮은 온도에서 낭비열로 방산 된다. 결과적으로 모든 시스템은 시간이 감에 따라 고질의 고에너지에서 저질의 저에저지로 변환하면서 무질서하게 된다. 즉 엔트로피가 증가한다. 이것을 사회현상에서 보면 대표적인 예가 3년계속 세상을 마비시킨 코로나 바이러스다. 우크라이나-러시아 전쟁과 최근 이스라엘-하마스 전쟁을 비롯해서 세계 각지에서 벌어지는 민족, 종교, 전쟁과 각종 살인 범죄 사건들이 계속 증가한다. 현재 같이 복잡 다양한 사회에서 무질서양 엔트로피 (entropy)는 무한대로 증가한다. 열역학에서 엔트로피 증가는 열역학계에서 그 시스템에 가해진 열을 그때 생긴 온도로 나눈 값이다($\varDelta S \geq \varDelta Q/T$). 더많은 엔트로피는 에너지의 더 많은 감손을 의미한다. 모든 생물은 박테리아, 나무, 인간까지 그들의 주변에서 에너지를 추출해서 그들의 조직을 증식하는데 사용한다. 즉 자연계의 생물계에서 엔트로피는 감소한다. 그러나 주변 인간 생활형태의 질서는 어딘가에서 엔트로피를 증가시킴으로 유지된다. 결과적으로 순수 엔트로피(net entropy)는 증가를 가져온다.

우리 사회에는 극소수의 사람들이 너무나 큰 재물과 권력을 쥐고 있다. 몇몇 잘나가는 운동선수, 예술인, 정치인 그리고 재벌들이다. 이것은 우리 사회에서 이 극소수 몇 사람이 너무나 많은 재산과 권력을 가지고 있다는 데 문제가 있다. 그리고 우리 모두가 그런 극소수를 만들어 주고 노예로 헌신하는데 더 큰 문제가 있다. 부익부 빈익빈은 결국 세상에 무질서를 창출한다. 아이러니칼하게도 그런 사상의 원조는 성경에서 1달란트를 그대로 지킨 자와 이자놀이해서 10달란트를 벌어들인 하인의 이야기까지 올라갈 수 있다 (마태오25:15).

세상에 기적과 신비는 결코 없다. 우리가 의지할 것은 우리 자신이다. 그러나 우리는 더 이상 두려움과 불안으로 겁낼 필요가 없다. 영혼과 육체는 에너지와 물질 관계와 같다. 생물과 무생물의 차이를 비교해 보라. 살아있는 동안 우리에게는 에너지 즉 영혼과 육체가 존재하지만 죽으면 영혼이 사라지고 육체도 흙으로 돌아간다. 결국 인간은 들판에 잠깐 피었다가 사라지는 야생화처럼 자연으로 돌아간다. 이러한 자연의 법칙을 우리 일상생활에 습관화해서 길들여 살면 주어진 각자의 시간에 유종의 미를 이루고 자연으로 갈 수 있다. 여기서 가장 큰 장애물은 사이비종교와 무소불위 정치권력을 남용하는 자들이다. 세상에서 변화를 두려워하고 진화하지 않는 노예도덕무리들이 날이 갈수록 증가하는 것은 우리사회에서 암적 존재라는 것을 인식해야 한다. 물론 정치지도자는 성직자가 아니기 때문에 누구한테나 좋을 수 없다. 중요한 것은 국민을 위해서 옳은 길이라고 생각하면 어떤 난관이라도 눈치 살피지 말고 이행해서 성취해야 한다. 이웃 주변 국가나 반대사람에 너무 신경을 쓰면 역이용 당하고 국민을 혼란에 빠뜨린다, 특히 민주주의 꽃 선거에서 지지율을 가지고 언론과 정치에서 너무 과장 표현하여 국민을 현혹하는데 큰 문제가 있다.

요즘 방송(언론)과 정치에서 지지율을 가지고 너무 떠든다. 우리나라처럼 특수한 환경에서 여론조사에서 지역별, 연령대, 성별, 직업별 등 가중치를 적용 안하거나 다양한 방법 즉 이메일, 전화(무선/유선), 문의 답변에 따라 지지율에 큰 차이가 나올 수 있다. 시간과 비용이 들어도 샘플사이즈 더 늘리고 방법은 이메일 질문형식과 유선전화 사용을 권한다. 현재 여론조사기관에서 보통 3000명정도를 샘플 사이즈로 하는 것은 발췌한 유권자 3000만명에서 1/10000 즉 유권자의 0.01%의 응답자를 가지고 판단하는 것은 샘플사이즈가 너무나 작다고 본다. 즉 10000개 콩에서 1개를 골라보고 불량품조사에서 적합과 부적합 판단과 같다. 거기다 또 단순 지지율(Simple Approval Rating)로서 3000중 1000명만 지지응답 했다면(1000/3000 = 0.33 = 33%) 33% 가 지지율이 되는 케이스다. 그러나 이것은 긍정 아니면 부정(반대의견) 두 경우 때만 성립되고 중립이나 미결정 경우를 제외한 방법이다. 따라서 이 모든 가중치를 고려안하고 방송하면 지지율은 신뢰성이 없고 상대방에 대한 전략적 허위광고가 되기쉽다. 방송에서 지지율 발표할 때는 샘플채취를 정확히 말해야 한다.

정치인들은 확실한 책임감과 정직을 가지고 국민을 이끌고 가야한다. 더욱이 총기문화가 아닌 우리나라에서는 자유민주주의를 내세워 표현의 자유, 종교의 자유에 관련된 수많은 시민운동을 관리해서 국가질서를 바로 잡아야 한다.

신앙에서 성경의 자유의지 처럼 국가에도 기본법 헌법에 표현의 자유가 있어도 그선택에는 책임을 반드시 져야한다.국민의 안정과 국가질서를 파괴하는 집단행위, 예컨대 반정부집단, 사이비 기독교집단과 탈북민 삐라살포 같은 사회질서 와 안전을 파괴에는 행위는 본인들은 물론 국가가 반드시 책임을 보상해야한다. 특히 요즈음 문제가 많은 정의연. 정대협과 위안부소녀상 운동 무리, 70여년전 미국이 뿌렸던 삐라와 1달러지페를 날려 보내는 비열한 살포행위의 탈북민운동은 자유민주주의 운동이라기보다 국제정보화시대 무지하고 사회질서를 파괴하고 이웃에 갈등과 전쟁불안만 초래하는 부질없는 행위라고 생각한다.

우리는 이미 너무나 자연과 이웃을 무시하고 오만하게 살아가고 있다. 이웃에의 피해는 곧 나한테 온다는 간단한 진리를 생각하라. 이웃의 피해는 바로 매일 만나는 주변인과 이웃나라에 끼치는 금전적 손해는 물론 정신적. 육체적 손실 모두를 포함한다.

매일 비닐하우스에서 생산하는 과일과 야채 대신 어릴 때처럼 햇볕과 노지 자연의 힘(바람과 곤충 등)으로 자란 것들을 먹어야 더 건강하게 살 수 있다. 지나친 금욕에서 해방하고 절제하고 자연법칙에 순응하면서 살아가는 길만이 지구를 살리고 코로나 바이러스 같은 질병과 각종 분쟁과 갈등에서 해방될 수 있다. 우리 모두가 자연의 법칙을 세상 생활에 적용해서 절제하고 통제하며 살아가는 자연주의론자 만이 부패하는 세상을 구할 수 있다. 또한 지식과 도덕은 훌륭한 스승이 있고 공정한 공동 경쟁이 있는 학교 교육에서 충분히 배울 수 있다는 것을 결코 잊어서는 안된다.

제19장 에필로그

　결론적으로 내가 이 책에서 강조하는 것은 나의 온갖 경험과 모든 지식을 동원해서 진실을 밝히는것이다. 파란만장한 인생 경험에서 배운 지혜와 수많은 치열한 경쟁에서 터득한 지식을 총망라 해서 거짓과 진실을 밝혀주는 것이 내가 세상에 태어난 책임과 보람이라고 생각한다. 그중 대표적인 예가 신이 누구인지를 밝히는 것과 천안함 침몰원인을 명명백백하게 과학적으로 증명하는 것이다. 그리고 종교적, 철학적, 과학적, 역사적 관찰 결과 신은 없다. 신은 인간이 창조했다. 종교는 인간의 죽음에 대한 두려움과 공포해방에서 비롯해 도덕성을 바탕으로 선을 추구하며 갈망해 왔다. 즉 모든 종교는 객관적이고 과학적인 사실이 아니고 주관적인 의식 속에서 존재한다. 현대 과학과 철학은 어떤 주관적 선입관이 개입하거나 한쪽 방향으로만 안내하는 신을 인정하기 어렵다.

　나는 신의 존재를 검증하기 위해서 종교, 철학, 과학 및 역사적 분석과 견해를 소개해 왔다. 그리고 우리가 지금까지 잘못 알거나 믿고 있는 숨겨진 진실도 밝혀냈다. 종교와 철학은 물론 자연과학의 전 분야(물리학, 생명과학, 지구물리, 우주·천체과학, 상대성 이론과 양자 역학 등)를 세계역사와 문화적 관점에서 훑어보았다. 인간의 역사 수천년 동안을 놓고 볼 때 종교는 교리해석의 작은 차이에서 혹은 프로이트의 조그만 차이의 나르시시즘

(narcissism)에 대한 해석에서 같이 분쟁의 빈도수, 세기 및 폭력 등이 끊임없이 증가해 왔음을 알수 있다. 따라서 서방문명의 기초인 자유민주주의와 자본주의 원조인 기독교 신앙을 올바르게 이해하는 일은 매우 중요하고 의미가 있다고 생각한다.

지금까지 분석한 결과로는 종교는 충분한 신의 증거를 확인할 수 없는 신앙을 포함하여 단순히 역사와 형이상학(추상적) 속의 명제에서 생기는 신념에 불과하다. 이러한 신념(belief)은 단순히 이성이 실패할 때 그들 자신들이 계속해서 믿게 해주는 면허증과도 같은 것이다. 이것은 마치 아침마다 떠오르는 태양을 바라보면서 태양은 어김없이 동쪽에서 막연히 매일 떠오른다고 믿는 것과 같다.

인간은 누구나 객관적이고 물리적인 숫자로 표시할 수 있는 육체와, 모두가 같지 않고 주관적이고 경험적인 영혼(마음)으로 구성되어 있다. 이들은 서로 밀접한 관계를 유지하며 협력과 충돌을 하고 있다. 물리적·객관적 물질(matter)량의 변화는 경험적 주관적 마음(mind)의 세기나 품질(quality)에 변화를 가져온다. 그러나 이들은 따로 분리되어 활동하고 있는 것이 아니라 한 시스템으로 구성 되어야 비로소 기능을 발휘할 수 있다. 마치 컴퓨터가 소프트웨어와 하드웨어가 함께 있을 때 작동하는 것과 같다.

데카르트는 세상에 두 종류의 실체(substance)가 존재한다고 했다. 즉 물리법칙을 따르는 물질 세계와 물리적 공간을 차지하지 않고 물리법칙을 따르지 않는 마음(사유) 존재의 이원론이다.

그러나 이 이원론은 20세기의 위대한 실존주의 철학자 사르트르의 "실존이 본질을 선행한다"는 주장과 함께 "나는 존재한다. 고로 나는 생각할 것이다."라고 하는 미국의 객관주의 철학자 아인 랜드(Ayn Rand)에 의해서 무너졌다.

　여기서 선행하는 존재와 생각(마음)은 함께 진화하며 육체와 영혼은 하나의 시스템이므로 따로 분리할 수 없다는 것을 배울 수 있다. 그러나 우리는 충동적이고 감성적인 '빠른 생각'과 이성적이고 계산적인 '느린 생각'을 적절하게 활용해야 한다(Kahneman, 2012). 위대한 물리학자 에르빈 슈뢰딩거(Erwin Schrödinger)는 어떤 물리학 이론도 감각 (sensation)이나 지각(perception)을 포함하지 않으며 과학이 발전하기 위해서는 이러한 현상들을 과학의 통제 밖에 있는 것으로 가정해야 한다고 했다.

　더욱이 20세기 후반에 와서 분자생물학(molecular biology)과 뇌과학의 발달로 더 이상 이원론, 범신론, 신비론 및 불가사의한 힘 등은 연구할 가치가 있는 주제로 생각하지 않게 되었다. 뇌(마음)는 몸과 일체이며 모든 의식 활동은 몸에서 뇌로 전해지고 뇌에서 몸으로 전달되는 신호에 의존한다. 인간에게 제1자연인 몸은 제2자연인 의식(마음)의 뇌와 통합되어서 정밀하게 상호작용을 하고 있다(Edelman, 2006).

　주관과 객관, 비과학과 과학, 마음과 물질 그리고 더 나아가 어떤 관측을 해서 그것이 차트와 맞지 않는다고 해서 무시해 버리면 문제가 재발한다. 즉 보이는 것을 믿지 않고 믿는 것을 보는 현상이 된다. 그것이 바로 신앙이고 사이비 방송과 언론에서 돌아다니며 소설처럼 흥미를 일으키는 오염된 가짜 뉴스이다. 그래서 이런 경우에는 어려운 용어를 쓰면 형이상학(metaphysics)의 정적 속성(static quality)과 동적 속성(dynamic quality)을 빌려서 설명해야 한다.

　우리는 무생물-생물학적 가치의 '객관'과 사회적-지성적 가치의 '주관'을 말하지만 동적 흐름의 실체와 정적 불연속의 개념을 아는 것이 더 중요하다. 그러므로 중요한 것은 고정된 전통과 습관을 무조건 따르는 정적 양상(static pattern)에 비해서 꾸준히 변화와 진화를 거듭하는 동적 속성이 우세하다는 사실이다. 다시 말해서 우리는 고정관념이나 이념에서 하루빨리 벗어나야 진화하고 발전할 수 있다는 것이다. 이와 같이 변화와 진화를 강하게 주장하는 사람들은 과학자들을 비롯해서 오늘 날 세계경제를 좌우하며, 마이크로소프트 창업자 미국의 빌 게이츠 (Bill Gates), 페이스북 창업자 마크 주커버그(Mark Zuckerberg), 트위터 창업주 잭 도시 (Jack Dorsey), 그리고 아마존 차업자제프 베조스(Jeff Bezos) 등은 모두 고학력 이수자는 아니지만 명문 교육받은 세계 최고부자 CEO로 활동한다.

지능(intelligence)과 지식(knowledge)은 사회를 안전하게 성취하는데 필요한 주요 요소로 간주되었다. 그러나 지성인들이 사회를 운영할 것으로는 기대되지 않는다. 그들은 선생님 혹은 의사나 성직자들처럼 모두 사회에 봉사하고 가치 있는 하인들일 뿐이고 그들의 역할은 사회의 퍼레이드를 장식하는 일부 요소에 불과하다. 진짜 지도자는 이러한 지성과 지식을 활용할 수 있는 사람이어야 하고 이들은 실용적이고 사업가 타입으로 일을 수행할 수 있고 정직하고 책임있는 용기와 지혜를 갖춘 사람들이어야 한다. 여기서 진취적이고 진화의 변화를 가져다주는 동적 속성의 우위를 이해할 수 있다. 이들은 반드시 자신의 이익보다 사회에 필요한 지성과 지식의 바탕에 따라 움직여야 한다. 지성과 지식을 바탕으로 하지 않는 사회는 부정과 부패를 야기할 수 있다. 더욱이 지도자는 개인의 이익보다 타인 즉 국민에게 봉사할 수 있는 합리적 생각을 갖추어야 한다. 특히 국민의 안전과 질서를 유지하는데 가장 핵심적 책임을 맡은 법 관련 종사자들(검사, 판사, 경찰)과 의학종사자들(의사. 간호사, 관련 업무 종사자들)은 누구보다 다 공정성과 희생정신이 필요하다.

그러기 위해서는 그들에게 전문기술도 중요하지만 더 중요한 지식은 과학, 특히 객관적 사실을 알려줄 수 있는 과목, 적어도 자연과학의 기초 캘큘러스(Calculus)와 일반물리 정도는 필수 교양과목으로 이수한 후 전문기술을 익혀야 보다 더 효율적 업무를 집행할 수 있다고 생각한다. 왜냐하면 이들에게는 적어도 정직함과 책임감을 위해서 이성적인 판단을 정치적 논리에서 과학적 논리로 바꿀 수 있는 교양기초를 갖추어야 한다고 생각하기 때문이다.

우리 인간은 종교에서 주장하는 이원론이 아니고 육체와 영혼이 함께 존재하는 일원론(monism)으로 이해 해야 한다고 말할 수 있다. 영혼은 생명탄생과 동시에 생물의 에너지 창출을 위해 시작되었다가 에너지의 사용이 불필요해지는 사망의 순간에 이 세상에서 사라지고 만다. 이것은 무생물에서 영혼이 존재할 수 없는 것과 같다고 생각할 수 있다. 따라서 종교에서 주장하는 이원론(dualism)처럼 육체와 영혼은 분리할 수 없으며 신의 존재는 다만 의식속에서만 있는 것이다. 블롬(Blom,2010)은 이미 18세기 계몽운동 시대에 『세 명의 사기꾼 논문(Treatise of Three Impostors)』에서 일신교 창설자인 모세, 예수 그리고 모하메드는 추종자들을 제정신에서 벗어난 세계로 빠지게 한 사기꾼들이었을 것이라는 주제를 두고 맹렬히 논쟁을 벌였다고 기술했다.

모든 종교는 천당에서 나온체 한다. 모든 종교는 이성의 사용을 금지하고 모든 종교는 오직 진실의 보고인체 한다. 그러나 결국에는 그들은 모두 거짓이고 모순으로 가득차 있다는 것이 발견되었다. 기독교 사상도 과학적 관점에서 설명할 수 없는 내용들에서는 모든 다른 미신과 조금도 다르지 않다. 종교는 논리적으로 모순되고 도덕적으로도 때로는 불합리할 뿐만 아니라 배타적 마음으로 믿는 사람들의 마음을 후퇴시키고 또 부패시킬 수 있다(진화에 대해 부정적이고 과학 발전을 퇴보하게 한다). 그러한 현상이 오늘날 정치와 언론과 방송에서도 많이 보인다.

천안함 침몰처럼 북한 어뢰피격에 의한 천안함 침몰이라고 방송과 언론은 물론 범정부적 차원에서 계속 주장하고 있고 이를 강요하면 믿는 것이 곧 보는 것이 되고 만다. 과거 천안함 침몰과 폭침을 두고 해마다 기념행사에서 진보정치인들마저 국민의 눈치를 보면서 우왕좌왕하고 있다. 유가족 한분이 대통령(문재인)께 가까이 와서 천안함침몰 원인을 물었을 때 문재인 대통령은 "북한 소행이란 게 정부의 입장 아닙니까" 라면서, "정부 공식 입장에 조금도 변함이 없다" 며 대화를 나눴다. 가해자의 결정을 제3인층으로 표시하여 애매모호한 답변을 들으면서 너무 실망했다. 왜 대통령이 떳떳하게 북한 소행이라고 말못하고 남한테 들은 소문처럼 답변하는가? 만약 북한 소행이라면 왜 우리의 적 북한 평양에 가서 평양시민에게 손흔들며 환영을 받았는가? 왜 천안함 피격에 대한 정중한 사과를 못받았는가? 도대체 문재인 대통령은 국정철학을 가지고 국정을 운영했는지 매우 궁금하다. 더욱이 친북으로 보이는 정치지도자는 국민눈치를 보며 두려워하지 말고 객관적 과학적 사실을 재조사해서 확실한 결정을 발표하여 국민이 혼란에 빠지지 않게 할 수 있는 절호의 기회를 놓쳤다. 이것이 국가 최고 지도자가 확실히 할 수 있는 절대적 책임이다.

　영국의 저명한 물리학자 스티븐 호킹은 "사후 세계가 우리를 기다리고 있다는 믿음은 죽음을 두려워하는 사람들이 만들어낸 동화일 뿐"이라고 일축하고 그의 저서 『위대한 설계(The Great Design)』에서 신의 창조론을 강력히 부인했다(Hawking and Mlodinow, 2010). 인간은 뇌가 멈춤과 동시에 영혼(마음)의 에너지는 육체와 함께 사라진다. 결국 신이 만든 세상이 아니고 태초에 우주는 아무것도 없는 암흑속의 한 점에서 시작해서 대폭발에 의해서 생성되었다. 이때 생긴 양에너지(positive energy)와 우주에 저장된 음에너지(negative energy)는 항상 같고 합하면 제로(0)가 되므로 결국 우주에는 아무것도 없고 우주는 신이 만든 것이 아니고 저절로 이루어진 것이다. 그러나 전체 우주의 26%를 채우고 있는 암흑 물질(dark matter)은 전하도 없고 빛과도 상호작용을 하지 않는 미지의 물질이지만 우주의 69%를 차지하고 있는 암흑 에너지(dark energy)와 상호작용을 해서 우주를 계속해서 팽창시키고 있다고 알려져 있다. 이것은 우주의 거대한 수수께끼와 인류의 진화를 이해하는 데 큰 도움이 될 것이다.

　아래 블랙홀 사진은 은하 중심의 궁수자리 A에서 약 2만7천 광년을 거쳐 도달한 블랙홀을 사건 지평선 망원경(Event Horizon Telescope, ETH)으로 촬영한 영상이다. 이것은 138억년전 대폭발 빅뱅(Big Bang)이 일어난후 불과 4억년 후에 나타난 블랙홀 (Black Hole)을 명백하게 설명해준다. 즉 우주는 아무것도 없는 암흑시대(Black Era)에서 대폭발과 블랙홀을 거쳐 오늘날에 왔다. 이것은 우주가 암흑 속에서 한점이 폭발과 팽창을 거쳐 수많은 별이 탄생하면서 오늘 날 우리의 우주가 생성되었다는것을 증명해 준다.

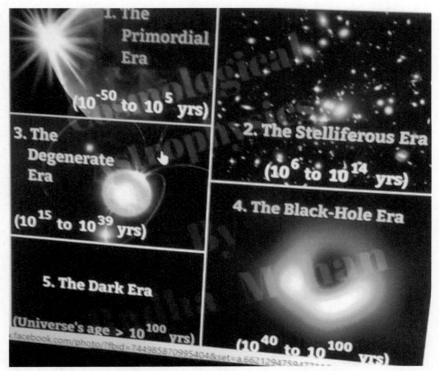

우주의 탄생 연대(Facebook에서 인용). 우주탄생은 암흑연대 속에서 대폭발(Big Bang) 시작하여 팽창하면서 블랙홀(black hole)과 별들을 생성해서 오늘 날에 왔다.

빅뱅에 의해서 우주는 계속 팽창하여 왔다. 중력에 의해서 휘어지는 빛나는 고리형태와 어두운 중심을 보여준다. 이것이 바로 태초 우주의 탄생 비밀을 말해주는 것이다. 따라서 우주는 누구에 의해서 필연적으로 만들어진 것이 아니고 우연히 탄생한 것이다. 따라서 우주는 태초에 하느님이 만든 것이 아니다. 그러나 종교적 믿음은 수정의 가능성을 전혀 받아들이지 않는 인간 무지의 한 종류이며 오늘 날 우리 문화, 정치 및 사회에서 막대한 영향을 주고 비평을 받지만 여전히 남아 있다.

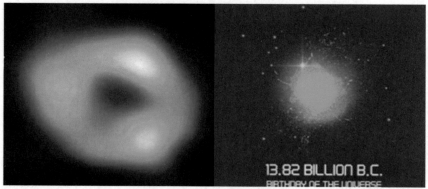

a
b

13.82 BILLION B.C.
BIRTHDAY OF THE UNIVERSE

a)블랙홀(black hole)은 강한 중력 효과의 거대 질량(밀도)으로 빛도 빨려 들어가는 그림자 형태를 보여준다, 전자파(햇빛)가 그 안에서 도망 못간다. 가장 오래된 블랙홀은 대폭발후 4.7억년쯤 된다. b)팽창하는 우주속도(가속 속도 포함)로 우주 나이는 138억년 전에 대폭발로 탄생했지만 그후 탄생한 지구 나이는 방사성 동위원소 분석으로 약 45억년 된다는 것이 과학적으로 입증되었다. 우주는 결코 하느님의 창조물이 아니다.

　종교적인 교리에서 벗어나 자유롭게 사는 것은 인간의 당연한 권리인데도 종교적인 근본주의자들은 이런 교리를 강제적으로 사회에 합법화하려고 한다. 예컨대 이스라엘에서 제도화된 유대인의 민족종교적인 인종차별, 미국에서 개인적 자유를 제한하는 기독교 도덕성 그리고 여성과 비종교적 시민들의 권리를 침해하는 회교의 율법(Shari'a) 등의 우월주의 태도들은 사실을 토대로 하지 않고 종교적인 전통을 토대로 한다.

　무신론자들은 자신의 소신과 도덕성으로 살고, 유대-기독교들은 다른 사람들이나 사회에 강요하지 말고 개인적으로 자신의 소신과 도덕성대로 살아야 한다. 더 위험한 호전적이고 퇴폐적인 근본주의(militant and corrupt fundamentalism) 신앙인들이 발생하기 전에 무신론자들과 불가지론자들, 온건한 신도들이 모두 협력해 극단적인 근본주의 종교집단을 무력화해야 한다. 결국 인간은 자연의 법칙에 순응하면서 살아가는 자연주의론자가 될 수 밖에 없다.

목성(Jupiter), 금성 (Venus) 그리고 초승달 (Crescent)이 동시에 한자리하늘에서 우주쇼를 보여준다 (상). 수많은 별들과 아름다운 오로라 밤하늘도 우주의 신비를 보여준다 (하)

맺음말

우리는 인물을 키워야 한다. 남을 인정할 줄 알아야 한다. 군중도덕과 노예도덕(Herd Morality)에 갇혀서 항상 그 무리와 똑같이 행동하며 사는 것은 불행한 일이다. 나는 우리 현실정치를 보면서 우리나라의 국제적 존재 위치를 충분히 이해할 것 같다. 밑에서는 법대로 잘지키면서 위에서는 법보다 패거리, 군중도덕(herd morality)이 유행한다. 이것은 과거 노예문화에서 눈치를 주인한테 들키지 않도록 노력하는데서 나온 현상이다. 왜냐하면 노예문화에서 남보다 우수하거나 튀면 그 패거리에서 살아남기 힘들다. 그뿐만 아니라 인간은 지능이 약할수록 무리, 떼를 만들어 큰 힘을 조성한다. 이러한 군중도덕 때문에 우리나라에서 기득권한테는 유익할지 모르지만 많은 인재(과학, 정치, 문화, 예술 등)를 잃고 있다. 또 진정으로 올바르게 인생을 사는 숨은 인재들을 발굴하지 못하고 있기 때문에 모든 분야(과학. 예술, 등)에서 국제무대에서 또는 역사속에서 영원히 기억할 수 있는 인물이 안 나온다. 한 예로 우리나라에만 존재하는 재벌문화가 있다. 몇몇 재벌 떼들이 국가경제를 정부와의 연결고리로 좌지우지하고 있으면 우리한테는 미국의 빌게이츠 같은 세계적인 인물이 생길 수 없고 소프트웨어 기술은 선진국에 뒤질 것이다. 특히 유치원과 초등교육에서 부터 시작한 사교육은 어려운 문제를 스스로 해결하려고 하지 않고 남한테 의존하는 버릇을 키워 창의력이 안 나온다. 남한테 숙제를 풀어달라 부탁하면 본인이 다음 문제를 해결 못할뿐만 아니라 남의 노예가 된다. 우리에겐 정치와 과학분야에서 더욱 인간지식에 기초한 진화와 변화가 절실히 필요하다.

특히 여기서 중요한 것이 미래를 안내해 주는 진정한 스승과 경쟁률 있는 학교 교육이다. 청소년시절 경쟁과 스승없는 교육을 만든 중·고교평준화정책은 가장 실패한 국가교육정책이다. 교육은 단순히 입시와 출세를 제공하는 것이 아니다. 교육은 지식과 도덕을 통해서 국가에 필요한 인재를 육성해야한다. 스승과 경쟁없는 학원사교육에서는 결코 국가인재를 배출할 수 없다. 허위 업적이나 남의 논문을 도용해서 표절스펙으로 얻은 명예는 언젠가 들통날 것이며 공동의 따돌림을 받게 될 것이다.

　요즈음 가짜 뉴스가 유행이다. 우리는 이 가짜 뉴스에 동참하여 즐기는 노예도덕에 익숙하다. 이 자극적이고 깜짝 놀라게 하는 가짜 뉴스를 올려 시청률을 올리려는 상업적 사기성 개인방송에 문제가 있다. 그래서 아까운 많은 인재를 잃었고 또한 역사적 국제적으로 위대한 인재(모든 분야)를 배출하는데 문제가 생긴다. 이렇게 떠돌아다니는 가짜 뉴스(과학적 객관적 사실에 대한 허위)가 사라질 때까지 계속해서 진실을 밝히고 세상에 알리는데 끊임없이 도전해야 한다. 나는 나의 마지막 대학 세인트 루이스(Saint Louis University)의 석학 스타우더(William Stauder, S.J.)신부님의 말을 항상 기억한다. "세상에는 네가 원하는 사람만 있지 않기 때문에 어울려 사는 방법을 배워야 한다". 그래도 나는 이런 모순된 세상이지만 하나의 소금으로 살고 있다고 생각한다. 왜냐하면 세상에 기적과 신비는 결코 없고 우리가 의지할 것은 우리 자신이기 때문이다.

　그러나 우리는 더 이상 두려움과 불안에 메일 필요가 없다. 영혼과 육체는 에너지와 물질과 같다. 생물과 무생물의 차이를 생각하라. 인간의 원래 모습으로 돌아가 자연의 법칙대로 살면 코로나 바이러스같은 감염병은 절대로 우리를 공격할 수 없다. 인간은 영리하면서 어리석은 두가지를 동시에 갖고 있다. 항상 자기 위치에서 판단한다. 계속 연구하여 지식이 진화하면 해결할 길이 열릴 수 있다.

　이제 우리한테 큰 문제는 종교개혁이 필요할 때가 왔다는 것이다. 인간은 고대 태양신부터 수많은 신들을 가졌다. 하느님, 예수, 알라 등이 불변하는데 비해 과학은 우주신비를 거의 밝혀나가고 있는 시대를 열고 있다. 이럴때 진화를 두려워하는 단체가 종교다. 그리고 극우세력의 정치인들이다. 기독교 1세대 예수, 2세대가 마르틴 루터와 영국 성공회라면 이제 3세대로 진화된 종교관의 자연주의 이론이 나와야 한다.

이슬람교에서도 1세대 무함마드, 2세대 수니파와 시야파 다음으로 이제 3세대 자연주의론자가 나와야 한다. 노예도덕 무리떼가 가장 큰 집회가 종교집회다. 더욱이 사이비세대 종교가 기독교(예 구원파, 신천지 등)와 이슬람교(아이에스 아이에스)에서 나와 세상을 매우 시끄럽고 불안하게 한다.

3세대 종교는 자연의 법칙(Law of Nature)을 이해하고 따라가는 자연종교 자연주의론 (Natralism)을 제안한다. 모든 사람들이 자연법칙대로 살아가면 자연의 질서를 지킬 수 있어 엔트로피의 증가를 최소화 할수 있다. 과거에는 지진. 태풍, 허리케인 및 홍수 같은 자연재앙으로 인간들이 생명과 재산을 잃었지만 이제는 예고없이 찾아오는 코로나바이러스같은 희귀한 팬데믹 감염병이나 우크라이나-러시아전쟁이나 이스라엘-하마스 전쟁처럼 세계각지에서 발생하는 민족전쟁, 각종범죄와 사고로 발생하는 인간재앙으로 지구가 황폐화하고 있다. 이것은 물질문명에서 오는 우리의 탐욕 때문이다. 아주 오랜 예날 우리조상들은 태양과 하늘의 별들을 관찰하는 한편 지진같은 자연의 재앙을 직접 겪어가면서 인간의 운명과 미래를 예언했었다. 인간은 자연의 법칙을 준수하면서 살아왔지만 최근에 와서는 인간은 개인의 욕심때문에 자연의 법칙과 질서를 무시하고 생존경쟁에 매달린다. 현재 세계 인구중 약 5억명 이상의 코로나바이러스 확진자를 만들었고 6백만명 이상 (비공식 약 1천5백만명)의 사망자를 낸 코로나바이러스 병원체는 박쥐에서 기원했다고 하지만 또 한편 중국사람들이 한약과 함께 건강식품으로도 취하는 팽걸린(pangolin)이라는 갑각류 동물의 특이한 비늘에서 발단했다고 알려져 있다. 그러나 아직 확실한 원인규명은 하지 못하고 있다. 코로나 바이러스의 정체는 완벽하게 밝히지 못하고 평상으로 돌아가고 있을 뿐이다. 인간이 자연의 법칙을 어기고 마구 박쥐나 팽걸린(穿山甲)을 사냥하고 비늘을 상업화한 죄의 대가일지 모른다.

정확한 원인규명 보다 상업적 이익과 인간욕구를 따라가는 방역체계로는 자연의 질서를 이길수 없다. 우리가 자연의 질서와 자연의 법칙을 준수하면서 살아가는 자연주의론자가 될때 인류를 위협하는 대유행병도 없는 참다운 세상의 평화를 얻게 될 것이다.

내가 인생에서 가장 보람을 느낀 것은 나의적성에 맞고 내가 좋아하는 과학자로 평생 살 수 있었다는 것이다. 그리고 과학자의 집념으로 신의 존재를 설명했고 수수께끼 같이 맴돌던 천안함침몰의 원인 물증을 정확하게 찾아내 세계학회발표는 물론 국제학술지 게재와 저술로 역사기록에 남게 했다는 것이다. 나는 세상에 태어나서 이제 내가 할수있는 의무를 다했다고 생각하며 이글을 마치게 되어서 행복하다.

필자의 사무실에서 바라본 저녁 호수공원과 멀리 보이는 한강 전경.

참고 문헌

- 김소구(2017). 신은 없다. 신은 인간이 창조했다. 도서출판 린 444pp.
- 김소구(2019). 신은 없다. 신은 인간이 창조했다. Key Maker, eBook,
- Kahneman, Daniel(2012). Thinking, Fast and Slow. UK: Penguin Books, 499pp.
- So Gu Kim & Yefim Gitterman(2013). Underwater Explosion(UWE) Analysis of the ROKS Cheonan Incident. Pure and Applied Geophysics, 170(4): 547-560.
- So Gu Kim, Yefim Gitterman & Orlando Camargo Rodriguez(2014). Eastmating depth and explosive charge weight for an extremely shallow underwater explosion of the ROKS Cheonan sinking in the Yellow Sea. Methods in Oceanography, 11: 29-39.
- S.G.Kim, Y.Gitterman & S.Lee(2018). Depth estimate of the DPRK's 2006-10-09, 2013-05-25 and 2013-02-12 underground nuclear tests using local and teleseismic arrays, Journal of Asian Earthn Sciences, 163, 249-263.
- So Gu Kim & Yefim Gitterman(2020), Forensic Explosion Seismology, Cambridge Scholars Publishing, Newcastle upon Tyne, UK.
- So Gu Kim(2021a). Multiple Studies vis-à-vis the ROKS Cheonan Sinking:Underwater Explosions, Amazon Direct Publishing, USA, 503pp. See Updated Version (2023)
- So Gu Kim(2021b). Forensic Seismology vis-à-vis DPRK Nuke Tests and the ROKS Cheonan Sinking, Amaon Direct Publishing, USA, 466pp. See Updated Version (2023)
- MacDougall, Duncan (1907). "28 g Theory", New York Times.
- Pirsig, Robert M.(1984). Zen and the Art of Motorcycle Maintenance, New York:Bantam Books, 380pp.
- Rand, Ayn(1957). Atlas Shrugged. New York: Signet Book, 1070pp.
- Václav Vavrycuk & So Gu Kim(2014). Nonisotropic radiation of the 2013 North Korean nuclear explosion. Geophys. Res. Lett. 41(20), 7048-7056.

Alumni Merit Award 2011 Speech at Saint Louis University

지은이 | 김소구 金昭九 / So Gu Kim

[약력]
- 강원도 김화(金化) 출생 (북한)
- 서울고등학교 졸업
- 해군사관학교 자퇴
- 서강대학교, 물리학과 졸업 물리학(B.S.)
- 미국 Oregon State University 해양대학원졸업 지구물리학(M.S.),Corvallis, OR, USA
- 미국 Univversity of Hawaii, 지구물리연구소(HIG) 연구과학자(R/V Kana -keoki) Hawaii, USA
- 미국 Saint Louis University 대학원졸업 지구물리학(Ph. D.), St. Louis, MO, USA
- 미국 Seismograph Service Corporation (SSC), 선임연구원, Tulsa, OK, USA
- 한국 동력자원연구소(現: 한국지질자원연구원) 선임연구원(유치과학자)
- 일본 국제지진.지진공학연구소(IISEE) 객원연구원(소장 초청), Tokyo, Japan
- 미국 University of Colorado/NOAA 박사후연구원(POSTDOC), Boulder, CO, USA

- 한양대학교 물리학과/지구해양과학과 교수
- 노르웨이(Norway) NORSAR 방문 과학자, Kjeller, Norway
- 독일 Hamburg 대학, 지구물리연구소 교환교수(DAAD Fellowship), Hamburg, Germany
- 호주 New England 대학, 지구물리연구소 교환교수(호주외무성 초청), Armidale, Australia
- 호주 지진연구소/BMR 객원연구원, Canberra, Australia
- 러시아 모스크바 국제지진예보이론과 이론지구물리연구소(IIEPT) 방문과학자, Russia
- 독일 Potsdam 지구물리연구소(GFZ) 초빙교수(소장 초청), Potsdam, Germany
- 한국지진연구소장(現)
- Columbia University, Lamount-Doherty Earth Observatory, Visiting Scholar, New York, USA
- 필리핀 화산·지진연구소(PHIVOLCS), 초빙연구원(소장 초청), Manila, Philippines
- 일본 Hokkaido 대학, 지진·화산 연구소 초빙교수(북해도대학총장 초청), Sapporo, Japan
- 중국북경대학우주·지구물리대학원 초빙교수(우주·지구물리대학원원장 초청),Beijing, China
- 오스트리아(Austria) 비엔나(Vienna), 포괄적핵실험금지조약기구(CTBTO) 초청 발표자 (SnT2015) 및 국제수중음향워크샵(IHW2015), 초정발표자, Vienna, Austria, June 22-30 2015.
- 오스트리아(Austria) 비엔나(Vienna), 포괄적핵실험금지조약기구(CTBTO) 초청 발표자(SnT2017), Vienna, Austria, June 26-30 2017.
- 오스트리아(Austria) 비엔나(Vienna), 포괄적핵실험금지조약기구(CTBTO) 초청 패널 발표자 (SnT2019), "Experience in using CTBT IMS data for scientific applications", Vienna, Austria, June 24-28 2019.
- 국제학술지 논문발표 200여편, 국내 50여편, 저서 다수(외국저서 포함).

인생은 단 한 번뿐인 긴 여행이다

발행일 | 2024년 6월 20일 초판 발행
저　자 | 김소구
발행인 | 우승우
발행처 | J.M 미디어
등　록 | 2012.10.18. 제301-2012-214호
주　소 | 서울시 중구 을지로41길 24
전　화 | 02-2267-9646

값 25,000원

ISBN 979-11-963402-2-3